全一冊　小説　吉田松陰

童門冬二

集英社文庫

全一冊　小説　吉田松陰　目次

序　一誠は兆人を感ぜしめる――9
決行――15
卑怯な心――41
善魔と悪魔――65
美しい師弟愛――98
別れ――126
牢獄の太陽になる――139
獄内俳句の会結成――154
われ若者を惑わせり――171
句会から孟子を読む会へ――187
聖賢にも追従しない――204

儒教に対する態度――220
地域からの発信――250
おどろくべき読書と交友の範囲――282
獄中の恋愛――299
つよくやさしい女性を愛す――311
松下村塾を開く――325
徳川ばなれの努力――351
長州藩の名君たち――365
経済と情報を重視した松陰――390
忠臣蔵と松陰――406
全土に広がる松陰精神――421
富永有隣を教授に迎える――447
何をやっても世とのつながりを――463
若者よ、池から海へ泳げ――477

村塾の非行少年たち――493
若者をわかろうとする努力――508
若い門人の教えに従う――522
荒地にも徳がある――538
松陰の人間らしさ――554
涙の底の真実――577
深まる孤立感――592
一粒の麦もし死なずば――601
解説　長谷部史親――624
特別対談　安倍晋三／童門冬二――630
吉田松陰　年譜　細谷正充――641

◆主要登場人物

吉田《よしだ》松陰《しょういん》……長州藩士。通称寅次郎。兵学に通じ、象山から洋学を学ぶ。萩の松下村塾では多くの子弟を育てた。

金子《かねこ》重輔《じゅうすけ》……松陰と共に下田港からアメリカ行きを企てる。

黒川嘉《くろかわか》兵衛《へえ》…幕府旗本。浦賀奉行支配組頭。密航を図った松陰と重輔の取り調べに当たる。

佐久間《さくま》象山《しょうざん》…信州松代藩士。兵学者で砲術に通じるが、蘭学への関心も高い。

ペリー………アメリカの海軍軍人。東インド艦隊を率いて浦賀に来航。徳川幕府に開港を迫る。

富永弥《とみながや》兵衛《へえ》…もと長州藩の藩校明倫館の教授。性格上の問題から藩の重役と対立。野山獄に投獄される。

福川犀之《ふくかわさいの》助《すけ》…松陰が投獄された野山獄の責任者。松陰をよく理解する。

杉百合之助《すぎゆりのすけ》…松陰の父。農耕作業中にも漢書の講義をし松陰を育成。

玉木《たまき》文之進《ぶんのしん》…松陰の叔父。私塾、松下村塾を開く。

横井《よこい》小楠《しょうなん》……熊本藩士。藩政、幕政改革に奔走する。

桂《かつら》 小五郎《こごろう》……後の木戸孝允。薩摩藩と連合して倒幕を図る。

高杉晋作《たかすぎしんさく》……久坂玄瑞と並び、松下村塾の双璧。長州藩で奇兵隊を組織する。

松浦松洞《まつうらしょうどう》……貧しい生まれだが、絵を描くため詩心を学ぼうと入塾。

久坂玄瑞《くさかげんずい》……松下村塾の四天王の一人とうたわれる。松陰の妹婿。

吉田《よしだ》栄太郎《えいたろう》…足軽の子。英知に優れ十四歳で入塾。

全一冊　小説　吉田松陰

序　一誠は兆人を感ぜしめる

吉田松陰は、松下村塾で教えているときに門人たちに対し、

「ぼくはきみたちの師ではない。ぼくもきみたちと共に学ぶ同志だ」

と告げ、自分のことを「ぼく」そして門人たちを「きみ」と呼んだ。このぼくというのはおそらく「僕《しもべ》」の意味であり、松陰にすれば、

「自分は学問のしもべだ。その意味では門人たちとなにも立場は変わらない。自分も門人たちから教えられることがある」

という考え方をとった。よく、

「松下村塾は、長くて二年半、実質的には一年三ヶ月ぐらいの教育機関だったのに、なぜあれほどたくさんの幕末維新の英傑が出たのだろうか？」

といわれる。わたしはこの現象を、

「その場における英才たちの人間的能力の相乗効果が発揮された」

と考えている。ふつうだったら、能力ある人間たちが集まっても、それは、

「能力の足し算」

がおこなわれるのが関の山だ。能力の足し算というのは、百の能力を持つ人間がふたり集まれば、

「百+百=二百」

ということだ。ところが松下村塾では、

「人間のかけ算」

がおこなわれた。高杉晋作や久坂玄瑞をはじめとする英才たちが、人間のかけ算をおこなうとどういうことが起こるか。高杉が百、久坂が百だとしてもふたりだけで、

「百×百=一万」

という数値が出てくる。これが何十人も集まっておたがいにかけ算をすれば、その数値は計り知れない。この数値が強大なパワーとなって世の中を変えていった。それが幕府を倒し、明治維新を実現したのだ。松下村塾はそういう歴史的な意義を持っている。しかしそれには指導者である吉田松陰の力が圧倒的に大きい。

門人たちがかけ算をおこなったのも、松陰みずからが、

「ぼくはきみたちの師ではない。同志だ。おたがいに学びあおう」

という謙虚な態度をとったことが、門人たちに自覚を促し、自分たちの能力を認識させ、目覚めさせ、そして自信を持たせたのである。

しかし、松陰はよくいわれる、

「一誠は兆人を感ぜしめる」

すなわち、

「人間が誠を尽くせば、一兆の人間をも感動させることができるのだ」

というようなうぬぼれを持っていたわけではない。また、

「自分の力によって、一億の人が感動している」

などという思い上がりの気持ちを持ったことは一度もない。かれは常に、

「ぼくは師ではない。きみたちと共に学ぶ一介の学徒だ」

といい続けていた。

かれの教育方法は、
・現代とはなにか。
・現代で一番問題なのはなにか。
・それを解決するために、自分の全存在はどういう役に立つか。
という探究である。したがって、かれは常に自分が完全だとは思わなかった。最後まで修行者であり、常に欠点を抱えた存在であると認識していた。だからこそ、弟子に向かっても、

「きみたちの長所で、ぼくの短所を埋めてくれたまえ」

と語り続けた。

有名な話だが、かれは「飛耳長目録《ひじちょうもくろく》」というメモを持っていた。調査魔であり、情報魔で

あったかれは常に自分が見聞したことや他人から聞いたことを、全部メモ帳に書き綴《つづ》った。それもいまでいえば社会問題が多い。そしてここに書き記したメモをテキストにしながら、

「昨日、あそこでこういう事件が起こった。政治とのかかわりで考えてみよう。なぜこういう事件が起こったのか。未然に防ぐことはできなかったのか。防ぐとすればどういう手段が考えられたか。しかしいったん起こってしまったことはしかたがない。これを解決するためには、どうすればいいか。われわれとしてなにができるか。それをお互いに議論してみよう」

という講義をおこなった。いってみれば、日常起こっている社会問題をテキストにしながら、それを政治とのかかわりにおいて討論するというのが松陰の教育方法だった。したがって、絵空事はいっさい語らない。また、かれは詩や文章も重んじた。ただし、単にことばを飾る内容のないものはきらった。魂の叫びとしての詩や文章を求めた。

「政治問題を考える上でも、詩を作り文章を綴りたまえ。そうすれば、解決策にゆとりが出る。人間らしくなる」

かれは常にそう語った。また、

「自分の眼で見、耳できかないことは、決して自分の意見として提出してはいけない」

というリアリズムを重んじた。かれ自身、日本国内に起こった諸問題に立ち向かうときに、

「自分の眼で見、きいてこよう。きいてからでなければ、自分の意見を固めることはできない」

といって、日本国中旅をした。その地域は、実に青森県から九州諸地方にまでわたっている。

幕末時には、新幹線も飛行機も自動車もない。電話もテレビもない。目的地に行くためには、自分の足で歩いて行かなければならない。当時、江戸と京都の間でも、人間の足で約半月かかった。そういう時期に、かれは遠く東北から九州まで歩き回ったのである。さらに、アメリカの特命全権大使ペリーが日本にやってきたときは、かれは激しい攘夷論者ではあったが、たまたま読んだ『聖武記附録』という本の中から、

「夫《そ》レ外夷ヲ制馭《せいぎょ》スル者ハ、必ズ先《ま》ズ夷情《いじょう》ヲ洞《うかが》フ」

という言葉を発見した。かれはこの文章の脇にみずから「佳語なり」と感想を加え、

「攘夷をおこなうには、まず夷狄《いてき》の実態を知ることが必要だ」

といって、直接自分がアメリカへ渡ろうと考えた。そこで下田港に行き、たまたま停泊中だったペリーの艦隊に接近して、

「アメリカの実情を知りたい。わたしをアメリカ国へ連れて行ってもらいたい」

と頼んだ。しかし、当時ペリーは徳川幕府と開国の交渉中だったので、

「もう少し待ってもらいたい。今日のところは帰りなさい」

と諭《さと》した。このため、松陰は国外脱出の企てがあったということで罪を得る。

この本では、吉田松陰が、

「どのようにして他人から学んだか。なにを学んだのか」

ということを主なテーマにして探ってみる。つまり松陰が松陰になったゆえんを、かれが、

「人との出会いをどのように大切にしたか」

という点にしぼってみたい。ことばをかえれば、

「吉田松陰における他人との出会い」

がテーマである。松下村塾を開いてからかれは、安政の大獄に遭遇してやがて井伊大老に首を切られてしまう。が、松下村塾に凝縮されたかれの全人生は、いってみればその前にある。その前の部分を探りたいのだ。

決　行

松陰が、

「アメリカの軍艦に乗ってアメリカに行き、実際にこの目でアメリカの現実をみてみたい」

というとてつもない野望を抱いたときに、出会った人間が何人かいる。

かれはこの冒険を、同じ長州藩内の足軽だった金子重輔といっしょにおこなった。吉田松陰に対してわたしが、

「とても足もとにも追いつけないほど偉大な人物だな」

と思うのは、なにか企てたときにかならず、

「綿密な事前調査と工作」

をおこなっていることである。松陰がアメリカ艦に乗って現地を実際にみたいと思った動機は、そのころ師だった佐久間象山《しょうざん》の影響を受けている。佐久間象山は信州（長野県）松代《まつしろ》の藩士で、科学者だった。

「おれは日本のナポレオンだ」

と豪語する自信家だった。それだけに外国に対する知識は深く、

「攘夷などという鎖国主義をとっていたのではだめだ。大いに外国のすぐれた科学知識や技術を導入すべきだ」

と主張していた。この当時でいう「開国論者」である。

かれは、しかし単に外国に屈伏する開国論を唱えていたわけではない。

「日本の国防力をもっと強めるために、外国の知識や技術を活用すべきだ」

といっていた。かれは自分のこの考え方を、

「和魂洋才（芸）」

といっている。和魂というのは「日本人の精神（心）」のことだ。洋才（芸）というのは「外国人の科学知識や技術」のことである。したがって、「和魂洋才（芸）」というのは、

「日本人の精神を失わずに外国のすぐれた科学知識や技術を活用しよう」

ということである。これが明治になってからの、

「ヨーロッパに追いつけ、追い越せ」

につながってゆく。日本人は器用な民族だから、この国是《こくぜ》に従って、みごとにヨーロッパに追いつき、追い越してしまった。どころか、その度が過ぎて、いつのまにか、

「洋魂和才（芸）」

になってしまった。日本人精神が失われて、外国人なみの考え方をするようになり、逆に

知識や技術は外国の水準をはるかに超えてしまったのである。現在日本の科学技術が、世界の国々に主導性を持っていることは事実だ。しかしそれと同時に、大事な、

「日本人の精神」

をどこかに捨ててしまった。忘れたのではなく捨てたのである。とくに最近は、

「日本式経営は通用しない」

などということが声高に叫ばれ、いよいよこの大切な日本人の精神を投げうっている。まるで産業廃棄物のように、これでもかこれでもかと押しつぶし、解体し、姿もかたちもなくそうとしている。本当なら、

「うつくしい日本人の精神を大切にしながら、それを武器として国際的信用を取り戻す努力」

をおこなうべき、なのにである。

吉田松陰は佐久間象山の影響を受けて、

「攘夷をおこなうにしても、討つべき夷の実態を知らなければならない。中国の古い兵法にもある。つまり敵を討つには、敵のことを敵以上に知ることが大切だ」

と考えた。佐久間象山ももともとは儒学者だ。中国の勉強をし、さらにオランダ学を学んだ。日本の武士全体にいえることは、ほとんどの武士が、

「儒教を生活の規範にしていた」

ということだ。したがって武士が保った道を武士道というが、

「武士道とは儒教の教えを守ることだ」

といってもいい過ぎではあるまい。これは佐久間象山のいわゆる、

「和魂洋才(芸)」

の精神につながって行く。したがって和魂洋才(芸)というのは、

「儒教精神と外国の科学精神」

の二本柱によって成立しているということである。そして吉田松陰もこの例外ではない。かれが松下村塾で教えたのも儒教が主体になっている。しかし江戸時代の日本の儒教は徳川幕府の指導によって、

「朱子学」

が主流になっていた。松陰はちがった。朱子学に対立する陽明学も持ち込んだ。それだけではない。国学も持ち込んだ。松陰にいわせれば、

「何学でもいいのだ。つまり朱子学は朱子学だけで完全なものではない。また陽明学も陽明学だけで完全なものではない。おたがいに補いあうものを持っている。儒教だけがすべてではない。日本の国学にもすぐれたものがある。そういう足らざるところを、ほかのものによって補いあうのが本当の学問だ」

ということだ。そして松陰はさらにこういった。

「現実の生活で苦しんでいる人たちに役立たなければ、そんなものは学問ではない」

いうところの〝実学〟を主張した。その松陰が、

「実学が実学であるためには、自分が実際に体験をしなければならない」

と〝実践主義〟を主張し、同時にかれみずからが実行した。松下村塾を開く前のかれほど、日本全国を歩き回った人物はいないし、行動した人間もいない。しかしだからといって、かれは、飛行機や新幹線の旅のように、一種の〝パッセンジャー（通過者）〟として、サッと景色や人間を大ざっぱにみていたわけではない。その土地、土地で出会った人間に対して克明な観察をしている。そして相手からかならずなにかを学んでいる。「攘夷」というのはその字のとおり、

「夷をうちはらう」

ということである。夷とはなんだろう。隣国を中華人民共和国という。台湾は中華民国と名乗っている。この「中華」に「夷」がかかわりを持っている。

中華というのは、

「自分の国が世界でいちばん文化の進んだ国だ」

という自覚であり、誇りだ。したがって、

「まわりの東西南北にある国やそこに住む人びとは、文化が遅れているえびす（夷）だ」

という考えだ。いまの中華人民共和国の指導者や、中華民国の指導者がそう思っているかどうかは別にして、そもそもの「中華」という発想にはそういう意味があった。そのために、東西南北のえびす（夷）を、次のような呼び方で呼んだ。

・東は東夷《とうい》

・西戎《せいじゅう》は西
・南蛮《なんばん》は南
・北狄《ほくてき》は北

である。だから日本でも古代中央集権国家が、

「征夷大将軍」

というポストを設けたのは、

「夷を討つ大将軍」

という意味だった。坂上田村麻呂《さかのうえたむらまろ》が東北地方に攻め込んで中央集権国家に従わない住民に武力制圧を加えたのは、日本における、

「中華思想」

がおこなわれたことだといっていいだろう。日本の古代国家は中国の政治知識や技術にかなり影響を受けていたから、

「都につくった国家が、中華の手本である」

という考えを持った。したがって日本の場合は辺境に住む人びとはすべて東夷であった。だから、

「夷を討つ」

という考え方に発展した。説によっては、

「秋田地方にいた在来民族を北狄といった」

という説もある。これは地理的な位置からみて、秋田地方を「東」に位置づけるのが無理だったからかもしれない。

幕末に、

「攘夷」

ということばが使われたのは、当時のこの主張を唱える人びとからみると、

「えびす（夷）、すなわち外国人はすべて東方（太平洋）からやってくる」

と思えたのだろうか。それはなんといってもアメリカのペリーが四隻の黒船を率いてやってきたときに、東の方から侵入してきたのでこういう見方をしたのだろう。あとは、ロシアもイギリスもフランスもすべて「東夷」に位置づけられてしまった。ひっくるめて、

「攘夷」

といわれたのは、

「日本に近づく外国列強はすべてうちはらう」

という考え方である。

「なんでもみてやろう精神」

を発揮して、

「下田港にいるアメリカの軍艦に乗り込んで、アメリカに連れて行ってもらおう」

と考えた吉田松陰がもしアメリカに渡ったなら、そのまま攘夷論を持ち続けたかどうかは疑問だ。あるいはひるがえって、

「日本はやはり開国すべきだ」

という師の、

「和魂洋才（芸）」

の心境に変わったかもしれない。なんともいえない。

松陰がこのとき、

「攘夷」

を叫んだのは、徳川幕府の弱腰のためであった。つまり松陰は、

「徳川幕府がアメリカと和親条約を結んだのは、アメリカ側の恫喝《どうかつ》外交に屈したためだ。こんな屈辱的なことはない。脅しに乗って結んだ条約は破棄すべきであり、それで向こうがいうことをきかなければ戦争をすべきだ」

と考えていた。この考えはのちに、熊本の学者である横井小楠《しょうなん》も唱える。有名な、

「破約攘夷論」だ。

小楠はこんなことをいっていた。

・地球上の国には、〝有道の国〟と、〝無道の国〟がある。

・有道の国というのは、道のある国という意味で、仁と徳による政治をおこなっている国のことだ。王道政治をおこなっている国といっていい。これに対し無道の国というのは、権謀術策だけで生きる国であって、覇道政治をおこなっている国といっていい。

・いま世界で最大の無道の国はイギリスだ。中国（このころの国名は清）にアヘン戦争を

しかけて領土の一部を奪い人民を奴隷として使っている。しかし、イギリスだけを責めるわけにはいかない。というのは、中国はもともと孔子と孟子を生んだ国だ。つまり聖人を生んだ有道の国であったはずだ。にもかかわらず、イギリスのような無道の国に破れるというのは中国がいつのまにか道を失ったからだ。つまり有道の国であった中国が無道の国になってしまった結果、領土の一部を取られ人民が奴隷として苦しむことになったのだ。

・いまの世界で、有道の国になれるのは日本だけだ。日本は道のある政治をおこなって世界に示し、手本とならなければならない。

そういっていた。したがってかれにとって現在「帝国主義」と呼ばれる「領土拡大・植民地主義」は許せないことであった。しかし許せないことではあっても、

「そうされる側の弱点」

をはっきり認識していた。

「弱点をどう補強するか。無道の国の侵略をどう防ぐか」

ということが、横井小楠の思想的課題だった。かれはそれを、

「精神主義によって克服しよう」

と考えた。が、

「単なる精神主義だけではだめだ。それには国力を増進しなければならない」

と考え、招かれた越前藩（福井県）の松平家で、

「殖産興業と精神主義の一体化」

をはかる。これが成功した。越前藩は国の富を増やし、民の生活を安定させた。その余力をもって、幕末の政界に藩主が乗り出して行く。前藩主慶永《よしなが》（春嶽《しゅんがく》）は幕府の政治総裁職になる。また横井小楠の指導によって越前藩が産業振興策によって得た利益は、数十万両に達したという。

横井小楠は幕府が締結した条約に対してこういった。

「幕府が結んだ条約はアメリカの恫喝によって結ばれたもので、これは決して道のある行為とはいえない。アメリカも無道の国である。無道の国が押しつけた条約なのだから、こんなものは破ってもさしつかえない。もしこのことに腹を立てたアメリカが戦争をしかけてきたら日本は敢然と戦うべきだ。しかしいまの国力では日本はかならず破れる。しかし破れたとしても、国際世論は日本に味方してくれる。アメリカのやりかたは無道だという世界的世論が確立されれば、日本はもう一度立ち上がれる機会を得る」

これがかれの「破約攘夷論」の骨子である。

ところが当時将軍後見職になっていた一橋慶喜が反対した。慶喜はこういった。

「あなたは前々から有道の国と無道の国の論をかかげておられる。しかし、あなたのいうようにたとえ無道の国とのあいだに結んだ条約だといっても、これは世界に表明したものだ。それを日本が破約すれば、今度は日本が無道の国といわれるのではないか？　国際的信用を落とすのは日本のほうではないのか？」

といった。これには横井小楠はいい返すことができなかった。たちまち、

「あなたのおっしゃるのは正しい」

と自説をひっこめた。

さて金子重輔と下田港に行った松陰は慎重な準備をした。
・まずアメリカの軍艦に渡る小舟を用意すること。
・その小舟も二艘用意すること。港はそれぞれ別なところとし、宿泊地もAとBの二ヶ所つくること。そしてAの宿にはBの宿のことを隠し、Bの宿にはAの宿のことを隠す。
・どっちの舟を使うかは、そのときの判断による。
・舟に乗る前に、上陸しているアメリカの軍人、できれば将校に、こちら側の考えを書いた趣意書を渡しておく。そして「これをアメリカの最高職の人にみせておいてほしい」と頼む。
・そのとき「おってわれわれが小舟でアメリカの軍艦に渡るので、どうかそのときは軍艦に乗せてもらいたい」と頼んでおく。
・とはいっても、いきなりアメリカの軍艦を訪ねても向こうではすぐ追い払うだろうから、アメリカの軍艦に関する知識を先に仕込んでおく。知識というのは、できれば「どういう人物が乗っているか」「通訳はだれか？」「通訳の日本語の能力はどのくらいか」などということだ。

吉田松陰は事前に、下田港に寄港しているアメリカ艦隊の旗艦《きかん》はポーハタン号であり、総大将のペリー提督はその船に乗っていることを調べ終わっていた。また通訳としては、日本語のわかるウィリアムズと、羅新《らしん》という中国人がいることも調べ終わっていた。羅新は『続日本日記』という本を書いており、松陰はどこでどう手を回したのかわからないが、この本をすでに読み終わっていた。したがって、

「羅新は中国人だが、けっこう日本についての知識がある」

と思っていた。金子重輔と、

「ポーハタン号に乗り移ったら、ウィリアムズの日本語の通訳に頼り、羅新の日本に対する知識を頼りにすればわれわれの目的が達せられる」

と話していた。また、前に書いた、

「趣書意」

について、ペリー提督にあてた「投夷書」という文も書き上げていた。投夷とは、

「夷すなわちばかにしている夷国に自分の身を投ずる」

ということである。このへんは松陰の国粋主義的な考えが前面に出ていて、

「夷といわれたペリーがなんと受け止めるだろうか」

という配慮は欠けていた。しかしペリーにしても、日本に二度もやってきてしきりに、

「攘夷、攘夷」

と自分たちをバケモノ扱いしている日本人の一部の動きはよく知っていたから、にがわら

いするにとどまるかもしれない。

投夷書は、まちを歩き回っているうちに上陸したアメリカの士官をみかけたので、これにすり寄って、

「読んだ上で、ペリー提督に渡していただきたい」

と渡した。アメリカ士官は怪訝《けげん》な顔をしたが、やがてニヤリとわらい、

「わかった」

と承知してくれた。士官は紳士だった。まちがいなくペリー提督にこの投夷書を渡した。ペリーは日本語がわからないので、羅新とウィリアムズを呼んで、

「日本人からこんなものがきた」

といって翻訳させた。

投夷書に書かれた文章を、いまふうに直すと次のようになる。

「日本国江戸府の書生瓜中万二《かのうちまんじ》と市木公太《いちきこうた》は、この書を貴大臣各将官の執事に呈します。われわれは生来弱々しく、からだつきも小さくて、士籍に列していることをみずから恥じる者です。つまり武士の資格がないと自分で自分を反省しています。したがって武術の技にも熟達せず、兵馬闘争の法にも精通しておりません。いたずらに歳月を過ごしてきました。ただシナ（中国）の書を読んで、少しはヨーロッパやアメリカの風習や、文化のあらましについて知ることができました。知ると同時に、自分の目で世界を歩いてみたいと思うようになりました。

しかしご承知のようにわが国の鎖国政策はきびしく、外国の人が国内に入るのも、日本人が外国に出て行くことも禁止しております。わたしたちの世界周遊の希望は抑えがたいものがありますが、なかなかその決断ができないでこんにちに至りました。

たまたま貴国の大軍艦がマストをつらねて来航されたのに触発され、もう一度心の底で眠っていた念願が燃え上がりました。わたしたちが観察したところでは、貴国の大臣や将官は仁愛の心の持ち主であることを知りました。

そこでわたしたちは断然意を決し、ひそかにお願いして貴艦に乗り込ませていただき、海外へ密航し、もって世界を周遊したいと考えております。もちろんこれは国禁を犯す行為でありますから、そのことはじゅうぶん承知しております。しかしわれわれの意中を理解し、この行動が成功するように協力してください。

わたしたちはことばも粗暴ですが人間は誠実です。どうかその情を察し、その意を憐れみ、疑うところなく、この申し出を拒絶しないことをぜひお願いいたします。

万二と公太、ともどもこれを捧げます。

日本嘉永七年甲寅三月十一日」

となっている。嘉永七年(一八五四)は、十一月二十七日に安政と改元する。多くの書物に吉田松陰がアメリカ艦に密航しようとしたのは安政元年と書かれているが、正しくいえば間違いである。十一月二十七日までは、まだ嘉永七年だった。したがってこちらの書き方が正しい。この投夷の書の中で、松陰はいくつかの工作をしている。ひとつは変名だ。本名を名乗っていない。瓜中万二と、金子のほうも市木公太と偽名を名乗っている。また松陰が「江戸の人間」といったのも嘘だ。ふたりとも長州藩の人間だ。しかしこれは、

「もしバレたときに藩に迷惑がかかってはいけない」

と考えたためだ。またポーハタン号に乗り移ったあと、ウィリアムズとやりとりをしたときに、

「ふたりとも親はおりません」

と告げる。これもまた、

「これが発覚したあと、親や親戚に迷惑がかかってはならない」

という配慮である。

吉田松陰といえばすぐ、

「激情家」

と受け止められる。

「熱い血が燃えていて、直観的に行動していたのではないか」

と考えられがちだ。事実はまったくちがう。松陰ほど冷静に、また緻密に事前の準備をおこなって、あらゆる事柄に当っていた人物はいない。これはじつに、

「いつ・どこで・そんなことができたのか」

と思われるほど、かれのいわば、

「時間活用法」

は超人的だ。だいたい、中国の羅新が書いた『続日本日記』ひとつにしても、どこでどうやって手に入れたのかわからない。これを手に入れるために松陰が費やしたエネルギーの膨大さは計り知れない。おそらく次から次へと訪ね歩いては、

「『続日本日記』をお持ちではありませんか？」

とき歩いたにちがいない。その意味では、松陰は、

「エネルギーのロスをぜったいに無駄と思わない人間」

という勤勉家であった。

自分たちが書いた、

「投夷書」

を渡すにしても、おそらく誰に渡すかということをさんざん物色したにちがいない。アメリカの士官なら誰にでも渡せばいいというものではない。渡されたほうも迷惑がって、

「いやだ」

という者もいれば、あるいはいったん受け取っても、

「こんなものペリー提督にはみせられない」

といって破り捨ててしまう者もいただろう。それがきちんとペリーに伝わったというのは、松陰の、

「人をみる目のたしかさ」

があったということだ。その点かれは、

「人間洞察術」

に抜群の能力をもっていた。

「この人ならだいじょうぶだ」

と見込んだら、その人はかならず期待に応えてくれる。

こうして、事前工作をおこなったのち松陰は金子重輔と相談し、

「三月二十七日に決行しよう」

と決めた。かれは後年このときのことを「回顧録」の中で「三月二十七日夜の記」という書き方をしている。

松陰と金子は、蓮台寺村と下田に宿を取っていた。柿崎の海辺をみまわると、弁天社の下に漁船が二艘浮かんでいた。ふたりは顔を見合わせた。

「あの舟を使おう」

とうなずきあった。

蓮台寺村の宿に戻って夜食をとると、宿の者に、

「これから下田に行く」

といった。そして、夜中じゅう歩き回ってアメリカ軍艦の様子をうかがい続けた。武山《たけやま》の海岸べりに身をひそめ、夜のふけるのを待った。

午後八時すぎにさっきみてきた弁天社の下にいた。ちょうど引き潮で舟は砂の上に乗っていた。そこで潮が満ちるのを待つために、弁天社の社の中に入って、グッスリ寝込んだ。こ

のへんは若者の特性だ。また松陰は旅慣れていたから、いつでもどこでも寝られた。

午前二時ごろになって金子のからだを突いて起こし、

「決行しよう」

といった。弁天社を出て海岸に行くと、舟は満ち潮に乗って海の上に浮かんでいる。そこで舟に乗った。ところが調べてみると、舟に櫓杭《ろぐい》がない。

「弱ったな」

とふたりは途方に暮れた。松陰は、

「やむを得ない。櫂《かい》をふんどしで縛ろう」

といってふんどしを取って櫂を漕ぎやすいように舟に縛りつけた。そして漕ぎ始めた。ところが櫓杭がないというのは大痛手で、まもなく摩擦のためにふんどしがすり切れてしまった。そこで今度は帯を解いてふんどしのかわりにした。

一丁ばかり岸を離れると、やがてミシシッピー号のそばにきた。ところが、船になかなか近づけない。舟が同じところをグルグル回るからだ。ここでもまた櫓杭のなさが身にしみた。

ミシシッピー号の甲板からこっちを怪しんでカンテラを突きつける船員がいた。

「だれだ？」

と英語で叫ぶ。答えきれない。そこで松陰は持ってきた紙に筆で字を書いた。

「われわれはアメリカに行きたい。どうかこのことを大将に頼んでもらいたい」

という意味の文章を書いてその船員に渡した。船員は奥へ去った。まもなくアメリカ人が

二、三人出てきた。そしてその主だった外国人がカニ文字（横文字、英語のこと）で書いた紙を渡した。松陰が書いた紙も返してきた。が、残念ながら松陰には読めない。
「なんと書いてあるのですか？」

と日本語できくとしきりに、

「ポーハタン、ポーハタン」

という。松陰は外国人のいうことが、

「ポーハタン号へ行け」

といっているように理解した。松陰はそこで、

「この舟ではどうにもならないので、バッテイラ（ボート）を貸してもらいたい」

といった。その意味が通じたのか、外国人は、

「だめだ。その舟で行け」

といった。やむを得ず舟を漕いでさらに一丁（約一〇九メートル）ばかり先に進んだ。やっとポーハタン号の舷側にたどり着いた。

潮の流れが変わったので、舟はしきりにポーハタン号の船体にぶつかった。その音で上からはしご段で外国人が降りてきた。棒を持っている。外国人は松陰たちが夜中に船の見学にきたのだと思ったらしい。しきりに、

「戻れ、戻れ」

という手つきをした。が松陰たちがさらに漕ぎ寄せるので、外国人たちは怒って棒の先で

松陰たちの舟を付き放した。

ところが舟は付き放されたが、松陰と金子はポンと舟から跳んでポーハタン号の船体に跳び移った。

舟はどんどん離れてしまう。金子は心配した。

「舟に刀やいろいろな品物を残してある。あれがみつかるとあとでまずいことになる」

しかし松陰はわらった。

「この軍艦に乗ってアメリカに行ってしまえば、あんなものがどこにたどり着こうとかまったことではない」

「うまくいくかな」

金子は心配そうだ。松陰は持ち前の人を安心させる笑顔を浮かべ、

「だいじょうぶだ。成功するよ。われわれの誠意はかならずペリー提督に通ずるはずだ」

と告げた。金子は半信半疑で、

「本当にだいじょうぶかな」

とまだ心配そうだった。

ポーハタン号の甲板には、当番の軍人が何人かいた。強引に軍艦を見学にきた日本人だと思ったらしい。親切に船の中を案内してくれたり、羅針盤をみせてあれこれと英語で説明した。しかし松陰たちにはわからない。

やがて見覚えのある通訳のウィリアムズが出てきた。

松陰は下田のまちでウィリアムズを何度かみかけたことがあった。もちろん羅新もみかけたことがある。そこでウィリアムズに、

「われわれはアメリカに行きたい」

といった。ウィリアムズは、

「名を書け」

といった。そこで松陰はまた偽名を使って、瓜中万二、市木公太と書いた。手にしたウィリアムズは、正確に読んだ。

松陰は、

「ウィリアムズは漢字が読めるのだな」

と悟ったので、漢文で、

「われわれはアメリカ行きを希望する。大将に話してもらいたい」

という意味のことを書いた。読んだウィリアムズは顔をしかめた。が、

「ははあ」

とひとりでうなずき奥へ行った。松陰と金子は顔を見合わせた。やがてウィリアムズが戻ってきた。手に一枚の紙を持っている。松陰にはそれがなんだかすぐわかった。松陰たちが下田のまちで、あるアメリカ士官に渡した「投夷書」だった。ウィリアムズはいった。

「これを書いたのはきみたちか？」

「そうです」

松陰はうなずいた。ウィリアムズはいった。

「この手紙のことはペリー提督とわたしだけが知っていることだ。ほかの者には話していない。提督もこの手紙を読んでひじょうに感心している。しかしいまわたしたちは、すでに日本国の政府と条約を結んだ。個人的にきみたちの希望を認めるわけにはいかない。このことが紛争の種になって、いったん結んだ条約が破棄されたら困るのだ。条約が発効すれば、おたがいの国の行き来が自由になる。アメリカからもどんどん日本に人がやってくるし、きみたち日本人もアメリカへ行けるようになる。その日まで待ってもらいたい。そのときは、わたしが責任を持って、きみたちをよろこんでアメリカの国に迎えるように努力しよう。したがって今日は帰ってもらいたい」

予想していた通りの回答だった。松陰は首を横にふった。

「日本の事情はあなたもすでにご存じのはずです。わたしたちが今夜ここへきたのは国禁を犯した行為です。このまま戻ればわれわれは罰せられ、首を切られます。したがって帰れないのです」

「そんなことはない。きみたちはここへ誰にも知られずにやってきたのだから、また誰にも知られずに戻ることが可能だ。まだ夜は明けていない。だいたいこのことは下田奉行所の黒《くろ》川《かわ》嘉《か》兵《へ》衛《え》殿は知っているのか？　もし黒川さんが知っているとすれば、きみたちをアメリカへ連れていくことができるかもしれない」

このことばをきくと松陰はパッと目を輝かせた。そこでふみこんだ。

「いまのお話が本当なら、こちらから黒川さんに話してもらえませんか」

「それはできない。黒川さんに無断できみたちをアメリカの軍艦に乗せたとわかれば、黒川さんは気分を悪くするだろう。いままでの友好的な交渉もぜんぶだめになる。とにかく帰りなさい」

吉田松陰はここで初めて、

(この企ては失敗した)

と悟った。そうなると、さっき艦から離れて流れていってしまった舟のことが気になる。もしあの舟が陸地に着いて役人の目にとまったら、中に置いてきた品物によって、密航の事実がバレてしまう。もっと心配なことがあった。それは荷物の中には、師の佐久間象山が贈ってくれた詩があることだ。詩は、

「吉田君の壮挙を祝す」

というもので、松陰の密航を煽動するような文句がつらねられていた。あれがみつかると、佐久間象山も罪に問われてしまう。松陰は憂鬱《ゆううつ》になってきた。

ウィリアムズはきいた。

「きみたちは武士なのか?」

「そうですが、学問を学ぶ書生です」

「役人か?」

「ちがいます」

「書生とはなんだ？」

「書物を読む人間です」

「人にも学問を教えるのか？」

「教えます」

「両親は？」

「ふたりとも親はおりません」

「いつ江戸を出たのか？」

「三月五日です」

「わたしを以前から知っていたのか？」

「知っております」

「どこで会ったのか？　横浜あるいは下田か？」

「横浜でも下田でもあなたをおみかけしました」

しかしウィリアムズはだんだん疑り深い表情を深めていった。ぽつんといった。

「わたしはきみたちを知らないよ」

そしてあらためてきいた。

「もしアメリカへ行けたらなにをするつもりだったのだ？」

「学問をするつもりでした」

このとき、軍艦の中から鐘を打つ音がきこえた。外国の船では、一時間か三十分おきに時を知らせるために鐘を打つ。松陰は尋ねた。

「いま何時でしょう？」

ウィリアムズは指を折って計算した。日本人にわからせるための工夫だ。

「七つ（午前四時）だ」

松陰はウィリアムズにいった。

「おことばに従って戻ります。わたしたちの願いがきき届けていただけないようですから、その手紙を返してください」

ウィリアムズは、

「これは記念にとっておきたいのだが」

といったが松陰は強引に返してもらった。まだ未練があったので、

「こういう中国人がこの船に乗っているはずです。会わせてもらえませんか」

といって「広東人羅新」と書いた。ウィリアムズはうなずいた。

「羅新はこの船に乗っている。しかしかれは寝ている。起こすわけにはいかない」

「あなたがたは来年もきますか？」

「これからは毎年くることになるはずだ」

「この船もきますか？」

「わからない。ほかの船がくるかもしれない」

松陰は暗い海をみていった。

「われわれの舟はどこかへ流れていってしまいました。戻るにも戻れません。どうすればいいですか？」

「こっちで舟を用意しよう。それに乗って戻りなさい」

ウィリアムズは船員に命令し、バッテイラを降ろさせた。バッテイラを漕ぐ船員にウィリアムズは命令した。

「岸へ着ける前に、この人たちの流された舟を捜してあげなさい。いろいろと品物を残しているようだから」

といってくれた。ウィリアムズも、

「流れた舟の品物が下田奉行所にでもみつかったら、罪に問われる」

ということを感じていたのである。その意味では、ウィリアムズは親切だった。

卑怯な心

アメリカの旗艦《きかん》ポーハタン号での密航に失敗した吉田松陰と金子重輔のふたりに対し、通訳のウィリアムズは親切だった。かれはボートを用意し漕ぎ手の船員までつけてくれた。

「早くきみたちが乗ってきた舟を捜して、荷物を取り去りなさい」

といった。ウィリアムズも日本の事情をよく知っていたから、

「ふたりが乗ってきた小舟がみつかって、その中の所有物が発見されたらかならず下田奉行所の役人が捕えにくる。そうなったら大事件になる」

と考えていた。ウィリアムズはウィリアムズで、

(大事件になってアメリカ側にまでとばっちりが飛んできたのではかなわない)

と思っていたかもしれない。

しかしボートを漕ぐ船員はそんなことはおかまいなしだった。かれは一刻も早くこの厄介者を岸に送り届けたかった。そして船に戻って寝たい。だから松陰がいくら、

「流れた舟を捜してください」

と頼んでも、

「わからない」

という身ぶりをして険しい表情をした。かれにすればウィリアムズからいわれた、

「ふたりの小舟を捜してやってくれ」

という仕事は迷惑この上ない。それよりもすこしでも早くふたりを岸に送り届けたい。だからどんどん岸に向かって漕いだ。松陰と金子重輔は顔をみあわせた。ふたりの胸に大きな不安がわいていた。密航の失敗に対する挫折感である。松陰はこのとき二十四歳だ。

(これからどうなるのか)

と考えただけでも恐ろしくなる。

やはり小舟を捜して荷物を発見することのほうが先だ。そこでもう一度、船員に対し、

「流れた舟がみつかりません。これでは岸に着いてしまう。もう一度海に戻ってください」

と頼んだ。船員は首を横に振った。そして接岸すると、松陰たちをせき立てるようにして強引に岸へ上陸させ、自分はすぐボートを押して海のほうへ戻っていった。岸に立った松陰と金子重輔は途方に暮れた。

「失敗したな」

「ええ、これからどうなるのでしょう?」

「わからない」

松陰は暗い闇の中を透かしてみた。そして、

「流れた舟はきっとどこかに接岸しているだろう。捜してみよう」

そういった。このとき松陰の胸の中にはたとえようのない不安がみなぎっていた。あとからあとから黒い霧のようにわいてくる。前の霧が外へ排出されていないのにあとから次々とわいてくるから、霧の濃度がいよいよ濃くなった。それが狂わんばかりに松陰の頭を惑乱させた。こんな思いははじめてだった。同時にいやな予感がした。

松陰は金子重輔にいった。

「名主を訪ねてみよう」

「名主を？　なんのためですか」

「舟が岸に着いて中の所有物を保管しているかもしれない。まだ奉行所に届けていなければ貰い受けよう」

「それで？」

しつこくきく金子重輔に松陰は腹が立ってきた。眼が険しくなった。眼の底で、

（そんなことまでいわせるのか？）

と鋭い光を放った。金子重輔は驚いて気力をそがれた。自分としては単純なことをきいたつもりだったが、松陰を怒らせてしまったらしい。しかし金子重輔には、

（吉田さんはなぜそんなに怒るのだろうか？）

と不思議だった。じつをいえばこのころから松陰は胸の中で自分と、もうひとりの自分と

の闘いをはじめていた。しかしそんなことは金子重輔にはわからなかった。

夜中だったが名主の平右衛門はまだ起きていた。何人かの村人もいる。事件があったらしい。ふたりが入っていくと、村人たちはびっくりしてこっちをみた。松陰は人群れの中に入って名乗った。

「わたしは瓜中万二《かのうちまんじ》といいます。こちらは市木公太《いちきこうた》です」

いうまでもなく変名だ。村人たちは顔をみあわせた。深い疑惑の色が浮かんでいる。中央にいた名主の平右衛門がいった。

「舟を盗んだ方ですか?」

松陰はびっくりした。

「舟など盗みはしません。岸にあった空舟の中に荷物を置いただけです」

自分でもいやになるほどスラスラと嘘が口から出た。市木公太が思わず松陰の顔をみた。

その視線を感じながら松陰は、

(うるさい、バカめ)

と思った。いまは芝居をやりとおさなければならない。しかし村人たちは正確に事態を捉えていた。名主の平右衛門がいった。

「いや、舟は盗まれたのです。いったん沖に漕ぎ出されたのが、遠くの岸に流れ着きました」

「遠くの岸に？」

松陰は眼を立てて急《せ》き込んできいた。

「それで、舟の中の荷物は？」

「ああ、あれですか」

平右衛門は息をつくと言葉を続けた。

「訳のわからない品物と刀が入っていました。お役所に届けました」

「役所に？」

松陰の頭に血が昇った。胸の中の黒い霧の中に絶望感が渦を巻いて発生した。

(荷物を発見されたのではもうだめだ)

と思った。平右衛門はじっとふたりをみくらべている。その視線の鋭さに松陰はたじたじとなった。

(ごまかそうとしても、とうていごまかしきれない)

とはっきり悟った。松陰は金子重輔をみた。

「こうなってはやむを得ない。自首しよう」

「自首？」

ビクッとした金子重輔はそっと松陰にささやいた。

「このまま逃げてはどうでしょう？」

「だめだ。荷物が証拠として奉行所に保管されている」

「あくまでも知らないといえば？」

「そんなことはできない」

松陰の言葉に金子重輔はうなだれた。やがて小さくコックリした。

「お供します」

そこで松陰は改めて名主の平右衛門にいった。

「嘘をついて申し訳ありません。舟はたしかにわれわれが盗みました。舟でアメリカの軍艦に行きました。そのままアメリカへ連れて行ってくれと頼んだのですが失敗しました。この上は奉行所に自首します。連行してください」

「……!?」

平右衛門は驚いて半立ちになった。

「あの小舟でアメリカへ渡る気だったというのですか？」

「あの舟ではありません。軍艦に乗せてもらおうと思ったのです」

やっと平静心を取り戻した松陰は微笑みながらそういった。平右衛門は恐ろしそうに身を震わせている。

「そんなことにあの小舟が使われたのでは、われわれにもどんなお咎《とが》めがくるかわからない。まったくとんでもないことをするお人だ」

「申し訳ないと思います。でも夜なら、あの小舟も使う人はいないだろうと思いましたので。謝ります」

そういわれても平右衛門にはまだどうしていいかわからないような狼狽《ろうばい》ぶりが窺《うかが》われた。が、脇にいた村人たちがなにかささやくと平右衛門はうなずいた。そして下に降りてきて履物を履いた。

「いっしょにきなさい」

ふたりにそういった。ふたりは平右衛門の後をついて歩きはじめた。

「まったく、いまの若い人はなにを考えているのか見当がつかない」

歩きながら平右衛門はブツブツまだ文句をいっていた。真っ暗なので提灯をさげている。途中までくると、松陰が突然、

「くっ」

と鼻を鳴らした。

「どうしました」

金子重輔がきくと松陰は脇の道に走りこんだ。嗚咽《おえつ》している。

「気分でも悪くなったのですか？」

心配して重輔が近づくと、松陰は激しく首を横に振った。

「ぼくははずかしい」

「えっ」

「ぼくは卑怯だ、心が汚い」

松陰はうめくようにいった。重輔にはなんのことか訳がわからない。側に寄って背をさす

りながら、

「大丈夫ですか？」

と覗きこんだ。松陰は泣いていた。そして、

「ぼくは卑怯だ、心が汚い」

としきりに繰り返した。

「なにが卑怯ですか？」

重輔はきいた。松陰はこういった。

「最初から自首すべきだったのだ。それをぼくはしなかった。小舟がもしも岸に流れ着いていて、まだ荷物を誰も発見していなければ助かると思った。そのまま逃げられると思った。なんという汚い心だろう。ぼくははじめてこんな経験をした。ぼくの心の中にこんな卑しい気持ちがあるのを今日はじめて知った。いままでになかったことだ。今日までなんのために学問を学んできたのか、あるいは実地に世の中をみるために東北地方や九州を旅してきたのか、なんの意味もない。そういうなんの努力も実らないぼくは不毛の人間なのだ。こんな卑しい気持ちを持っているようでは、生きている価値がない。はずかしい」

そういい続けた。金子重輔は立ちつくした。狼狽した。どうしていいかわからなかった。しかし金子重輔にも、松陰が深く傷ついていることはよくわかった。松陰は次から次へと襲う自己嫌悪にいたたまれないのだ。身悶えしてもその自己嫌悪を振り払えない。自己嫌悪は小さな鬼となって松陰を責め続けている。

　道端で提灯を掲げた平右衛門はこっちを覗いていたが、ふたりのやりとりと、とくに松陰のうめき声をきいて立ちつくした。平右衛門にも松陰の苦悩はよくわかった。

平右衛門は松陰たちにはじめは好意を持っていなかった。怒っていた。まして、舟を盗んでおきながら、

「盗んだのではない。岸につながれていた空の舟に荷物を置いただけだ」

と告げた松陰の嘘が、余計腹を立てさせた。平右衛門は、

（この若者たちは狡《ずる》い）

と思った。松陰がいま自己嫌悪に身をもんでいる自らの精神の卑しさ、汚さを平右衛門は敏感に感じ取っていたのである。平右衛門は実直な人間だから、

「罪を犯したのはいい。ましてアメリカに行って自分の眼で外国をみてこようという志は若者らしくて立派だ。しかし失敗したからといってごまかすのはよくない。なぜ正直にいわないのだ？」

　と思っていた。

「うまく荷物が自分の手許に入れば、そのまま逃げてしまう気だったのだろう」

平右衛門は松陰たちの意図をみぬいた。そうなると平右衛門のほうも気持ちがこじれる。

（このままでは絶対に帰さないぞ）

　という気になる。だからさっきの松陰への応じ方はすこし自分でも意地が悪いと思うほど激しい口調になった。嘘つきの若者の面の皮をひんむいてやらなければ気がすまなかったか

らである。

しかしいま、道の脇に走りこんで嗚咽しながら、

「ぼくは汚い、ぼくは卑しい」

と反省と自己嫌悪で身をもんでいる松陰をみると、人のいい平右衛門の心はすぐ怒りが解けてしまう。だんだん松陰が痛ましくなってきた。

(いっそのこと、このまま見逃してやろうか)

とさえ思った。

(が、下田奉行所にはすでにこの連中の荷物が証拠品として保管されている)

そう思うと逃がすわけにもいかない。平右衛門はしばらく待って、

「そろそろ行きましょうか?」

といった。言葉が丁寧になっていた。松陰は気を鎮めた。落ち着きを取り戻した表情で道に出てきた。

「お待たせしました。お供します」

平右衛門に丁寧に頭を下げてそういった。みつめる平右衛門はうなずいた。眼の底にさっきとは違った色が浮いていた。

(この若者はいい人間だ)

という色だった。

下田奉行所に着くと、役人たちが大騒ぎした。かれらは夜も寝ずに浜辺を捜索中だったか

らである。

「なに、大罪人が自首してきた？」

口々にそうわめきながら三人を取り囲んだ。そして怒りと軽蔑の眼で松陰と金子重輔を睨んだ。

「とにかく牢屋へぶちこめ」

主だった役人の指示で松陰と金子重輔は同じ牢に放り込まれた。牢は半坪ぐらいの広さしかない。畳約一畳だ。しかしぜいたくはいっていられない。これからどんな大きな悲運が襲ってくるかわからない。ふたりは牢の中でしみじみと顔をみあわせた。

やがてトロトロとまどろんだ。夜が明けた。浜のほうで海鳥の鳴き声がする。すっきりしない意識のままふたりは顔をみあわせた。

「吉田さん、どうなりますかね？」

金子重輔が聞いた。松陰は思わず、

「吉田じゃない、瓜中だ」

といいかけたがすぐ苦笑した。

「いや、もう名前なんかどうでもいい。真正面から調べを受けて堂々といいたいことをいおう」

そう告げた。

「出ろ」

午前十時近くなってふたりは牢から出された。取調べがはじまった。調べにあたったのは、先日まで浦賀奉行所の支配組頭を務め、新しく下田奉行所の支配組頭になった黒川嘉兵衛という人物だった。

いきなり楽屋裏をばらしてしまえば、この黒川嘉兵衛はのちに、

「徳川最後の将軍」

と呼ばれた徳川慶喜の強力な黒幕になる。

徳川慶喜には、一橋慶喜の時代から何人かの黒幕がいた。中根長十郎、平岡円四郎、原市之進、そしてこの黒川嘉兵衛である。

その慶喜の黒幕は、次から次へと暗殺された。まず中根が殺され、平岡が殺され、原が殺された。にもかかわらず、黒川嘉兵衛だけは最後まで生き延びた。しかもかれは慶喜がまだ一橋家にいたころからのブレーンで、一時期は、

「いまの徳川幕府を牛耳っているのは一橋慶喜であり、その一橋慶喜を牛耳っているのは黒川嘉兵衛だ」

とまでいわれた人物である。にもかかわらずかれは最後まで生命を奪われることなく、明治になってからは京都に移り住んでそのまま隠遁《いんとん》生活を送った。生まれた年も死んだ年もわからない。死んだ場所もわからない。謎の人物である。

ペリーが日本に開国を迫ってやってきたときの、幕府の最高責任者は老中阿部正弘だ。阿部はペリーが持ってきたフィルモアアメリカ大統領の国書を日本文に訳し、全国にばら蒔い

た。

「いい意見があったら提出して欲しい」

と、幕臣だけでなく全国の大名やその家臣、さらに一般有識者にも告げた。いまでいえば、

「情報の公開」

と、

「国民の国政への参加を促す」

という方法を取ったのである。対立する大名の彦根藩主井伊直弼《なおすけ》などは、

「阿部はバカ者だ。あんなことをすれば幕府の権威が失われ、やがて滅ぼされてしまう」

と激怒した。阿部にすれば、

「いままでの幕府は譜代大名だけが政権を担当してきた。しかしこういう国難はかつてなかった。譜代大名だけでは支えきれない。外様大名の意見もきくべきだ。場合によっては外様大名も政権内に導入すべきだ」

と考えていた。いまの言葉を使えば、

「万年与党である譜代大名だけでなく、万年野党だった外様大名も閣僚として入閣させるべきだ」

ということである。

「保革連合政権」

を実現しようとしたのである。古い考え方をする大名たちの受け入れるところではない。

阿部正弘が身分を問わず登用した一連の役人群があった。海防掛《かいぼうがかり》という新設したポストに集めた人材だ。開明的な外交官僚である。

かれは海防掛だけでなく、長崎奉行、浦賀奉行、下田奉行、外国奉行などのポストにそれぞれ腹心を配置した。奉行所の役人も一新した。黒川嘉兵衛も選ばれたひとりである。いってみれば、

「開明派阿部老中の息のかかった外交官」

といっていい。浦賀奉行所から下田奉行所に移ってきたのも、ペリーとの交渉が下田でおこなわれるからである。難しい時代に、いろいろと面倒の多い奉行所の役人をまとめていく能力を黒川は持っていた。人間通で苦労人だった。

この黒川嘉兵衛が取り調べの責任者になったことが、その後の吉田松陰にとってどれだけ幸運だったかわからない。というのは黒川嘉兵衛は、松陰をはじめから罪人と決めつけて、

「自白しろ」

というような訊問の仕方をしなかったからである。

「いいたいことは全部いってみろ」

という態度を取った。その底には、

「相手のいい分をすべてきこう」

という器量の大きさというか、度量があった。黒川嘉兵衛はそういう人物である。かれは吉田松陰と金子重輔に大きな関心を抱いた。

「いまどき、アメリカの軍艦に乗って現地に行ってみようなどと考えるのはなかなか頼もしい若者だ」

と思っていた。だから黒川が知りたかったのは、

「動機はなにか」

ということである。まだ国際的スパイなどという存在が認識されていない時代だから、黒川にはなんといっても、

「この若者ふたりはどういう動機でアメリカへ渡ろうとしたのか?」

ということが最大の関心事だった。その意味では調べられる松陰よりも、調べる黒川嘉兵衛のほうが、

「型破りの役人」

だったといっていい。

吉田松陰がこの夜味わった自己嫌悪は、生涯かれにつきまとう。ときにかれは、この自己嫌悪から逃れるために別な行動を起こす。あるいは別な思想をわきたたせる。人間の、

「自分を深める営み」

は、こういう動機によっておこなわれることが多い。つまり、

「自分の過失から起こった自己嫌悪から逃れるために、それをバネとして他の方向に新しい道を開く」

ということである。松陰の場合は、それは常に、

「他人にとって喜びとなる道を開発」

することであった。あるいは、

「自分を高める道の開発」

をすることであった。このときに味わった自己嫌悪を、その後逆に大切にした。

吉田松陰に対し、

「かれもはじめから立派な人間ではなかった」

というのはつらい。また大それたことだ。しかしわたしはそう思っている。どんな英傑や聖人に対してもそうだが、その人が必死の思いで続ける、

「自分を深める営み」

の動機は、かならず自分自身の失敗か、その失敗から生まれた自己嫌悪がバネになっていると思う。その自己嫌悪のバネをどう活用するかによって、すぐれた人とそうでない人の境目ができるのだろう。

吉田松陰の生涯は三十で終わる。しかし、二十四歳の時に味わったこの下田踏海《とうかい》事件の失敗は、まだ血気に満ちていたころだ。血気に満ちていたからこそ、こういう途方もないことを企てた。

この踏海は行き違いがあって失敗し、それによって自分の卑しい面、卑怯な面が引き出された。それこそ、

「自分で自分がイヤになる」

という思いを、吉田松陰は下田の浜でイヤというほど味わった。そしてその思いがバネになり、黒川嘉兵衛という下田奉行所の役人に、

「恐れることなく本当のことを話そう」

という気にさせたのである。

松陰は、自己嫌悪によって、

「自分は卑しい勇気のない人間だ」

と認識したとたんに、

「すぐ勇気のある正しい人間になろう」

と精神を切り替えた。

黒川嘉兵衛はこのころ、徳川幕府の主流の中にいた人間だ。江戸城では、

「海防掛らの外交関係の役人は、肩で風を切って歩いている」

といわれた。

「飛ぶ鳥を落とす人間の群だ」

ともいわれた。黒川嘉兵衛はその中でも、外交関係の練達者として知られていた。周囲の高い評価と自信はゆとりを生む。したがってこのときの黒川嘉兵衛の精神は、ひじょうにゆとりのあるものだった。

そのため自分の前に引き出された吉田松陰と金子重輔のふたりの青年に対しても、ゆったた

りした気分を持っていた。

「この不届き者を徹底的に絞りあげてやろう」

という気はなかった。かれの主人である老中阿部正弘の開明性をかれはもちろん、外交関係の役人のすべてが持っていた。

黒川嘉兵衛はふたりの青年ににこやかに接した。調書にチラと目をやり、

「長州の人間か？」

ときいた。松陰は、

「はい、そうです」

と応えた。

「名前は、えーっと瓜中万二と市木公太か……」

調書を読みながら黒川嘉兵衛はチラと目をあげた。目の底にからかうような色が浮いていた。

「本名ではないだろう」

「偽名です。わたくしは吉田寅次郎と申します」

脇から金子重輔が、

「わたくしは金子重輔と申します」

と告げた。

「偽りをいって申し訳ございません」

松陰は素直にあやまった。黒川は首を横にふった。

「大したことじゃない。いまは、志のある若者はみんな偽名を使っているよ。別に珍しくもなんともない」

黒川はそういい捨てた。松陰は思わず金子と顔を見合わせた。目で、

(この役人は少し変わっている)

と語りあった。黒川が敏感に見とがめた。

「なんだ？」

「なんでもありません」

「さてと」

調書を机の上に放り出した黒川は向き直った。

「なぜ、アメリカの船に乗ろうとした？」

「アメリカの実態を知りたかったからです」

松陰は応えた。

「アメリカの実態を知ってどうするつもりだ？」

「わたしは攘夷《じょうい》論者です。この日本を神州と思っています。醜夷《しゅうい》から守らなければなりません」

「勇ましいな」

黒川はからかうようにいった。松陰はわらわなかった。真顔で、

「中国の兵法書にもありますように敵と戦うためにはまず敵の実態を詳しく知ることが必要です。アメリカと戦うためには、アメリカのことを詳しく知らなければなりません。そこでアメリカの船に乗せてもらってアメリカ国に渡り、彼の国の実態をふたりで調べるつもりでした」

「ほう」

黒川は妙な唸り声を出した。

「アメリカと戦うために、戦う前にアメリカのことを調べようということか？」

「そうです」

「向こうの大将はなんといっていた？」

「いまは日本と交渉中で大事な時期だから、連れて行くわけにはいかない。日本と交渉が成立した後はこっちで招待してやるから、そのときにゆっくりみにくるようにとのお話でした」

「そうか、そんなことまで向こうの大将がいったか」

「もちろん通訳を通じてです」

「大将の名前は？」

「たしかペロリとか」

「ペロリ？」

ききかえした黒川はハッと気がついたように目をみはった。

「それはペリーのことだ」

「ペリー？」

今度は松陰の方がききかえした。黒川はうなずいた。

「先年日本にやってきて、脅しによってこの国を開国させたアメリカの総大将だよ」

とあらためて驚いた表情をした。松陰と金子はまた顔を見合わせた。自分たちが会ったのは通訳のウィリアムズで、ウィリアムズはたしかペロリといった。しかしそれが、アメリカの代表であるとは思わなかった。単に、艦長ぐらいだろうと思っていた。

「実をいえばな」

黒川は半分身を折るようにしてささやき声になった。

「はい」

「そのペリーからもこっちに連絡があった。おまえたちのことだ」

「アメリカへ行かせてもらえるのですか？」

松陰はたちまち目を輝かせた。黒川は苦笑した。

「バカをいうな。本当におまえは仙人みたいな考え方をするやつだな。そんなことができるはずはない。そうではなくて、おまえたちのことは向こうも充分承知しているので、なるべく寛大な処置をしてやってくれということだ。国法をおかしたかどで首を斬るというようなことだけは絶対にしないでほしいと、ペリーが助命を申し出てきたよ」

「はあ」

松陰はがっかりした。このときの松陰はもう死刑を覚悟している。だからペリーから日本側に連絡があったときいて、

(あるいは、ペリーが思いなおして自分たちをアメリカに連れて行く気になったのだろうか？)

と思ったのである。この点、松陰は純粋無垢《むく》だから多少能天気なところがある。なんでも自分に都合のいいような解釈をする。黒川嘉兵衛は人間通だったから、そういう松陰をみていて、

(こいつは底抜けに純粋だ)

と感じとった。そうなると黒川も、

(ペリーの頼みもあることだし、あまり重い罰は与えたくない)

と考えた。しかし吉田松陰が、

「わたしは攘夷論者です」

と真っ向からいい出したのには興味がわいた。

「長州ではなにをしているのだ？」

「藩の学者です」

「なにを教えているのだ？」

「山鹿流の軍学です」

「ほう、山鹿流の？」

知っているのか、いないのか黒川はその兵法の流儀を口にした。

やがて黒川は懐から一通の手紙を出した。広げると松陰に突きつけた。

「これに覚えがあるか？」

手紙を見た松陰は思わず顔色を変えた。師の佐久間象山からおくられた詩だった。象山は松陰のアメリカ行きに積極的に賛成した。というよりも煽動《せんどう》したといった方がいい。

「君の壮挙を讃《たた》える」

と、一篇の詩をおくってくれた。

「それは」

といって松陰は思わず書類をひったくろうとした。が、敏捷《びんしょう》に黒川は手を引っ込め再び自分の懐に手紙をしまい込んだ。真顔になった。

「これは佐久間象山が書いたものだな？」

「そうです」

「佐久間象山はおまえの師か？」

「そうです」

「これによると、佐久間象山がおまえのアメリカ行きをそそのかしたように思えるが？」

「そんなことはありません。アメリカ行きはあくまでもわたくし個人の意思です。その詩もわたくしが佐久間先生に無理にお願いしていただいたものです。佐久間先生は今度のわたくしのアメリカ行きにはまったく関係ありません」

「師をかばっているな」

黒川はにこりと笑った。その笑顔がなんともいえない。引きつけられる。人間には、

「風度《ふうど》」

というものがあるそうだ。風度というのは、

「他人に、〝この人なら〟と思わせる」

というその〝なら〟のことだそうだ。魅力、人望、カリスマ性、あるいは愛敬、いろいろなものが含まれる。いわば一種の、

「オーラ（気）」

のことである。黒川嘉兵衛はこの風度に満ち満ちていた。たちまち相手を魅了する。松陰はすでに黒川嘉兵衛の魅力のとりこになっていた。

善魔と悪魔

ひとりの人間には、それぞれ〝善魔〟と〝悪魔〟が棲んでいる。〝善魔〟というのは岸田国士《くにお》の戯曲で使われた言葉である。あるいは、ホトケとオニが棲んでいるといっていいかもしれない。

「人間の性は善である」

という性善説を唱えたのは、中国古代の思想家孟子だ。これに対し、

「人間の性は悪である」

と唱えたのが荀子《じゅんし》である。韓非子《かんぴし》なども、

「人間は信じられない」

ということを前提に、自分の痛ましい経験から、いろいろな考え方を披瀝《ひれき》した。

黒川嘉兵衛は、吉田松陰をみていてこんなことを思った。

（おれの胸の中にも、善魔と悪魔が棲んでいる。善だからといって、かならずしもいいこと

をするとは限らない。いいことをすることで、かえって他人を苦しめることになることがある。となれば、善かならずしも神ではなく、悪魔の性格を持っている場合もあるのだ。が、いま眼の前にいるこの青年は、おれの善の内にひそむ悪魔性を、ホトケの心に変える。これは奇妙なやつだ）

黒川嘉兵衛はかねてから、

「おれを怒らせたときは、怒らせたほうが悪いのだ」

という自分勝手な屁理屈を打ちたてていた。黒川嘉兵衛は、

「人当たりがいい」

とか、

「話のわかる男だ」

といわれている。いわゆる「圭角《けいかく》の人」ではない。我意我説にこだわって、

「おまえの考え方は間違っている」

と相手のいうことを、ピシャリと頭から決めつけるようなことは絶対にしない。

「なるほど、そういう考えもあるのか」

と、かならず相手を持ち上げる。そして、

「しかし、こういう考えもあるのではないかな」

と、やんわりと自説を主張しはじめる。かれの論法は、

「相手のいい分を五割か六割認め、その上でこっち側の論を三割か四割上乗せする」

というものだ。だから、

「ものわかりがいい」

とか、

「相手の話をよくきく」

といわれてきた。その黒川嘉兵衛が、ただひとつ守っているものがある。それは、

「正義」

というモノサシだ。これはかれが自分なりに打ち立てた人生に対するモノサシであって、これに抵触したときは怒る。抵触したというよりも、否定されたときだ。そういうときの黒川嘉兵衛の怒り方は、まさに異常で人びとはびっくりする。

「あんなやさしい人が、なぜあんなに怒るのだろうか？」

しかし怒っている黒川嘉兵衛のほうは、

「怒っているおれが悪いのではない。怒らせた相手が悪いのだ」

と告げる。多くの場合、黒川のいい分に正当性があるので、人びとは納得した。しかし黒川にすれば、後味の悪い思いをする。大声をあげたり、感情をむき出しにした自分に自己嫌悪を感ずるのだ。

そのために黒川嘉兵衛によれば、

「たとえ善だからといって、万人がそれを納得するものではない。善を主張するにしても、相手が傷つき、同時に憎しみの念を燃やすことがある。そうなると、善の中にも悪魔がひそ

んでいる」

ということになる。

黒川嘉兵衛はしかし自分の中に棲んでいるこの〝善魔〟が、吉田松陰と話していると、まったくのホトケの境地になるような気がした。これは珍しい経験だった。

（こんな青二才が、どうしておれのそういい面を引き出せるのだろうか？）

と不思議に思った。松陰はまったく清純無垢《むく》な魂を持っていて、少しの汚《けが》れもない。こっちの質問にもきちんきちんと答えるし、いい訳はしない。

が、黒川嘉兵衛には上役から命ぜられた密命があった。それは、

「佐久間象山をかならず罪に落とせ」

ということである。その上役は、

「吉田寅次郎という青年が、アメリカへ密航しようとしたことには同情すべき点もある。しかし、それをそそのかした佐久間象山は不届きなやつだ。なにも知らない無垢な青年をそそのかして、自分は後ろのほうで糸を操っている。この際、あいつを叩きのめすべきだ」

といっていた。その上役は、佐久間象山に相当含むところがあるらしい。佐久間象山は信州（長野県）松代藩真田家の家臣だ。西洋流の軍学者で砲術の大家でもあった。自分でも大砲をつくる。弟子に、勝海舟、坂本龍馬、桂小五郎、河井継之助などがいた。

吉田松陰が佐久間象山の門人になったのは、嘉永四年（一八五一）五月二十四日のことで

ある。正式に入門を認められたのは七月二十日だったという。

佐久間象山は、西洋流の砲術で名を高めていたが、しかしだからといって西洋かぶれではない。松陰が感じたのは、

「佐久間先生は、砲術を教えてはくださるが、常にこういっておられた。『砲術を学ぶ者はかならず経学《けいがく》（中国の儒学）を学び、経学を学ぶ者も、かならず砲術を学べ』と」

つまり松陰のみた佐久間象山という師は、砲術と同時に経学も教えていたのだ。象山はそのほうの大家でもあった。

松陰が佐久間象山の門を叩いたころは、かれは失意の底にあった。その前にかれは、

「東北の実態を自分の眼でみてこよう」

と志し、同じ気持ちを持つ肥後熊本藩の宮部鼎蔵《ていぞう》と南部盛岡藩の江幡（幡）五郎とともに連れだってこの旅に出た。これ以前に、松陰は宮部と浦賀湾もつぶさに見聞している。かれの旅の動機は、

「清国に仕掛けられたアヘン戦争の災いを日本にもたらしてはならない」

という憂国の情に発したものである。

が、藩政府はなかなか松陰の旅行を許さなかった。そのために松陰は、宮部との約束を守るために、脱藩同様の出発をしてしまったのである。藩の許可はそれから十日後に下りたが、藩のほうは怒った。

「十日待てばいいものを、吉田のやつは脱藩同様に旅立ってしまった。けしからん」

と、姑息《こそく》な役人たちは、

「急ぎ吉田を引き戻して、罰を加えよう」

と相談した。

吉田松陰は野山獄に入れられてからまもなく、次のような文章を書いている。


吾庚寅《こういん》の年を以て杉家に生れ、すでに長じて吉田家を嗣《つ》ぐ。甲寅の年罪ありて獄に下る。夢に神人あり。与ふるに一刺を以てす。文に曰く、二十一回猛士と、忽《たちま》ち覚《さ》む。因《よっ》て思ふに杉は二十一の象あり。吉田の字も亦《また》二十一回の象あり。吾が名は寅、寅は虎に属す。虎の徳は猛なり。吾卑微《ひび》にして辱弱《じょくじゃく》、虎の猛を以て師と為《な》す非《あらざ》れば、安《いず》くんぞ士たることを得む。吾生来事に臨み、猛を為すことおよそ三たびなり。而《しか》して或は罪を獲《え》、或は謗《そしり》を取り今は則《すなわ》ち獄に下り、復《ま》た為すことは能《あた》はず。而《しか》も猛の未《いま》だ遂げざる者、尚十八回あり、其の責も亦重し（略）然《しか》らば則ち吾の志を蓄《たくわ》へ、気を幷《へい》する、豈《あ》にやむことを得んや。

書かれたことを一言でいえば、

「牢屋に入れられてからのある夜、夢に神人が現われた。わたしに一枚の紙をくれたが、紙には二十一回猛士と書かれていた。すぐ目がさめた……」

ということである。神人が示した「二十一回猛士」ということについて松陰は考える。そして、それが自分の姓とかかわりがあることを発見する。生家の姓は「杉」だ。杉を分解すると、偏《へん》の方の木は十八になり、右側の旁《つくり》が三で、合計二十一になる。養子に入った家の吉田という姓も、上の士と田の中の十を取り出すと合わせて二十一になる。また、吉田の下の口と、十を取った田の残りの口を重ね合わせると回という字になる。まあ子供の遊びのようなものだが、吉田松陰は本気でこれを信じた。そして、自分の寅次郎を猛獣の虎にたとえ、

「自分も猛をなさなければならない。神人はおそらく、おまえは二十一回猛を為せと命じたのだろう」

と考えた。そして振り返ってみると、すでに三回猛の行為をおこなった。ひとつは、藩の通行証を得ないで脱藩同様に東北を歩き回ったことであり、二回目は、藩庁に相当思い切った意見書を出したことであり、三回目が今度の下田港に出掛けて行ってアメリカの海将ペリーに、「自分をアメリカに密航させてくれ」と頼んだことだと考えた。三回とも成功したとはいえない。しかし松陰はひるまない。

「まだ十八回残っている」

と、逆に前向きの姿勢を生むのである。それが、

「獄中で志を蓄える」

ということだ。しかし、そうなると、

「一体、いつこの牢舎から出られるのだろうか？」

ということが頭に浮かぶ。いてもたってもいられなくなる。この衝動の積み重ねが、松陰を常に生き急がせる。吉田松陰の生涯はまさに生き急いだ一生だといっていい。

ところで松陰が、

「自分はすでに三回の猛をおこなった」

という三回の「猛」の具体的事実をちょっとみてみたい。

かれが最初に「罪を得」と書いたのは、脱藩同様の行為によって東北を旅行した事件だ。嘉永《かえい》四年（一八五一）の暮から翌年にかけてのことで、松陰は二十三歳だった。

このころの松陰は、藩主の特別な温情によって江戸に留学していた。藩主の毛利侯は、

「そうせい侯」

の別名がある通り、なんでも部下のいうことは、

「そうせい」

といったという。みる人によっては、無責任だというかもしれないが、毛利侯はかならずしもそうではなかった。いまのトップになぞらえれば、かれは、

「なんでも思うようにやるがよい。責任は自分が取る」

という殿さまだった。つまり、部下に全面的な信頼を置いていた。そうなると部下の方もおちおち落ちついてはいられない。

「なんでもやっていいといわれても、殿さまにご迷惑がかかるようなことをしてはならない」

と自分たちの行為をセーブする。しかし、松陰はかならずしもそうではなかった。むしろこの藩主の行為を自分の都合のいいように受け止めた。松陰の魂が無邪気な証拠だ。

江戸に遊学した松陰は、学業がもともとは山鹿《やまが》流の兵学にあったので、その方面の師を選んだ。しかしそれだけでなく、たとえば佐久間象山に学んだりもしている。幅広い学業修行を続けているうちに、多くの知己を得た。鳥山新三郎、江幡五郎、宮部鼎蔵、来原《くりはら》良蔵、村上寛斎などである。

この中で兄貴格が鳥山新三郎で、かれは安房《あわ》農民の子だったが江戸で蒼龍軒《そうりようけん》という塾を開いていた。ここに南部藩士である江幡や、肥後《ひご》熊本の山鹿流兵学者である宮部や、松陰と同じ長州藩士である来原や、羽後（山形県）出身の村上などが集まってきた。松陰の書いた物によれば、

「蒼龍軒に集まる者は、一度会っただけで昔から知っていたような仲良しになってしまう。会うたびに酒を飲んだ。酒が回ってくると、話が古今の忠臣義士や佞奸《ねいかん》の者に及んだ。みんな感動して、最初に江幡が泣く。すると、これに続いて村上が泣き、宮部も泣く。ぼくも泣いた。座中の者がみんな声をあげて泣いた。そして、大声で激論をし、まるで近所に家がないかの如くだった。これをみて、世間ではわれわれのことを笑社という者もいた。しかし本当は、泣社《きゆうしや》というほうが正しいだろう」

というような意味のことを書いている。まさに青春の噴出であり、若き無垢な魂の集合場所であった。泣社で泣いたり激論したりしているうちに、薩摩《さつま》人の肝付《きもつき》七之丞が、ある日こんな情報をもたらした。

「日本海を北上する異国船が津軽海峡を通行する日本の漁船を略奪している」

というのである。この話が松陰を憤激させた。松陰はすぐ感じる方だから、

「実際に、その現場をみに行く」

といった。肥後人の宮部も、

「オレも行く」

と応じた。江幡五郎が、

「自分はいま兄の敵《かたき》を討つべく江戸にきたが、どうやら敵が東北にいるとわかった。いっしょに行こう」

といった。そこで、三人が東北に行くことに話がまとまったが、江幡が敵を討つというので、

「では江幡くんのために、赤穂《あこう》義士にあやかり十二月十五日、高輪《たかなわ》の泉岳寺を出発地にしよう」

と話をまとめた。脇にいた者は、みんな手を叩《たた》いて、

「三人の壮行会に切り換えよう」

とはしゃいだ。

長州藩の江戸の藩邸に戻った松陰は、すぐ旅行の許可願いを出した。藩の重役たちは、松陰の魂が純粋無垢であり好感を持っていたので、すぐ許可した。ただ、

「しかし本当に出掛けるときには、他国を歩くのに過所手形（通行証）がいる。過所手形には、殿さまのご印が必要だ。いま殿さまは国にお帰りになっているので、ちょっと時間がか

かるぞ。それまで待て」

といった。松陰は不満そうな顔をした。というのは、約束した十二月十五日がどんどん迫ってきていたからである。

やがて、出発の日が目前にきた、松陰はいてもたってもいられなくなった。藩邸の重役に、

「まだ過所手形は下りませんか？」

ときいたが、重役は、

「やがて殿さまが江戸においでになる。もう少し待て」

といった。いたたまれなくなった松陰はこの事を江幡や宮部に話した。江幡と宮部は、

「そういう事情なら、十二月十五日に泉岳寺で会うのはやめて、水戸で落ち合うことにしよう。過所手形が出たらすぐきてくれたまえ」

そういって先に出発していった。そうなると純粋な松陰はいよいよいてもたってもいられなくなる。ジッと考えたかれは遂に決意した。

「過所手形が下りるまで待っていたら、自分の出発はかなり遅れる。そうなると、いったんふたりに約束したことを破ることになる。それは長州藩の恥だ。自分は長州藩士としてかれらふたりに出発の日時を約束した。それが守られないとなれば、それを破った自分が笑われるだけではない。長州藩そのものが笑われる。これは長州藩という国家にとってもないがしろにできることではない。この際、亡命（脱藩）しよう。亡命の罪は自分ひとりが引き受ければいい。しかし、それによって長州藩という国家の名は保たれる」

松陰らしい決断だった。

このことを同じ泣社仲間の来原良蔵に話した。来原は手を打って松陰を励ました。

「吉田くん、行きたまえ。後はわれわれが引き受ける」

「ありがとう。ぼくが出発するのは、あくまでも長州藩という国家を大切にしたいからだ」

「わかっている。安心して行け」

頼もしい来原の言葉に、松陰は一日早めて十二月十四日に出発した。追手を恐れて、大急ぎで日本橋から千住に行き、水戸街道に出た。このころのこの地域は随分と寂しく、道は狭く、家は少なく、山の姿はどこにもみえないという光景であったという。松戸に着いたとき真っ暗になった。宿に泊まろうと思ったが、追手がくるといけないのでそのまま歩き続け、本郷という村までいって、村はずれにある小さな寺に泊めてもらった。

水戸で、江幡五郎と宮部鼎蔵の二人に合流した。水戸では会沢正志斎《あいざわせいしさい》などに会い、その識見に感嘆した。一月二十日に水戸を発《た》ち、一月二十五日に奥州（福島県）白河に着いた。江幡は、

「ここできみたちと別れる。敵《かたき》の所在がはっきりしたから」

と告げた。そこで三日間、白河の宿で痛飲し江幡の壮行会をおこなった。別れの日は雪だった。三人共、眼に涙をいっぱい浮かべていた。雪の中を去って行く江幡の後ろ姿に、松陰と宮部は何度も、

「江幡、オーイ江幡！」

と呼びかけた。振り返る江幡は、指で眼を押さえながらもう一方の手を強く宙で振り回した。

「私は嗚咽《おえつ》して、もはや何も言えなかった。江帾《原文ママ》もまた泣いているのだろうか、ふりかえらずに一路去って行った。私たちは長いあいだ遠ざかるかれの後姿をみつめ、ようやくみえなくなってから、歩き出した」（松陰の『東征稿』。古川薫氏訳）

　劇的な別れのシーンである。無垢な魂を持つ三人の青年たちの別れの光景があますところなく伝えられている。

　宮部とふたりになった松陰は、その後白河から会津若松に入り、越後《えちご》（新潟県）の新発田《しばた》へ抜け、新潟に戻り佐渡へ渡り、また船で久保田（秋田）へ渡った。大館、弘前《ひろさき》、小泊、今別、平館《たいらだて》、青森、小湊《こみなと》などの青森県下を歩き回り、異国船の姿を求めた。しかし異国船には出会えなかった。ただ松陰は、

「この地方の人びとの暮らしはあまりにもひどい、貧しい」

　と感じた。やがて盛岡に出、仙台、米沢、会津若松を経て山越えをし、今市へ出て日光へ参った。下野《しもつけ》（栃木県）では足利《あしかが》学校をみた。そして利根川を渡り、四月五日に鳥山新三郎の塾に戻ってきた。約半年弱の旅であった。

　江戸に戻った松陰は、すぐ「待罪書」を提出した。もともと、かれは罪を逃れようという気はなかったから、男同士の約束で東北の旅に出たものの、

「旅から戻ったら、藩の命に服して罰を受けよう」

と考えていた。藩の重役はカンカンに怒っていた。かれを止めなかった罪で、松陰を旅に出してくれた来原良蔵たち四人の武士が、監禁の憂き目に遭っていた。来原たちは、松陰のいったことをそのまま上役に伝え、

「たとえ過所手形が出なくても、吉田君が旅に出たのは長州藩の名を重んじたからです。もし旅に出なければ、かれが約束を守らなかっただけでなく、長州藩が他藩の人物に対して約束を破ったということになってしまうからです」

と強弁した。が重役は、

「バカをいうな。過所手形を持たないことが、各藩の関所や天領（幕府直轄地）でわかって、咎《とが》められでもしたらそのことの方が余程長州藩の名がすたる。おまえたちのいうのは逆だ。まったくあいつは無謀なヤツだ。われわれの苦労をちっとも理解しない。自分の好き勝手なことをしている」

と怒った。そして、

「おまえたちまでそんなことをいっているのなら吉田と同罪だ、謹慎しろ」

といって、藩邸の一隅に押し込めてしまったのである。

松陰はさっぱりした顔をして戻ってきた。かれは責任逃れする気など毛頭ない。約束を守って長州藩の名を保ち、東北地方で実際に見聞してきたことで満足していた。大袈裟《おおげさ》にいえば、

「これでもう死んでも惜しくない」

と思っていた。松陰は自分のこういう行為を「猛」あるいは「狂」と名付けている。そしてこの「猛」や「狂」をおこなうときは、それがどんな小さなことでもかれはかならず死を覚悟した。つまり、命懸けなのだ。かれは、

「死の淵に自分を放り込んでこそ、生きる道が得られる」

と考えていた。言葉を換えれば、

「死を覚悟するほどの緊張感がなければ、本当のことはできない」

と信じていた。

藩の重役たちは自分たちの意見が重んじられなかったとして、松陰を憎んだ。そのため厳しい処分が下された。

「士籍と世禄剝奪《はくだつ》」

の刑である。武士の身分と、代々吉田家に与えられてきた俸禄を全部取り上げるということだ。ということは、吉田松陰はもはや長州藩士ではなく、一介の牢人《ろうにん》だということである。もちろん収入もない。さらに、

「身柄は実父杉百合之助に預ける」

と軟禁生活を送らされる結果になった。が、松陰の表情は明るかった。後悔をしていないから気持ちの底に溜《た》まる澱《おり》がまったくない。父の百合之助は苦笑した。

「まったくおまえというヤツは」

とだけいって、あとはなにもいわなかった。百合之助にしても、

（寅次郎はわたしの気質をよく引き継いでいる。しかたがない）

と思っていた。そういう教育をしてきたのである。もし松陰を咎めるのなら、罪の一半は自分にもあると思うのが、この温かい父の考え方だった。

松陰がそんな目に遭っているのをみて、

「かれは有能な青年だ。許してやれ」

と温情の手を差し伸べたのが、藩主の毛利侯だった。嘉永《かえい》六年（一八五三）になって、松陰は、

「十年間の遊学を差し許す」

という辞令を貰った。十年間というのが凄《すご》い。喜んだ松陰は再び江戸に向かった。藩庁にしても、松陰をこのまま萩《はぎ》に置いておくよりも、江戸に出した方が問題が少なくてすむと思った。いずれにしてもどんなに藩主が可愛《かわい》がろうと、吉田松陰がトラブルメーカーであることは疑いなかった。

この年の六月に、アメリカから大統領の全権を委任された大使ペリーがやってきた。恫喝《どうかつ》外交で日本に開国を迫った。吉田松陰は江戸でこのあり様を目の当たりにしていた。いたたまれなくなったかれは、すぐ藩主への上書として、

『将及私言《しょうきゅうしげん》』

を書いた。

その内容は、かなり師の佐久間象山から受けた影響が強いといわれる。内容は概略次のよ

うなものだ。
・外敵が日本にやってくるということは前々からわかっていたことです。が、アメリカの来航は目前の急となりました。六月三日に黒船が浦賀にきましたが、わたしは日夜駆け巡ってその状態を観察しております。かれらは日本を軽蔑《けいべつ》し、我が物顔に振る舞っています。ところが、幕府はその軽蔑に甘んじて、もっぱらことなかれ主義にことを運ぼうとし戦おうとしません。これがますますアメリカ側を驕《おご》らせる原因となっております。ペリーの開港要求は、当然拒絶することになるでしょうから、再びかれらがやってきたときは当然戦争になると思われます。そのためには、次のようなことをする必要があります。
そういってかれは、現在の徳川幕府の考え方に鋭いメスを振るう。
・幕府は、徳川幕府の膝元《ひざもと》だから江戸は譜代大名や旗本で守る、外様大名はそれぞれ自分の国を守れといっておりますが、これは根本的に間違っております。すなわちそういう考えは、天下を徳川のものだと思うからこそ出る考えです。しかし天下は徳川のものではありません。天下は天朝の天下であります。天下の天下であります。したがって大名である以上は譜代であれ外様であれ、この国難に心を揃《そろ》えて対処しなければなりません。日本の大名の総力をあげて、立ち向かうべきでしょう。
・長州藩主としては、この際側近政治をお止めください。一部の者の耳当たりの良い意見だけをきくのを廃して、衆議を多くお集めください。そして身分を問わず人材登用をおこなってください。とくに下からの意見をおききください。

・外国にたいする兵力充実の方策としては、すすんだ外国の武器を取り入れ、洋式の兵制を採用すべきだと思います。軍艦の建造、外国からの軍艦購入、これは到底長州一藩ではできませんので、仙台藩や会津藩や薩摩藩などと協力しておこなうべきでしょう。

・もしいまのままでアメリカと戦争になれば、幕府はかならず破れます。江戸は総崩れになると思います。そこで長州藩が独自の軍を発して、事態を収拾すべきだと思います。すなわち幕府に代わって長州藩が、日本の国事を担当すべきであります。

この時点で、明治維新に結び付くような考え方がかなり取り込められている。その最大のものは、なんといっても、

「天下は幕府のものではない。天下は天朝のものであり、天下の天下である」

といい切っていることだ。天朝の天下というのは、松陰の尊皇思想に基づいているが、のちにかれは、

「朝廷も幕府も大名も必要ない。いま、国難を解決できる力を持っているのは日本の民衆だけだ」

といい切るようになる。これはある意味では、武士政権の否定だ。それだけでなく身分としての武士も否定しているといっていい。つまり万民平等の考えを押し出し、そして、

「本当に国政を担う力を持っているのは民衆だ」

という考え方を押し出したことだ。そしてその頂点に立つのが天皇だということだろう。

いってみれば政治組織を廃止し、天皇と民衆を直結させた政治をつくるべきだという考えになる。本来ならこれが明治維新の目標であった。つまり明治維新は、

「幕府や大名たちによって苦しめられてきた国民に、もっと幸福な暮らしを送らせるために、革命をおこなう」

ということであったはずだ。しかし実際の明治維新は、民衆に直接解放されたわけではなく、低身分の武士が牛耳ることになった。

二つ目は、長州藩の内部改革についても言及していることである。かれからみるとそのころの長州藩主は〝そうせい侯〟と呼ばれていたが、しかしそれは単に責任だけを負う人の良いトップというだけではなく、

「自分に耳当たりの良い意見しかきいていない。また側近も、トップが気に障るようなことはいっさい耳に入れていない。したがって、下の方の本当の意見が届いていない」

という認識があった。これは、組織で常に繰り返される問題である。松陰にすれば、のちに「松下村塾」を開いたのは、藩の学校明倫館では、形式的な学問を、形式的に教えているだけで、一向に、

「一人ひとりが持っている潜在能力を伸ばす」

という、個人に見合った教育がおこなわれていない欠陥があった。かれには我慢できなかった。

「いまは尋常なときとは違う。非常なときだ。非常なときには、人に潜んでいる能力を引き

出し、それが互いに相乗効果を起こして国難に当たるようにしなければならない」

という考えがあった。とくにかれが、

「下からの意見をおききください」

といっていることは大切である。

かれは「攘夷論者《じょういろんしゃ》」だといわれる。攘夷論者というのは、古代中国の中華思想に基づく考えだ。つまり夷というのはえびすとか、えみしという意味だ。古代中国では、

「中国こそが世界最大の文化国で、周りの東西南北の国々は、遅れている」

と考えていた。確かに世界の文明は、中国の黄河や、ナイル河の辺や、ガンジス河の辺から起こったといわれる。しかしそれにしてもこの自信は凄い。日本の江戸時代の学問は、ほとんど中国から入った儒学だから、日本の学者の中にもこの思想にかぶれる者がたくさんいた。極端なのは、

「日本も東夷《とうい》の国だ」

と、みずから自分の国を卑しめる者さえいた。中華思想では、東西南北のえびすたちを、東夷、西戎《せいじゆう》、南蛮《なんばん》、北狄《ほくてき》と東西南北をそれぞれ夷、戎、蛮、狄というように蔑称した。攘夷論というのは、攘夷の夷は主にアメリカを指す。日本からみると、ペリーたちは東の方からやってきたようにみえたからだ。攘夷論は、

「東からやってきたえびすを撃つ」

ということである。これは中国から受け継いだ中華思想を日本がそのまま持っていたとい

うことだ。日本もまた、

「中国を除き、日本の周囲を囲む国々は文化的に劣っている」

と考えていた。中国古代の中華思想は、もともとは「文化」の優劣を指した。ところがこれがさらに拡大されて、やがては政治・経済・文化あらゆる面において、優っているとか劣っているとかいう風に考えられた。

そして日本に起こった攘夷論は、なにがなんでも海の向うからやってくる外国は問答無用でうちはらえという考え方だった。ということはその国々が持っている政治・経済・文化等をまとめて文明そのものも受け入れないということである。

ところが松陰は違う。単純な攘夷論者ではない。かれが外国に対する兵力充実の方策として、逆に外国の科学文明をどんどん受け入れるべきだといっているのは、この当時では新しい意見である。このへんが、吉田松陰を単純な攘夷論者だとみなせないゆえんだ。このへんはおそらくかれが師の佐久間象山から学び取ったものだろう。象山は、後に暗殺されてしまうがそれほど当時としては開明的な意見を持つ開国論者だったからである。

松陰は自分が読んだ『聖武記附録』という古書の中からある一説を頭の中にいつも置いていた。

「夫《そ》レ外夷ヲ制馭《せいぎょ》スル者ハ、必ズ先《ま》ズ夷情《いじょう》ヲ洞《うかが》フ」

という言葉である。つまり、

「外国を制圧しようと思ったら、まずその国の実情を知らなければならない」

ということだ。洞うというのは、情報を集め、よく調査し、判断するということだろう。

これがかれの、

「なんでもみてやろう精神」

であり、また、「飛耳長目録《ひじちょうもくろく》」というメモをつくって、みたことやきいたことを常にメモっていた癖にもつながっていく。吉田松陰は、幕末の最大の調査魔であり、またメモ魔でもあった。つまり、日常の出来事に対して異常な好奇心を持っていたのである。これは、例のサムエル・ウルマンの『青春』という詩の精神にもつながっていく。すなわち、

「人間は、情熱と好奇心さえ絶やさなければ、その人は常に青春である」

という意味の詩だ。吉田松陰は、生れてから死ぬまでまさに〝青春〟そのものであったのである。だから、後々までもかれの精神が瑞々《みずみず》しく、後代の人たちの胸を打つのだ。

吉田松陰のこの意見書は、そうせい侯の長州藩主もみたといわれる。が、これに対してそうせい侯は特段なんの指示も出さなかった。重役たちは怒った。

「吉田寅次郎は一度は牢人になった身でありながら、身分をも考えず、こんな大それたことを書いて出すとはとんでもないヤツだ」

遂に松陰は江戸藩邸への出入りを禁止されてしまった。しかしかれは懲りない。

「主に対して諫言《かんげん》をすることは名臣の務めだ。そのためにたとえ家が滅び、自分の命がなくなろうと決して悔いはない」

脱藩して東北旅行をおこなったと同じように、意見書ひとつ出すのについても、松陰は死

を覚悟していた。なんの場合にもかれは全力投球する。そのとき持っている全生命を叩き込む。そして完全に燃焼させなければ気がすまない。そういう激しさがあった。これが「猛」であり「狂」である。だからこそ、かれの一挙手一投足が人々の胸に強烈なインパクトを与えるのである。

自分の出した意見書が取り入れられなかったからといって、かれはすぐふてくさったり相手を憎んだりはしない。次の手を打つ。これが松陰の生涯を通ずる〝攻め〟の生き方だ。かれは常に前へ打って出た。

意見書が受け入れられないとみると、かれは、

「実際にアメリカへ渡って、かの国の実態をこの眼でみてこよう」

と思い立った。これは松陰一人の考えではなく、師の佐久間象山もすすめたことである。師の佐久間象山と話した松陰は、土佐（高知）の漁民で、アメリカに漂流した中浜万次郎の話をきいていた。万次郎はジョンというアメリカの名を持ち、捕鯨船に乗って太平洋を船で渡り歩いた。やがて日本に帰ってきた。昔なら、漂流漁民は日本の国に入れてもらえない。しかし、当時の幕府老中は阿部正弘という開明的な大名だったので、

「その漂流漁民から、アメリカの実態をよくききたい。またかれは英語も堪能だそうだから、これから頻繁に日本にくる英語の文書の翻訳係としても役立つに違いない」

と考え、幕府に召し出した。これに注目して逆なことを考えたのが佐久間象山である。佐久間象山は幕府の勘定奉行（財務局長）で海防掛（外務省の局長）を兼ねていた川路《かわじ》聖謨《としあきら》と

仲が良かった。象山は川路にいった。

「漁民中浜万次郎の例を、もっと拡げて正式なものにしたらどうだろうか？」

「正式なものとは？」

「こっちから志のある若者をアメリカに送り込んで、かの国の実態をよく調査させるのだ。そうすれば、日本国民もただ頭に血を上らせた攘夷などというバカバカしい考えを捨てるだろう」

派遣留学生の案だ。

この案には川路もかなり関心を示した。しかし、まだペリーが持ってきた日本への開国要求をどうするか決定していない時期なので、他の幕府の連中に話せば、

「とんでもない！」

といわれることは目にみえていた。


旅は無事に終わったが、江戸で罰が待っていた。松陰は、家禄を取り上げられ、しかも武士の籍も剝奪《はくだつ》されてしまった。その後藩主の計らいで江戸留学の扱いとなり、江戸で西洋軍学の塾を開いていた佐久間象山の噂をきいて訪れたのである。このとき松陰は、正直に自分の身の上を語ったらしい。黙って話をきいていた象山は、やがてこういった。

「人間はなにかことをなそうとすれば、行きすぎもあって過ちは犯しがちだ。しかし自分で過ちを犯したと思うのなら、それを改めればよい。過って改むるにはばかることなかれ、と

いう古語もある。しかしこれですむのは庶民の場合だ。武士はそうはいかない。やはり過ちを犯したと思うのなら、その償いをしなければならない。償いというのは、世間一般に対して大きな功績のある偉大な事業をおこなうことである」

そう告げた。この、

「罪を償うべき偉大な事業の実行」

ということばがその後松陰の頭の中にこびりついた。

東北旅行から帰った翌年に、アメリカからペリーがやってきた。ペリーの最初の来航である。松陰はすぐ象山のところに行って、

「アメリカへ渡って、その実態を見聞しようと思います」

といった。象山は驚いたが、

「方策があるのか?」

ときいた。松陰は首を横にふった。

「目下の幕法では、国外へ出ることは禁じられております。密航しようと思います」

「密航?」

ききかえして、象山は眉を寄せた。

「密航というのはあまりよくないな。それではじめから自分が国法を犯しますといわんばかりになる」

象山は眼をあげて松陰をヒタとみつめ、こう告げた。

「土佐の漁民で中浜万次郎という男がいる。かれは、漁に出ていて台風に襲われ、アメリカに漂流してしまった。先般、帰国した。幕法では、たとえ漂流でもいったん国外へ出た者は二度と日本の土を踏むことは許されないとなっている。ところが万次郎は、近く幕府に召し出されて、メリケン語の指導をおこなうときく。ということは、幕府もすでに外国事情を知る者を大事にしようという構えをみせているということだ。そこでどうだろう？　密航というのはよくないから、きみも漂流という形をとりたまえ」

「は？」

佐久間象山のいう処世術が、純粋な松陰にはすぐにはピンとこなかった。ちょっと考えて、やがて、

「なるほど」

とうなずいた。

「漂流すればよろしいわけですね」

「そうだ」

象山はニッコリわらった。松陰もニッコリわらった。師と弟子の心は一致した。

松陰は師から教えられた、〝漂流〟という名目の下に、アメリカへ密航すべくペリーの艦隊に接触しようとした。ところがペリーは、

「明年にもう一度返事をもらいにくる」

といって、開国要求書を置いて海の彼方に去ってしまった。松陰は悔しがった。

ところがその後、今度はロシアからプチャーチンという使節がやってきた。プチャーチンはロシアの騎士だった。幕府が、

「外国との交渉は、長崎港において長崎奉行がおこなう。長崎へまわられたい」

というと、

「わかった」

といって素直に長崎港へまわって行った。アメリカのペリーと大分違った。ペリーは幕府からの申し出をけり、強引に江戸湾に侵入してきたのである。そして軍艦の上にある大砲の筒先を江戸城に照準を定め、

「いざとなったらぶっ放す」

と威嚇行動をおこなった。

この話を聞いた松陰は、象山に、

「長崎に行ってロシア艦に乗ろうと思います」

と告げた。象山はうなずいた。そしてこのときに、一篇の詩を書いて松陰に与えた。次のようなものである。


之《し》の子霊骨あり。久しく厭う瞥甓《べつべき》（事にあくせくする）の群、衣を振う万里の道。心事未だ人に語らず。則ち未だ人に語らずと雖《いえど》も、忖度《そんたく》するに或いは因あり。行を送って郭門（城の門）を出ずれば、孤鶴秋旻《しゅうびん》（秋の天）に横たわる。環海何ぞ茫々たる。五洲自ら隣を

成す。周流形勢を究めなば、一見百聞に超えん。智者は機に投ずるを貴ぶ。帰来須《すべか》らく辰《とき》に及ぶべし。非常の功を立てずんば、身後《しんご》誰れか能く賓《ひん》せん。

原文は象山の美しい字で書かれた漢文だ。象山は、西洋流の軍学だけではなく、儒学はもちろんのこと、書道も学んでいた。また、琴もよく弾いた。多少変わった趣味があったようだ。詩は落ち着いた調子のもので、それほど、

「いけいけどんどん」

と煽《あお》り立てたようなものではない。そして、これはプチャーチンが乗ってきたロシア艦に密航しようということであって、下田事件とはほんとうは関係はない。

しかし、松陰はこの詩を大事に保存していた。だから今度の下田港へ同志の金子重輔とともに赴《おもむ》いて、

「アメリカの船に乗せてもらおう」

と企てたときも持っていた。そのために、漁民の舟を黙って使った後、乗り捨てたためにその舟の中に、この象山の詩も残されていたのである。

幕府側は、この詩を証拠に、象山をなにがなんでも罪に落とそうと策した。

ところが取り調べに当たった黒川嘉兵衛は、そんな木《こ》っ端《ぱ》役人ではない。上にいわれたからといってすぐ、

「はい、かしこまりました」

というような人間ではない。黒川嘉兵衛は、のちに最後の将軍徳川慶喜のブレーンになる。相当したたかな人物である。だからこそ、

「黒川嘉兵衛には、善魔と悪魔が同居している」

と思うのである。

吉田松陰のほうも、黒川嘉兵衛を一目みて、

（この人には嘘はつけない）

と感じた。若い吉田松陰は、たちまち黒川嘉兵衛の風度にコロリとまいってしまった。だから、

「この人にはなんでも話そう」

という気になっていた。

黒川嘉兵衛のほうもまた吉田松陰の人柄に魅せられていた。松陰から発する風度に、年配の黒川のほうも、

（この青年なら、決して嘘はつくまい）

とはじめから信じこんでいた。

しかしなんでも話そうといっても、松陰は、

「このことだけは絶対に話さない」

と決めたことがあった。それは、

「佐久間象山先生が、わたしをそそのかしてアメリカへ渡らせようとしたのです」

ということは、口が裂けてもいうまいと気持ちを定めた。黒川嘉兵衛は、その問題を避けては通れないので、遠まわしにこんなことをいった。

「佐久間象山は相当な変わり者だそうではないか」

「そんなことはありません。いまの日本ではまれにみる兵学者です」

これをきくと黒川はニヤリとわらった。

「しかし、佐久間は自分のことを、おれは日本のナポレオンだといっているそうではないか」

「そうですか、知りません」

松陰はトボケた。佐久間象山がいつも、

「おれは日本のナポレオンだ」

といっていることは、松陰もよく承知している。実際にききもしている。それだけではない。象山は小さいときから、

「自分は、日本の明星だ」

といっていたこともきいている。そのために象山は、

「日本人はばかが多い。おれの種を日本中にばら蒔けば、日本人の人種改良ができる」

そんなことまでいっていた。そして本気で知り合いに次々と、

「腰の丈夫な女性を世話して欲しい」

と頼みまわっていた。

「腰の丈夫な女性をどうするのだ？」

頼まれた友人がそうきくと、

「おれの子を産んでもらうのだ。さぞかし優秀な子が産まれるだろう」

と象山は真顔で答えた。かれは、

「自分の子を多くつくって日本中にばら蒔けば、日本の国そのものが大きく改良できる」

と本気で信じていた。むきになって師を庇《かば》う松陰の顔をみて、黒川嘉兵衛は、

（この話をいつまで続けてもだめだ。この青年は、自分を犠牲にしてでも佐久間を庇うつもりだ）

と悟った。そんなところもまた黒川が松陰に魅せられた一因だった。そこで黒川も率直な話に出た。

「実をいえばな」

「はい」

「おまえたちふたりよりも、じつは佐久間のほうが問題なのだ。もっとはっきりいえばこの手紙が問題なのだ」

といって黒川嘉兵衛は、手にしていた手紙を松陰に渡した。松陰はビクリとした。手紙がなにか読まなくてもわかっていたからである。

「もちろん見覚えはあるな？」

「ございます」

「佐久間象山が書いたものだろう？」

「そうです。先生がわたくしにくださったものです」

「その詩がおまえのアメリカ行きに関わりを持っていたということだ。おまえのアメリカ行きは、その詩によってそそのかされたといっていい」

「それは違います」

松陰は眼をあげて黒川をまっすぐみかえした。黒川は眉を寄せた。

「違う？　どう違うのだ？」

松陰はいった。

「さっきから申し上げているとおり、わたくしは佐久間先生にそそのかされてアメリカへ行こうと思ったわけではありません。先生は無関係です。わたくし個人の意思によってアメリカへ渡ろうと思ったのです。いまあなたが証拠だとおっしゃった、佐久間先生の詩は、今度のアメリカ行きのときに書かれたものではありません。わたくしが長崎からロシアの船に乗せてもらおうと思ったときに書いていただいた詩です。しかも、わたくしが長崎に着いたときにはすでにロシアの船は出港した後であって、間に合いませんでした。ただ、先生の書いてくださった詩は大切に保存したいと思い、いつも肌身から離しませんでした。その詩はあくまでもロシア艦にわたくしが乗ろうとしたときの詩であって、今回とはまったく関係ありません」

「ハハハ」

黒川嘉兵衛はわらいだした。そして、

「なかなか師思いだな」

そう告げた。しかし松陰はつぶらな瞳でまっすぐ眼をあげ、黒川嘉兵衛をみかえしていた。

黒川嘉兵衛は、その松陰の瞳の輝きに打たれた。

（なんという澄んだ眼をしているのだろう。この世に対する疑いを微塵も持っていない）

と感じた。

美しい師弟愛

黒川嘉兵衛にとって、吉田松陰への訊問は楽しいものになった。訊問が楽しいというのはおかしいが、黒川嘉兵衛は松陰に接していると、自分の精神の中に流れている汚れた部分がどんどん浄化されて、きれいになるのを感じとった。

松陰がこんなことをいい出した。

「どうか今回のわたくしの失策で、佐久間先生にご迷惑がかからないようにしていただきたいのですが」

「どういうことだ？」

黒川はやさしくきき返した。

「佐久間先生をお取り調べになることはどうかご遠慮ください」

「ハハハ」

黒川嘉兵衛はわらい出した。

しかし松陰はわらわなかった。金子とチラと顔をみあわせると、睨《にら》むように黒川を凝視した。黒川はその松陰の若い迫力に負けた。おもわず頭をかいた。

「まったくおまえさんたちにはかなわないな。まあ、おれに任せろ。悪いようにはしないつもりだ」

「いまお持ちになっている、その佐久間先生の詩をお返しいただくわけにはいきませんか？」

松陰はそういった。黒川は松陰の気持ちを悟った。

（ハハア、さっきからこの若者が気にしていたのはこの詩のことだな）

と気がついた。黒川は首を横にふった。

「それはだめだ。おれだけだったらなんとかできたかもしれないが、すでにこの文書は多くの役人がみている。下田奉行もみている。おれがこれを持ってきたのは、ひとつはおまえに真否を質《ただ》すためだ。つまりこれがほんとうに佐久間象山が書いたものかどうかを、おまえにききたかったのだ」

「佐久間先生がその詩を書いたことは間違いありません。しかしそれはあくまでもわたくしが無理にお願いして書いていただいたもので、佐久間先生が自分からお書きになったものではありません。ですから、できればわたくしにお返しいただけるとありがたいのですが」

「勝手なことをいうな。おまえの論理は、ものを盗んでおいてすぐ返せば盗みはしなかったと同じだ、ということになる。そうはいかないんだよ」

黒川嘉兵衛にそういわれると、松陰はまたさっき感じたあの自己嫌悪の念が、再び強く胸の中につき上げてくるのを感じた。思わず、

(しまった)

と自分を恥じた。松陰は、

(自分はすこし調子に乗りすぎたのではないか)

と思ったのである。そんなことばが出たのは、やはり黒川の〝風度〟に魅せられて、つい心が緩んだ証拠だ。

(自分は取り調べを受けている身だ。罪人だ。黒川さんのいうとおりだ。盗みをした以上、たとえ品物を返しても盗みをしなかったということにはならない。盗みの事実は消えない。密航が失敗し、その証拠がみつからなかったからといって、密航しようとした事実は消えるものではない。さっき自分はそうしようとした。なんという卑しい心を自分は持っているのだろう)

そう思って松陰は自分を恥じた。松陰の表情にはみるみる苦悩の色が濃く浮き出てきたので、黒川は驚いた。

「どうした?」

「別に、なんでもありません、お恥ずかしい次第です。この上は潔《いさぎよ》くお裁きを待ちます」

松陰はそういって金子重輔をみた。

「金子くん、きみも同じだよね?」

「同じです。私もどうぞ十分にお裁きください」

金子重輔も悪びれずにそういった。もう変名など使わなかった。黒川は大きくうなずいた。

「きみたちの潔さはよくわかる。いまどきの若者には珍しい」

黒川はそういった。

やがてふたりは役人に引き渡され牢に入れられた。しかし前とは違ってだんぜん待遇がよくなった。牢は広い。

「欲しいものがあったら、なんでも遠慮なくいえよ」

係りの役人はそういった。黒川から口添えがあったのだろう。いままでとはまったく態度が変わっていた。

「まったく」

金子重輔が文句をいった。

「なんだ？」

松陰がきくと金子は、

「役人というやつは、ちょっと上のほうから押されるとすぐ態度を変える。ああいうのを小役人根性というのです」

という。

「でも待遇が良くなったのだから、別に文句はあるまい。ああ、こっちのほうが広くて気持ちがいい」

松陰は牢屋の中でのびのびと手足を伸ばした。金子は呆《あき》れた。

「まったく吉田さんには呆れますよ」

「どうして？」

「どんなところでも、あなたはすぐそこを自分の理想の地にしてしまう。不思議な才能です」

「気持ちの持ち方次第だよ」

松陰はそういってわらった。事実かれはそういう性癖を持っていた。どんな状況下におかれても、

「その状況の中から、いい点、すぐれた点を発見しよう。そしてそれに自分を適合させよう」

という気持ちを持っていた。人間に対しても同じである。だから、

「どんな嫌な人間でも、かならずいいところがある。それを発見するのが教育者の役目だ。発見できないようなら、それはほんとうの教育者ではない」

と思っていた。

しかし広くなった牢の中で手足を伸ばしながらも、松陰は頭の一隅で、

（佐久間先生にどういうご迷惑がかかるだろうか）

ということをしきりに心配していた。

黒川嘉兵衛の取り調べがすすむと、松陰と金子重輔のふたりは檻車《かんしゃ》に乗せられ、江戸に送

られた。江戸に着くとすぐ伝馬町の牢にぶちこまれてしまった。

このころのことを、松陰は萩に戻ってから次のように回想している。

「僕は去年（嘉永七年＝安政元年）三月二十八日、下田で幕吏に逮捕されて以来、今年十二月十五日に萩の野山獄から放免になるまで、四人護送用の檻と牢獄の中で不自由きわまりない日々を送り、非常な艱難《かんなん》をつぶさになめてきた。その間にも、平生からの知人、友人たちが身を捨て労を忘れて、僕のためにいろいろと世話をしてくれたのである。とはいえ、僕は気性が激しいうえに、むやみと大問題を論じるので、どうしても世間の人と折り合いが悪い。そのために、僕と親しく交際してくれる人も、世間では狂人あつかいされることになる。そういう事情であるから、僕が捕えられて江戸の獄に送られることになると、世間の人はうるさいほどいろいろと取りざたしたのだ。だから、世間の噂によれば、芋づる式にたくさんの関係者が捕えられて、まさに一大事件となるかのようであった。それを恐れて、多くの人たちは、あえて僕のために力になろうともしなかったのである」

「しかし、自分の身に累の及ぶ危険も顧みずに、断固として、僕の安否を尋ねてきたり、見舞いの品を贈ってくれる者もいた。それは、鳥山新三郎・宮部鼎蔵・白井小助・土屋《つちや》松如《しょうじょ》・小田村《おだむら》士毅《しき》・小倉健作という面々である。このとき、来原良三・桂小五郎・赤川淡水・井上壮太郎・中村士恭《なかむらしきょう》という人たちは、相模警備の任についていたのだが、支援の拠金《きょきん》をして松如に託してきた。また、桜任蔵も金を鳥山に託して、獄中の僕のもとへ届けてくれた。その中で、いちばん最初に見舞いの品を贈ってくれたのは小助で、そのために小助は藩から咎《とが》めを受けて罪になったが、少しも意に介していなかった」

「ある日、僕が取り調べで奉行所に呼び出されたとき、鼎蔵は道端で僕の来るのを待ち受け、僕が檻輿《かんよ》の中に座っているのを見つけると黙って微笑して立ち去った。その後も、鳥山は僕の事件に関連して、何度も奉行所の訊問を受け、鼎蔵と小助は僕との関係から江戸を去らねばならないことになった。相模警備の諸友も少し遠すぎて連絡はそうとれなかったのである。したがって、ひとり士毅が江戸の藩邸の内から、また松如と健作とは外から、ともに力をあわせて弁護してくれたので、僕は獄を放免されるにいたったのだ」（奈良本辰也・真田幸隆訳編『吉田松陰』・角川文庫から）

あくまでも魂の清い松陰らしく、まわりの人びとが牢に入ったかれに温かく接してくれたことを記している。

通告を受けた長州藩邸は驚いた。

「吉田と付き合いのあった連中を調べろ」

といって、かねて目をつけていた来原良蔵、井上壮太郎、桂小五郎、北条瀬兵衛などを片っ端から訊問した。

しかし、松陰とは親しい仲ではあっても、直接密航事件とは関係ないことがわかったので藩首脳部は安心した。

白井小助というのは、かねてから松陰と親しくしていたが、牢に入った松陰から、

「牢に入れられると、牢名主に金を贈るしきたりがあるときいた。なんとか工面して欲し

い」

という連絡を受けて、必死に走りまわって松陰が牢屋でいじめられないように、金品をさし入れた。松陰が、

「拠金」

といっているのはこのことだ。しかし、町奉行所はすぐ長州藩邸にこのことを連絡した。藩は白井小助を呼び出し、

「格別の筋をもって過料に処す」

ということで、銀十五匁の過料ですませた。町奉行所からの通告では、

「吉田寅次郎は感心な若者で、われわれもかれの話にはよく耳を傾けている」

という好意的な付言が添えられてあった。藩首脳部は、複雑な表情になった。いずれにしても、

「吉田寅次郎に、幕府はどんな刑を下すだろうか」

ということが、当面の悩み事になった。

一方、松陰が心配した師の佐久間象山だが、象山もまたこの年の四月に江戸町奉行井戸対馬守から呼び出しを受けた。井戸奉行は、徳川幕府がまだ航海を禁ずる鎖国の令を解除していないことを述べ、

「師たる者が、弟子をそそのかして外国に密航させようとしたのはなぜか?」

と鋭くなじった。象山が松陰に贈った詩を証拠品として出し、

「これにみおぼえがあろう?」

と居丈高に迫った。佐久間象山はジロリと詩をみて、すぐ、

「わたしが吉田に与えたものです」

とあっさり認めた。そして井戸の論に対し、こう反論した。

「航海を禁ずる鎖国の令は、最早死法である。にも拘《かかわ》らず、いまなおこれを守るというのは愚かなことだ。第一、アメリカの軍艦そのものが国法を犯しているではないか。本来、わが国との交渉はすべて長崎奉行とおこなうべきであるにも拘らず、その通告を無視し、内海を測量し、兵員を上陸させ、威嚇するに兵力を以てした。そして要害の地を開港せしめてしまった。しかるに、彼《か》の国の力を探り、彼の国情を究めて、祖国のために尽くそうという忠良の士を捕縛して獄に投ずるのは、あたかも盗賊を防ごうともせず、手足を縛っておいて賊のなすがままに任せるも同様である。人間にたとえるならば、隠し所までも既に外国人に見すかされておりながら、なおかつこれまでの死法を守って、こちらは一向に外国の長所を採るべき手段も考えず、海外の形勢・事情等を探ろうともせぬのは、なんという腑甲斐のないことであろう。世が世であったならば、松陰らの行動は却《かえ》って奇特として、その頼母《たのも》しい志を嘉賞せねばならぬはずではありませんか」

といいつのった。そして、

「わたしは無罪だ」

と主張した。井戸はその勢いに押されたが、かれはかれなりに、

「佐久間、なにをいうか。おまえが十年来天下の為に外冠《がいこう》を憂いた結果、松陰らを使嗾《しそう》して今度の事件を惹起《ひきお》こしたことは明らかだ。その志は或いは嘉《よみ》すべきものがあるかも知れないが、しかし重い国禁を犯した罪は断じて許すことは出来ない」

といった。象山は眉をあげた。

「わたしが吉田寅次郎たちを使嗾して、国禁を犯したとの仰せは誠に心外千万である。それはあるとき風に吹かれ、潮に流されて彼の地に至るのはどうにもしかたがあるまい。これまではいずれの国に漂流しても終身禁錮に処せられたが、しかし昨年帰国した土佐の漂民万次郎に対しては、国法を犯したお咎《とがめ》がないばかりでなく、今回通詞として召出されている。これに依《よ》れば間諜の為に外国にゆくことも追々官許する方針であろう。だが廟堂の諸公が多事のために、未だその運びに至らないまでのことである。殊に昨年来の事件は神州三千年来の大変事であるから、漂流とさえ名がつけば、寛宥《かんゆう》の御沙汰があるかも知れないということは、慥《たしか》に吉田寅次郎らに話して聞かせたことは間違いない。しかし国禁を犯そうなどという心底などは毛頭もない」

象山はこういった。井戸はいきり立った。

「佐久間、それは詭弁だ。万次郎の例を楯にとって国法がゆるんだなどと放言するのは、まったく上《かみ》を蔑《ないがし》ろにするもので不届千万である。万次郎の事は公方様（将軍のこと）に如何なる御深慮があらせられてのことか、それは忖度《そんたく》の限りではない。吉田寅次郎らの行為を漂流と称するのは、国禁を犯したいい逃れにほかならない。いくら非常時だからといっても、国法は枉《ま》げることは出来ない」

とさらに居丈高になった。しかし井戸にとって、佐久間象山のいう万次郎の扱いは痛かった。万次郎というのは、土佐の漁民で魚をとっているとき嵐に襲われ漂流した。アメリカに渡って、捕鯨船に乗ったり金鉱を掘ったりして暮らした。語学の天才があって、英語をすぐ覚えた。アメリカの学校にも通った。やがて、多少の金を蓄えることができたので、望郷の念にかられて再び日本に戻ってきたのである。

万次郎が最初に上陸したのは鹿児島だった。このことをきいた当時の藩主島津斉彬《なりあきら》が万次郎を呼び出した。そしてアメリカ事情をつぶさにきいた。万次郎はやがて土佐に戻り、藩の扱いで河田小龍という奇人画家の元に預けられた。河田はかねてから、海防論を唱え、万次郎の知識を徹底的に吸収した。そして、万次郎から吸収した河田小龍の知識は、門人である坂本龍馬に伝えられた。坂本龍馬ののちの海援隊構想は、このときの河田小龍の話に基づいている。

開明的な老中阿部正弘は、幕府に蕃所調所をつくった。しかし、当時の幕府役人はオランダ語が読めたり話せても、英語に堪能な者がいなかった。阿部は、漂流民万次郎を蕃所調所の役人として、

「アメリカ担当」

を命じたのである。このことは誰知らぬ者はいなかった。そこで佐久間象山は、漂流民万次郎の例をとって、

「密航だと角が立つが、漂流だとすれば問題はないではないか」

と迫ったのである。暗に、

「吉田寅次郎の事件も、漂流ということにして始末したらどうだ？」

というヒントを与えたのである。しかし町奉行の井戸は承知しなかった。というのは、背景があった。それは内々に、佐久間象山が属している信州松代藩から、

「どうか佐久間を厳罰に処して欲しい」

という申し出がきていたからである。佐久間象山に対して、松代藩内部でも含むところがある上級武士が多かったのである。

佐久間象山が松代藩中で評判が悪かったのは、かれがついこの間まで生きていた藩主真田幸貫《ゆきつら》の信任をいいことに、わがままいっぱいに藩政を牛耳っていたからである。真田幸貫はもともと真田家の人間ではない。白河楽翁の愛称で尊敬された名君松平定信の次男だった。しかし、定信は白河藩主だったが、のちに老中筆頭となって汚れきった田沼政治を改めた。しかし、経済政策はかならずしも得意ではなく、江戸の市民は田沼時代よりも逆に苦しんだ。そのため落首が詠まれた。

白河のあまり清きに住みかねて
　にごれるもとの田沼恋しき

たとえ、ワイロを取るような悪徳政治家であっても、田沼時代のほうが市民は経済が浮揚

していたので豊かな生活が送れた、というこれもまた勝手な国民の声だった。

真田家はいうまでもなく外様大名である。にもかかわらず、

「真田殿は、名老中松平定信さまのご子息なので」

ということで、特別に老中に任命された。このとき真田幸貫が担当したのが、

「国防」

である。天保時代のことで、当時そういう方面に知識がある者は少ない。ところが、松代藩では佐久間象山という偉才がいて、すでにオランダ語を習得し、読み書きも達者にできた。象山はとくに、

「国防問題」

に関心を持ち、

「日本の海軍力の増強」

を叫んでいた。変わり者で、ホラばかり吹いていたからまわりからはヒンシュクをかい、嫌われていた。しかし幸貫は佐久間象山を愛し、

「奇才は、ふつう常人とは違って言行が変わっているものだ」

と鷹揚《おうよう》に受けとめた。当時国防問題や西洋流の砲術で名を成していた、伊豆韮山《にらやま》の代官江川坦庵《たんあん》のところに入門させた。ところが象山は、江川の教育方法が、

「まず、身体を鍛えなければならない」

ということで、伊豆の山々を駆け足ばかりさせるので、愛想をつかして飛び出してしまっ

た。代わりに下曾根金三郎という幕臣のもとに入門した。

真田幸貫は開明的な藩主で、在任中に、
・羽田沖に砲台を築き、
・新潟港を幕府直轄領に編入し、
・蝦夷地に砲台を建設する。
・また全大名に大砲鋳造を命ずる。
・松代藩でも大砲二百門、小銃三千挺を鋳造する。
などということを幕府に意見具申したり、あるいは自分の藩で実行したりした。そして自分の顧問に佐久間象山を任命した。

しかしこれだけだと、

「藩公は外国かぶれだ」

といわれてしまう。そこで、

「儒教も学ばなければならない」

といって、四書五経の講義をさせて、その成績調査までおこなっている。が、かれの本心においてはあくまでも、

「外国事情を知らなければ、今後の日本の国政は立ちいかない」

と考えていた。したがって佐久間象山にオランダ学を、村上英俊にフランス語を学ばせた。学資を与えて、

「必要な参考書はどんどん買え」

と命じた。佐久間や村上は、この藩主の温かい命令にしたがい、ザブザブと思うように金を使って外国の本を買い込んだ。

真田幸貫は、とにかく、

「文武奨励費」

と称して、藩士とその師弟の教育に力を尽くした。が、松代藩真田家も決して豊かな大名家ではない。たちまち金に窮した。

そこで、

「こんな金の使い方をしていると、松代藩はたちまち財政窮乏に陥る」

として、にわかに、

「財政改革が必要だ。このさい、冗費はいっさい抑えるべきだ」

といって、とくに幸貫の、

「文武奨励費」

を、極力節約しようとする派が抬頭《たいとう》してきた。これが、重臣の長谷川昭道などの財政改革派である。佐久間象山を軍議役とする、「海防軍事改革派」と「財政改革派」の争いは熾烈《しれつ》になった。

しかし、藩主が外様大名であるにもかかわらず、破格の老中として活躍しているので、財政改革派も正面きってはなかなか文句はいいにくい。ところが、ペリーが浦賀湾にやってくる直前の嘉永五年（一八五二）五月に、幸貫は老中を辞任し、そして翌六月に死んでしまった。

「いよいよ、われわれの出番だ」

といって、財政改革派が正面に躍り出てくる。標的はいうまでもなく、佐久間象山一派である。とくに長谷川たちは、象山を憎んでいた。

「虎の威を借るキツネめ、ろくな学識もないくせに、藩公をはじめ松代藩をいいように引きずりまわした。お蔭で松代藩は、貧乏藩になってしまった」

と恨んでいたから、象山攻撃の絶好の機会だとばかりに、標的を佐久間象山ひとりに絞り込んだのである。

幕末の日本の国論は、

「尊皇攘夷《じょうい》」

と、

「佐幕開国論」

の二つに分かれた。尊皇攘夷論の盛んだったところは、なんといっても水戸だ。徳川家康の十一男頼房が初代藩主に命ぜられたいわゆる〝御三家〟のひとつである水戸徳川家が支配していた。そして、

「尊皇攘夷論の総本山」

といわれたのが、藩主徳川斉昭《なりあき》である。

水戸徳川家は、二代目の光圀《みつくに》が、

『大日本史』

という膨大な歴史書を編さんしたために、この『大日本史』の底を貫く考え方がそのまま、

「水戸学」

となって、幕末の日本各地の若者たちの意気を高めさせた。

『大日本史』

は、光圀の時代（元禄年間）から編さんがはじまって、明治三十九年になって完成するという実に巨大な歴史書だ。が、こんなことをいうと叱られるかもしれないが、いったいいま、どれだけの人がこの『大日本史』を読んでいることだろう。『大日本史』といえば、その特色として、

「南朝を天皇家の正統とした」

ということや、

「そのために、足利尊氏を逆賊とし、楠木正成たちを忠臣とした」

ということがいわれている。が、これはほとんどがいい伝えであって、そういう説を信ずる人のすべてが、『大日本史』をこまめにひもといて、

「なるほど」

とうなずいていたわけではあるまい。だいたい『大日本史』という歴史書は、いまの書店

でもほとんど売っていない。

「『大日本史』という虚像」

幕末の志士たちもおそらくそうであったに違いないが、そのままいい伝えとして残っている。この『大日本史』を、藤田東湖たちが伝えられてきた「水戸学」の中にエキスとして混入したので、そのエキスの部分を若者たちが取り出して、それぞれ意気を高めたのだ。

考えてみると『大日本史』というのは、不思議な本だ。つまり実態がそれほど読まれずに、その精神だけがまかり通っているということである。

いずれにしても幕末の徳川斉昭は、

「尊皇攘夷論の総本山」

という、日本の一方の国論の最高の指導者になっていた。

斉昭は、鹿島灘など太平洋に直接面する地域を領地にしていたから、

「国防問題」

については、それなりの見識を持っていた。ブレーンだった藤田東湖も、鹿島灘にイギリスの軍艦があらわれ水兵が上陸したときくと、おっとり刀でかけつけ、これを惨殺しようとしたことさえある。〝水戸っぽ〟といわれる気質は純粋で喧嘩っぱやい。

斉昭は、徳川幕府に先駆けて水戸藩で、

「天保の藩政改革」

をおこなった。かなり思いきった改革で、国防の立場から斉昭は領内の寺から鐘を全部取

り上げた。そしてこれを鋳つぶして大砲をつくった。これが大問題になった。水戸領内には由緒ある寺も多かったから、幕府首脳部にもコネがある。そこでお坊さんたちは怒って幕府首脳部にこのことを訴えた。

幕府首脳部は、かねてから思いのままに藩政改革をおこなっている斉昭に反感を持っていたために、このことを重大視し、斉昭に隠居謹慎を命じた。

「主人をそそのかした」

という罪で、藤田東湖も謹慎させられた。

斉昭は、自分の天保の藩政改革を手伝った連中を、

「天狗《てんぐ》たち」

と呼んだ。斉昭が命名した〝天狗〟はその後組織化し、

「天狗党」

と名乗るようになる。藤田東湖の息子小四郎などがその頭目になる。したがって〝天狗〟というのは斉昭にすれば決して悪い意味でつけたニックネームではない。むしろ、

「異常な時期に遭遇して、自分の持っている異能を発揮する純粋な連中」

という意味だろう。藤田東湖などは、最高の天狗だったに違いない。

こういうように、日本が抱えた国難に対し、大名家の中でも心ある家は、

「この際、日本はどうあるべきか。そして我が藩はなにをすべきか」

とまじめに考えていた。水戸徳川家もその代表だし、また佐久間象山がつかえる真田家も

そうだった。

佐久間象山を登用した真田幸貫は、真田家が外様大名であるにもかかわらず、時の幕府老中に登用された。これは例がない。しかし幸貫は寛政の改革を推進した老中筆頭松平定信の息子である。その血の流れもあって、

「たとえ外様大名でも、真田幸貫殿は名君松平定信公のお子様だ。老中にしても異議はなかろう」

ということだった。しかし真田幸貫が老中としておこなった仕事は、

「海防」

である。幸貫は、この方面に知識の深い佐久間象山を重用して、その意見を幕政に反映させた。

象山は、

「オレの出番がきた」

とばかりに、自分の学んできた知識や技術をフルに活用した。しかし、こういう積極政策はえてして金がかかる。保守的な重役たちは眉をしかめる。

「いかに名君とはいえ松平家からきた殿様にも困ったものだ。それに輪をかけてバタバタ煽《あお》っているのが佐久間象山だ。ふたりは、金食い虫だ」

ということになる。

江戸時代には、よく大名家で、

「御家騒動」

というのがおこったが、その内実は陰湿な相続人問題などではない。

「金のかかる政策を推進するか、それとも健全な財政運営でいくか」

という政策論の戦いである。もっと差し迫ったいい方をすれば、

「どっちが、藩財政に赤字を生じないか」

ということの争いなのだ。

その意味では、幕末の名君といわれた薩摩藩の島津斉彬も、あるいは松代藩の真田幸貫も、越前の松平慶永なども、すべて、

「金食い虫」

だったに違いない。したがって名君の名をつけられても、全部下から熱烈大歓迎というかたちで拍手を送られていたわけではないのだ。

「困ったものだ」

と眉をしかめる部下もたくさんいた。挙げ句の果ては、

「いっそ暗殺してしまえ」

というような物騒な論も出ている。現に島津斉彬が急死したときは、

「毒殺された」

という噂が乱れとんだ。その真偽はいまだにわからない。

佐久間象山は有卦《うけ》に入《い》っていた。だから、自分のことを、

「自分は日本のナポレオンだ」

などと豪語するようになっていたのである。

ペリーが浦賀に上陸したとき、松代藩は近辺の警護を命ぜられていた。このときも佐久間象山はおもしろいことをいっている。

「自分たちは、日本を守るつもりで浦賀に出張してきたのに幕府の方では、日本人がアメリカ人に乱暴しないように護衛しろといっている。幕府は卑屈だ」

上陸したペリーは、そういう護衛兵をジロリと一瞥《いちべつ》したが、ある人物に目をとめるとハッと驚き、突然立ち止まっててていねいにお辞儀をした。その相手は佐久間象山である。肖像画が残っているが、たしかに象山の容貌《ようぼう》は変わっている。目つきが鋭い。髭をはやしている。そして耳がない。耳がないわけではなく、耳がピタリと後ろへついているからないようにみえる。この異相に、ペリーはびっくりしたらしい。あとで部下が、

「なぜあの日本人にお辞儀したのですか？」

ときくと、ペリーは、

「あの日本人からは、不思議な雰囲気が漂っていた。よほど偉い人物に違いない」

と応えた。

佐久間象山は、このとき松代藩兵の総指揮をとっていた。だから、現地でもかなりふんぞり返って、大きな態度をとっていたのだろう。目立つ存在だった。ペリーでさえ目をつける くらいだから、日本側の各大名家の家臣たちも、象山をみてはヒソヒソとささやきあってい

た。

「松代藩には、変わった大将がいる」

その佐久間象山が吉田松陰の密航事件に連座した。松代藩の財政改革派は、

「またとない機会だ。あいつをとっちめられる」

ということで、松陰の取り調べにあたるという町奉行の井戸対馬守たちに金品を贈った。

「どうか佐久間を徹底的に罰してください。切腹でもかまいません」

と頼み込んだ。

象山をかわいがった真田幸貫はとうに死んでいた。幸貫が生きていたら、象山もあるいはそんな目にあわなかったかもしれない。幸貫は老中なのだから、象山のいいつのる、

「松陰は密航ではなく漂流したのだ」

というような策を通用させたかもしれない。しかしよくいわれるように、人間の行動には、

「天の時・地の利・人の和」

という三条件が伴う。その人間の行動を成功させたり失敗させたりするのも、この三条件が整っているかどうかによるといわれる。

このときの象山には、残念ながら天の時、すなわち運はなかった。地の利、すなわち基盤も失われていた。人の和、すなわち人間関係はさらに悪い。かれにはこの三つのうち、どれひとつとして有利に働くものはなかったのである。

井戸対馬守は町奉行だが、単なる幕府役人ではない。背後から、

「佐久間象山を憎む松代藩内部の勢力」の後押しを受けていた。井戸は奮い立つ。

「なにがなんでも象山を重い罪に落としてやる」

と意気込んでいた。

象山もバカではないから自分の立場はよくわかる。そしてこういう立場に立った人間は普通なら人の師であっても、弟子の思わぬ失敗から自分に累が及んでくれば、

「あいつはバカだ。なぜ、もっとうまくやらなかったのだろう?」

と憤懣《ふんまん》の気持ちを持つだろう。そして、なんとか逃げようとする。だから自分に累が及んだときも、

「自分は知らない。関知していない」

といいつのる。現に、幕末でもいろいろな事件がおこったときに、

「自分はまったくきいていなかった」

と逃げるトップリーダーがたくさんいた。ところが象山は絶対にそんな態度はとらなかった。かれは吉田松陰の人間性に胸を打たれていたからである。

「吉田寅次郎は清い魂の持ち主だ。その清い魂の持ち主を傷つけるようなことはたとえ師でも絶対にできない。自分は師として師の道を敢然と歩むまでだ」

と決意していた。だから、たしかに吉田松陰に対しては、

「もし発覚したときは、密航をするつもりはなく単に漂流したのだといえ。ジョン・中浜万

次郎も、漂流者としてなんの罪も受けてはいない」

という示唆は与えていた。そしてもしやと思ったにもかかわらず、この事件が発覚した。松陰が持っていた荷物の中から、象山が松陰に宛てた激励の詩もみつかった。だが象山自身は、

「吉田寅次郎などという男はしらない。第一密航をそそのかしたおぼえはまったくない。あいつが勝手にやったことだ」

などとはいわなかった。

だから証拠の品をつきつけられても、本当ならいいのがれをし、

「こんな詩はしらない。あいつがオレの字を似せて書いたのだろう」

というような詭弁《きべん》を弄することもできるだろう。しかし象山はそんなことはしなかった。

「この詩はたしかに自分が書いたものだ。吉田寅次郎に与えたものである。まちがいない」

とうなずいた。そして、

「武士が仇《かたき》を討つためには、仇の実態をしらなければ襲えない。攘夷もそれと同じである」

と日頃から持っている海防論を堂々と井戸に告げはじめたことはすでに書いた。

井戸対馬守は、これをきいていよいよ腹を立てた。

「修理（象山）、おまえはまったく詭弁の名手で、いいのがれのうまい男だ。そういうことをいっては、純粋な若者をだまし続けてきたのだろう。だから吉田寅次郎が本気になって密航を企てたのだ。漂流民万次郎に特段の御寛典がくだされたのは、上様ご一任の深いおぼし

めしによるところであって、あらゆる漂流民に及ぼされるという事ではない。それを例にとって、国法がゆるみすでにああいう例があるから吉田寅次郎や、煽動したおまえ自身にもそれを及ぼせというのはとんでもない話である。まったく上をないがしろにするもので不届千万だ。寅次郎らの行動を漂流というのは国禁をおかしたいのがれにすぎない。その方の申すようにいかに神国三千年来の大変事という状況下にあっても、国法は曲げるわけにはいかないのだ。重罪である」

といいつのった。象山はピクリと眉をあげた。

「それでは、たとえ漂流民であっても、人によっては寛典が施されたり施されなかったりするという意味ですか？」

井戸は面倒になって、

「そうだ」

とうなずいた。

「そうだとは？」

象山はさらに迫る。井戸は傲然《ごうぜん》と背筋を伸ばしてこういった。

「万次郎には寛典が適用されたが、おまえたちにはされないという事だ」

目の底では、

（おまえの態度が傲慢で悪いからだ。かわいげが全然ない）

という色がありありと浮いていた。象山は苦笑した。目の底に井戸を軽蔑する色が浮いた。

それに気がついて、井戸はいよいよ猛《たけ》り狂った。

「追って沙汰をする」

井戸は取り調べ終了を告げた。象山はなおも自説を告げようとしたが井戸は取り合わなかった。席を立って背を向けた。取り残された象山は、思わず膝を叩いた。それは自分の無罪の見通しがたったからではない。それどころか若い吉田松陰も有罪になってしまうからだ。心の底で思わず、

(しまった)

と後悔した。

(もっと論戦になって取り調べが長引くとばかり思っていた。あんなに早く町奉行が切りあげるとは思わなかった。長引けば論をもう少しゆるめて井戸の歓心を買う作戦だった。そこまでいかないうちにあいつを怒らせてしまった。これは自分の短慮だった。そのために松陰がかわいそうな目にあう)

国禁をおかした罪は重い。切腹か、死罪か。にもかかわらず自分は強弁して、

「無罪である」

と主張した。井戸町奉行の心証を甚《はなは》だしく悪くしたことは確かだ。それに、象山自身も松代藩内の反対勢力がしきりに井戸に手をまわしている事は知っている。

(いよいよこれで終わりか)

さすがに自信家の象山も、このときは覚悟した。ただ、弟子の松陰にだけはすまないと思

った。

一方の吉田松陰は、象山とは違った。取り調べの役人に対し、

「悪うございました」

とあっさり罪を認めた。あまりにも殊勝なので取り調べの役人たちは思わず顔を見合わせた。

(潔く罪を認めて、罪を軽くしてもらおうと思っているのではないか)

と疑ったのである。ところが、松陰にはそんな気配はまったくない。牢役人にきいても、

「牢内ではきちんと正座し、静かに目を閉じ、罪を悔いている」

という報告があった。取り調べの役人たちは松陰に対し好印象を持った。このことを町奉行の井戸対馬守に報告した。井戸はいやな表情をした。そして、

「弟子の方が立派だ。師の方は、しきりに強弁して罪のないことを主張する。醜い」

と吐き捨てるようにいった。

井戸町奉行は、もちろんふたりに死罪を宣告するつもりでいた。このことを上申した。

「密航者吉田寅次郎と煽動者佐久間象山に死罪の刑がくだされる」

という噂が江戸城内に流れた。

別れ

伊豆の下田から、アメリカの軍艦に乗せてもらいアメリカに密航しようとした吉田寅次郎と、

「ぜひそうしろ」

と煽動《せんどう》した松陰の師佐久間象山に対して、取り調べに当たった江戸町奉行井戸対馬守は、

「両人に対しては、死罪が適当だと思われます」

と上申した。井戸にすれば、佐久間象山の態度が傲岸不遜《ごうがんふそん》であって、

「罪を犯した者としての反省の心がまったくない」

という気持ちが含まれていた。いってみれば、

「不快感」

が、

「死一等」

として加算されたのである。吉田松陰の方は師に比べると非常に素直で柔順だったが、しかし密航の大罪は許せない。井戸対馬守にすれば、

「弟子の吉田はかわいそうだが、師があれでは弟子も救うことはできない」

ということで同罪にしてしまったのである。

このことをきいて驚いたのが幕臣の川路聖謨《かわじとしあきら》だった。

川路は開明的な老中筆頭阿部正弘に発見された新鋭のひとりである。

阿部は、それまで幕府になかった〝海防掛（外務省の前身）〟を設けて、幕府内から身分を問わず俊英を集めた。ペリーがやってきて以来、

「外交問題」

は新しく幕府政治に立てられた大きな一本の柱であった。阿部にすれば、

「こういう国難の際に、身分や格式にこだわって能力を発見しなければ、日本国は滅びてしまう」

と憂慮していた。川路はかつて、勘定所（現在の財務省）の役人で、いろいろと実績を上げていた。コネや情実で左右されがちな裁判に〝公正〟の筋を一本ピーンと通した。

奈良奉行の時は、衰微した歴代天皇の墓を再興したことでも有名だ。したがってその名は、幕府内部だけでなく朝廷にも多くの大名にも知られていた。それに川路は人生経験があったので、外国との交渉にも向いていると思われた。

阿部は川路を見込んで、当時ペリーと同様に長崎港から日本に開国を迫っていたロシアの

大使プチャーチンと交渉させるため、川路を全権大使として任命する。

そんな川路なので、

「人柄は悪かろうとも、佐久間象山先生は日本国にとって欠くことのできないお人だ」

と考えた。川路は急いで江戸城に上り、阿部老中に会って懇願した。

「ご老中もご存じのように、今後は日本もおそらく国際交流が活発になると存じます。その際対外交渉をおこなうためには、相手国の実態を知ることが必要です。佐久間象山と弟子吉田寅次郎は、その先駆けとなってみずから漂流者を名乗り、アメリカに渡ろうとした志の高い者であります。そういう志をつぶして、ふたりを死罪に処することは、今後の日本にとって大きな損失であります。どうかふたりの命をお助けください」

と切々と訴えた。

阿部正弘は、天保時代からわずか二十四歳の若さで老中の職についたが、そのとき象山の主人である松代藩主真田幸貫を先輩として尊敬していた。真田幸貫は老中の職にあって、外交関係を担当していた。

徳川政権は、そのはじまり以来、譜代大名が政権担当者で、外様大名は老中などの要職につくことはできなかった。いってみれば譜代大名は〝万年与党〟であり、外様大名は〝万年野党〟であった。にもかかわらず、外様大名の真田幸貫が老中として徳川政権に参加したのは、かれの父が〝白河楽翁〟とよばれ、名君の名の高かった白河藩主松平定信だったからである。定信は、老中筆頭となって〝寛政の改革〟を実行した。

松平定信の祖父は八代将軍徳川吉宗である。したがって真田幸貫は名門中の名門といっていい。だから、

「真田殿は外様大名とはいえ血筋は吉宗公につながっている。老中にしてもよかろう」

という考え方で外様大名の真田幸貫が入閣したのである。真田幸貫は海防論を唱えた。しかしその海防論のほとんどが部下の佐久間象山が告げる案であった。

だから佐久間象山が、取り調べに当たった井戸対馬守に対し、

「幕府もやがては、間諜として多くの俊英を外国に送り込むことになるはずだ」

といったのは、象山がすでに真田幸貫を通じて、阿部老中のところにそういう策を意見として提出していたからである。阿部正弘は、ペリーがやってきたときもこの国書を和文に訳し、日本中の大名や家臣たちにばらまいた。そして、

「いい意見を出してほしい」

と告げたほどの人物である。非常に開明的な考えを持っていた。いまでいえば情報公開と一般人の国政参加を促したのである。しかし多くの大名たちの意見は、

「時間をかけてじっくり考えるべきだ」

とか、

「日本にやってくる外国船は全部焼きはらうべきだ」

というような無責任な案ばかりだった。その中で佐久間象山は、

「この際日本は思いきって開国し、海軍力を強めるべきだ。そしてこっちから逆に外国に出

かけていって、国際交流を高めるべきである」

という意見を提出した。さらに象山は、

「そのためには、幕府の内外を問わず有能な人材を登用すべきである」

と付言した。もちろんこれは、

「自分もそのひとりである」

という意味が強い。

象山にすれば、井戸対馬守に対し、

「おまえさんも、密航事件を調べるくらいなのだから、幕府の幹部としてそれくらいのことは知っているはずだ。それなのに、吉田寅次郎を密航者として扱うのはあまりにもひどすぎる」

という意味あいだ。つまり、

「徳川幕府もやがて次々と外国事情を調べるために、間諜を外国に送り込むはずなのだから、いまどき吉田寅次郎を密航者として扱うのはおかしい」

というのだ。そしてさらにこの説を補強するために、

「ジョン・中浜万次郎も漂流民だったが、いまでは阿部ご老中によって、幕府の英語文書の翻訳者になっているではないか」

といったのである。

しかしこういうように、たとえそうであっても、顔の皮をひんむくようないわれ方をされ

たのでは井戸対馬守も体面を失う。よけい悔しい。そのためにかれは本来なら、

「島流し」

程度の刑で済むものを、

「死罪にすべきだ」

などと、多少感情的な求刑をおこなったのである。

切々と訴えた川路聖謨の嘆願は、阿部の心を動かした。阿部は、

「わかった。ふたりを寛典に処そう」

とうなずいた。川路は感謝した。

老中の阿部正弘はすぐ町奉行の井戸対馬守を呼んだ。そして、

「佐久間象山と吉田寅次郎のふたりを国元において謹慎させよ」

と命じた。井戸は思わず、

「は？」

と信じられないような表情で阿部をみかえした。納得できなかった。

「ふたりの命を助けるということでございますか？」

「そうだ」

ふだん温和な阿部の目の底が光っている。この件に関してはこれ以上話したくない、といった不機嫌さがあらわれていた。しかし井戸は抗弁した。

「取り調べました者一同は、あげてふたりを死罪にせよという意見で一致しております。謹

慎は軽すぎます。ご再考ください」

「いや、謹慎だ。ふたりを殺すわけにはいかない。かれらふたりはこれからの日本に役立つ。しばらく反省させるだけにとどめる」

「しかし」

「そうせよ」

珍しく阿部はピシリといった。柔和な阿部がこういういい方をするのは、それだけ腹を立てていることを物語る。井戸は黙った。不満だった。井戸は、

(これでは松代藩首脳部も納得すまい)

と思った。

井戸の背後には松代藩首脳部の反象山派の圧力がある。井戸にすればそれを裏切ることになる。しかし最高権力者の阿部の命令は絶対だ。井戸はしぶしぶ承知した。しかし自分が判決の宣告文を読むのは避けた。

北町奉行所の役人松浦安左衛門に命じた。松浦は、

「お奉行でなく、わたしが判決文を読むのでございますか?」

といぶかしげな表情で井戸をみかえした。

「そうだ」

と井戸は不機嫌にうなずく。そしてすぐプイと横を向いてしまった。すでに松代藩の首脳部にも数々嫌みをいわれていた。不愉快だった。結局、

（すべてご老中が悪いのだ）

と阿部のところに尻を持っていく。井戸は阿部を恨んだ。

しかたなく松浦安左衛門は、佐久間象山と吉田松陰を呼び出した。久しぶりで会った師と弟子は、顔をみあわせ目と目で互いをいたわりあった。久々の対面だった。松陰の方はみるみる涙ぐんだ。唇の先で、

「先生」

といった。象山は温かい目で松陰をみかえした。

（おまえもひどい目にあったな）

象山の目はそう語っていた。松陰はその目をみるとたまらなくなり体中で、

（先生にまでこんなご迷惑をおかけし、本当に申し訳ございません）

と訴えた。しかし象山は静かに首を横に振った。

（気にするな。わたしが悪かったのだ。おまえにとんでもない役割を負わせて、師として不徳の致すところだ）

と目で詫びた。師の反省を松陰は顔を大きく振って否定し、

（わたしのおかした罪のために、先生まで巻き込んでしまいました。お許しください）

とさらに詫びた。

目と目による師弟の対話は松浦にもわかった。しかし松浦はほうっておいた。いま宣告すれば、二人の師弟はそれぞれ信州松代と長州萩に送られる。謹慎の期間がどれだけかわから

ないが、あるいは二度と会うことができないかもしれない。しかしいつまでも目と目の会話が続いているので、松浦はついに業を煮やした。突然、

「ふたりともきけ」

と師弟の目による会話を打ち切らせた。そして判決文を読みはじめた。

最後に、

「それぞれの国元において蟄居《ちっきょ》を命ず」

といった。蟄居というのは、

「自分の家で謹慎せよ」

ということである。この判決には川路聖謨の嘆願によって、老中阿部正弘の相当な配慮が加えられていた。当時の幕法からいえばまさに寛典である。

しかし松陰はそれでも師に申し訳ないことをしたと感じた。師の方も弟子にすまないことをしたと反省した。判決文をきいたふたりは口をきかなかった。さっきと同じように目と目で互いの気持ちを表現した。ただ別れぎわに象山は、

「きみが露艦を追って長崎にいくときの姿を描いた歌だ。あのときのきみはまさに、秋空を急いで飛ぶ一羽の見事な鶴だった」

といって用意してきた歌を渡した。松陰は目を輝かせて読んだ。

かくとだに知らでやこそのこのごろは

君を空ゆく田鶴《たづ》にたとへし

読み終わった松陰はまたみるみる涙ぐんだ。

「ありがとうございます」

とはっきり口に出して礼をいった。象山は黙って何度も、

「うむ、うむ」

とうなずいた。さすがに松浦もふたりのやりとりに胸を湿らせ、

「もうそのへんでいいだろう」

と促した。

こうして、吉田松陰は金子重輔と共に長州へ、佐久間象山は故郷の松代へ、それぞれ護送されることになった。まだ罪人の扱いである。しかし刑は、

「自宅における謹慎」

なので、護送の役人たちも別段警戒してはいない。重罪人を送るのとは違う。象山の方は気楽な旅であった。

佐久間象山は松代に戻って、そのまま判決通り謹慎させられた。ところが吉田松陰の方は違った。藩庁はこの事件を重大視していた。

「吉田寅次郎を厳罰に処さなければ、今後も幕府の長州藩に対する監視の目がきびしくなる」

以後、松陰の幽囚生活がはじまる。松陰はこの閉じ込めをきっかけとして、二度と自由に萩から外へ出ることはない。牢から出された後に、かれは私塾を営む。有名な、

「松下村塾」

である。

一方の佐久間象山は、自宅に謹慎中に、

『省諐録《せいけんろく》』

という文章を書く。省諐というのは、

「反省する」

という意味だそうだが、文章に書かれた限りでは反省のかけらもない。逆に、

「オレは絶対に間違っていない」

という論を展開している。『日本の名著　佐久間象山　横井小楠』（中央公論社）から、その部分を抜き書きさせていただく。

「嘉永七年夏四月、私は罪に問われて下獄した。獄にあること七ヵ月、その間に過去をふりかえってみて、考えをまとめておきたいと思うことも少なくなかった。しかし、獄中では筆の使用を禁止されており、それを書き残すことができなかった。そのため、時間のたつうちに忘れてしまったものも多い。出獄後、記憶していたことを書きとめ、手箱に収めた。子孫に残すためである。世間に示そうというつもりはすこしもない」

と前置きし、まずつぎのような文を書いている。

「自分の行為の価値判断は、自分で決めるべきである。行為の結果を本当に味わうことができるのは自分しかない。罪の有無も私自身の問題であって、外から蒙った罪など気にかける必要はない。わたしは忠信の真心を貫いて処罰を受けたのである。これを恥だと思うようであれば、それは、不正の手段で富貴となることを栄誉とするのとかわらない」

しょっぱなから、相当に鼻息が荒い。

「君父の病気を心配して薬を探している人が、求めていた薬を見つけたとしよう。それが効き目のあることがわかれば、値段や薬名の美悪《びあく》など問題とせず、必ずこれを君父にすすめるだろう。しかし君父はその名前を嫌って服用しない。そこで、策を使って君父をだましてでもこれを服用させるか、もしくは、何もせずに死ぬのを待つかであるが、臣子の情として、何もせずに見ているというわけにはいかない。あとで怒られるとわかっていても、こっそりとこれを服用させるのである」

これはおそらく、弟子の吉田寅次郎を煽動してアメリカに渡らせようとした行為の正当性を説明するものだ。つまり、

「徳川幕府にとって苦い薬であっても、アメリカに渡ってその国情を調べてくるということは、今後の日本に大いに役立つのだ。しかしいまはまだ密航とか漂流という名前を嫌って幕府（君父にたとえている）はこの薬を飲もうとしない。しかし、君父が名を嫌って飲まないとしてもこっちはやはりすすめないわけにはいかないのだ。したがって苦い薬を君父にすすめる行為は正しい」

ということで、いうまでもなく、

「自分は間違っていない」

という主張を繰り返しているのだ。

牢獄の太陽になる

アメリカ軍艦への密航事件に失敗して、吉田松陰と同志の金子重輔と、松陰の師佐久間象山は罰を受けてそれぞれ国元へ帰された。

松陰と金子重輔に対する判決は、

「自宅で謹慎」

というものだったが、長州藩の役人はそうはしなかった。いきなりふたりを牢へぶち込んだ。

長州藩の萩における牢は、二ヶ所あった。野山獄と岩倉獄である。

「なぜいっしょの牢に入れてくれないのですか？」

松陰は役人にきいた、役人は、

「身分が違うからだ」

といった。

「身分が違うとは？」

「おまえは曲がりなりにも士分だ。金子は足軽だ。したがって、入れる牢屋は違う」

そんなこともわからないのかといわんばかりの口調だった。松陰は黙った。しかし役人の顔をじっとみつめていた。

「なんだ？」

「いえ、なんでもありません」

「妙なやつだ。もっともおまえはどこへ行ってもばかなことばかりする男だからな。まったくしょうがない」

役人はそういって舌打ちした。松陰は、役人がいった、

「身分が違うから、入れる牢も違うのだ」

ということばに引っかかった。かれはすでに江戸で入牢生活の経験があるので、牢に入ったときには、新入りは古参に対してなにをしなければいけないかをよく知っていた。そこで牢名主といわれるような先輩に礼を尽くし、多少の金をさし出した。

「お世話になります。よろしくお願いいたします」

「ふーん」

古参は感心して松陰をみた。

「おまえか、メリケンの船に密航しようとしたというのは」

「そうです。失敗しました」

松陰はニコニコしてそういった。悪びれない態度に、古参は好感を持った。

「まあ、居心地いいようにしてやるからがんばれ」

妙な励まし方をした。松陰は、

「ありがとうございます。どうかよしなにお願いいたします」

と頭を下げた。

ここで松陰の牢獄内での活躍の幕が切って落とされる。手始めに松陰がおこなったのは、

「なぜ萩には野山獄と岩倉獄のふたつの牢があるのか」

ということに対する調査である。

吉田松陰は、松下村塾で門人たちを教えていたことだけが大きく伝えられているので、どこか、

「じっと正座して、本を読み、ものを考えている教師」

という印象が強い。また残されている松陰の銅像や、肖像画などもそういう姿が多いので、

「静的な人物」

と思われがちだ。ところが実際の松陰は違う。この野山獄に入ったのちは、松陰は二度と萩の外に出ることはなかった。しかしその前の松陰は、すでに触れたように日本中をほとんど歩きまわっている。東北から九州にかけて、幕末の日本人で、というよりも古い時代にさかのぼっても、松陰ほど日本中を歩きまわった人間はいない。

かれが牢屋に入って調査をはじめたのも、いってみればかれが持ち前の、

単なる、

「調査好き人間」

であったからである。

しかもかれは若い。好奇心と情熱は他人の何倍も豊かに持っている。その好奇心と情熱は

「のぞき」

ではない。かれが、

「なんでも知ってやろう、みてやろう」

という態度を持ち続けたのはすべて、

「日本国民のひとりとして」

という自覚があった。いってみれば単なる〝のぞき〟が私的な好奇心であるのに比べ、吉田松陰の場合は明らかに〝公的のぞき精神〟といっていい。

かれは役人や古参の入牢者たちに、

「なぜ萩には野山獄と岩倉獄があるのですか」

とききまわった。

「そんなことがなぜ必要なのだ？」

牢役人はうるさがってそういった。松陰は、こう答えた。

「わたくしは、常に自分がいる場所のことをしっかりとわきまえておきたいのです。ぜひ教えてください」

「うるさいやつだな」

そういいながらも、役人は教えてくれた。そして上役の福川犀之助《さいのすけ》にこのことを話した。福川犀之助は、かねてから吉田松陰に関心を持っていた。今回幕府で罰を与えられたが、福川から考えれば吉田松陰のやり方は若さからきた無謀というだけではなく、あくまでも国を思っての行為だと正当に評価していた。だから部下の役人たちにも、

「吉田寅次郎には温かく接してやれ」

と命じていた。この福川犀之助が牢獄の責任者であったことが、その後の松陰の入牢生活をどれほど救ってくれたかわからない。

寅次郎は牢役人や古参の入牢者たちから教えてもらって、なぜ萩には道を隔てて野山獄と岩倉獄があるのかということを知った。つまり、〝野山〟と〝岩倉〟の命名の由来である。

それによると、約二百年以上前の正保二年（一六四五）九月十七日に事件が起こった。この野山獄は長州藩の物頭《ものかしら》野山清右衛門《のやませいえもん》の屋敷だった。東隣りに岩倉孫兵衛《いわくらまごべえ》という武士が住んでいた。早くいえば、野山獄も岩倉獄も、そこに住んでいた武士の名を取ったものだ。

どういう原因があったのかわからないが、岩倉孫兵衛が酒を飲んでしたたかに酔い、いきなり野山の家にとびこんできて、

「きさまはけしからんやつだ！」

とわめき声を上げると、刀を抜いて野山を斬り殺してしまった。騒ぎをきいて、北隣りに住んでいた木梨喜左衛門が駆けつけた。しかし、すでに野山清右衛門の息は絶えていた。

岩倉孫兵衛はその場で逮捕された。武士社会には、

「理由はどうあれ、喧嘩は両成敗」

という不文律があった。そのために、岩倉家だけでなく、野山家も潰されてしまった。そして、

「不祥事件のあった両家の屋敷は、今後藩の牢屋として使う」

ということになった。このとき、ふたつの屋敷跡につくられた牢に上下の隔てがつくられ、

「野山獄を上の獄とし、岩倉獄を下の獄とする」

と定められた。武士の身分を持つ者が罪を犯したときは野山獄に収容する。足軽などの身分の低い者は岩倉獄に入れるということになった。

これらのことを知った松陰は、野山獄と岩倉獄の由来を書き記した。そして、

「事件の記録ははっきり伝わっていないので、ほんとうかどうかをいまさら確かめることができない」

と付記している。

松陰が入れられたときの野山獄は、南北二棟に六房ずつの独房がつくられていた。十二人の収容が可能であった。北側の獄舎の裏に首を切ったり、本人に腹を切らせたりする処刑の場があった。

調べているうちに松陰はもっと面白いことを知った。かれは自分の記録につぎのように書いている。

「独《ひと》り野山獄は則《すなわ》ち罪定まりて而《しか》る後之れを囚し、又親戚の合議上請して、廃して之れを囚するあり、ここを以て幽囚四、五十年にして出づるを得ず、憂を呑みて以て死する者、比々是れなり。而して其の幸にして脱するを得るは、則ち十に僅かに一、二のみ」

ちょっと解説が必要な文章だ。つまり野山獄の入牢者は、

・罪を犯した者だけではないということ。
・家族に持て余し者が出たときは、親戚が相談して藩庁に願い出て、入牢させてもらう。
・入牢させられる者は、家族の扱いを廃される。
・この持て余し者の入牢者の経費は、家族が負担する。
・そのために、野山獄に入っている入牢者の中には、別に罪を犯したわけではなく、ただ家族の持て余し者であったためにここに入れられた者もいる。しかも、四、五十年の長きにわたって入牢していて、出してもらえない。
・そういう人間は、憂いを呑んでそのまま牢で死んでしまう者もいた。
・幸いに出られた者は、十人にわずか一人か二人にすぎない。

ということである。いってみれば、野山獄は、

「藩士の家族で、持て余し者を隔離する収容施設」

の役割も果たしていたのである。したがって、犯罪者だけが牢に入っているわけではなかった。家族からみれば、どうしようもない持て余し者なので、ほんとうは死んでくれればいいのだが、殺すわけにもいかないので、

「家族から隔離して、永遠に帰ってこなくてもいい」

と思われている人間が、何人もこの牢に入っていた。松陰はこのことを知った。そして、しみじみと、

「わたしも、家族にとっては持て余し者ではないのか」

と考え込んだ。

そして松陰がなによりも気にしたのが、自分といっしょに江戸から萩へ送り戻された金子重輔のことだった。話にきくと、

「野山獄はまだいいが、岩倉獄のほうは大変だ。冬も、木枯しをさえぎる塀がないので、牢格子の中に直接寒風が吹き込む。多くの入牢者が、そのためにバタバタ死んでいる」

とのことだった。曲がりなりにも野山獄には、風を防ぐ塀がつくられていた。つまり、

「身分による扱いの差」

が牢獄の造作にも表れていたのである。

松陰が入ったとき、野山獄には十一人の囚人がいた。松陰が入って、十二房は満杯になった。もっとも長い入牢者は大深虎之允といった。七十四歳で、

「入牢してから四十九年目だ」

と苦笑まじりに告げた。他の者も、最低三年から十九年におよぶという。

松陰はこのとき二十五歳だ。年末近くなると、松陰は他の入牢者にいった。

「番人に贈り物をしましょう」

「なんだって？」

他の連中はびっくりした。松陰はニコニコわらいながらいう。

「牢番も生活が大変です。正月には雑煮をつくって祝うでしょう。われわれの気持ちをさし出しましょう」

「へえ、おまえさんは変わってるね」

他の入牢者たちは格子を隔てて顔をみあわせる。しかし、野山獄の責任者福川は、かならずしも犯罪者だけが入牢しているわけではないので、房と房との行き来は割合に大目にみていた。松陰については、福川は、

「あの若者は絶対に大丈夫だ」

と太鼓判を押していた。そのため松陰は、よく房から出て、他の入牢者と連絡ができた。暮れには、そう呼びかけて入牢者がそっと隠している金を吐き出させた。集めて、番人に届けた。

「よいお正月を迎える足しにしてください」

番人は呆れたように松陰をみかえす。が、すぐニコニコ顔になった。

「ありがとう」

素直に礼をいった。松陰は、

「お願いがあります」

といった。番人はたちまち警戒する表情になった。

「なんだ？」

これはワイロかという目つきになった。松陰は、

「われわれも正月を祝いたいのです。ついてはくださる雑煮の中に、多少野菜を多くしていただきたいのですが」

そういって、集めた金を渡した。

「野菜代です」

番人は金と松陰の顔を見比べた。やがて表情をゆるめ、

「わかった。野菜をすこし加えてやろう」

とうなずいた。そして、

「おまえは変わった男だな」

としみじみといった。

こういう松陰の行動によって、牢の中がすこしずつ明るくなった。囚人たちは格子を隔てて、

「吉田寅次郎は、地獄へいっても閻魔《えんま》に可愛がられる。あいつは地獄も極楽に変えてしまう男だ」

とわらい合った。

「なぜ、野山獄と岩倉獄に分かれているのか、また、野山獄と岩倉獄という名はなぜついたのか」

と、自分の入った牢について綿密な調査をおこなった松陰は、いってみれば、

「そのとき、自分のいる場所についてのしっかりした確認」

をおこなう。どこにいてもそうした。これがかれのいわば、

「いる場所に対する正しい認識」

をうながす。だから、どんなにつらく苦しい場にいても、松陰はへこたれない。逆に、

「そのつらさや苦しさを、可能なかぎり取り除こう」

と考える。法に背くようなことはできないが、しかし人間がやればできることをやらないでいるという、いわば怠け心や横着によってそのつらさや苦しみが生まれているならば、松陰は、

「その原因を除き去ろう」

と考えるのである。それに、かれは天性の純粋な魂を持っている。どんな人間をも疑わない。犯罪者に対しても、相手の立場に立ってものを考える。だから話をきいているうちに、松陰は涙ぐんだり、ときには大粒の涙をこぼしたりする。話しているほうは、

（こいつは、芝居をしているのではないか）

と疑う。ところが松陰には芝居っ気はまったくない。本気になって、

「そんなにつらい思いをしたら、わたしだって罪を犯したかもしれません」

という。その目の輝きに打たれて、話すほうも、

（この男は、無類に気持ちがきれいなのだ）

わっていった。

と思いはじめる。これが重なって、吉田松陰の存在はしだいに野山獄の中で希望の星に変
「吉田と話していると、牢獄がまるで極楽のように思えてくる」

という人物が増えてきた。最古参の大深虎之允などは、完全に吉田松陰のファンになって
しまった。だからヒマがあるたびに、

「おれの房へきて、話をきかせてくれ」

と、松陰の経験談をきくことを楽しみにした。そういう希望者が増え、松陰は自分の房に
いることが少なくなった。房といっても、一坪半の狭い部屋だ。そのたびに役人に、

「お願いいたします」

と声をかける。はじめのうちは、

「うるさいな」

と面倒がっていた役人も、責任者の福川から、

「吉田は特別に扱ってやれ」

といわれていたので、億劫《おっくう》がらずに次から次へと房の鍵を開けてくれた。松陰は、各房を
渡り歩きながら、相手の希望に応じて自分の体験談を話した。

とにかく、日本中知らぬところはないほど歩きまわった松陰のことだ。また、記憶力がい
いから、

「東北ではこういうことがありました」

「江戸ではこういう経験をしました」

「九州では、こんな思いもしました」

と、日本全国の各地域にわたって細々と情景描写をまじえながらそこで体験したことを話す。同時にかれは、現在でいえば、

「グローバルなものの見方」

をしていたから、国際感覚にもすぐれている。とくに、下田から小さな舟に乗ってペリーの軍艦を訪ね、

「メリケン国（アメリカ）へ連れていって欲しい」

といったときのくだりは、房の連中が全部一ヶ所に集まって話をきいた。牢役人もいっしょになってきくほどだった。みんなの目が輝いた。語り終わると、

「そんなたいへんな思いをしたのか」

「おぬしは大したやつだな」

などと賞賛のことばを投げる。

が、たったひとりだけそんな松陰を頭から軽蔑しきった入牢者がいた。富永弥兵衛という人物で、前は殿さまの小姓役を務めていたという。家は、代々藩の御膳部役だった。が、弥兵衛は頭がよく藩の学校明倫館で出色の成績を示したので、殿さまが見出したのだ。ところが性格が悪く、他の連中と絶対に折り合わない。強情で、自分のいったことはなんでも正しいと主張する。そのためにほとんど友だちもできなければ、上役も可愛がらなかった。やが

て見島という日本海の小島に流されてしまった。四年前に、この野山獄に入牢させられたという。

「なんでも、あいつの号は有隣というのだそうだが、ああ付き合いが悪いのでは有隣ではなくて無隣だ」

最古参の大深虎之允がそういってわらった。

富永弥兵衛は、松陰が入牢したときから白い目を向けていた。その目の底に、

「このばか者め」

というあなどりの色があった。おそらく松陰が、アメリカの軍艦に密航しようとして失敗したことをすでにきいていたのだろう。弥兵衛にすれば、そんな暴挙は、

「愚挙以外のなにものでもない」

と考えていたのだ。

松陰が、

「牢役人の正月の費用に、醵金《きよきん》してください」

と頼みにいっても、フンと横を向く。なおも頼むと、

「そんな金はない」

と突き放す。また、

「われわれも正月の雑煮を祝いたいので、多少野菜を多くしてもらうために醵金してください」

といっても、

「おれは別に雑煮に野菜を多く入れてくれなくてもいい。牢で出すもので十分だ」

とにべもない。さすがに人見知りをしない松陰もこの富永弥兵衛にはてこずった。最古参の大深虎之允は、

「あんな変わり者は放っておけ。話してもこっちが不愉快になるだけだ」

と松陰をたしなめた。しまいには松陰もその気になって、富永だけには近づかなくなった。富永も意志の強い男だ。松陰のところにみんな集まって、ペリーの船への密航談などきいて、ワァーワァー騒いでいても知らん顔をしている。ひとりで本を読んでいた。ときどき富永の房を盗みみる囚人が、

「まったくあいつは変わり者だな」

ときこえがよがしな声を立てるが、富永は平気だ。その精神力のしたたかさには松陰も舌を巻いた。

（富永さまは立派だ）

と逆に感心してしまう。

獄内俳句の会結成

　吉田松陰が入れられた野山獄の囚人の中に、寺小屋の師匠がいた。吉村善作といって、四十九歳の男だ。入牢してから七年目だという。

　また、河野数馬という武士がいた。四十四歳で入獄九年の経験を持っていた。この吉村と河野がそれぞれ牢格子を隔てては、自分のつくった俳句を披露し合っていた。

「おや」

　好奇心旺盛な松陰は目を輝かせた。ある日吉村にきいた。

「先生は、俳句をおつくりになっているのですか？」

「先生？」

　苦笑した吉村は、

「そうだよ。おれは、性格が悪いので親戚一同に嫌われ、ここへ入れられてしまった。二度と出る機会はあるまい。しかし、このまま朽ちるのは悔しいので、せめて自分でできることをやってみようと、俳句をつくりはじめた。しかし、おれが俳句をつくりはじめたのは、隣の房にいる河野数馬さんの影響だよ」

そういった。松陰はすぐ河野数馬の牢の前に行って、

「吉村先生が、あなたに刺激されて俳句をつくりはじめたとおっしゃっていますが、ほんとうですか？」

ときいた。河野は、ジロリと松陰をみかえし、

「おれの影響で吉村さんが俳句をつくりはじめただと？　反対だ。吉村さんの影響でおれが俳句をつくりはじめたのだ。きみはなんでそんなことをきくのだ？」

と目を険しくした。松陰はニコニコわらいながら、

「野山獄内に、俳句の会をつくろうかと思っているからです」

といった。

「俳句の会？」

ききかえす河野の目に和みの色が浮いた。松陰のつぶらな瞳が、嘘をついていないからだ。

「きみは面白い若者だな」

しみじみと松陰を眺めて、そういった。河野が、そんなことをいったのは、吉村善作と同じように、河野数馬自身も自分の将来に絶望していたからだ。河野もまた、性格上の問題があって親類一同に嫌われ、

「野山獄に入れたほうがいい。数馬さんが娑婆《しやば》にいると、みんなが迷惑する」

ということで、家族の経費負担という形で、野山獄に入れられてしまったのだ。

しかし新しく入ってきた吉田松陰は違った。

「メリケン（アメリカ）へ渡るために、船将ペロリ（ペリーのこと）に頼んで、密航しようとした。その罪によって、幕府から入獄を命ぜられた」

という。この話をきいたとき河野数馬は、

「世の中には随分変わった若者がいるものだ」

と思った。ところが実際に入獄してきた松陰をみると、自分が犯した罪に対する反省の色などまったくない。

「正しいことをしようとしたが、それが幕府に受け入れられなかった」

という受止め方をしている。入獄早々から河野数馬は吉田松陰に関心を持った。悪意ではない。むしろ逆に好意を持った。

（おれたちが性格が悪くてこんな牢屋で朽ち果てようとしているのに、長州藩にはまだまだ前を向いて、まっすぐ歩いて行こうとする純粋な若者がいるのだ）

と思った。そう思うと、自分の過去が悔やまれた。

（親戚一同がおれを嫌ったのも無理はない。おれは自分のことしか考えないで、世の中にすねてきた。その罰を受けているのだ。そこへいくと、新しく入った吉田寅次郎は違う。あいつは、常に前を見、決して後ろを振り返らない。そしてあいつが歩いて行く方向には、かならず陽が当たっている。まるであいつは、カボチャの蔓《つる》かヒマワリの花のような人間だ）

と思っていた。

吉田寅次郎がカボチャの蔓かヒマワリの花のようだというのは、カボチャの蔓もヒマワリも、かならず、

「太陽に向かって伸びていく」

という特性を持っていたからである。

暗いジメジメした牢獄内においても、寅次郎は決して落胆しない。

「いまいる場所で、最善のものを発見しよう」

という努力をする。そしてかならず発見する。そのために、寅次郎が入牢してからまだ一ヶ月か二ヶ月しか経たないのに、牢内の空気がどんどん変わっていった。

とくに変化があったのは、囚人と牢役人の関係である。牢役人は、囚人たちをばかにしていた。つまり、

「この世のはみだし者」

とか、

「世間に受け入れられない者」

という目でみた。そして、

「その原因はすべてこいつらにある」

という蔑みの気持ちを持っていた。

長州藩の身分制はきびしい。牢役人は、責任者の福川を除いては、獄卒はいたって身分が

低い。しかし、かれらは誇りを持っていた。誇りというよりも、身分上からくる劣等感が逆になって、囚人たちを軽蔑する精神を持たせた。かれらからみれば、

「武士とはいっても、こいつらは藩の落後者だ」

とみていた。だから、一人前の人格を認めない。

「欠陥人間だ」

と思っている。したがって、囚人の扱いはとげとげしい。なにか頼んでも、

「ふざけるな。囚人のくせに生意気なことをいうな」

と片っ端から拒否した。

そんなところへ吉田寅次郎が入ってきた。寅次郎は臆面がない。河野数馬が感じたように、

「カボチャの蔓かヒマワリの花」

だから、太陽に向かってどんどん伸びていく。それをみていると、まわりにいる者まで巻き込まれる。吉田寅次郎はいまは完全に野山獄内の太陽になっていた。

その寅次郎がやってきて、

「牢獄内に俳句の会をつくりましょう」

という。河野数馬は苦笑した。そして、

「おれはかまわぬが、吉村さんの意見もきけ」

といった。松陰は、

「吉村先生の意見はもうきいてあります。先生は賛成です。河野先生の意見をきいてこいと

いうお話でした」

「それなら問題ないではないか。思うようにやりたまえ」

松陰は喜んだ。そして、

「まず、両先生から囚人たちに俳諧のお話をしてください。俳句の会をつくるといっても、なんのためにそういう会をつくるのか、また俳句をつくるのは、どれほど喜びであり楽しいものなのかを知らなければ、みんなは賛成しないと思います。それには、両先生が、入獄後なぜ俳句をつくろうと思いはじめたのか、その動機についてお話しください」

「俳句をつくりはじめた動機？」

河野数馬は嫌な顔をした。

「面倒だな」

しかし松陰は、

「でも、両先生が牢獄内で俳句をおつくりになる動機はかならずあったはずです。それがきっと他の囚人たちに、希望を与えます」

そういった。河野数馬は、

「きみはなんに対しても、じつに前向きだな」

といった。松陰はうなずいた。

「わたくしも若気の至りで、数々の失敗を犯してきました。しかし、そのたびにこう思います。なぜこうなったのだろうかなどと考えても、物事は発展しない。こうなった事実を基にして、過ちを再び繰り返さずに生きていくにはどうしたらいいかを考えます」

「うらやましいよ」

河野数馬はしみじみとそういった。

「俳句について、吉村・河野両先生のお話を伺いましょう」

と松陰からの呼びかけを受けた囚人たちは、

「俳句？」

と妙な表情をした。

「そうです。両先生が、なぜこの獄内で俳句をつくりはじめたのか、その動機についてお話しくださるそうです。これはきっとわたくしたちの参考になると思います。伺おうではありませんか」

次々と呼びかけた。囚人たちも退屈している。そして、いつ出られるか希望はまったくない。

「退屈まぎれに、ひとつ話をきいてみるか」

そういう気になった。

しかし、富永弥兵衛だけは、

「俳句？」

とき返してせせらわらった。

「俳句など、女子供が慰むものだ。おれはきかない」

にべもなくいった。松陰は、

「でも、富永先生も難しいご本ばかりお読みになっていらっしゃらないで、たまには俳句の話をおききになると気分がほぐれますよ」

そういった。松陰に対しては、牢獄の最高責任者である福川犀之助が、

「吉田寅次郎は、別に藩に対して大きな罪を犯したわけではない。国を憂いてやむにやまれぬ行動をとっただけだ。あいつの希望はなんでもかなえてやれ。また牢内での動きは自由にしてやれ」

と獄卒に命じていたので、自分の房を出て自由に歩きまわれた。だから、こんな説得工作ができたのである。

富永弥兵衛は、もともとは藩校明倫館の教授だった。頭脳が鋭いので、藩主の小姓役になった。ところが性格が狷介《けんかい》でしばしば問題を起こす。

たとえば、藩主に面会を申し込んでも、富永が独断で、

「会わせることはできない」

と断ってしまう。その中には重役もいた。重役は怒った。

「おまえはたかが小姓役ではないか、黙って取り次げ」

という。ところが富永は、

「たしかにわたしは小姓役で、いってみれば殿さまの玄関番です。しかし、わたしの役割は、あなたさまを殿さまにお会わせすることが、殿さまの果たして得になるのか損になるのかを

判断します。したがって、小姓役というのは判断職であって、単なる玄関番ではありません。お伺いしたところによると、きょうのあなたさまのご用向きは殿さまのお心を乱します。乱すだけではなく、殿さまはきっとお苦しみになるでしょう。そんなあなたさまを、殿さまにお会わせするわけにはいきません。お帰りください」

こういう調子で追っ払ってしまう。問題になった。

「富永のやつは生意気だ」

という印象論だけではすまなかった。

「あいつが小姓役を務めていると、殿さまにもろくろく会えずに、藩政が滞ってしまう」

ということになった。そこで重役一同の意思によって、富永は小姓役を罷免された。しかし、罷免されてもまだ突っ張って、

「重役どもはばかだ」

と悪口をいった。そのために、ついに萩の沖にある見島に流されてしまった。しかし別に罪を犯したわけではない。性格が頑《かたく》なで、妥協性がないというだけだ。だから、富永に、

「あの男のいうことは正しい。重役たちがばかなのだ」

と同情する者もいた。そこで、こういう声がまとまって、

「富永は、見島から戻して野山獄に入れたほうがいい」

ということになったのである。

松陰が入獄したときは、富永弥兵衛はすでに入獄歴五年の月日を重ねていた。年齢は三十

七歳である。

執拗に、

「俳句の話をききましょう」

とすすめる松陰に、富永弥兵衛は読んでいた本を手にして宙に持ちあげた。

「吉田くん、おれはこの本のほうが性にあっているんだ」

そういった。松陰はチラリとその書物に視線を走らせた。目が大きく見開かれた。富永弥兵衛が宙で示したのは、

『靖献遺言《せいけんいげん》』

という書物である。松陰はとっくにこの本のことを知っていた。靖献遺言は浅見絅斎《あさみけいさい》という学者が書いたもので、中国と日本の忠臣や義士の事蹟を述べ、

「忠義を尽くすべきは、日本では天皇である」

という尊皇論を書いたものだ。松陰は舌を巻いた。

(富永先生は、靖献遺言にご関心がおありだったのか)

これはまた新しい発見をした。折をみて、ぜひ『靖献遺言』についての、富永先生のご意見を伺おうと、松陰はまた異なった希望を持った。こういうときの松陰は、単に、

「なんでもみてやろう」

という好奇心の固まりだったわけではない。もっと前へすすめて、

「発見したことを、さらに発展させよう」

という積極性を持っていた。こういう行動力は、他の人には真似ができない。だからこそ、松陰よりも何年も先にこの野山獄に入れられている連中も、松陰が、

「俳句の話をききましょう」

といえば、

「そうするか」

という気持ちになってしまうのである。松陰は、野山獄の太陽であっただけでなく、

「野山獄内の小さなつむじ風」

でもあった。まわりを全部巻き込んでしまう。その生命力というか、活動力の源になっているものがなんであるかは、野山獄に入っている囚人たちが一様に目をみはることだった。

松陰は富永にいった。

「先生、それは靖献遺言ですね。いずれ、そのご本についてのご意見を伺いたいと思います。いや、先生が囚人たちにそのご本についてのご講義をしてくださるほうがいいかもしれませんね」

「おれが靖献遺言の講義？」

松陰の申し出をきいて富永は、ばかにしたようにニヤリとわらった。そして、

「この獄にいるやつらはみんなばかだ。なにをいってもムダだ。だからおれは付き合わない」

そういった。松陰は、

「そう断言なさらないほうがいいと思います。人にはそれぞれ、悪いところもあればいいところもあります。たまたま、運が悪かっただけでこの牢に入れられている人もたくさんいます。先生、改めてお願いにあがりますので、ぜひその靖献遺言についてのご講義をなさってください」

そう告げた。富永は、首を横に振り続けた。ばかにしきった態度である。

松陰はしかし敏感に、富永が向かい合っている汚い机の上に、硯と墨がおかれているのをみた。富永は手に書きかけの紙を持っていた。松陰は、

(富永先生は、靖献遺言の文章を書写しておられたのだな)

と感じた。ここでまた新しい希望が湧く。それは、

(先生には、靖献遺言の講義だけではなく、囚人たちに書道も教えていただこう)

ということを思いついたからである。こうなると、松陰の胸は希望と喜びでいっぱいになる。次から次へとやりたいことが充満してきて、どれから手をつけていいか見当がつかずに浮き足立ってしまう。

しかし、あまりしつこく富永にすすめても、この様子ではなかなかうんといいそうもないので、諦めた。

「改めてお願いにあがります」

そういって富永の房の前から去った。

とにかく、吉村・河野両人の、

「なぜ獄内で俳句をつくりはじめたか」

という話をきこうということになって、富永を除く全囚人がふたりの房に行った。松陰は無邪気で、臆面がないから獄卒の半蔵、源七、政右衛門、新右衛門などという連中にも呼びかけた。獄卒は、

「なに、俳諧の話をきく？　おまえはまったく次から次へと面白いことを考えつくな」

と目をむいたが、しかし牢の最高責任者福川犀之助からの話もあるので、獄卒たちも交替で話をききにやってきた。とにかく獄卒たちも吉田松陰の魂の純粋さには心を打たれていたので、

「あいつのやることに間違いはない」

「あいつは、絶対に人を騙すようなことはしない」

という評価では一致していた。

松陰にうながされて、吉村と河野はこもごも、

「なぜこの獄内で、俳句をつくりはじめたか」

と、自分たちが俳句をつくりはじめた動機について話した。これはきく者の関心事だった。つまりそれは、

「野山獄における、生き方の発見」

に結びついたからである。さらに吉村と河野は、

「われわれは別に娑婆《しゃば》にいたときから俳句をつくっていたわけではないし、またいまつくっ

ている俳句も決してうまいとはいえない。が、この十七文字に自分のすべてをこめることが生きがいになる。ということは、とりもなおさずこの獄内で、どう生きて行けばいいのかということを始終考えるからだ」

そう説明した。こういう話には、囚人たちも目を輝かせる。それは、囚人たち一人ひとりの問題でもあるからだ。そうなると、

（おれも俳句をつくってみるかな）

という気になってくる。そういう空気を松陰は敏感にみぬいた。吉村・河野ふたりの話が終わった後、松陰は、

「みなさん、両先生になにかお尋ねになりたいことはありませんか？」

と質問をうながした。みんな首を横に振る。まだそういうことには慣れていない。

「ヘタなことをきいて、ばかにされたくない」

という思いがあった。そこで松陰は、

「どうでしょう？　われわれも俳句をつくってみようではありませんか。そして、お互いにつくった句を発表し合いましょう」

そう提案した。囚人たちは顔をみあわせ、ニヤニヤわらった。松陰は最古参の大深虎之允にいった。

「大深さん、あなたがこの房では最古参です。最古参のあなたが、うんといってくだされば他の方々も参加してくださいます。いかがでしょう？」

そういう立てられ方をして、最古参の大深虎之允もまんざらではなかった。

「面白いかもしれないな」

そう応じた。松陰はさらに前へ出て、

「牢生活は暗いものです。その暗い牢生活を、とにかく楽しいものにするためには、なんでもやってみることが大事です。ぜひやりましょう」

明るくいった。大深は、

「吉田のいうとおりだ。みんなで句会を開こう」

とうなずいた。いわば牢名主が命令したのと同じだ。こうして、野山獄内ではしばしば句会が開かれるようになった。

牢の責任者福川犀之助は喜んだ。

「吉田のお陰で、囚人たちの善導教化の実績があがる」

といった。俳句をつくるということは、福川からみれば、

「囚人が、自分について深く考えることだ」

ということになる。自分について深く考えれば、

「なぜいま自分はこの野山獄に入れられているのか」

ということにも思いが至る。そうなれば、突っ張り、ひがみ、ひねくれ、

「悪いのは世の中のほうで、おれは正しい。その正しいおれを牢屋にぶち込むような世の中は、さらに歪んでいる」

という短絡した考え方を持った囚人たちが、一人ひとり、そのことについてもっと深く突っ込んで考えるようになる。そうなると、

「自分にも悪いところがあったかもしれない」

と反省するようにもなる。そのきっかけをつくったのは吉田松陰だった。松陰は別に、

「みなさんは悪人なのだから、自分の悪事を反省しなさい」

などと考えて、俳句の会をつくったわけではない。かれにすれば、

「暗い牢獄生活を、すこしでも明るくするためにやれることはなんでもやりましょう」

と呼びかけたにすぎない。牢獄生活では、すべての動きが制約される。また、持っているものも少ない。松陰は、

「しかし、それぞれの人間性という無尽蔵の可能性は、囚人たちにとってなにより大切な財産ではないのか」

と思った。したがって、

「その財産を活用することも、決してムダではない」

ということになるのである。

俳句の会が盛んになると、松陰はもうひとつの、

「富永先生に、靖献遺言の講義と、書道を教えていただきたい」

という希望を実現しようと思い立った。

そんなときに、松陰にとって耐えがたい不幸な事件が起こった。それは、松陰といっしょ

にアメリカに密航しようとして失敗し、向かいの岩倉獄に入れられていた金子重輔が、死んでしまったことである。

われ若者を惑わせり

金子重輔は、もともとは長州藩内で染物業をいとなむ商人の息子だった。ところが家業を嫌い、

「なんとかして武士になりたい」

という上昇志向を持って、足軽になった。才気煥発《かんぱつ》な青年で同時に行動力に満ち溢れていた。知り合った吉田松陰とは気性がピッタリ合い、松陰のいうことにはなんでも従った。だから松陰が、

「メリケン国へ渡って、彼の国の実態をこの目でみてこよう」

といい出したときも、

「ぜひ、そうしましょう」

と一も二もなく賛成した。

しかし、この企てが破れ、ふたりは牢につながれる身となった。徳川幕府は、

「ふたりの志にはみるべきところもある。藩に戻すから、謹慎させよ」

と寛大な処分をおこなった。ところが長州藩庁は、

「長州藩の恥をさらしたとんでもないやつだ。大体メリケン国へ渡ろうなどというのは、途方もない計画である。こらしめよう」

ということで、牢にぶちこんでしまった。しかし、金子のほうは軽輩の足軽なので、長州藩では同じ入牢者でも扱いを別にする。松陰が野山獄に投ぜられたのに対し、金子のほうは、低身分の者が入れられる岩倉獄に入獄させられた。

松陰はこのふたつの牢の差異を知っているから、

「自分が入れられたこっちの牢はまだ寒風を防ぐ塀があるが、岩倉獄にはそれがない。金子くんは吹きさらしの中で生きなければならない。かれはもともと身体が丈夫ではない。大丈夫だろうか？」

といつも胸を痛めていた。

同時に野山獄内で松陰は、

「わたしといっしょにメリケンに渡ろうとした金子くんは、こういう人物なのです」

と、折があれば同囚の人びとに金子のことを語った。したがって野山獄の囚人たちも、金子重輔についての知識は松陰によって十二分に持っていた。

金子が死んだのは、安政二年（一八五五）一月十一日のことである。厳冬の最中だった。獄卒からこの知らせを受けた松陰は、

「えっ！」

と一瞬目をみはり、やがて獄卒の顔をみかえしたまま大粒の涙をはらはらと落とした。

獄卒には松陰の気性がわかっているので、慰めようもない。

「あいつはもともと身体が弱かったのだ。あまり気を落とすな」

そう告げて去って行った。

獄卒も松陰の悲しみがわかるから、長くそばにいたくなかったのである。

房内にうずくまった松陰は、髪を掻《か》きむしった。かれは呻《うめ》いた。

「わたしのせいだ、わたしのせいで金子くんが死んだ。ああ、どうしよう」

自分の身体をこぶしでごつごつ叩き、

「どうしよう、金子くん、すまない、どうしよう」

と呻き続けた。両側の房から、

「吉田、あまり悲しむな。金子は入牢のときから身体が悪かったそうではないか。きみのせいではない。あまり自分を苦しめるな」

そういう慰めの声をかけた。しかし松陰はきかない。

「ぼくのせいだ、ぼくのせいだ、どうしよう、どうしよう」

と自分の身体を叩き続け、責め続けた。

松陰は、金子重輔が牢に入れられたことに責任を感じていた。それは、

（自分が、金子くんを煽動《せんどう》してこういう目に遭わせたのではないか？）

という疑いをいつも抱き続けていたからである。煽動したというのは、

（金子くんには、もともとメリケンに渡る気持ちなどなかったのかもしれない。それをぼくが引きずりこんで、むりやりかれをこういう目に遭わせたのではないか）

ということである。

金子重輔は天保二年（一八三一）生まれであり、吉田松陰は文政十三年（一八三〇）生まれだ。わずかに松陰のほうが一歳年上だが、ほとんど同年といっていい。松陰にはもともと、

「人を導く資質」

があった。それは、

「人間に対する責任」

を始終頭の中に浮かべることだ。つまり、

「社会に対して果たさなければいけない責務」

を痛感するからこそ、

「この世に生きる人間はどうあるべきか」

ということを考えるのだ。世の中には、

「人を導く立場の者と、導かれる立場の者」

の二通りの人間がいる。松陰は生まれつき、

「人を導く立場」

に立っていた。だからかれは物事に失敗し、その失敗した事件に他人を巻きこんだりする

と、

「自分の導き方が悪くて、この人間を不幸な目に遭わせているのではないか」

と反省する。金子重輔はその典型的な例だった。

だからかれは何度も、牢役人に頼んでは、

「金子くんをぜひ優遇してあげてください」

といい、同時に同房の人びとにも、

「金子くんのために、醵金《きよきん》してください」

と金を集めたりした。

しかしその甲斐もなく、金子重輔は死んでしまった。牢内の人びとは、

「吉田くんの責任ではない、金子はもともと身体が弱かったのだ。病気のために死んだのだ」

といってくれる。しかし松陰にすればそれではすまない。

(やはり、ぼくがかれを誘いこんだことが間違っていたのだ)

と思う。

金子重輔の死をきいて、吉田松陰が髪掻きむしり、自分の身体をバンバン叩いてもがき苦しんだのは、

(自分の言行の影響によって、金子くんを死なせてしまったのではないか?)

という自責の念があるからである。そう思い出すと、

「あのときにあんなことをいわなければよかった」

あるいは、

「あのときに、ああいうことをさせなければよかった」

と次々に、芋づるのように過去の思い出が襲ってくる。いい思い出ではない。すべて、

「後悔と反省」

が数珠《じゆず》つなぎになっている。

このとき松陰が考えたことはもうひとつある。それは、

「藩内における差別」

の問題だ。

「同じ罪を犯したのに、なぜ待遇の違う牢に入れられるのか?」

ということだ。

「罪が同じならば、罰も同じでいいはずだ」

と思う。

同じ罪を犯したにもかかわらず、待遇の異なる牢屋にそれぞれ入れられて、一方が死んでしまったという事実を目のあたりにしたとき、吉田松陰の胸の中にはいいようのない憤りが噴きあがった。それは、

「人間は、なぜ人間を差別するのか」

ということだ。

のちに松下村塾において、吉田松陰がこの、

「人間平等」

の考えを、具体的にどのように講義したのかはわからない。しかし松陰の思想の根底には、

「人間は平等公平であるべきだ」

という考えがあった。


吉田松陰が、金子重輔に対してもった感じは、おそらく、

「自分は、金子重輔を悪く導いてしまった」

ということだったろう。これは、

「発信者と受信者」

の関係だ。発信者と受信者というのは、

「発信側の意図を、受信側は正確に受け止められるか」

ということでもある。

これが異なると、

「発信者の意図は、かならずしも正確に受信者に伝わらない」

ということになる。

「自分が他人に与えた影響をしっかりと見定め、それによって相手が受けた事実を自分のこととして受け止めよう」

と松陰は考えた。吉田松陰はすぐれた指導者であったが、しかしだからといって、かれは、

「すべての人を善導した」

とはいえない。中には、結果として、

「悪導した」

という相手もあったにちがいない。

吉田松陰は、

「自分のしたことの報いは、堂々と逃げずに受け止めよう」

と考えた。

松陰のことをあらためて調べているうちに、わたしはこの点、

「松陰は、人を悪導した場合には、その反応《リアクション》を、自分のこととしてすべて逃げずに受け止めていこう」

という態度があったことをしみじみと感じた。そして、

「それこそが、吉田松陰のすぐれた指導者としての本領ではなかったのだろうか」

と思いはじめている。これもまたわたしにおける、

「吉田松陰の再発見」

である。

たとえ他人を悪導したという事実が自分ではわかっていても、

「忘れ去りたい」

と思うのは、一種の思い上がりだ。思い上がりだというのは、人を悪導した側が、その結果とは別に、

「自分が教えたことは決してまちがっていない。相手が取りちがえて理解したのだ。したがって相手が悪い」

というふうに決めつけることが根拠になる。これが思い上がりでなくてなんであろうか。

吉田松陰はそんなことは絶対に考えなかった。

「相手が、取りちがえたり誤解したりして、自分のいったことをまったく見当ちがいな受け止めかたをしたのは、やはり発信したこっち側が悪いのだ」

と考える。

電波の話になぞらえれば、放送局から発信された電波が、途中で天候異変などにあって周波数がぶれたりしたときに、

「自分が発した電波が、あきらかにまちがった周波数に変わってしまった」

と反省するようなものだ。そしてその電波が、

「しかし、受け入れてくれる受信機のほうにチュナーが装置されているから、そこに行って正しい周波数に変わればよい」

とは考えない。吉田松陰は、自分がまちがっていると悟った瞬間に、

「なんとかして、相手に届く前に自分の力で正しい周波数に直したい」

と考えるのである。この、

「純粋な良心」は、松陰の生得のものであり、天が与えたものだ。

あくまでも自分を責め続ける松陰の純粋な態度に、人びとは胸を打たれる。どんな悪い根性をもった人間もかならずそうなる。松陰という人物に接触しただけで、こっち側の魂が洗われてしまう。

おそらく、萩の野山獄内における囚人たちもそうであったにちがいない。

松陰は、こういう純粋なすぐれた指導者であり、松下村塾で多くの門人を教えた。しかしかれは、門人たちを一様に、画一的にみたわけではない。その一人ひとりにのめりこんだ。現在のことばを使えばはまりこんだ。つまり、

「あくまでも相手の立場に立って、こっちの教え方を変えていこう」

ということだ。そもそもかれは、

「人を教える」

などとは決していわなかった。

「ともに学ぼう」

といった。だから、松下村塾にはヤクザまで入門していた。

松陰はいってみれば、

「相手は、一本一本の木だ。種類がちがう。したがって、ひそめている可能性もちがう。それを引き出し、こっちの可能性と乗算（かけ算）をおこなうことによって、お互いに資質を

伸ばしていこう」

という、

「平等な立場を重んずる相乗効果方式」

を期待した。江戸時代のあるインテリ大名が、

「人づくりは木づくりだ」

といった。それは、

「育てられる側は苗木と同じだ。それぞれ種類がちがう。教える側は、相手が何の木かを見定めて、木を育てるように人を育てるべきだ」

といった。木の種類がちがえば、与える肥料もちがうし、時には添え木をしたり、剪定《せんてい》もおこなわなければならない。

またこのインテリ大名はこうもいった。

「人を教えるということは、その教えられる側が直面している川という障害物を越えて、よりよき社会へ渡すことだ。しかし、教えられる側が立っているのは橋のある場所だけではない。上流にもいれば下流にもいる。であれば、そのいる場所から向こう側に渡る場所を示すべきだ。上流には、せせらぎがある。川が波立っているというのは川が浅い証拠だ。上流にいる者には、その瀬をさがして、ここから渡ればよいと教えれば済む。下流にいる者には、橋がかけられないから舟で渡れと、舟の漕ぎ方を教えるべきだ」

といった。このことは、

「人間の能力に応じた教え方をすべきだ」

ということだろう。そのまま、

「人づくりは木づくりだ」

ということばにあてはまる。

吉田松陰はまさにこの、

「人づくりは木づくりである」

ということと、

「相手のいる場所から、川を渡る方法を模索する」

という教育方法を実践した。

金子重輔の死は、松陰をいつまでも悲しませた。かれは髪をかきむしり、自分のからだをこぶしで打ち叩き、

「金子くん、許してくれ、許してくれ」

と嘆き続けた。

まわりの者にはどうしようもない。なぐさめても、松陰ははげしく首を横に振って、

「いえ、わたしがすべて悪いのです」

と悲痛な叫びをあげる。

このころになると、野山獄にいた囚人たちも、吉田松陰の魂がこの上なくうつくしいことを知っていたから、なんとかして松陰をなぐさめたいと考えはじめた。とくに吉村善作と河

野数馬が心配した。吉村と河野は松陰が提唱した牢内の俳句の会の指導者だ。ふたりは最古参の大深虎之允のところにきた。

　大深はすでに七十五歳になる。入獄歴はじつに五十年近くにわたっている。しかもかれは、「家庭内の持て余し者」であって、別に犯罪を犯したわけではない。いうことが過激で、まわりの意見に従わないから、

「虎之允が家にいると、問題ばかりおこる。いっそ、萩の野山獄に入れて、家庭から隔離してしまおう」

ということで、家族が、

「費用は全部当方でもちますから、虎之允を牢に置いてください」

と願い出たのである。いわば、

「家庭からの疎外入牢者」

のひとりであった。

　はじめのうちは大深も、

「おれをばかにしている。ここから出せ！」

とわめいた。しかし家族のほうでは引き取らない。牢役人に頼んで、

「絶対に、虎之允を牢から出さないでください」

と懇願した。虎之允はわめき叫び、暴れたが、そのたびに牢役人に殴られた。やがて年数

がたつにつれて、虎之允もあきらめた。気持ちのもちかたを変えると、牢も案外住めば都という気分になってくる。

大深虎之允は、いまは完全に、

「野山獄の大牢名主」

になっていた。だから、後輩の囚人たちはなにかにつけて虎之允のところに相談にやってくる。吉村と河野のふたりも、

「大深さんに意見をきいてみよう」

と合意に達したのだ。ふたりは、大深に、

「向かいの牢獄で金子くんが死にました。吉田寅次郎くんの嘆きがひどく、みるに耐えません。われわれがどうなぐさめても、かれはいうことをききません。なにかかれをなぐさめる手はないでしょうか？」

といった。大深は、

「そのことはきいた。吉田は純粋だから、金子が死んだのはすべて自分のせいだと思い込んでいる。そんなことは決してないのだが、かれの性格にすればいくらまわりからいいきかせてもきくまい。そうだな」

といい、腕を組んで静かな目でふたりを見返し、こういった。

「きみたちは俳句の名人だ。どうだ？　死んだ金子くんを追悼する句会をひらくということを、吉田くんに相談してみたら」

「金子くんの追悼の句会？」

吉村と河野は大深のいったことを復誦して顔を見合わせた。思わずほほえみが浮かんだ。

「なるほど、名案です。ありがとうございます。吉田くんに提案してみます」

「そうしたまえ。そして句会をひらくときは獄卒にも参加するようにすすめるといい」

「わかりました。ぜひそうします。いいおチエをいただいて感謝します。さすが大深さんです」

「おだてるな。おれは牢生活が長いだけだ」

大深はそういってアハハと高くわらった。すでに、牢生活五十年で、達観した仙人のような面影があった。しかしそれだけに、説得力があった。

吉村と河野はさっそく松陰の房に行った。松陰は泣いてはいなかったが、完全にやつれ果て、疲れ果てていた。後ろ向きになって、板壁に向かい合ったまま、こっちを向こうともしない。

「吉田くん」

吉村が呼びかけた。

「はい」

松陰はかすかな声で応じた。しかし振り返らない。かれは人から呼びかけられて、いかに自分の精神状態が錯乱していても、あるいはどんな不幸に見舞われていても、呼びかけた人間に返事をしないということはたいへん無礼だ、と思っていた。そのように松陰は子供のときからしつけられていた。

だからこのときも、きちんとした返事をした。

「話がある」

「なんでしょう?」

向こうを向いたまま松陰は答えた。

句会から孟子を読む会へ

牢内の壁に向き合ったまま、こちらを振り向こうとしない吉田松陰に、同囚者の吉村善作と河野数馬は語りかけた。

「吉田くん、金子重輔くんのことはきいた。気の毒だった」

「はい。すべてわたしの責任です。わたしが金子くんを死なせました。わたしは自分が許せません」

そういうと松陰は、向き合った壁に自分の額をゴツンゴツンとぶつけた。そうすることによって、自分の犯した罪が少しは償えると思っているのだろう。吉村と河野は、顔を見合わせた。ふたりの目の底に、松陰に対する痛ましさの念が走った。しかしふたりはいった。

「問題はそのことだ。きみの自分を責める気持ちはよくわかる。だから自分を責めるなとはいわない。そこでみんなで相談したのだが、どうだろうか、金子くんを追悼する俳句の会をこの牢内でひらいてはどうか、ということになったのだ。これは大先輩の大深さんも賛成された。参加してもらえないか」

「えっ」

金子重輔を追悼する句会をひらきたいというふたりのことばに、松陰ははじめて振り返った。ほとんど寝ていないから、目がへこみその縁《ふち》が黒ずんでいる。やせ細った顔に、目が穴のような状況になっていた。その穴の底から、キラリと光るものをみせながら、

「金子くんのために俳句の会をひらいてくださるということですか？」

「そうだよ。きみの呼びかけによって、この牢の中でもみんなが俳句をつくろう、という気になった。せっかくの機会だからみんなの金子くんへの思いを、それぞれ句によって示したらどうか、ということで大深さんにも相談した。大深さんはよろこんでくれた。そしてさっそくきみに伝えなさいということなので、こうしてやってきた。どうかね？」

「それは」

こっちへ向き直った松陰は、這うようにして牢格子のところまで出てきた。暗い目の底に小さな光が湧いていた。希望の光だ。輝いている。と同時に、感謝の光でもあった。

松陰は牢格子のあいだから手を出して、吉村と河野の手を握って振った。

「吉村さん、河野さん、ありがとうございます」

そういってたちまち涙をポロポロこぼし、

「そこまでみなさんが、金子くんのことを考えてくださるとは想像もしませんでした。ありがとうございます」

また礼をいった。吉村と河野は、

「それはきみの金子くん思いの気持ちがわれわれにも伝わったからだよ。どうだろう？　句会をひらくことに賛成してくれるかね」

「賛成するもしないもありません。ぜひひらいてください。わたしもよろこんで参加させていただきます」

「ああよかった。ここにきた甲斐があったよ」

本当をいえば、吉村と河野はこの際もう一歩前へ踏み出て、

「吉田くん、いつまでも自分を責めるのはやめたまえ。金子くんはきみのせいで死んだわけではない。牢獄における差別がそうさせたのであって、きみ自身がそこまで責任を感ずることはないのだ」

といいかけたが、ことばは呑み込んだ。

（いまはまだそんなことを口に出すときではない。とにかく、吉田くんを追悼の句会に参加させることが先決だ）

と思ったからである。

このとき松陰が感動したのは、

「他人が自分の苦悩を理解し、同情し、救いの手を差し伸べてくれた」

ということだった。

松陰はいま、

（自分は一本の孤独な山の上の細い木だ）

と思い込んでいた。一本の木だから風当たりが強い。しかしその風に対抗していくためには、幹が太く根をしっかりと地に据えていなければならない。ところがまだ自分は未熟で根もおぼつかない。しっかりした根をもたない細い幹だから、ともすれば吹き倒されそうになる。松陰は金子重輔が死んだときいたときから、いよいよこの孤独感を募らせていた。

「自分はひとりぼっちだ。金子くんを死なせた責任を感じても、その責任をどう果たし、また金子くんにどう報いればいいかも見当がつかない。それを考え出し実行する力が自分にはなくなってしまった」

と自分の無力さかげんに腹を立てていた。だからあせった。そのあせりがこぶしを固めて自分の頭をポカポカ叩かせ、さらに牢の壁にぶつけさせ、挙句の果ては牢内の板の上で七転八倒して身もだえさせていたのである。そのためにかれはヘトヘトに疲れ果てていた。

「自分との戦い」

に、疲労困憊《こんぱい》しきっていた。

募る孤独感に、完全に痩せ衰えた松陰にとって、いま持ちかけてくれた吉村と河野の申し入れはまさに、

「自分はひとりぼっちではない」

ということを悟らせてくれた。

いってみれば、

「自分はひとりで生きているのではない」

という自覚をもたせてくれたことであり、

「自分が不幸に襲われたときも、救ってくれる同志がいる」

ということであった。このことは、ことばをかえれば、

「自分ひとりの苦しみだと思っていたことを、同囚の人びとは自分のこととして、同じように苦しんでくれる」

という認識であった。このとき松陰は、

「自分は孤独な一本の細い木だとばかり思ってきた。ところが激しい風に身をさらしているこの細い木にも、まわりからその風を防いでくれようとする何本かの仲間の木がある」

ということに気づいたのだ。

吉村と河野の申し入れはもっと温かみに満ちたもので、

「きみがこの萩の野山獄でいいはじめた俳句をつくろうということは、いまは全囚人に及んでいる。そうであれば、金子くんを偲《しの》ぶ気持ちをそれぞれ俳句につくらせたらどうだ」

ということになる。ここでも吉村や河野は、

「俳句の会はもともと吉田くんが発想したものではないのか。それを金子くんのために活用しよう」

ということであり、励ましだ。そういう二重にも三重にも重なりあった自分への好意が、
吉田松陰には、涙が出るほどうれしかった。だから思わず板の壁に向き合っていた身を、よ

ろばいながらも牢格子にたどりつき、あいだから手を差し伸べて、ふたりの手を握ったのである。

その力が意外に強い。吉村と河野は苦笑した。

「ロクに食べ物も食べないきみが、こんなにすごい力をもっているとは思わなかったよ」

そういってやっと放してもらった自分の手を、痛そうに宙で振った。松陰は気がついて、

「これは申しわけありません」

と謝った。吉村と河野は首を横に振った。

「謝らなくてもいい。きみにまだこういう力が残っていたことを知って安心したよ。たのもしい。ではさっそく句会をひらく準備をしよう」

そういって吉村と河野は手分けをして、囚人たちに呼びかけはじめた。全員賛成した。それは囚人たちにとって、

「句会をひらけば、金子くんの霊も成仏できるだろう」

ということだけではない。もっと差し迫った問題で、

「句会をひらけば吉田くんも元気が出るだろう」

と、死んだ金子よりもむしろ、生きている吉田松陰を、励ますことにやりがいを感じたからである。

句会がひらかれた。このときそれぞれがつくった句は次のようなものだ。

惜しむぞよ雪に折れにし梅が香を（華廼屋《はなのや》）
わか木さえ枝をれにけり春の雪（久子）
吹く東風に計らず春の雪きえし（節洞）
淡雪ははかなき笠のしづく哉（琴鳴）
帰りぬる魂のあなたや夕がすみ（花逸《かいつ》）
花よりも手向の水のぬるみかな（谷遊《やゆう》）
あはれさの弥増《いや》すくれや春の雨（市祐）
春の雪消えてのこるは噂哉（豊浦）
経鳥やほうほけけうも手向ごゑ（烏友）
咲くはなを捨ててあの世へゆく雁か（可考）
未来までその香おくるや墓の梅（政老）
水の淡と消えて行衛やぬるみ川（其風）
木魚のおとにつれるや春の雨（城木《じょうぼく》）
陽炎《かげろう》の行衛やいづこ草の原（蘇芳）
ちるとても香は留めたり園の梅（松陰）

それぞれ俳号を使っている。華廼屋というのは吉村善作のことであり、久子というのは高須久子、節洞は弘中勝之進、琴鳴は岡田《おかだ》一廸《かずみち》、花逸は河野数馬、谷遊は粟屋与七、市祐は井上喜左衛門、豊浦は志道又三郎、烏友は半蔵、可考は源七、政老は政右衛門、其風は新右衛門、城木は平川梅太郎、蘇芳は富永弥兵衛、である。

この中で、半蔵、源七、政右衛門、新右衛門はそれぞれ獄卒、すなわち牢役人であった。

わたしの個人的な感じかもしれないが、やはり松陰の句がいちばん金子重輔を悼《いた》んでいる。これは、

「その人間に、どれだけのめりこんでいたか（いまのことばを使えば〝はまりこんで〟いたか）」

によって、十七文字に綴る感懐もちがってくるからだ。ならべた句の中には、

「ひとごと」

ないしは、

「句のつくりかたのほうに関心が行っていて、金子重輔のことがそれほど意識にはない」

といった調子のものもある。これはやむを得ない。つまり、

「金子重輔を素材にはしているが、うまい俳句をつくってみんなを感心させよう」

という俗っぽい動機からつくった俳句もあるのだ。

この句会は、松陰をよろこばせた。松陰は末座にさがって、全員に感謝した。この句会に参加したのは当時野山獄にいた者のほとんどで、参加しなかったのは変わり者の大深虎之允だけだった。しかし虎之允は、

「句会などくだらない」

とあざわらっていたわけではない。かれは、自分の独房内にあって、みんなが次々とよみあげる俳句をきいてひとりでニンマリわらっていた。もともとは、かれの肝いりによっておこなわれた句会である。大深虎之允は、直接句作には参加しなくても、心はきちんと参加していた。そして、

「これで、吉田くんも元気になれる」

とほっと一息ついていた。家族から疎まれ、その野山獄に、

「借牢願《しやくろうねがい》」

として、すでに五十年近くにわたって牢獄生活を送っている大深にすれば、人間不信の念で凝り固まっていてもふしぎではない。吉田松陰が入獄する前のかれはまさしくそうだった。同囚者全員に悪態をつき、だれひとりとして信じなかった。それがいまは変わった。吉田松陰が入獄したことによって、大深虎之允の胸にも、

「人間らしさ」

が回帰していたのである。その意味では、吉田松陰はふしぎな存在だった。

この夜、句会が終わっておひらきになる直前に、福川犀之助がやってきた。福川は牢の最高責任者だ。かれは通路に立って両側の房内に告げた。

「今夜から、灯火の使用を許可する」

牢獄内で一斉に歓声が上がった。いままで、

「夜といえども、絶対に灯火を使用してはならない」

というきびしい禁令が敷かれていたからだ。これを解除するという。誰が考えてもこれはあきらかに、

「吉田くんのためだ」

と思えた。福川のはからいは、

「吉田くんよ、自由に書物を読みたまえ」

ということである。その証拠に、福川は部下の牢役人を吉田松陰のところにやって、

「読みたい本があったら、実家のほうにいって用意させるからいいなさい」

と告げさせた。松陰は正座して牢役人に礼をいい、

「では、孟子の本を差し入れるようにお伝えください」

と告げた。部下から報告を受けた福川は、

「孟子を？」

とうなずき、

「あした、さっそく吉田の実家にいって届けさせるように」

と命じた。そのとき福川は、別なことを考えていた。

翌日、実家からの差し入れで孟子の本が松陰のところに届けられた。本をもってきたのは、福川だが、ひとりの武士を連れていた。

「弟の高橋藤之進です」

と紹介した。福川はすでに吉田松陰を尊敬していたから、囚人だからといって呼びつけに

はしない。敬語を使う。

「吉田先生」

そう呼びかけた。松陰は、

「はっ」

と緊張した。牢の責任者から先生などと呼ばれたから、思わず身が引き締まったのである。

「なんでしょうか」

「その孟子についてですが、ひとつ牢内でご講義をお願いできませんか。この弟が、しきりにそれを望んでおりますので。もちろんわたしも拝聴させていただきます」

「孟子の講義？」

吉田松陰はまゆをよせて福川を見返した。福川はほほえんでいた。

しかし福川のこの申し入れは、松陰をよろこばせた。松陰は、入牢以来、

「牢をつらい苦難の場所だと思えば、よけいつらくなる。自分たちの心構えを変えることと、修行いかんによってはここを福堂と変えることもできる」

と具体的な改革案を出したこともある。牢の責任者福川犀之助は、松陰の案をそのまま藩庁の上層部へ提出した。上層部はあざわらった。

「囚人が牢の改革案を出すなど笑止千万、またおまえも牢の責任者としてこんなものを城にもってくるとはなにごとだ！」

と逆に怒鳴りつけた。しかし福川は、たとえ差し戻されても、

（吉田先生の改革案は正しい）

と思っていた。改革案は、

一　入牢者は三年をひとつの期限とする。本人が心をあらためなければ、もう一期三年勤めさせる。

二　牢内では、読書、習字、あるいは諸々の学芸を修行する。

三　飲食物や炊事についてもある程度の自由を与え、これは牢役人が監視する。

四　酒は絶対に飲んではならない。

五　城から、時折入牢者の生活ぶりを確かめにくること。

六　医師も、月に三回か四回派遣すること。急病人については、ただちに処置をすること。

などである。福川犀之助がなぜ吉田松陰の改革案に関心を示したかといえば、この野山獄に収容されている囚人は、ほとんどが犯罪者ではない。

「性格が悪く、家族はもちろんのこと、世間とも折り合えないかたくなな者」

や、

「自分だけ正しいと思い込み、常に他人を批判する者」

「いつも、厄介ごとを起こす者」

などという、現代でいえば、〝トラブルメーカー〟あるいは〝問題児〟といわれるような人が多かったからである。つまり、

「置かれている環境に適応できない者」

を、家族や地域で持て余し、

「金を出してもいいから、牢にほうり込んで、そこで死んでくれればいい」

という、いわば、

「家族や社会から見放され、追放された者」

が入っていたからだ。福川犀之助は口に出してはいわない。それは、藩上層部がこういう制度を容認し、家族から金を取って持て余し者を牢に入れているからである。が、福川犀之助は時折、

（はたして、入牢者だけが悪いのだろうか？）

と疑問をもつ。かれは、

（家族や地域社会のほうにも問題があるのではないか？）

と考える。それは、

「どうしようもない厄介者だ」

という烙印を押されて、すでに四十数年も入牢生活を送っている大深虎之允や、同じような理由で牢に入れられ、すでに五年の年月を野山獄ですごしている富永弥兵衛などをみていると、

「使いようによっては、この人びとは立派な業績を上げるのではないか」

と思われるからである。大深や富永は、

「絶対に牢からは出られない。二度と日の目をみることはない」

とあきらめているから、よけい性格が暗く沈み、かたくなになっている。牢内でも、ことごとに牢役人や、ほかの者に当たり散らす。罪を犯して入牢しているわけではなく、家族も経費を払い、ときには差し入れなどもおこなうから、かれらは、

「自分たちは犯罪者ではない」

という意識が強い。牢役人にとっても、扱いにくい連中だ。

福川犀之助は、こういう連中と接触してきたから、

(なんとかできないものか)

とずっと考えてきた。そこへ新しく入牢した吉田松陰が、

「地獄の牢を福堂に変えたい。それにはこういう改革案を実行することが必要だ」

といって、具体的な案を出してきたから、実をいえば福川犀之助は目を輝かせた。藩庁が拒否しても、福川犀之助は心ひそかに、

(吉田松陰の案をできることから実行しよう)

と思っていた。

だから、金子重輔の句会をきっかけに、

「夜、牢内で灯火を使用してもよい」

と画期的な許可を出した。さらに、

「牢内で、孟子の講習会をひらいていただきたい」

と松陰に頼みこんできたのである。松陰は承知した。しかしかれはこういった。

「わたしは未熟者です。孟子の思想についても、それほど詳しいわけではありません。わたしも皆さんと共に学ぶということであれば、話の引き出し役を引き受けましょう」

福川は、

「結構です。ぜひお願いします」

と頭を下げた。福川は、松陰の承諾を得ると牢役人を通じて、

「囲替《かこいがえ》をおこなう」

と触れた。囲替というのは入る房を替えることだ。そして福川は、

「あそこへ移りたいという望みがあれば、それも申し出よ」

といった。これもまた画期的な考えだ。囚人に、

「行きたい房があったら申し出ろ」

ということだ。この申し出に、井上喜左衛門と粟屋与七が飛びついた。ふたりとも、

「吉田先生の隣りの房に行きたい」

といった。牢役人は、このことを福川に報告した。福川は、

「井上と粟屋の希望をかなえてやれ」

とうなずいた。ところが井上と粟屋を移すためには、ほかの囚人も動かさなければならない。とくに、富永弥兵衛をいちばん隅に移さなくてはいけなくなった。富永がゴネた。

富永はいった。

「福川様のお触れで、入りたい房があれば希望を申し出てよいというではないか。わたしは

ここにいたい。希望をかなえてほしい」

といってがんばった。富永のへりくつに、牢役人たちは頭を抱えた。福川は、

「吉田先生に、一日も早く孟子の講義をしていただくのだから、囲替を急げ」

と牢役人たちを叱咤《しった》する。

半蔵、源七、政右衛門、新右衛門という牢役人たちはそろって、吉田松陰のところにやってきた。

「どうしました?」

ときくと、

「実は、囲替で富永弥兵衛がゴネて弱っております」

と訴えた。

「富永先生はなぜご機嫌を悪くなさっているのですか?」

「吉田先生の両隣に、井上と粟屋の両名が移りたいと申しております。その希望をかなえるためには、富永弥兵衛をいちばん隅に移さなければなりません。富永はそれがいやだといっているのです」

「もっともではありませんか」

牢役人たちは顔を見合わせた。松陰のところにやってきて、これこれだと話したのは、松陰が、

「富永さんはわがままだ。わたしがなんとかしましょう」

といってくれるものと期待してきたからである。それが、

「富永のいうことはもっともだ」

と富永弥兵衛に共感してしまったのでは、どうにもならない。

聖賢にも追従しない

福川犀之助から、

「牢内で、孟子の講義をはじめていただけませんか」

といわれ、松陰は快諾した。このとき福川は、

「当面、熱心な者とそうでない者がいるでしょうから、熱心な者を先生の両脇にこられるように囲替《かこいがえ》をします」

と告げ、このことを牢内の全囚人に触れた。とくに、

「吉田先生の脇にいって、ご講義を伺いたい」

といったのは、井上喜左衛門と粟屋与七のふたりである。そこで福川はふたりの気持ちを了として、

「井上と粟屋が、吉田寅次郎の脇にこられるように囲替をおこなえ」

と部下に命じた。部下たちは走りまわって、このことを全囚人に告げた。多くの囚人はこ

れに従ったが、たったひとり、富永弥兵衛だけが首を横に振った。

「ことわる。おれはここが住み心地がいい」

と突っ張った。その断り方の底に、なにか底意があるような気がした。牢役人は福川のところに行ってこのことを報告した。福川は、

「弱ったな」

と腕を組んだ。

富永弥兵衛は学問が深く、有隣とか無隣あるいは蘇芳などという号を持つ学者だった。にもかかわらず、ここに入れられたということは、やはり家庭内でも地域内でも、

「あいつがいると、丸く収まる世の中が全部四角く角張って、争いが起きてしかたがない」

と、批難されていたのである。

「無事大過なく過ごしたい」

と願う平均的人間たちから嫌われて、ここに預けられてしまったのだ。したがって、家族からは、

「富永が欲しがるものがあったら、どうぞ買ってやってください」

とそれなりのさし入れ金が届けられている。したがって富永は貧しくはない。そのため自分の欲しい書物や筆紙などもどんどん買ってもらえた。学問があるから、いうことも理屈立ち、角張る。一般の囚人や、牢役人たちはかなわない。一目おかれていた。しかしその一目のおかれ方も、

「富永は変人だ。それに一言いうと十言返すから、あまり近寄らないほうがいい。とくにあいつと議論をしないほうがいい」

という敬遠の気持ちであった。

福川は弱った。そこで部下の源七という牢役人に、

「吉田さんにこのことを話してこい。なにかいいチエを貸してくれるかもしれない」

といった。源七は松陰の房に行った。

「先生、こういうことです。富永がゴネて困っております。なんとかなりませんか」

源七は牢役人の中でもものわかった人間だ。金子重輔に対する哀悼の句会を開いたときも、

「咲くはなを捨ててあの世へゆく雁か」

という秀句をつくっている。分別のある役人だ。囚人たちからも敬愛されていた。源七はさらにいった。

「吉田先生に孟子のご講義をお願いすると触れましたが、いちばん熱心だったのが、先生の隣の房へ移りたいという井上と粟屋だったのです。福川さんのご指示で、なんとかして井上と粟屋を先生の両隣へ入れようと囲替を触れたのですが、富永だけが承知しません。先生のお力で富永を説得していただけませんか」

松陰は源七をみかえして腕を組んだ。松陰は、

(こういうもつれごとが起こったのも、原因はすべてわたしにある)

物事をすべて自分と結びつけ、その責任を過大なほど感じ取る松陰は、このときもそう思った。

（これは、わたしの責任で解決しなければいけない）

松陰はとっさにそう感じた。そこで源七に、

「わかりました。富永先生に手紙を書きます。あとで取りにきてください」

「手紙を」

源七は眉を寄せた。牢内で囚人の手紙のやりとりなど例がない。

「福川さまに伺ってみます」

自分の判断ではいきなりいいとはいえないので源七はそう答えた。松陰はうなずいた。

「ぜひそうしてください」

源七が福川の許可を取りに去ると、松陰は壁に向かってじっと考えはじめた。富永弥兵衛に手紙を書くといっても、簡単なことではない。富永の性格をよく分析し、

「どこを押せば、富永さんは承知してくれるか」

という作戦を立てる必要がある。

富永弥兵衛は号を有隣という。金子重輔の追悼句会には出席した。そして、

「陽炎《かげろう》の行衛やいづこ草の原」

と詠んだ。そのとき使った俳号は蘇芳だった。金子重輔を陽炎に見立てたのだろうか。

「そこはかとない陽炎よ、いったいおまえはどこの草の原にいったのか」

という、富永らしい弔いの気持ちをあらわしている。

頑《かたく》なな富永弥兵衛が句会に出てきたから、あのときはみんながびっくりした。

「富永さんもそこまで変わったのか」

と思った。そしてそのときは誰もが、

「吉田寅次郎さんの影響だ」

と感じた。しかし結局は富永弥兵衛の心変わりも一時的なものだった。句会が過ぎてしまうとまた元へ戻ってしまった。そして、

「囲碁をおこなう」

と触れられると、再びゴネ出したのである。

松陰は、

(富永さんがゴネ出したのは、わたしが孟子の講義をおこなうという点にあるのではなかろうか)

と思った。富永弥兵衛も学者だ。そして二十五歳過ぎたばかりの松陰に比べれば、弥兵衛はすでに三十七歳であって十何歳も年上だ。家庭や近隣から、

「富永は狷介孤高《けんかいここう》だ」

といわれるほどだから、見方によっては、

「自分の学殖に相当自信のある学者」

といっていい。だから松陰が感じたのは、はっきりいえば、

（富永先生は、孟子の講義ぐらいなら自分でもできるとお思いになったのだ。それを、若僧のわたしがでしゃばったものだから、気分を悪くされたのだ）

と感じた。そしてこの感じ方は決して間違っていないと思った。松陰は純粋無垢《むく》な性格だったが、こういう点はよく気がつく。

（富永さんは、なぜ牢役人が最初に富永さんのところに孟子の講義をしてください、と頼まないのだと思っていらっしゃるに違いない）

とさらに推測を深めた。それは松陰が、

「わたしが富永先生の立場に立ったらどう考えるか」

という、

「何事につけても、常に相手の立場に立ってものを考える」

という習性を身につけていたからである。

（それに違いない）

松陰は自信を持った。そう感じ取れば、

「手紙でなにを頼むか」

ということはおのずから決まってくる。松陰は紙に向かって筆を取りはじめた。牢の責任者福川のお蔭で、松陰が望めば紙でも筆でもさし入れてもらえた。だから富永に手紙を書くために、ここでわざわざ紙と筆を買ってきて欲しいと頼む必要はなかった。

「福川さんのお許しが出ました」

房の外に戻ってきた源七が、格子の外からそういった。松陰は振り向いて、

「わかりました。いま富永さんへの手紙を書きかけています。すこし待ってください」

そう告げた。源七は納得してその場にたたずんだ。詰所へ戻らずに、ここで手紙の仕上りを待つ気らしい。背中に源七の視線を感じながら松陰は書き続けた。

「富永先生、一筆失礼な手紙をさし上げます。わたくしは、かねてから富永先生を尊敬しております。とくに書に堪能な先生には、わたくし自身も折をみて書を学びたいと存じております。先生の号は有隣だと伺いました。これはおそらく論語にある『徳は孤ならず、必ず隣あり』から取られたものだと思います。したがって先生の別の名は〝徳〟であると信じております。このたびわたくしが、牢内で孟子の講義をおこなうことになりましたのは、わたくし自身が孟子からさらに深く学びたい、という志を持ち、それが到底ひとりではでき得ぬことと存じておりましたので、同囚の方々のお考えをもうけたまわり、さらに学を深めたいという一念であります。他意はありません。そして、わたくしがそのときにもっとも頼みに思っているのが先生であります。ぜひ先生にもお力をお貸し願いとう存じます。わたくしが孟子の話をしたいというのは、孟子の教えにそのまま追従するということではございません。わたくしは学問を学ぶ態度として、常に『聖賢にも決して追従してはならない。聖賢にもかならず欠点や学説の誤りがある。それを論題にして、正し、聖賢のほんとうの考えを知るべきだ』という気持ちを持っております。したがってこの牢内でおこなう孟子の講義は、わた

くしが孟子に対する疑問を提出したり、あるいはわたくしがいままでまったく気がつかなかった孟子の考え方を知り、孟子の学をさらに深めたいというのが目的でございます。どうか先生の深い学殖の一端をお示しいただければこんな幸福なことはございません。そしてさらに、わたくしのようなつまらぬ存在が、でき得れば先生の〝隣あり〟のひとりにお加えいただければ、こんなよろこびはありません」

書き終わった松陰は何度も読み返した。房の外で源七がジリジリした。胸の中で、

（あんな偏屈者の富永に書く手紙は、そんな丁寧なものである必要がない）

と思った。

やがて松陰は紙を巻き、

「源七殿、この手紙を富永先生に届けてください」

といった。格子の間から手紙を受け取った源七はうなずいて、すぐ富永の房へ走った。

松陰が手紙の〝核《かく》〟というか、いわゆる俗なことばで〝ミソ〟と呼ばれるものとして設定したのは、富永弥兵衛の号である、

「有隣」

の二文字である。有隣というのはおそらく松陰がこの手紙に書いたように、論語の、

「徳は孤ならず、必ず隣あり」

から取ったものであることは間違いない。松陰にすれば、

「有隣という号を名乗る以上、本人に徳があって、その徳を慕ってまわりにはおのずから隣

人が砂糖を求めるアリのように慕い寄ってくるはずだ」

と思っている。しかしいまの富永のような態度を取っていれば、

「隣りには誰も寄らなくなってしまうだろう。そうなると、有隣ではなくて無隣になる」

と思った。事実、富永弥兵衛は有隣の他に、「無隣」という号も持っている。それはおそらく自分の性格を知り、

「おれのような嫌われ者の脇には、誰も寄りつくまい」

という絶望感があるからだ。しかし生来、

「人間の性は善であり、どんな嫌な人間にも善意は存在している。それがおもてにあらわれないのは、状況のせいだ」

と、本人の責任よりも状況のせいにする松陰にすれば、

「富永先生がいまのような頑な気持ちを保っておられるのも、それは富永先生に対するまわりの接し方が悪いからだ」

と思っていた。

しかし考えようによっては、相当皮肉な手紙だ。もしも富永弥兵衛が、

「いまのような性格をお続けになると、あなたのまわりには誰も寄りつきませんよ。それでは有隣ではなく無隣でしょう」

という言外の意味を汲みとれば、カッとするかもしれない。その意味では、松陰は、

(自分の手紙はひとつの賭けだ)

と思っていた。

「吉田寅次郎殿から手紙だ」

源七は富永のところにいってそう告げた。富永は壁に向かって書物を読んでいた。振り向きもしない。源七はもう一度、

「吉田寅次郎殿からおまえに手紙だ」

と繰り返した。源七にすればほんとうは吉田松陰のことを、

「吉田先生」

と呼びたい。しかし牢内で、囚人に敬語を使うわけにはいかない。そこでかろうじて、

「吉田寅次郎殿」

と敬称をつけた。が、富永弥兵衛に対しては呼び捨てだ。富永弥兵衛はこれがカチンときた。返事をしないのはそのためだ。源七はいきり立った。

「富永、受け取れ」

「そんなものはいらん」

富永は不機嫌そうにいった。

「受け取れ」

「受け取らん。大体、吉田のような若僧に殿という敬称をつけ、おれを呼び捨てにするとはなんだ。そんな不公平な扱いは、気に入らぬ。それも福川殿の指図か？」

源七は詰まった。富永弥兵衛のいうことに理があったからである。源七は分別のある人間

だから、ここで富永と争うとせっかくの孟子の講義の会がご破算になると考えた。そこでグッと我慢し、

「これは気がつかなかった。吉田から手紙だ。受け取れ」

そういった。吉田松陰にはすまないと思ったが、しかたがない。源七にすれば、まさか富永弥兵衛に対し、

「富永さん」

とか、

「富永殿」

と敬称をつけるのは癪《しやく》にさわる。ましてや、

「富永先生」

などと呼ぶ気はまったくない。そこでやむを得ず、吉田松陰からも敬称をはぎ取って強いてそういったのである。富永弥兵衛は振り向いた。ニコリとわらっている。小憎らしいやつだ、と源七は腹の中で思った。富永弥兵衛はいった。

「いま忙しい。あとで読む。そこへおいていけ」

「すぐ読め。大事な手紙だ」

「大事な手紙かどうかおれが決める。おいていけ」

「すぐ読むんだぞ。いいな？」

やむを得ず源七は格子の間から手紙を中へ落とした。これ以上突っ張っても、頑な富永は

いよいよ頑固になるだけだ。争えば、またなんだかだと屁理屈をいわれて結局は源七のほうが負けてしまう。

（長居は無用だ。こんなやつと長くかかわりあっていたくない）

そう思った源七は引きあげた。

富永弥兵衛は、房内に落とされた吉田松陰からの手紙をじっとみつめていた。やがて、そろそろと這うようにして近づき、手紙を拾いあげた。開いて読んだ。

「富永先生」

という書き出しの文字が目にとび込んできた。

（おれを先生だと？　小癪な）

富永はそう思った。目を走らせた。しだいに目に輝きが出てきた。しまいには、睨《にら》みつけるような熱を発した。ある一点で富永の視線はピタリと止まった。止まった箇所は、

「孟子を講義するといっても、わたくしの学問に対する態度は、決して聖賢に追従しないということであります」

という意味合いの箇所だった。

「聖賢に追従しないだと？」

富永はつぶやいた。しかしそのつぶやきは怒りのそれではなかった。富永の顔がくずれた。皮肉なわらいが浮かんだ。

「小癪な若僧め」

そうつぶやいた。そしてひとりでうなずいた。

「そのとおりだ。おれの考えとまったく同じだ」

富永は満足げにうなずき、手紙を最後まで読み続けた。読み終わると、富永は手紙をクシャクシャに丸め、房の隅に投げた。松陰の手紙は丸められた毬《まり》のようになって、コロコロところがった。じっとそのゆくえをみていた富永は、やがてまた這うようにして松陰の手紙を拾った。広げると、丁寧にシワを伸ばした。いま自分が松陰の手紙をクシャクシャに丸めた動機がなんであったかを考えたのである。富永弥兵衛はつぶやいた。

「おれはあいつに劣る人間だ。心根が卑しい」

富永弥兵衛が感じたのは、

「おれは吉田寅次郎に嫉妬していた」

ということである。これは、吉田松陰が手紙を書く前に感じ取ったことの裏返しだ。松陰は、

「富永先生が怒っておられるのは、富永先生に比べてはるかに若いわたしが孟子の講義をするなどという、大それたおこないに対する怒りなのだ。だから富永先生は囲替に反対しておいでなのだ」

と受け止めた。しかし松陰は、

「富永先生はわたしに嫉妬をしておられる」

などという思い上がった考え方は持たない。あくまでも、

「自分の出過ぎた行為に対して、先輩である富永先生が怒っておられるのだ」

と受け止めている。だから手紙には、

「あなたはわたしに嫉妬しているのでしょう。そんなことだと、隣りに誰もいなくなりますよ。あなたは有隣ではなく無隣です」

などという皮肉を込めた書き方は絶対にしない。松陰の純粋な魂は、そんな屈折した卑しい考え方を絶対に生まない。

富永弥兵衛にはそのことがよくわかった。

（あいつはまったく純粋な若者だ）

と感じ取った。

（それに比べると）

おれはなんという卑しい根性の人間なのだろう。牢役人から、

「吉田寅次郎が牢内で孟子の講義をおこなう。ついては、吉田の講義を熱心にききたい者を中心に、囲替をおこなう」

と触れられたとき、カッとした。理屈もなにもない。いきなり頭へきた。キレるといってもいいような怒りだった。しかしその怒りの原因を尋ねてみれば、結局は、

「おれをさしおいて、なぜ吉田寅次郎が孟子の講義をするのだ？」

という、突然起こった一種の不条理に対する怒りである。不条理といっても、牢内の人間すべてからみれば、条理にかなった話なのだが、富永弥兵衛には不条理に思えた。

「おれをさしおいて」

ということが、ひとつのモノサシになっていたからである。そのため富永弥兵衛はゴネた。

「絶対に囲替には応じない。おれはここにいる」

と頑張った。

そんな頑な富永弥兵衛の考え方をガラリと変えさせたのは、松陰の手紙の一節にあった、

「わたしは、学問を学ぶうえにおいて聖賢には絶対に追従しません」

という一文である。富永弥兵衛にとって、有隣あるいは無隣などという論議はどうでもいい。有隣という号は松陰にいわれるまでもなく、

「徳は孤ならず、必ず隣あり」

という孔子のことばから取ったことは、誰でも知っている。そんな講釈をいまさらきこうとは思わない。また、

「おまえは有隣ではなく無隣だ。そんな嫌な性格を続けていれば、絶対に隣人などできないぞ」

ということは、娑婆《しゃば》（世間）にいたときからずっときかされている。吉田のような若僧からあらためていわれなくても十分に承知している。したがって、そんな箇所は富永はさっと読み過ごした。引っかかったのはやはり、

「聖賢には決して追従しない」

という一文である。

（おもしろいかもしれない）

富永弥兵衛の心にはじめて、

（吉田寅次郎という若者は、なみなみならぬ人物だ）

という思いが湧いてきた。

儒教に対する態度

この牢獄内の誰もが、吉田寅次郎のことを、

「吉田さん」

とか、人によっては、

「吉田先生」

と呼んでいる。富永弥兵衛にすれば、それがいままではいまいましくてしかたがなかった。というのは、富永弥兵衛が、

「有隣」

と自ら号を名乗っていても、誰も隣人ができないからだ。吉田松陰のほうは逆に、隣人だらけでひしめいている。直接隣の房にいる人間だけでなく、はるか遠くのほうにいる囚人までも、

「吉田さん、吉田先生」

と慕っている。いってみれば、この野山獄内の囚人はすべて、

「吉田寅次郎の隣人」

なのだ。

金子重輔を偲ぶ俳句の会に出たとき、吉田松陰はうれしそうに相好をくずした。そして、

「富永先生、この句会にご出席くださってほんとうにありがとうございます」

と礼をいった。富永はあのとき、

「おぬしのために出てきたわけではない。金子くんのために一句詠《よ》みにきただけだ」

と毒づいた。松陰はそれでもうれしそうにニコニコわらっていた。

富永は心を決めた。

（よし、孟子の会に出てやろう）

しかし、それはいま感嘆した吉田寅次郎の、

「聖賢に追従しない」

という大言壮語に魅《ひ》かれただけであって、別に吉田寅次郎の学説に従おうという意味ではない。

「その会に出たら、吉田の青臭い論を徹底的に論破してやる」

と決意した。妙に心が奮い立ってきた。そこで富永弥兵衛は大声をあげた。

「牢番、牢番！」

源七がとんできた。

「なんだ?」

「手紙を読んだ。囲替に賛成する」

「なんだって?」

源七はびっくりした。まさかこうも簡単に富永弥兵衛が囲替に賛成するとは思わなかったからだ。目を丸くし、まじまじと富永をみつめた。

「ほんとうか?」

「ほんとうだ。この牢へ入って以来、おれが一度でも嘘をついたことがあるか」

「それはないが、しかし、信じられない」

「信じろ。すぐおれを移せ」

「どこでもいいのか?」

「そうはいかん。なるべく吉田寅次郎のそばへ移せ」

「なに」

源七はまた目を丸くした。いちばん嫌っていた吉田松陰の近くへ移せというのである。

「驚いたな」

「なにを驚く。さっさと移せ」

「わかった」

源七は吉田松陰の房へとんで帰った。そして思わず、

「吉田先生」

と呼びかけた。松陰は振り向いた。

「はい」

「富永が囲替を承知しました。しかし驚きましたな」

「なにがです」

「吉田先生の手紙の威力です。いやほんとうに驚いた。あの頑固者が、簡単に承知しましたよ」

「それは良かったですね。これで孟子の講読の会ができますね」

「そうです」

うれしさのあまり源七はとび上がるような声を出した。福川のところにすぐ報告に行った。

吉田松陰の第一回目の講義がおこなわれたのは、安政二年（一八五五）六月十三日である。松陰は、

「孟子を学ぶにあたって、一言申し上げておきたいことがあります」

といって、孟子の論を講ずる前に、

「自分の聖賢に対する態度」

を披瀝した。それはそのまま、

「儒教に対する吉田松陰の態度」

といっていい。この講義は、安政二年の暮まで続く。そこで一時中断する。というのは、

吉田松陰がこの年の暮に野山獄から解放され、自宅に戻されるからだ。しかし、

「吉田寅次郎が、野山獄内において孟子の講義をおこなっている」

ということは、牢外にもかなり知られていた。そこで、松陰の近親者たちが相談し、

「講義をそのまま中断するのは惜しい。われわれに、続きをきかせてもらいたい」

ということで、好学の徒が集まり、やがてそれが松陰の叔父玉木文之進が開いた松下村塾の門人たちにも広まって、講義は続けられてゆく。そして奇しくも、松陰が野山獄で講義をはじめた安政二年六月十三日からピタリ一年目の、安政三年六月十三日に講義は終了する。

松陰は、自分の講義内容と、前提となる孟子の学説を克明に書き綴《つづ》り、これに最初は、

『講孟劄記《こうもうさつき》』

と題した。

「劄」というのは「針」の意味があり、一般の解釈では、

「針で自分の肉体を突き刺して、痛みを感ずるように、すぐれた聖賢のことばを受け止める」

と解釈された。ところがある研究者の調べによって、

「劄という字に針の意味はない」

とされた。このことを知ったのかどうか松陰はのちに、この講孟劄記を改め、

『講孟余話』

と、かなりトーンダウンした題名に改めている。おそらく松陰は純粋で、また気性が激し

かったから、

「劄」

という字に「針」の意味を汲み取っていたのだろう。

こんなことをいうと叱られるかも知れないが、松陰には、すこし「自虐性《マゾヒズム》」の気味がある。だから、聖賢のすぐれた一文一語を、針のように自分の心に受け止めようというすさまじい気迫があった。しかし、

「劄という字に針の意味はない」

ということを知ると、さっそく「余話」というソフトな題名に改めたのではなかろうか。

安政二年六月十三日に、松陰が、

「講義の前提として」

と話した内容は、かれがのちに記録した文書によれば次のようなものだ。

「経書《けいしょ》を読むの第一義は、聖賢《せいけん》に阿《おも》ねらぬこと要《かなめ》なり。若《も》し少しにても阿《おも》ねる所あれば、道明《あき》らかならず、学ぶとも益なくして害あり。孔《こう》（孔子）・孟《もう》（孟子）生国《しょうごく》を離れて他国に事《つか》へ給《たま》ふこと、済《す》まぬことなり。凡《およ》そ君と父とは其《そ》の義、一《いつ》なり。我が君を愚《ぐ》なり昏《こん》なりとして、生国《しょうごく》を去りて他に往《ゆ》き、君を求むるは、我が父を頑愚《がんぐ》として家を出で、隣家の翁《おう》を父とするに斉《ひと》し。孔・孟、此《こ》の義を失ひ給ふこと、如何《いか》にも弁《べん》ずべき様《よう》なし。或《あ》るひと曰《いわ》く『孔《こう》・孟《もう》の道大《だい》なり。兼《か》ねて天下を善《よ》くせんと欲《ほっ》す。何《なん》ぞ自国を必《ひっ》すとせん。且《かつ》明君・賢主を得、我が道を行ふ時は、天下共に其《そ》の沢《たく》を蒙《こうむ》るべければ、我が生国《しょうごく》も固《もと》より其《そ》の外《ほか》にあらず。』曰《いわ》

く、天下を善《よ》くせんと欲《ほっ》して我が国を去るは、国を治めんと欲して身を修めざると同じ。修身・斉家《せいか》・治国《ちこく》・平天下《へいてんか》は、『大学《だいがく》』の序、決して乱《みだ》るべきに非《あら》ず。若《も》し身・家を捨てて国・天下を治平《ちへい》すとも、管《かん》・晏《あん》のする所にして、『詭遇《きぐう》して禽《とり》を獲《と》る』と云《い》ふ者なり。世の君に事《つか》ふることを論ずる者謂《おも》へらく、『功業立《こうぎようた》たざれば国家に益なし』と。是大《これおほい》に誤《あやま》りなり。『道を明《あきら》かにして功を計《はか》らず、義を正して利を計らず』とこそ云《い》へ、君に事《つか》へて遇《あ》はざる時は、諫死《かんし》するも可《か》なり、幽囚《ゆうしゅう》するも可《か》なり、饑餓《きが》するも可《か》なり。是等《これら》の事に遇《あ》へば、其《そ》の身は功業も名誉《めいよ》も無き如《ごと》くなれども、人臣《じんしん》の道を失はず、永《なが》く後世《こうせい》の模範《もはん》となり、必ず其の風《ふう》を観感《かんかん》して興起《こうき》する者あり。遂《つひ》には其の国風《こくふう》一定して、賢愚貴賤《けんぐきせん》なべて節義《せつぎ》を崇尚《すうしよう》する如《ごと》くなるなり。然《しか》れば其の身に於《おい》て功業名誉なき如《ごと》くなれども、千百歳《せんひやくさい》へかけて其《そ》の忠《ちゅう》たる、豈《あに》挙《あ》げて数《かぞ》ふべけんや。是《これ》を大忠《だいちゅう》と云《い》ふなり。然《しか》れども、此の論、是国体《これこくたい》上より出《い》で来《きた》る所なり。漢土《かんど》に在《あ》りては君道《くんどう》自《おのずか》ら別なり。大抵聡明睿智《たいていそうめいえいち》億兆《おくちよう》の上に傑出《けっしゅつ》する者、其の君長《くんちよう》となるを道とす。故《ゆゑ》に堯《ぎよう》・舜《しゅん》は其の位《くらゐ》を他人に譲《ゆず》り、湯《とう》・武《ぶ》はその主を放伐《ほうばつ》すれども、聖人に害なしとす。我が邦《くに》は上《かみ》天朝《てんちよう》より下《しも》列藩《れっぱん》に至《いた》る迄《まで》、千万世世襲《せしゅう》して絶えざること、中々《なかなか》漢土などの比すべきに非《あら》ず。故に漢土の臣は縦《たと》へば半季《はんき》渡りの奴婢《ぬひ》の如《ごと》し。其《そ》の主の善悪《ぜんあく》を択《えら》びて転移《てんい》すること固《もと》より其の所なり。我が邦《くに》の臣は譜第《ふだい》の臣なれば、主人と死生休戚《きゅうせき》を同《おな》じうし、死に至ると雖《いへ》ども主を棄《す》て去るべきの道、絶えてなし。嗚呼《ああ》、我が父母は何国《なんくに》の人ぞ。我が衣食は何国の物ぞ。書を読み、道を知る、亦誰《またたれ》が恩ぞ。今少しく主に遇《あ》はざるを以《もっ》て、忽然《こつぜん》として是《これ》を去る。人心に於《おい》て如何《いかん》ぞや。我れ孔・孟を起《おこ》して、与《とも》に此の義を論ぜんと欲《ほっ》す。

聞く、近世海外の諸蛮《しょばん》、各〻其《おのおのそ》の賢智《けんち》を推挙《すいきょ》し、其の政治を革新し、駸々然《しんしんぜん》として上国を凌侮《りょうぶ》するの勢《いきほい》あり。我、何を以《もっ》てか是《これ》を制せん。他なし、前に論ずる所の我が国体の外国と異《こと》なる所以《ゆゑん》の大義を明《あきら》かにし、闔国《こうこく》の人は闔国の為《ため》に死し、闔藩《こうはん》の人は闔藩の為に死し、臣は君の為に死し、子は父の為に死するの志確乎《かくこ》たらば、何《なん》ぞ諸蛮を畏《おそ》れんや。願はくは諸君と茲《ここ》に従事せん。」

長い引用になったが、このことだけはどうしても書いておきたかったので、読む方々の煩わしさを承知のうえで、あえて掲げた。この一文にこそ吉田松陰の思想のエッセンスが込められていると思うからである。訳文は次のとおりである。（『講孟劄記(上)』吉田松陰・近藤啓吾全訳注、講談社学術文庫）

「経書《けいしょ》を読むに当って最も重要なる問題は、聖人《せいじん》や賢人に追従《ついしょう》しないということである。もし少しでも追従する気持があると、道が明らかでなく、学問しても益がなく、かえって害がある。聖人といわれる孔子《こうし》や賢人と呼ばれた孟子《もうし》が、生れた国を離れて他国に仕えられたことは、申し訳《わけ》がないことである。いったい、君《きみ》と父とは、わたくしにとって、その意義から見れば一つのものである。されば、自分の君を愚鈍《ぐどん》である昏迷《こんめい》であるといって、生国《しょうごく》を去って他国に往《ゆ》き、そこで仕官するということは、自分の父を頑迷《がんめい》である愚鈍《ぐどん》であるといって、家を出て隣りの家の老人をわが父親だとするのと同じである。孔子や孟子が、この道理を見失われたことは、何としても弁解《べんかい》すべき道がない。しかしそれについて、ある人がいう、『孔子や孟子の説《と》かれる道理は大きく、自国のみならず天下全体を善《よ》くしようと願っているのである。どうして自国のみに限定して、これに拘泥《こうでい》しているものであろうか。その上、明君・賢主に仕えることができて、自分の説《と》く道を実行する時は、天下すべてがその恩恵を蒙《こうむ》るであろうから、自分の生国《しょうごく》も、もちろん、その恩恵から除《のぞ》かれるものではない。されば、何も自分の国ということに限定しないでよい。』

この意見に対し、わたくしは、こう思う。天下を善くしようと思って自分の国を去るということは、国を治めようと思ってわが身を修めないのと違いがない。修身《しゅうしん》・斉家《せいか》・治国《ちこく》・平《へい》天下《てんか》ということは『大学《だいがく》』に示されている順序であって、決してこれを乱すべきものではない。もし身や家の問題を顧《かえり》みないで国や天下を治平《ちへい》しようとしても、それは管仲《かんちゅう》や晏嬰《あんえい》の行為であって、『孟子』に見える『詭遇《きぐう》して禽《とり》を獲《と》る』というものである。世間の君に仕えている人のうちには、『功業《こうぎょう》が立たなければ国家に益するところがない』と思っているものがあるが、これは大いに誤《あやま》った考えである。『道を明《あきら》かにして功を計らず、義を正して利を計らず』という通り、君に仕えて意見が合わぬ時は、諫死《かんし》するもよい、幽囚《ゆうしゅう》されるもよい、饑《う》えて死するもよい。これらの状態に陥《おちい》った時には、自分の一身においては、功業も名誉もないようではあるが、臣下としての道を失わず、永く後世の人々の模範《もはん》となり、必ずその態度を観《み》て感動し、奮起《ふんき》する人も出て来るものである。かくしてついにその国の風《ふう》が確定して、賢愚《けんぐ》貴賤《きせん》の区別なく、人々すべて節義を尊ぶようになるのである。以上から見るならば、自分の一身から見れば功業も名誉もないようであるが、千年百年という長い年代にわたって、その行動が忠義であること、計り知ることができぬものがあるのであって、さればこれを大《だい》忠《ちゅう》というのである。

ではあるが、右のような議論は、わが日本の国体上から出て来るものであって、漢土《かんど》においては、君たるの道、おのずからこれと異なっている。だいたい、漢土にあっては、聡明叡《そうめいえい》智《ち》にして万民の上に抜け出ている人物が、民衆の君となることを道理としている。それ故に古代の聖主である帝堯《ぎょう》や帝舜《しゅん》は、その帝位をすぐれた他人に譲《ゆず》り、殷《いん》の湯王《とうおう》や周《しゅう》の武王《ぶおう》は、その主、夏《か》の桀王《けつおう》や殷《いん》の紂王《ちゅうおう》を放伐《ほうばつ》したが、この行為《こうい》は聖人たるの資格に妨《さまた》げがないとされている。これに対し、わが国においては、上は皇室から下は諸藩に至るまで、千万年にわたって、君主の地位を世襲《せしゅう》して来て絶えなかったこと、なかなか漢土などと比較すべきものでない。それ故に漢土の臣は、例えて見れば、半年ごとに渡り歩く下男下女である。彼らが、主人の善悪を択《えら》んで渡り歩くことは、もとより当然のことである。これに対し、わが国の臣は、譜代《ふだい》の臣であるから、主人と死生や喜《き》憂《ゆう》をともにし、たとい死に至るとも主を棄《す》てて他国へ去るという道理は、全くないのである。ああ、わが父母はどこの国の人であるか。自分が着たり食べたりしているこの衣食はどこの国の物であるか。書物を読んで道義を識知するようになったのは、誰《だれ》のお蔭《かげ》であるか。今、少しばかり主人と意見があわないからといって、突如《とつじょ》としてこの主人のもとを去るならば、自分の心のうちにどのようであるか。わたくしは、孔子や孟子を今の世に呼び起して、ともにこの問題について論じてみたいと思う。

聞くところによると、近ごろ、海外の諸外国では、それぞれ賢者《けんじゃ》・智者《ちしゃ》を推挙《すいきょ》してその政治を改革し、その勢いに乗って急速に先進国を凌侮《りょうぶ》しようとする態度であるという。我らは、どのような方法によって、この勢いを押し止めることができるか。それはただ一つ、前に論じたところの、わが国の国体が外国のそれと異なっている根本の道理を明らかにし、全国の人々は国を挙《あ》げてわが国のために死し、全藩士は藩を挙げて自藩のために死し、臣は君のために死し、子は父のために死ぬのだという信念が、確乎《かっこ》として定まるならば、どうして諸外国の侵入《しんにゅう》を畏《おそ》れる必要があろうか。何とぞ諸君と、この大義の究明具現《きゅうめいぐげん》のために奮起《ふんき》したい」

前に書いたように、

「この一文に、吉田松陰の思想のエッセンスがある」

というのは、この冒頭の発言において松陰は、

「自分の孔子や孟子に対する態度と、儒教に対する態度」

をはっきり語っているからである。一言でいえばそれは、

「学問は、いま生きている人間が向き合っている課題と、無縁であってはならない」

ということだ。これはのちにかれが松下村塾を主宰したときに門人たちに対する教え方を、

「毎日起こっている事件を教材にしよう」

としたことと一致する。かれは、常にきいたことや耳にしたことを、メモった。メモは、『飛耳長目録《ひじちょうもくろく》』

と名づけられた。

「あらゆることにきき耳を立てて、目を横に大きく開いて何事も見逃さないようにする」

ということであろう。この『飛耳長目録』を脇におきながら松陰は門人たちに、

「なぜこのような事件は起こったのだろうか？」

ということを、常に、

「政治とのかかわり」

で論じた。つまり、

「こういう事件が起こるのも、政治がいたらないからではないのか」

というところに論点を終結させていくのである。そして、

「では、どうすればいいのか」

ということを、塾全体で考えようということだ。かれにとって、

「いま生きているわれわれの生活と無縁な学問は真の学問ではない」

という考え方であった。

野山獄で安政二年六月十三日にはじめて開いた孟子の講義でも、松陰の考え方はすでにその芽を出している。

かれが、あえて、

「孔子や孟子に追従しない」

ということは、孔子や孟子の教えが、何千年も経ているうちに、いろいろな解釈学が横行

して、場合によっては、

「孔子や孟子はそんなことをいっていないのではないか」

あるいは、

「その解釈は、間違っているのではないか」

という疑問を持つからである。だから正確には、

「いままでいわれてきた孔子や孟子の考えに対する解釈は、孔子や孟子の真意を正しく伝えていないのではないか」

という意味にもつながっていく。が、ここで、

「孔子や孟子の生まれた中国（漢土）と、わが日本の国体の差」

を論ずることによって、松陰は、

「ある場合には、孔子や孟子の教えも、わが日本には当てはまらない」

という主張をしている。そして最後の部分で、かれが下田踏海《とうかい》事件に失敗したアメリカ行きのことを匂わせながら、

「外圧に囲まれた日本の現状」

と、

「その日本国民として、われわれはいまなにをすべきか」

ということをきちんと押さえている。おそらく松陰がいいたかったのは、この、

「外圧に対して、日本人はどう対応すべきか」

ということであったに違いない。その意味では、

「孟子は、そういう現実問題を論議するためのひとつの媒体」

であった。ここで改めて、

「孟子の教えを、もう一度解釈し直してわれわれの糧としよう」

などという考えは松陰にはまったくない。その証拠に『講孟劄記《こうもうさつき》（講孟余話）』に書かれているかれの解説は、

「孟子の論に対する正確な解釈」

ではない。確かに、孟子の文章を掲げてはいる。しかしその都度書かれる解説文は、その箇所に対するかれの考え方ではなく、

「国事論・政治論」

である。

吉田松陰にあっては、たとえ自分の身が野山獄という牢舎の中におかれていても、

「日本がおかれている状況」

には無関心であり得なかった。

前に、わたしは、

「吉田松陰の第一回目の講義がおこなわれたのは、安政二年（一八五五）六月十三日である」

と書いた。正確にいうとこれは誤りである。誤りだというのは、六月十三日というのは、いわばきき手の意見もまじえながら、互いに討論をおこなう、

「輪読会」

がはじまった日だからだ。この前提として、松陰はその前から、

「一方的な講義」

をおこなっている。この一方的な講義をおこなったのは、

「安政二年四月十二日」

であり、一応講義が終了したのが、

「安政二年六月十日」

であった。松陰の記録に、

「孟子四冊、四月十二日の夜から講じはじめる。六月十日に全部卒業」

と書いてあるので、これによりたい。

松陰にすれば、

「自分の孟子の教えに対する考え」

というものを、きき手の疑問や考えを待たずに、一方的に告げて、

「そのあとで、各自思い切った議論をしてもらいたい」

というものだった。いってみれば、討論前の、

「冒頭陳述」

のようなものであった。

この中で、松陰は、

「日本の国体と他国の国体の違い」

を強調した。

佐賀藩鍋島家に有名な『葉隠《はがくれ》』という武士道の本があるが、この中で語り手の山本常朝《やまもとつねとも》に、

「あなたも儒教を深く修めたと思うが、もし孔子や孟子が日本に攻めてきたらどうするか？」

ときいた人がいる。このとき山本は、

「そのときは、佐賀藩鍋島家のために孔子や孟子ともすすんで戦う」

と答えた。

山本のように極端ではなかったかもしれないが、吉田松陰の、

「日本の国体と外国の国体の差」

を強調し、

「孔子や孟子の教えにもこだわらない」

と告げたのは、このへんの意識があったのではなかろうか。単に、

「孔子や孟子の教えを金科玉条としてありがたがらない」

というだけではなかろう。やはり、

「日本の国体を大切に守り抜かなければならない」

という思いがあったはずだ。

ただ、四月十二日夜に同囚の人びとに語った考えの中で、

「天皇（または朝廷）と将軍（または幕府）と大名（または藩）」

の関係については、のちにかれが唱えるほどはっきりしてはいない。

吉田松陰はもちろん、

「わが国の国土や人民は、徳川幕府の私物ではなく天皇の所有物である。したがって藩を管理する大名も、すべて王臣である」

という認識をしていた。

単純に考えれば、この論を推しすすめると、徳川幕府の存在は影が薄くなりその位置づけが危なくなる。というのは徳川幕府を統《す》べる徳川家そのものも、王臣のひとりだからだ。となれば、幕府というのは、

「王臣の代表者が、他の王臣を集めてつくった政治組織」

という〝王臣の集団〟になる。そして、

「征夷大将軍の任命権者は天皇なのだから、当然幕府に属する大名も将軍の主人である天皇に忠節を尽くさなければならない」

ということになる。ところが現実は違う。二百五十年前に徳川幕府がつくられたとき、天皇はすでに、

「禁裏《きんり》諸法度《しょはっと》（天皇に対する法律）」

で、

「政治とはまったくかかわりを持たない存在」

とされてしまった。仕事は、

「日本の古い文化の保全と伊勢神宮の大神官」

に限定されてしまったのである。この「禁裏諸法度」が出されたとき、時の天皇や公家たちはこの文書に署名捺印している。つまり、

「ここに書かれたことは承知した。今後守る」

と誓ったのである。もちろん徳川家康はじめ幕府側の武力による強要であったことは確かだが、署名捺印したことも確かだ。それで二百五十年間やってきた。松陰の思想に、

「幕府の否定と藩の否定」

はない。いってみれば松陰の考えも、

「尊皇敬幕」

であって、

「尊皇倒幕」

ではなかった。ましてや、倒幕がさらに発展して、

「尊皇討幕（すなわち武力を行使して幕府を討つ）」

などという過激なものではなかった。松陰の頭の中にあったのは、

「徳川将軍家がすすんで天皇に忠節を尽くせば、ほかの大名も見習って忠誠心を披瀝《ひれき》するよ

うになる」

というものであった。

その意味では、幕末のある時期に盛んに唱えられた、

「公武合体論」

であったといっていい。つまり松陰は、

「征夷大将軍もその職は天皇から任命されたものなのだから、天皇に対する忠誠心を率先して示す。そうなれば、王臣である将軍が指揮監督している王臣集団の幕府構成員やほかの大名たちも、すべて天皇に忠節を尽くす。この意識に徹していれば、徳川幕府も王臣意識に満ち、公の立場に立って人民のための政治をおこなっているということができる」

と好意的な見方をしていた。あるいは、

「そうあってほしい」

という、アイ・ホープ・ソー的な期待を持っていた。ところが対外問題について失政が次々とつづき、とくに天皇や朝廷をないがしろにするような行為が続いたので松陰は怒った。

「幕府は天皇から委任された政治を私している。公の心を失ったのでは、すでに王道政治ではなく覇道政治に変わっている」

と断定した。だからこそ、

「そんな私心で政治をおこなうような徳川幕府は倒すべきだ」

とここではじめて、

「倒幕論」を主張した。しかしだからといって、吉田松陰が、

「徳川幕府に代わって天皇親政による王政復古を実現すべきだ」

と考えていたのかどうかは疑問だ。松陰にすれば、

「私の心をもって覇道政治をおこなう幕府を倒し、公の心をもって王道政治をおこなう新しい政治組織をつくるべきだ」

と思っていたかもしれない。そしてその新しい政治組織というのは、あるいは、

「新しい幕府」

であってもよかった。これは下種《げす》の勘ぐりになるが、かれは長州藩主毛利敬親《たかちか》を非常に敬っていた。敬親のほうも、松陰を可愛がった。松陰が、

「長州藩内における危険な思想家」

というレッテルを貼られたときも、毛利敬親は庇《かば》い抜いた。萩においておくと弾圧の手が伸びるとみれば、

「吉田を江戸に留学させよ」

といって、窮地から救ったこともある。そういう藩主に対し、松陰のほうも純粋無垢《むく》な忠誠心を持っていた。だからあるいは、

「王道政治をおこなう新しい政治組織には、わが君主もすすんで参加するべきだ」

と期待したかもしれない。

徳川政権は譜代大名によって構成され、毛利家のような外様大名は絶対に参加できない。いまのことばを使えば、譜代大名は万年与党であり外様大名は万年野党だ。幕末にいたって、わずかに老中の阿部正弘が、

「そんなことをいっていては、いまの困難に対応することができない。譜代大名と外様大名の連合政権をつくるべきだ」

と考えた。阿部は、

「しかし外様大名を参加させるといっても、誰でもいいというわけにはいかない。外洋に面した地域に領地を持つ大名を選ぼう」

と考えた。太平洋に面する地域の大名としては、薩摩藩島津《しまづ》氏、伊予藩伊達《だて》氏、土佐藩山《やま》内《のうち》氏、朝鮮や中国の海域に面する地域の大名としては佐賀藩鍋島氏、日本海に面する大名としては越前藩松平氏などである。この構想は、同時に、

「一橋慶喜を次の将軍にしよう」

という政治工作と相俟《ま》って同時進行をした。

阿部は自分の案を実現するために、ペリーが持ってきた国書を和文に訳して一般公開し、同時に、

「日本がいま直面している国難に対し、いい意見があったら誰でもかまわないから出してもらいたい」

と触れた。現在のことばを使えば、

「情報公開と、国民の国政への参加」

を促したのである。怒ったのが譜代大名の代表である彦根藩主井伊直弼《なおすけ》だった。

「阿部はばか者だ。二百五十年の間、国民は〃よらしむべし・知らしむべからず〃の方針で統治されてきた。情報を分析判断したり、国政に意見を出すようなクセをつけていない。こういうことには時間がかかる。それだけではなく阿部は、次の将軍を誰にしたらいいかなどということまで一般に問うている。そんなことをすれば、徳川幕府は倒れてしまう」

と息巻いた。ある意味で井伊の主張は当たった。というのは、それから十数年後にたしかに徳川幕府は崩壊してしまうからである。阿部のやり方に対し井伊は、

「国民は幕府や藩に寄りかからせておけばいいのだ。余計な情報を与えて、意見形成力を養ったらそれだけ政治がやりにくくなるし、また政権そのものが安定しなくなる」

と考えていた。現在でもこんな考え方をする政治家はあちこちにいるだろう。つまり、

「自信のない政治家」

が持つ不安感である。井伊はこの不安感を爆発させた。

それは連合政権構想が実現する前に、阿部と、阿部がもっとも頼りにしていた薩摩藩主島津斉彬《なりあきら》が急死してしまったからである。

わたしは吉田松陰が初期に持っていた、

「尊皇敬幕の思想」

は、どこから生まれたのかと一応追求してみた。単純に考えたのは、

「吉田松陰は、日本全国を旅行している。水戸にも行っている。そうなると、水戸学の影響を受けたのではなかろうか」

というものだ。水戸学の影響を受けたというのはそのまま、当時の日本の攘夷論者の思想的指導者だった藤田東湖の影響が強い、とみた。

この図式で、単純に、

「吉田松陰は、水戸に行ったとき藤田東湖に会ったのではなかろうか」

と考えた。

じつをいえばこれは〝思い込み〟である。松陰は、いまのところはっきりしている史実によれば藤田東湖と会っていない。東湖に会ったのは、松陰の師佐久間象山である。

吉田松陰が佐久間象山の門人になったのは、嘉永三年（一八五〇）のことである。そして、

「なんでもみてやろう」

的に、東北旅行を思い立ち、江戸を出発したのが嘉永四年十二月十五日（一日早めて十四日）のことである。このときは同志と水戸で落ち合うことになっていた。なぜ出発の日を十二月十五日にしたかといえば、

「この日は赤穂義士が吉良邸に討ち入った日だから」

ということだそうだ。この点はすでに書いたが、吉田松陰が若いころから家学として学んだ、

「山鹿《やまが》流の学問」

が影響している。山鹿流の学問はいうまでもなく山鹿素行《そこう》の唱えたものであり、一時幕府からその学説を疎《うと》まれて流された赤穂藩浅野家において実を結んだ。その結実の結果が、

「元禄赤穂事件」

に発展する。

このとき赤穂義士たちが発揮した、

「忠義の精神」

は、かならずしもいにしえの武士道に戻ったわけではない。戦国時代の武士はいわば、

〝君《くん》、君たらざれば、臣、臣たらず〟

といった考えを主張した。

「下剋上《げこくじょう》の精神」

である。この考え方は、

「主君が主君らしくなければ、家臣も家臣らしく務めない」

という考えだ。そして、

「主君が主君らしくない」

というモノサシは、

「主君は部下に対し生活保障能力があるかないか」

ということをひとつの基準にした。俗なことばでいえば、

「部下を養えないような主人は、主人ではない。だから部下のほうで見限る」

という論理だ。戦国時代が、

「大転職時代」

だったのは、この論理の実行による。しかし世の中が平和になり、政権を安定させるためにはこんな考え方をいつまでも持たれていたのでは、権力者はたまったものではない。そこで、

「主人が主人らしくなくても、部下は部下らしく務めるような考え方を設定しよう」

ということになった。徳川家康のブレーンだった林羅山が「朱子学」を持ち込んだのはこのためだ。朱子学は、

「君、君たらずとも、臣、臣たらざるべからず」

という、いわば、

「ききわけのいい家臣像」

を設定した。これなら、上に立つ者は楽だ。

「上がどんなにぼんくらであろうと、能力がなかろうと、下は下の責任を果たさなければならない」

ということになるからである。

赤穂義士の吉良邸討ち入り事件は、ある意味でこの朱子学の行きわたりが生んだ事件だといえるだろう。大石内蔵助たちが主張したのは、

「主人の気持ちになって、その恨みを晴らす」

というこ とだ。つまり、

「主人が切腹させられたときに、相手の吉良上野介を罰さなかった幕府の不公平な処置に対して抗議するわけではない。すなわち、徳川幕府に対しては徹塵も恨みはない。ただ、主人の恨みを自分の恨みとすれば、やはり吉良上野介の首を取らざるを得ないのだ」

こういう論理だ。

ややこじつけめいた論理だが、これはこれでまかりとおった。だからこそ、

「かれらは忠義の士だ」

と、〝武士の鑑《かがみ》〟になった。

荻生徂徠《おぎゅうそらい》だけが、

「いや、かれらは国法を犯した犯罪者だ。したがって罰を与えるべきだ。しかし主人の気持ちになって仇《あだ》を討ったということは立派なので、武士としての名誉刑である切腹を命ずるべきだ」

と唱え、これが採用された。

この赤穂義士の精神は、そのまま長州藩にも引き継がれた。吉田松陰の家は代々「山鹿流の兵学」を教えて生計を成り立たせてきたからである。松陰の遠縁にあたる明治の将軍乃木希典《まれすけ》も赤穂義士の礼讃者だった。ただ乃木は、

「浅野が江戸城で刃傷におよんだとき、なぜかれは斬りつけたのだろうか。短い刀なのだから、吉良を何度か刺せばよかった」

といっている。

吉田松陰が赤穂義士を敬愛しているのは、長州藩における兵学の流れからしても当然だった。先学の考究によれば、

「山鹿素行の唱えた武士道は、武士の死の覚悟を、道の自覚に転換させたことだ」

という。つまり、

「やたらに死ねばいいという武士道を、もっと国民に対する責任者としての武士道に切り換えた」

ということである。素行は自分の語録の中で次のように書いている。

「凡《およ》そ士の職と云ふは、其身を顧《おも》ふに、主人を得て奉公の忠を尽し、朋輩に交はりて信を篤《あつ》くし、身の独りを慎んで義を専らとするにあり。而して己が身に父子兄弟夫婦のやむをえざる交接あり。是れ亦《また》天下の万民各々なくんばあるべからざるの人倫なりといへども、農工商は其の職業に暇あらざるを以て、常住相従って其の道を尽しえず。士は農工商の業をさし置いて此の道を専らつとめ、三民の間苟《いやしく》も人倫をみだらん輩をば速《すみやか》に罰して、以て天下に人倫の正しきを待つ。是れ士に文武之徳治備はずんばあるべからず」

一言でいえば、

「農工商三民は、生業に忙しくて道を求める時間的余裕などない。それなら、非生産者である武士が自分の立場を自覚して、自ら人の道を求め、実現する努力をすべきだ。同時に、治者の立場に立って、農工商三民の中で道を守らない者がいたならば、速やかにこれを発見し

罰するべきだ」

と、

「士農工商」

の職責を説明している。

前に書いたように吉田松陰が佐久間象山の門人になったのは、嘉永三年のことだ。そして嘉永四年十二月十四日に、東北に向かって旅立つ。最初の目的地は水戸である。十二月十五日水海道に行って、十六日に筑波山に登った。十七日には笠間の藩校時習館に行って、

「ご講義をお願いしたい」

という藩側の希望によって、孟子の講義をおこなった。十九日に水戸に着いた。ここに約一ヶ月滞在する。かれの記録によれば、ここで出会った水戸人は、会沢安《あいざわやすし》（正志斎《せいしさい》）、青山延于《のぶゆき》、豊田天功、山国兵部《やまぐにひょうぶ》、桑原幾太郎などの名が出ている。水戸藩の代表者たちと会って話をしたのだ。しかし、藤田東湖の名はない。

「おそらく自宅謹慎中の藤田東湖は、せっかく訪ねてきた松陰に会いたくても会えない事情があり、面会を断ったのだろう」

と、東湖の伝記は書いている。これが正しいだろう。つまり、

「吉田松陰はついに藤田東湖と会う機会がなかった」

ということだ。

当時、開明的な学者として有名な横井小楠《しょうなん》も、松陰とすれちがっている。このときは、小

楠のほうが積極的に、

「長州藩の吉田寅次郎先生にお目にかかりたい」

と考えて、萩に乗り込んできた。ところが当時松陰は江戸に行って留守だった。小楠は残念がって、手紙を残した。萩に戻ってきた松陰はこのことを知ってたいへん残念がった。松陰もすぐ小楠に手紙を送った。

「先生が藤田東湖先生にお送りになった詩や学校問答書は、わたくしも入手して読みました。心から感動します。長州の人たちにも読ませたいと思いますし、学校問答書は藩侯にも献上したいと考えています。先生がもし、江戸においでになるようなことがありましたらその節はぜひお目にかかりたいと思います。わたくしの叔父玉木文之進が藩の学問の指導をしておりますが、なにぶんにも長州藩一国のことしか考えない頑固な人物でございますので、ぜひ先生から一言いいきかせて、叔父たちの誤った考えを正していただきたいと存じます」

などと書いている。

横井小楠の学校問答書というのは、越前の藩主だった松平慶永（春嶽《しゅんがく》）が、九州熊本藩の学者だった横井小楠を招くに際し、

「藩がつくる学校はどのようなものが望ましいでしょうか」

という問いかけに対し、小楠が答えたものだ。

「明君はかならず学校をつくっております。しかしその学校から非常にすぐれた人物はなかなか出ません。まして、学校教育によって、風俗がよくなったとか、道徳が高まったなどと

いう話はきいたことがありません。それは一方では、学校の教師が字句の解釈にやかましく、文字の書き方や暗記に主眼をおいて、根本的なことを教えないからであります。また明君といっても、所詮《しよせん》は〝政治に役立つ人間〟あるいは、〝自分に役立つ人間〟の育成に力を入れるからであります。これは人材を育てるといいながら、じつは人材を損なうものであります。つまり、人間を政治に利用し役立てようとする考え方を改めなければ、たとえ明君が学校をつくったとしても、その学校の運営は暗君が私心を持って経営しているということになります。このためにたくさんある学校の中から人材が育たないのであります」（意訳）

松陰はこの問答書を読んで、

「これこそ自分が考える教育の真髄だ」

と思った。横井小楠も藤田東湖に接触している。

水戸を訪ねた吉田松陰は水戸市内から、常陸太田に出た。そして、十二月二十九日のおしせまったころ、瑞龍山《ずいりゆう》に、水戸徳川家歴代の墓を訪ねた。また、徳川光圀《みつくに》（黄門と呼ばれた人物）の隠居所西山荘も見学した。当然、徳川光圀が編んだ、

『大日本史』

のことは、詳しくきいたに違いない。

地域からの発信

吉田松陰が、東北旅行の手始めに水戸を訪ねたのは嘉永四年（一八五一）十二月のことだった。このときかれは、水戸城下の永井《ながい》政助《まさすけ》という知己の家に泊まった。やがて東北旅行の同行者として、宮部と江幡のふたりが到着したので、三人で永井の家に翌年の嘉永五年一月二十日まで居候することになる。もちろん、自炊をしたという。

それから二年経った嘉永七年三月二十日に、松陰の師佐久間象山が、江戸の小石川にあった水戸藩邸で、水戸藩の重鎮藤田東湖と激論を闘わせている。このときの討論の内容は、

「開国か攘夷か」

ということだったが、世間一般にいわれているような単純な論争ではない。佐久間象山も藤田東湖もともに、

「開国の必要性」

と、

「攘夷の必要性」

を知っていた。だからふたりとも、

「開国するなら、筋を通さなければいけない」

ということと、

「攘夷をおこなう場合にも、ただやみくもに日本に近づく外国船をうちはらってもはじまらない。戦争になったときのことを考えて、敵の実態をよく知ることが必要だ」

という点では一致していた。

よく思うのだが、人間が、

「人から学ぶ」

という行為をおこなうとき、

「学ぶ側が、そのときおかれていた時代状況とのかかわり」

が非常に深いような気がする。つまり、

「いつ・どこで・だれが・なにを・なぜ・どのように」

という五つのＷと一つのＨが絡むということだ。

弟子の吉田松陰が水戸の城下町に行ったのは、嘉永四年の暮れのことだった。師の佐久間象山が江戸の水戸藩邸で藤田東湖と激論したのはそれから二年後の嘉永七年のことである。この二年の間に、日本の国情は大きく変わっていた。

それはなんといっても、アメリカからペリーが大統領の国書を持って嘉永六年に浦賀にやってきたからだ。

「太平の眠りをさますじょうきせんたった四杯で夜も寝られず」

という落首が詠まれたように、日本中大騒ぎになった。このことは、松陰が水戸の城下町でいろいろな人物に会って学んだときと、佐久間象山が積極的に水戸藩邸に出掛けていって、藤田東湖に議論を吹っかけたときとは状況が違う。ということは、

「弟子としての吉田松陰が、水戸の人びとに求めたニーズ（知りたいと思うこと）」

と、佐久間象山が藤田東湖から直接、

「知りたいと思ったニーズ」

とに大きな差ができているということである。

前に書いたように、佐久間象山は、

「開国か、攘夷か」

という問題設定で藤田東湖に議論を吹っかけ、象山は開国論を唱えた。しかし東湖は、

「現在の開国は筋が通らない。筋を通すためには、やはり攘夷をおこなうべきだ」

と告げた。象山は、

「そんなことをいっても、いまの日本の国力ではどこの外国列強にも絶対にかなわない。そうなってもよいのか？」

と突っ込む。東湖は、

「たとえ負けたとしても、筋を通すことのほうが大事だ」

と突っ張る。ここで大喧嘩になる。

その二年前に、弟子の吉田松陰が水戸の城下町で会ったのは、永井政助はもちろんだが、ほかに会沢安（正志斎）、豊田彦次郎（天功）、桑原幾太郎、宮本庄一郎などという人物だ。錚々《そうそう》たる人びとだ。一介の長州藩の若い学者に、これだけの人びとがきちんと対応してくれたということは、松陰にとっても幸福であった。

松陰はとくに、会沢に魅かれた。会沢は、東湖の父幽谷の門人だ。ともに、

「水戸学の双璧《そうへき》」

といわれた。藤田東湖には、

『弘道館記述義』

という著作があるが、会沢にも、

『新論』

という書物があった。このふたつの書物が、いわゆる「水戸学」と呼ばれた学問の二本の柱をなしていた。

会沢が書いた『新論』の中では、

「日本の国体論」

が中心に据えられている。そして、世界情勢を凝視し、とくにヨーロッパ諸国が東洋侵略に力を尽くしている現今、日本はどうあるべきか、それは富国強兵策以外ないということを論じ、同時に国内の文教や政治全般にわたる政策を論じたものだ。

会沢がこの『新論』を書いたのは、文政八年（一八二五）のことだった。そして、水戸藩主に献上した。が、藩主は、

「内容が激しすぎる」

といって、

「以後、出版することを禁ずる」

と命じた。

が、この『新論』は、次々と門人たちによって転写され、これが水戸藩だけではなく他藩にも流れて行った。やがて『新論』は、藤田東湖の『弘道館記述義』と共に、いわゆる日本の志士たちのバイブルになった。そして、ようやく『新論』が江戸で出版されたのは安政四年（一八五七）のことである。松陰は当然この本を読んだ。そして胸を躍らせた。しかも、

「水戸に行って、『新論』を書いた実物に会えた」

ということは、感情の起伏の激しい松陰にとって、どれだけよろこびに溢《あふ》れたことであったか計り知れない。

松陰が会沢から学んだのは、

「国体」

についてである。

俳句の会に引き続いて、吉田松陰は萩の野山獄内で、

「孟子を論じ合おう」

ということで、まず自分が、

「孟子に対する考え方」

を講義する。ひとわたり講義が終わった後、囚人たちと共に、

「輪読・討議の会」

を催す。釈放されたのちに、松陰はこのときの経過を、

『講孟箚記《こうもうさっき》』

という本にまとめる。が、この箚記はやがて、

『講孟余話《こうもうよわ》』

と改題される。この、

「孟子を語り合う会」

の中でも、松陰はしばしば「日本の国体」に触れている。

ペリーが日本にやってきた直後、事態の容易ならざることを知った松陰は、藩主の毛利氏に、

「将及私言《しょうきゅうしげん》」

という意見書を提出する。

「外夷がやってくる危険はいまにはじまったことではありません。しかしこのたびのアメリカ船の来航は、緊急の問題です。六月三日に四隻の黒船が浦賀にきてから、わたしは昼とな

く夜となく走りまわって、その状況を観察いたしました。かれらが日本をばかにし、わがもの顔に振る舞っている様子はじつにみるに耐えません。にもかかわらず、幕府はそのアメリカの軽侮に甘んじて、もっぱらことなかれ主義で解決しようとしております。戦う気はまったくありません。これがますますアメリカをおごらせる原因になっております。ペリーの開港要求は当然一蹴《いっしゅう》することになると思いますが、もう一度かれがやってきたときは、かならず戦争になるという覚悟をすべきです。そのためにいまから緊急におこなうべき対策を申し述べます」

といって、

「大義・聴政・納諫《のうかん》・砲銃・船艦・馬法・至誠」

と、七項目にわけて具体案を書いている。冒頭に掲げた「大義」の中で、かれは、

「このごろ憎むべき俗論が世におこなわれております。それは、江戸は幕府のお膝元だから徳川家の直臣や譜代大名だけで守ればよく、他の藩はそれぞれ自分の本国をかためればよいという論であります。これは、各大名家が幕府を尊重しないというだけでなく、天下の大義をわきまえない議論だと思います。各大名が自分の領国を守るのは当然でありますが、しかし日本の天下は、天朝の天下であって、天下の天下であります。したがって日本国内のどこの土地でも、外夷の侮《あなど》りを受けたときは、幕府はもとより諸大名の総力をあげて天下の恥辱をそそぐべきだと考えます」

と、書いている。ここで、

「天下は天朝の天下だ」

といい切っている。この思想は、水戸で会沢正志斎の『新論』を読んで学んだものだ。

水戸で会沢正志斎や豊田天功と会ったことを、長州藩の親友来原良蔵《くりはらりょうぞう》に松陰は次のように手紙を書いている。

「客冬水府《すいふ》（水戸のこと）に遊び、首（主）として会沢・豊田の諸子にいたり、その語る所をきく。すなわち嘆じて曰く、身、皇国に生れて、皇国の皇国たるゆえんを知らざれば、何をもって天地に立たん、と。帰るや、急に『六国史《りっこくし》』を取りてこれを読み、古聖天子の蛮夷《ばんい》を慴服《しょうふく》せしめらるるの雄略をみるごとに、また嘆じて曰く、是《これ》、もとより皇国の皇国たるゆえんなり、と。必ず抄出してもって考索《こうさく》に便にす」

かなり、会沢正志斎や豊田天功の影響が強い。そして吉田松陰はこのときから、

「天朝の天下」

という考えを強く頭の中に刻みつける。

そもそも「国体」ということばは、『漢書』成帝紀の中にある陽朔《ようさく》二年の詔《みことのり》の中に、

「いにしえの太学《たいがく》を立つるは、まさにもって先王の業を伝え、化《か》を天下に流さんとすればなり。儒林の官は、四海の淵原《えんげん》なり。よろしく皆、古今に明らかにして、故《ふる》きを温《たず》ね新しきを知り、国体を通達すべし」

とあるところから出たという。

このへんから松陰の頭の中ですこしずつ「天朝の天下」という「国体」の観念が育ちはじ

める。では松陰自身は、この「国体」をどのように考えていたのだろうか。

野山獄の中で、まず自分が「孟子」全般についての論を述べた後、六月から囚人たちと「輪読」に入った。やがて許されて家に戻ったかれは、「松下村塾」で門人たちと討議を重ねながら、野山獄内での、

「孟子に関する討論会」

の結果を、

『講孟劄記』

にまとめた。そして通読したのち、松陰はこの本を、

『講孟余話』

と改題した。その理由を松陰は、

「思うに、劄《さつ》とは、鍼《はり》で刺すという意味があるから、もしわたくしの書いたものが、鍼で膚《はだ》を刺して鮮血がほとばしり出るがごとくに本文の精義を引き出しており、衣を刺繍《ししゅう》して模様《もよう》をつけるように文章の妙《みよう》を編み出していたならば、何とか劄記の名にかなうのであるが、わたくしのこの著述は、とてもそのようなものではない。

わたくしが獄にいた時は、同囚の人々のために『孟子』を講じ、また家に帰ると、集まった親戚のために、引続き同書を講じたのであるが、その講義は、註釈《ちゆうしやく》を精密にしたわけでもなく、文章として評価したものでもなく、ただわたくし自身の憂えや楽しみ、喜びや怒りを、すべて『孟子』に托《たく》したものにすぎない。従って、わたくしが喜楽している時には、『孟子』

を講ずることによってますます喜楽し、憂怒《ゆうど》している時には、『孟子』を講ずることによってますます憂怒し、その果《は》てに、憂怒も喜楽も抑《おさ》え切れなくなった時、それを心のままに語り心のままに録し、次第にそれが増加して一編となったものが本書である。それであるから、これは孟子の講義の余話《よわ》にすぎず、とても劄記と呼び得るものではない。わたくしは、『孟子』によって、囚人や親戚と憂楽・喜怒をともにすることができただけで、満足に思っている。それなのにさらにその随録を世に批判してもらおうとすることは、無用すぎることではないか」

と書いている。（訳文および『講孟劄記』あるいは『講孟余話』についての引用は、すべて『講孟劄記』近藤啓吾全訳注　講談社学術文庫から引かせていただいている）

松陰自身はそれでは「国体」ということをどのように定義していたのだろうか。

「国俗と国体とは自から別なり。大抵《たいてい》国自然の俗あり、聖人起《た》ちて其の善を采《と》り、其の悪を濯《あら》ひ、一箇の体格を成す時は、是《これ》を国体と云ふ」

「国体は一国の体《たい》にして、所謂《いわゆる》独《どく》なり。君臣・父子・夫婦・長幼・朋友《ほうゆう》、五者は天下の同なり。皇朝君臣の義、万国に卓越《たくえつ》する如《ごと》きは、一国の独なり」

つまり国体というのは、人類共通の道に対し、その国がその国の歴史のうちから生み出してきた独自の国がらのことなのだと説く。右の松陰の文章を、近藤啓吾先生の訳文を再び使わせていただけば、

「国体は、その国がその国の歴史のうちから生み出してきた特有の国がらのことであるから、孟

子のいう独（独自のもの）である。君臣の義、父子の親、夫婦の別、長幼《ちょうよう》の序《じょ》、朋友の信、この五者は天下の人々の同であるが、わが国の君臣の義が万国にすぐれていることは、わが国のみの独である」

「道は、すべての道を統合した名称であるから、大小・精粗《せいそ》すべての道を『道』と呼んでいる。それ故に、『国体』というものも道に外ならない」

となる。そして松陰は、

「道というのは、国土や風習から生まれたものだからそれぞれの国によって違う。中国と日本は多少気候や風土が似ているから、道についても似通っていたところが多い。しかし、遠い欧米ではまったく違う。したがって、これを同一化することはできない。しかも、欧米の国は欧米の国で、自分たちの道をそれぞれ正しいと信じているのだから、これをわが国の道に同化させようとすることは無理であり、同時にまたわが国の道をかの国の道に同化されることにも従えない」

と考える。

フッと、ある知事がいった、

「グローカリズム」

ということばを思い出した。グローカリズムというのは、

・グローバル（全地球的）にモノをみる。

・その国際社会における日本の立場を考える。

・その中において、自分が身をおいている地方（ローカル）はいかにあるべきかを考える。
・必然的に、地方に身をおく自分自身がどうあるべきかを考える。

という段階的な思考方法である。吉田松陰がこのころ考えていたのは、やはりこういうことではなかっただろうか。

だから『講孟劄記』や『講孟余話』に整理された、

「孟子を語る会」

の記述にしても、しばしば「国体」の話が出てくるし、同時にまた、

「長州藩の使命、同時に長州藩人としてのおこなうべきこと」

ということが色濃く出てくる。つまり松陰は、

「現在日本がおかれている状況を解決するために、孟子をどう活用すればよいか」

という観点で話しているのであって、決して、

「孟子が残したことばの自己流の解釈」

に沈溺《ちんでき》していたわけではない。これらはのちに松下村塾を開いてからかれの教育方針が、

「いま起こっている問題を教材とする」

という態度に結晶されていく。そしてこれはすでに述べたことだが、かれがなによりも重んじたのが、

「情報」

であった。そのためかれは、

という情報のメモ帳をつくった。始終このメモ帳を睨みながら、門人たちと討議し合った。

もちろんかれは、

「わたしは師ではない。一介の学徒だ。同志として、きみたちと学び合う」

と告げている。

こういうように、松陰が「日本の国体」ということを頭の中にしっかりと刻みつけたのは、嘉永四年の暮れから五年の新春にかけて、水戸を訪問していたときのことであった。

それから二年後に、松陰の師佐久間象山は江戸の小石川にあった水戸藩邸に藤田東湖を訪ねた。前に、

「いつ・どこで・だれに・なんのために会って話をしたか」

ということが、その人間のその後のものの考え方に大きく影響すると書いた。この中で、

「だれに」

ということも大きな差を生んでいく。松陰が会ったのは、会沢正志斎や豊田天功だったが、佐久間象山が会ったのは藤田東湖である。松陰は藤田東湖には会っていない。そして佐久間象山は、会沢正志斎や豊田天功には会っていない。

少し前にわたしは、

「グローカリズム」


『飛耳長目録《ひじちょうもくろく》』

ということばを使った。これは元大分県知事の平松さんがいい出したことで、

「これからの地方行政には、グローカリズムが必要だ」

と発言した。改めて書けば、グローカリズムというのは、

・グローバル（全地球的）にものをみる。

・その全地球的な枠内での日本の動向をしっかりと見据える。

・そういう状況の中で、わが地域はどうあればいいかを考える。

・さらに、地域に生きる人間としてどう生きるべきかを考える。

という、

「段階式思考方法」

のことだ。別なことばでいえば、

「トンボの目のような複眼でものをみる」

ということだろう。

わたしは松陰のグローカリズムについて、さらっと書いた。そして、

「ではなかろうか」

式の曖昧《あいまい》な表現をした。断定はしていない。ところが松陰関係の資料を調べていたら、まさしく、

「吉田松陰におけるグローカリズム」

にピタリと適合する一文を発見した。というよりも、いままで何度も読んでいたのにもか

かわらず、その部分についての正確な認識を怠ってきたことに気づいた。その文章とは、『松下村塾記』である。松陰が書いた『松下村塾記』は、次のような美しい文章ではじまる。

「長門《ながと》の国為《な》る、山陽の西陬《せいすう》に僻在《へきざい》す。而《しこう》して萩城は連山の陰を蔽《おお》い、渤海《ぼっかい》の衝《しょう》に当る。その地海に背き山に面《むか》い、卑湿隠暗なり」

とまずいわゆる長州藩が日本のどこに位置しているかを告げる。以下、萩の地理的位置や、地形、さらに地域特性ともいうべきことに触れる。そして、その地理的状況下における、

「松下村塾の歴史」

を丹念に綴《つづ》る。やがて、

「松陰自身と松下村塾との出合いと、かかわりのはじまり」

について書く。このくだりで、

「松陰におけるグローカリズム」

が遺憾なく述べられるのだ。

原文の『松下村塾記』は、相当漢語が多く、またそういう文体なので、そのまま引用しても煩わしく思われる読者がおられるだろう。そこで、松陰には申し訳ないことだが、吉田松陰研究家として高名な古川薫先学の『吉田松陰』(創元社)から、この『松下村塾記』のわかりやすい訳文をそのまま引用させていただく。

「長門の国は僻地であり、山陽の西端に位置している。そこにおく萩城の東郊にわが松本村

はある。人口約一千、士農工商各階級の者が生活している。萩城下はすでに一つの都会をなしているが、そこからは秀《すぐ》れた人物が久しくあらわれていない。しかし萩城もこのままであるはずはなく、将来大いに顕現するとすれば、それは東の郊外たる松本村から始まるであろう。わたしは去年獄を出て、この村の自宅に謹慎していたが、父や兄、また叔父などのすすめにより、一族これに参集して学問の講究につとめ、松本村を奮発震動させる中核的な役割を果たそうとしているのである。

叔父玉木文之進の起した家塾は松下村塾の扁額を掲げた。外叔久保五郎左衛門もそれを継いで、村名にちなむこの称を用い、村内の子弟教育にあたっている。その理念は『華夷《かい》の弁』を明らかにすることであり、奇傑の人物は、必ずここから輩出するであろう。ここにおいて彼らが毛利の伝統的真価を発揮することに貢献し、西端の僻地たる長門国が天下を奮発震動させる根拠地となる日を期して待つべきである。私は罪囚の余にある者だが、さいわい玉木、久保両先生の後を継ぎ、子弟の教育にあたらせてもらうなら、敢《あ》えてその目的遂行に献身的努力をはらいたいと思う」

この訳文も見事だが、松陰のものの考え方に、いま現在日本の各地域が努力している、「まちづくりの理想とグローカリズム」

が、完全に述べられていることに目をみはる。

吉田松陰が目指した松本村の地域構想は、単に文化面だけでなく、

「ハード、ソフト両面にわたる基盤整備が満たされていなければ、文化も向上しない」

ということだろう。ということは、現代人の「なんのために生きるか」という動機付けを、幕末において松陰は松本村で実現しようとしたことになる。つまり文化の質を高めるのには、それが可能となるような政治的経済的状況を具備することが必要だと考えた。

しかもそれは、松本村という一地域ですむことではない。松本村を世界のお手本にしようと考えても、そのときの日本の政治や経済の状況と無縁ではないのだ。

「それを可能にするような基盤整備をおこなうことが先決だが、しかしそういう状況づくりには、日本全体の政治・経済の政策が実現されなければならない」

ということである。

吉田松陰は、萩の郊外にある松本村の一角から、長州藩政を凝視し、徳川幕政を凝視した。凝視すれば欠陥だらけだ。アメリカからやってきたペリーの恫喝《どうかつ》外交に対してさえ、いまの幕府や大名家はオロオロするだけで、的確な処置がとれない。

「一体なにをやっているのだ？　こんなことではダメだ」

そこでかれは、みずからアメリカに密航してかの国の実態を自分の眼で見、自分の耳できいてこようと企てた。それが失敗した。しかし失敗したからといって、その考えを捨てたわけではない。

かれは、次第に日本国内にみなぎりはじめた「攘夷論《じょうい》」に対しても、独自な考え方を持っていた。ただ闇雲《やみくも》に、

「日本にやってくる外国船はうちはらえ」

などというコチコチな教条主義を主張していたわけではない。かれは文化の度合において、それぞれの国が優っているか劣っているかも大切なモノサシだと考えていた。したがってアメリカに対しても、

「鎖国令は日本の祖法なのだから、これを死守する」

などというような考え方は持っていなかった。

「まず、アメリカと日本の文化の程度を比較すべきだ。もしかの国が優れているなら、日本は謙虚にそういう程度の高い文化を受容すべきである。そして国力を充実して、撃つべきときには撃つべきだ」

と考えた。

しかし、結局松陰のみたところでは、長州藩にも日本にも人材がいないということである。したがってかれがのちに松本村の松下村塾に託したのは、

「まず共に学んで共に向上し、長州藩政や日本国政を担えるような人材を生もう。その人材たちによってつくられる新しい政治体制や、社会状況の中からこそ新しい日本の高い文化が生まれてくる」

と考えたのである。それがかれの「華夷の弁を明らかにする」ということであった。

その意味では、かれが考えた松本村の地域構想は、単なるシャングリラ（ジェームズ・ヒルトンの有名な小説『失われた地平線』の中に出てくる理想郷）やユートピアをつくろうとしたわけではない。もっと厳しい。

「ここで学ぶ者は、単に松本村の地域的な向上を図るだけではない。長州藩全体の、そして日本国全体の向上を図れるような人材を育成し、そういう人びとによってつくられるひとつの模範的な地域を実現することだ」

と考えていた。松下村塾はまさしくそういう理念を凝縮した教場であった。

この理念があったからこそ、かれの一年数ヶ月にしかすぎなかった教育が、のちに明治維新を招来し、国家を担うに足るような人材を、この小さな村の小さな学塾から多く出すゆえんになったのだ。ここで学んだ弟子たちが、その後日本国家を担う高級官僚にのし上がって行ったが、果たしてかれらが最後までこの吉田松陰の理念を、日本国という規模において実現したかどうかは疑問だ。

あるとき、松下村塾のある門人が一枚の絵を描いた。暴れ牛と、藩の政事堂に端座している人物と、一本の棒きれである。これをみた若き日の山県有朋《やまがたありとも》が、

「この絵はなにを描いたのだ？」

ときくと、描いた者はこう答えた。

「暴れ牛は高杉晋作だ。政事堂に座っているのは久坂玄瑞《くさかげんずい》だ。そしてただの棒きれはおまえだ」

この時代に絵を描いた門人からみれば、山県有朋は単なる棒きれにしか思えなかったのである。同じく村塾に学んでいた伊藤博文も、吉田松陰からは、

「きみは学問よりも、周旋（外交）の方が向いている」

になった。

といわれた。如才なく口が達者だったということだろう。事実伊藤博文は松陰のいう通り

そうみてくると、松陰が心を託していた一級の弟子たちは、みんな明治維新前に死んでしまったということになる。明治国家を担ったのは、松陰のいう周旋の技に巧みな者や棒きれでしかなかった。そのへんに、明治国家のある意味での不幸な要因が含まれている。俗な言葉を使えば、松下村塾における一流の門人たちは早死にし、三流四流の弟子たちが生き残って明治国家をつくったといっていい。

しかしいずれにしても吉田松陰のこの『松下村塾記』にみなぎる、

「松本村を国際的文化村に仕立て上げよう」

という壮大な理念は、改めて光を当てられるべきだ。とくにいま全国の地方自治体が声を揃えて実行している、

「まちづくり・むらおこし・地域の活性化」

にも、大きな参考になるはずである。

また例えば、増野徳民は松下村塾記では一番早い松陰の弟子だ。周防《すおう》山代の生まれなので、塾には通ってこられない。そこで住み込みの内弟子になった。かれが入塾したのは安政三年十月で、そのころ徳民はまだ十五歳だった。なぜ徳民が松陰のことを知ったのかはあまりはっきりしていない。長門や周防には、松陰を、

「危険な思想を持つ学者」

とみて、

「自分の家の子供は、絶対に松下村塾になど入れない」

と考える親がたくさんいた。徳民の父親も同じだった。父親は山代で医者をしていた。しかし、なぜか徳民は十五歳のときに家をとび出して、松下村塾に駆け込んだのである。入塾当時は、松下村塾の伝統が、

「読み書きソロバンという、生活技術を教える」

ということになっていたので、入塾当初には増野徳民の父親も、安心していたのかもしれない。松陰の危険性を知ったのはその後のことである。

「徳民はよく書物を読み、努力も人なみ以上だ。さらに家業の医学も一所懸命学んでいる。あまり細かいことにはこだわらない性格だ。天下国家を論じあったのちに、みんなが議論に疲れて寝ているときも徳民はそれから勉強している。徳民の出身地山代は、山間の寂しいところだ。学問も教育も決して盛んな地域ではない。しかし徳民はきっと学問を成就して故郷に帰り、医業のことだけでなく、ひろく学問や教育に心を使って努力するにちがいない。そうすればかならず山代の地は、面目を一新する。おそらく徳民は、努力をしてもその効果を自分では期待しないという人間だから、なにか起こったときはむしろ自分を責めて、他人をとがめるということは絶対にしないだろう。徳民の将来は洋々としている」

と松陰はいっている。

松陰は、

「勉学努力して故郷に入った者は、そこの核となって、地域の名を高める役割を果たすにちがいない」

という。これが松陰の松下村塾における教育方針の一本の柱であったことは間違いない。

それは、かれが松下村塾そのものを、

「この松本村の一角にある学塾からとび立つ青年たちが、日本を変革し、世界を変革するからだ」

と、

「松下村塾の存在意義」

を、その『松下村塾記』の中で、高らかにうたっているからである。

「地方のほうが足腰を鍛えて、中央政府を変革するような風を吹き立たせる」

ということだ。松陰の考えは、

「地域の学塾は、そのための風車である」

というものだ。そして、

「各地域で風を吹き立てる風車」

は、そのまま松下村塾からとび立った門人の一人ひとりだということなのだ。

わたしも前歴が地方自治体職員だったので、いま頼まれる講演のテーマに、

「歴史とまちづくり」

あるいは、

「歴史に学ぶまちづくり」

というようなものが結構ある。そのときに話すことは、

「まちづくりの目的」

である。まちづくりの目的を、わたしは次のように考えている。

・いま住んでいる人びとが、その地域に〝生きがい〟と〝死にがい〟を感ずること。生きがいだけではだめで、「ここに骨を埋めてもいい」というような魅力を住民・議会・執行機関の三者が一体となって生み出すことが大切だということ。

・さらに現世代だけではなく、現世代の子孫にわたって同じ〝生きがい〟と〝死にがい〟を感ずることが必要だということ。

・さらにいえば、他地域に住んでいる人が「ぜひそこにいきたい」というような気持ちを起こさせるような魅力を生むこと。

この三つの目的を充足する〝魅力の創造〟を、

「その地域の新しい文明を生産するいとなみだ」

と告げる。

吉田松陰の文章を読んでいて感じたのは、かれがすでにこのことをはっきり指摘していることだ。

松陰の『松下村塾記』では、

・まず、長州藩全体の状況について述べる。そして、その長州藩からはかならずしもすぐれた人物がこのところあらわれていないことを説く。
・その長州藩内に松陰の住む松本村が存在している。
・その松本村には、叔父が経営してきた「松下村塾」がある。
・自分（松陰自身）は、罪人でまだその後遺症をそのままひきずっているが、もし許されるなら、叔父たちから松下村塾を引き継いで、子弟の教育に当たりたいと思う。

そう告げている。そして注目すべきは、

「その理念は『華夷の弁』を明らかにすることであり、奇傑の人材は、かならずここから輩出するであろう。ここにおいてかれらが毛利の伝統的真価を発揮することに貢献し、西端の僻地たる長門国が天下を奮発震動させる根拠地となる日を期して待つべきである」

と書いていることだ。

「日本の端っこに位置する長州藩から、日本の地殻変動を起こすような人物を次々と生み出したい」

ということだ。これはのちに、

「討幕維新の実現」

となって実現される。もちろん松下村塾で学んだ若き志士たちの必死の努力にもよるが、しかしその若い志士たちにしても、松陰がこのとき告げた、

「日本の将来に対する長州藩の責務」

を認識していたからにほかならない。その意味では、吉田松陰は偉大な予言者でもあった。

わたしがなぜこの一文から、

「吉田松陰におけるグローカリズム」

を感ずるかといえば、前に書いた、

「地方におけるまちづくりの理念の実現」

を、

「地域の情報発信と、それによる東京の一極集中の破壊」

の問題として考えているからだ。つまり、
・地方がそれぞれ特性のある新しい文明を生産する。
・生産された文明は、そのまま情報として他地域に発信される。
・このいとなみが、日本の全地方で起これば、発信される情報は完全に東京を包囲する。
・情報によって一極集中した東京所在の諸機能が、「この地方には、こんな魅力があるのか」ということを感ずれば、単に政治・行政だけでなく、企業・報道などの機能も、地方に魅力を感じ分散していく。
・いま問題にされている「国会機能の分散」などというチンケな機能分散ではなく、積極的に東京に集まっている諸機能が、自分のほうから出ていくという現象が起こる。
・そうなればまさに「地方の時代」が出現する。
・すでに、国会では「地方分権基本法」が成立し、現在「地方分権の推進」に加速度が加えられている。

・地方分権の推進とは、単に政治・行政の分野においておこなわれるだけでなく、企業の東京からの地方への移行、マスコミ機能の地方への移行などが期待される。

・企業やマスコミ機能の地方への移行というのは「それぞれの本社の移転や、支社や支局の強化拡充」ということによって示される。

・そうなれば、東京は完全に一極集中が解体され、純化されていく。東京も一地方都市になる。

ということだ。わたし自身は東京に生まれ、家系は相当に古いので、東京を愛することにかけては人後に落ちない。しかしいまの東京は、私が育ったころの東京とは違って、

「人が住むまちではない」

という気がしている。だからわたしの場合は、

「東京を愛するがゆえに、いまの東京をもっと変えて欲しい」

と考えているのだ。

吉田松陰の気概はまさしく、

「長州藩から日本に地殻変動を起こしたい。そして長州藩の地殻変動は、松本村から起こしたい」

ということである。

そして、わたしのいう「地域特性」を、松陰は、

「人を育てることからはじめたい」

と松下村塾の存在の意義を高らかにうたいあげる。これはすばらしいことだ。

そして、その、

「松本村における松下村塾での人材育成」

をなんのためにおこなうかといえば、松陰は、

「華夷の弁を明らかにすることである」

としている。では、

「華夷の弁を明らかにする」

とはどういうことだろうか。

現在でも残っているが、

「中華思想」

というのがある。

「中華人民共和国」

や、

「中華民国」

という国名で用いられているように、中国にはもともと「中華思想」というのがあった。

これは、

「わが国の文化が、世界で最もすぐれている」

ということで、

「東西南北の民族の文化は、わが国の文化に比べると劣っている」

ということだ。そのために、文化の劣った各地域の民族を、

「えびす」

と考え、東のえびすは「東夷《とうい》」、西のえびすは「西戎《せいじゅう》」、南のえびすは「南蛮《なんばん》」、北のえびすは「北狄《ほくてき》」と呼んだ。しかしこのことは、いわゆる、

「人種差別」

ではない。

「文化を基準にした差別」

なのだ。したがって、中国は古代からこの思想を持ち、とくに儒教がこの面を強調したが、東西南北のえびすの文化が高まり、漢民族と同等の水準に至れば、これらの別称を躊躇《ちゅうちょ》なくとりやめたという。したがって、中華思想というのは、

「人種差別ではなく、文化差別だ」

といっていいだろう。

松陰がこの段階で、

「華夷の弁を明らかにする」

といい切ったのは、日本に迫る諸列強を、

「文化的に低い国あるいは民族」

とみたからである。しかもかれは前に書いたように、

「日本の国体」

ということに深い関心を持ち、そのころの発想の基点をすべてここにおいている。松陰の考えでは、

「日本はすぐれた国体を持つ、世界でも誇るにたる文化国だ」

という意識があった。ましてや、アメリカのように、

「脅しによる開国要求」

をおこなうような国は、まさに、

「文化性の低い国」

と思わざるを得なかった。だからこそかれは、

「攘夷論」

を唱えたのである。それも闇雲な攘夷論ではなく、

「攘夷をおこなうためには、相手の国の国情を徹底的に知るべきだ」

と考えた。そこで、

「アメリカに渡って、アメリカの実態をこの目でしっかりと見極めてこよう」

と下田からの密航を企てたのだ。それが失敗し、かれは萩の野山獄に投げ込まれてしまったいきさつはこれまでに述べたところである。

さて、これは吉田松陰の場合も同じだが、わたし自身も、

「日本各地におけるまちづくり」

のやり方として、

「その地域が持っている全資産を徹底的に調べ、それを活用する」

ことと考えている。全資産というのは、物的資産のほかに人的資産も含まれる。いってみれば、

「その地域における人的物的総資源」

のことである。そしてこのことは、

「いま自分が存在している地域の総資産を活用するために全力を尽くす」

ということだ。大阪商人流の論法を借りれば、

「カネがなければチエを出し、チエがなければアセを出す」

ということだ。これがつまり、現在のリストラ旋風の吹きまくる企業や役所における、

「経営努力」

すなわち、組織の再構築と呼ばれる行為だろう。

この、

「自分がいまいる場所で全力を投球し、生命を完全燃焼させ、より良き結果が得られるように努力する」

というおこないは、歴史上の人物で吉田松陰ほど実行した人はいない。織田信長とか豊臣

秀吉とか徳川家康とか、あるいは武田信玄や上杉謙信や、その他偉大な人物はたくさんいた。しかし物事をおこなうのにはすべて、

「天の時（運）・地の利（条件・状況）・人の和（人間関係やリーダーシップ）」

の三条件が必要だといわれる。歴史上の英傑たちは、ほとんどこの三つの条件を満たしていた。が、吉田松陰の場合にはほとんどコネがない。かれは、これらの三条件を、

「みずから創り出していった」

といっていい。とくに最後の〝人の和〟については、かれのあまりにも純粋で、損得抜きの生命燃焼ぶりに、多くの人が胸を打たれたちまち共感し、協力していった。

かれが野山獄内で、

「孟子の勉強会をしましょう」

ということで、まず、

「孟子についての冒頭陳述的解説」

をおこない、その後入獄者同士で、

「カンカンガクガクの討論」

をおこなったことはすでに書いた。しかし、

「学問は、実際生きている人びとに役立たなければ意味がない」

とする松陰は、単に孟子の講義をおこなったからといって、満足したわけではない。

「学んでいることを、そのまま実行しよう」

という態度は、すぐ示された。それが、かれの、

「野山獄を福堂にしよう」

という、

「牢舎改善運動」

だ。つまり、

「日本に地殻変動を起こすのは長州藩であり、その長州藩の地殻変動を起こすのは松本村であり、その松本村の地殻変動を起こすのは松下村塾である」

という、いわば、大河の源を訪ねる遡行《そこう》をしてみれば、このプロセスは松陰の諸行動のすべてに当てはまる。かれは、

「いまいる場所で、最善を尽くす」

そして、

「そのためには、自分のエネルギーの出し惜しみをしない」

という姿勢を貫いた。かれが、

「野山獄の改良意見書」

を書いたのは、安政二年六月のことである。牢内で孟子の講義をはじめたのと同じころだ。

おどろくべき読書と交友の範囲

わたしは、

「人間の脳は二十四時間活動していて、すでに仕込まれた菌の発酵作用をおこなっている」

と思っている。この吉田松陰についても、いつも頭の一角でなにかが発酵している。そして、

「次はこういうことを書きたい、ああいうことを書きたい」

という意欲が次々と湧く。たとえば、いま松陰は萩の野山獄にいるが、藩が命じた「牢内とじこめ」が、やがて「自宅内とじこめ」に変わると、松陰は野山獄内で中断せざるを得なかった、

「講孟（孟子を講ずる）」

の作業を再開する。そのときの松陰の意気込みはいまから熱っぽくわたしに伝わっているし、そのことにも早く触れたいという思いが募る。

また、ばかな話だが、改めて、

「松陰がもし、下田からアメリカに密航できたら、一体かれの考え方はどう変わっただろうか？」

ということが、しきりに頭の中を徘徊《はいかい》している。はっきりいえば、

「アメリカを実際に自分の目で見、いろいろなことをきいたら、松陰は果たして最後まで尊皇論はともかくとして、攘夷論を唱えつづけただろうか」

という疑問がしきりに湧いてくる。松陰はその著述にあらわれているように、単純な、

「鎖国論者」

でもなければ、

「攘夷論者」

でもない。むしろ、

「大艦をつくって、日本は積極的に海外に乗り出すべきだ」

と書いている。その考えはさらに、

「他国に、日本の拠点をおき、国威を伸張すべきだ」

と、侵略論と誤解されるような文にまで発展させている。かれが単純な鎖国論者・攘夷論者でなかったことは確かだ。

そうなると、

「敵と戦うには、まず敵のことをよく知ることが必要だ」

という観点から、アメリカに渡ってその実態をつぶさに検分した結果、果たして、

「やはりアメリカと戦うべきだ」

という考えを持ち続けたかどうかは疑問だ。

吉田松陰がもしアメリカに渡っていたら、最後まで攘夷論を唱えただろうかという疑問は、じつをいえば、

「松陰と横井小楠がもっと徹底的に話し合っていたら、どういう合意が生まれただろうか」

というもうひとつの〝もし〟をも、わたしの頭の中に菌を醗酵させるのである。

吉田松陰と横井小楠は、嘉永六年（一八五三）に一度会っている。その二年前、横井小楠は諸国見聞の旅に出て、萩にもやってきた。それは、熊本藩の同じ学者である宮部鼎蔵《ていぞう》から松陰のことをよくきいていたからだ。吉田松陰と宮部鼎蔵は心を許す親友であった。しかしこのとき松陰はすでに江戸にのぼっていて、留守だった。小楠は残念がった。

その後ロシア司令長官プチャーチンが長崎港にやってきたとき、松陰は、

「なんでもみてやろう」

という気持ちで、長崎へ向かった。このとき、熊本に寄って横井小楠に会った。いく日か滞在して小楠はじめいろいろな熊本人とも会った。しかし、あとから考えると、このときの松陰と小楠の話は主として、

「教育のあり方や、学校のあり方」

について論じ合ったような気がする。のちに松陰が横井に書いた手紙の中に、

「水戸の藤田東湖殿に送った先生の詩や学校問答書はわたくしも読ませていただきました。心から感動いたしました。長州の人たちにもぜひ読ませたいと思います。学校問答書は、藩侯にも献上しようと思っております。わたくしの叔父（玉木文之進のこと）などは、志のある人物ではありますが、惜しいことに天下の大勢に暗く、長州藩一国のことしか考えない、いわば井の中の蛙《かわず》です。ぜひ先生に長州にきていただいて、この人たちを啓蒙していただきたいと思います」

と書いている。松陰は本気で、

「横井小楠先生を、長州藩に招いて長州人の教育にあたっていただきたい」

と考えていた。しかし、小楠はすでに越前藩主松平春嶽《しゅんがく》から招かれて、前に書いたような事業をおこなっていたので、長州藩と二股をかけるわけにはいかなかった。

興味があるのは、横井小楠の教育に対する考え方と、吉田松陰のそれとが微妙に差があることだ。小楠は、教育について前にも触れたが、次のようなことをいっている。

「名君は、どんなときにもかならず学校を興している。が、そういう学校から卓越した人物が出たためしがない。同時にその学校教育によって、風俗がよくなったということもきいたことがない。これはおそらく、文字や章句ばかりやかましくいって、肝心な教育をおこなわないからだ。

つまりそれは名君といわれる君主が学校教育に求めるものが、政治に役立つ人間を育てようとするからだ。これはいってみれば、育てられる人間を自分の思うようにしつけ、利用しようとする〝私〟に基づく教育をおこなっているからだ。いってみれば、教育は手段なのである。ほんとうの教育は、そういうことをさておいて、政治に役立つ人間を養おうなどという考えを捨てることだ。人間の心は、なにものにも利用されるべきではない。したがって、教育は一人ひとりの人間の、心の充足のためにおこなうべきものだ」

これに対し松陰は、のちに松下村塾を引き継いだときもまず、

「きみは、なんのためにこの村塾で学びたいのだ？」

ときく。相手が、

「学問を深めるためです」

というと、松陰はピシリとこういった。

「目下、日本はたいへんな国難に襲われている。この国難に対して役立つ学問でなければ、なにを学んでも無駄だ。きみたちは、学問を学んでも決して学者になってはならない。この村塾で学ぶとすれば、まず志を立てることと、それをいかに実行するかということだ。つまり立志と実行が、わたしの学問に対する根本姿勢だ」

微妙に違うのは、松陰のほうはどちらかというと、

「政治に役立つ人間の養成」

に主眼をおいているように思えるからだ。事実かれは、松下村塾における教育方法として、毎日起こっている社会現象を教材とした。そして、

「こういう事件はなぜ起こるのか、政治とのかかわりにおいて考えてみよう」

と告げた。したがってかれにとって、

「非政治的な事柄」

はすべて関心の対象外であった。ただ、小楠もいっているように、

「君主が、教育によって政治に役立つ人間を育てようとする心の底には〝私〟がある」

という〝私〟の指摘だ。これには松陰もおそらく異論なかったに違いない。松陰もすべて、

「公」

を重んじた。松陰がもし、

「松下村塾では、いま起こっている政治的事件を解決できるような人材を養う」

と考えたとしても、〝私〟に基づくそれではなく、小楠と同じく〝公〟に基づくそれだったといえる。

横井小楠はのちに、国際関係について、

「有道の国と無道の国の論」

を唱えた。小楠のいうこの区別は、

「有道の国というのは、王道政治をおこなう国のことだ。すなわち民衆に対して、徳をもって政治をおこなう国のことである。一方、無道の国というのは、民衆の幸福よりも政治をおこなう者の幸福を優先させて、権謀術策をめぐらし、覇道をおこなう国のことだ」

と定義した。そして、その例として、

「イギリスは無道の国の最たるものである。アヘン戦争など起こして、中国の国土を侵略し、

中国国民を奴隷のように扱っている。これは有道の国のやるべきことではない。これに類するほかの国々も同じだ。同時に、日本を恫喝《どうかつ》外交によって開国させたアメリカも無道の国である。本来なら、中国は古代に孔子や孟子を生んだ国で、有道の国といえる。しかし、イギリスなどの列強によって国土の一部を侵され、人民が他国の奴隷のように使役されるというのは、すでに中国自体が道を失っている証拠だ。すなわち、中国も有道の国から無道の国に変質しているためだ。こういう状況の中で、いまの世界で唯一有道の国になれるのは日本だけだ。したがって日本は有道の国になって、国民の気持ちを統一すべきだ。そしてやむを得ない場合には、恫喝外交によって結ばされた開国条約も破棄すべきである。そのときはおそらくアメリカは戦争を仕掛けてくるだろう。日本は戦うべきだ。敗れるだろう。しかしたとえ敗れたとしても、日本が有道の国ぶりを示せば、世界の世論はかならず日本の味方になるはずだ」

といっている。読んでみると、なんだかいまの日本の状況によく似ている。アメリカをはじめ諸国列強から日本に、

「規制緩和や経済政策についての要望」

がしきりにおこなわれているが、戦前派のわたしのような頭の堅い人間からみると、ときに、

「内政干渉ではないかな」

と思うことがある。そしてそのときにかならず思い出すのがこの横井小楠の、

る。

「有道の国と無道の国の区別」

である。やはり日本は、日本人の美しい精神・心を、もっと誇りをもって発揮し、

「日本人の心をもって、国際的信用を得る」

いとなみに努力すべきではなかろうか。そのことのほうが、はるかに早道のような気がす

いまの日本も、横井小楠のいうように、

「世界で唯一の有道の国になれる資質」

を持った国だからである。

横井小楠が、アメリカを、

「古代中国の帝王、堯《ぎょう》や舜《しゅん》の時代のような国だ」

といったのは、ペリーのような恫喝外交家をさし向ける現政府をいったわけではない。横井小楠が頭の中においていたのは、ワシントン大統領が治めていたころのアメリカだ。ワシントンの民主主義を、横井小楠は、

「まさに、この世で人間が求める理想郷をつくり出せる政治家」

とみた。その意味では、横井小楠の頭の中には、

「政府」

という存在はあっても、吉田松陰が問題にする、

「国体」

という考えはない。だからわたしは自分でこんなことを書きながらも、

「結果として、吉田松陰と横井小楠が完全に心を合わせることはできなかったに違いない」

と思っている。松陰にとって大事なのはなんといっても、

「日本の国体」

だったからである。

ただ、こういう断片的な発想を頭の中で捏《こ》ねくりまわしながらも、つねにわたしの頭から離れないのは、

「吉田松陰の読書と、交友関係の幅の広さ」

である。調べてみるとじつに驚嘆すべき量の書物を読み、また多くの人と交遊している。先学の研究書を参考にさせていただきながら、その一部をたどってみる。

まず、野山獄での読書だが、かれが牢に入ったのは嘉永七年（一八五四）の十月二十四日のことだが、それから出獄する安政四年（一八五七）十一月までの約三年間の間に冊数だけで千五百冊を超える本を読破している。内容は、歴史の本がもっとも多く、続いて詩文、地理の本、兵書、経書などであった。もちろんちらりちらりと書いているように、かれは読書だけに専念していたわけではない。読んだことを実際に同囚の人や、獄吏たちと話し合い、討論もしている。

松陰は長州藩士杉百合之助《ゆりのすけ》の次男として生まれた。兄は梅太郎といった。父の百合之助は学問好きで、よく長男梅太郎と次男の松陰を伴って畑を耕させ、耕作を続けながら四書五経

の素読を教えたという。このやり方はのちに松陰が松下村塾で踏襲する。父の百合之助は四書五経のほかに、詩を教えた。教材に使ったのは、菅茶山《かんさざん》やその弟子の頼山陽《らいさんよう》らの文である。

同時に、百合之助は、

「尊皇心と、毛利家への忠節」

も教えた。

松陰の気質や純粋な魂の発露は、家族に対しても発揮されている。かれほど家族思いで、また家族のいうことを素直にきいた人物はいない。その基はやはり父の杉百合之助にあった。百合之助の給与は二十六石である。しかしその身分は低く、無給通《むきゅうどおり》の身分だった。無給通というのは、文字通り「土地を給付しない」ということで、米に換算した金を貰《もら》っていた。

関ヶ原合戦後、極度に領土を縮められた毛利家が、家臣団に対して苦肉の策でつくった給与制度である。しかも、百合之助は無役だったから、職務手当がない。そこで萩《はぎ》城下の東はずれにあたる松本村に移ってきた。半士半農の生活をはじめた。が、武士ではあった杉百合之助は、

「農は、人間にとって大切な仕事だ。土から物を生むということは、もっと尊ばなければならない」

といってみずから土にクワを振るった。このときには家族を全員動員した。

杉家は大家族だった。杉百合之助は妻瀧との間に三男四女の七人の子をもうけた。また叔父の吉田大助と玉木文之進は、他の家の養子に入っていたが独身なので杉家に同居していた。

祖母がいた。また親戚《しんせき》の岸和田という一家が居候をしていた。

これらの大家族が、六畳二間、三畳二間、それに玄関と台所という狭い家でひしめいていた。しかし暮らしている人びとは幸福だった。家長である百合之助のリーダーシップによる。

のちに松陰が妹の千代にこんな手紙を書いている。

「杉の家法には、世の及びがたい美事がある」

その美事の一つが、百合之助が指導した農耕作業である。

農事を大事な仕事と考える百合之助は、松陰が幼いときから田や畑に連れていった。百合之助は、

「田や畑を単なる田畑だと思うな。ここは、大事な教場である」

そういっていろいろと漢書の講義をした。講義に疲れると大きい声で詩を唸《うな》った。そして、子供たちにも、

「おまえたちもわたしの後について詩を吟じろ」

と命じた。少年だった松陰も、兄の梅太郎と一緒に声を張り上げて父の真似をして詩を吟じた。昼食時には飯を食いながら百合之助は、毛利家の歴史や知り得た合戦の話をした。とくに毛利家の歴史については詳しく、

「こういう家柄の大名家に仕えているのだから、たとえ貧しくてもおまえたちももっと誇りを持て。胸を張って生きるのだ」

と励ました。いってみれば百合之助の教育は、

を教え込んだといっていい。たとえ暮らしは貧しくても、精神は高く豊かに保とうという「清貧の美学」

ことである。もし松陰がこういう貧しい暮らしを経験していなかったら、かれの現実を素材とした松下村塾における教育方法も成立しなかったに違いない。

「杉の家法には、世の及びがたい美事がある」

というのは決して負け惜しみではない。少年松陰は、のちにかれを大成させるための得がたい経験を、この大家族主義による父百合之助の教育から、溢《あふ》れるほど受け止めていたのである。松下村塾から多くの有能な人材が輩出していった原点は、父百合之助の教育にあったといっていいだろう。その意味では、杉百合之助も代表的日本人の一人である。目の前に起こったあらゆることについて、そこからなにかを学び取るという気概を、松陰は幼少年時代から植えつけられていた。

叔父の玉木文之進は天保十三年（一八四二）に、「松下村塾」と名づけた私塾を開いた。松陰は、野山獄を出たあとこの塾を引き継ぐ。玉木は、宋学（朱子学）を学び、さらに、

「歴史から、尊皇心や主家への忠誠心を学ぼう」

という態度をとっている。やがて松陰は五歳になった天保五年に、父の弟吉田大助の養子になった。しかし、実際の生活は実父のもとでおこなっていた。大助は病弱でまもなく世を去った。そこで、松陰は正式に吉田家を継いだ。吉田家は、山鹿素行を開祖とする兵学をもって長州藩に仕える家柄だった。つまり、兵学師範だった。

禄高《ろくだか》は五十七石六斗だったという。こうして吉田松陰は、六歳で長州藩の兵学指南になる運命を背負った。したがって、かれはその後、

「兵学修業」

に勤《いそ》しむ。松陰は、前半生をほとんど修業という形で送ったが、これを先学は、

「前期・幼少期から二十一歳まで、すなわち嘉永三年（一八五〇）八月まで」

とし、

「後期・長崎遊学、江戸遊学、東北諸国の遊歴、嘉永五年十二月まで」

と分類する。この前期の兵学修業時代に松陰がかかわりを持ったのは、吉田家の家学にかかわりを持った林真人《まひと》、叔父の玉木文之進、石津平七、山田宇右衛門などである。この中では山田宇右衛門にもっとも大きな影響を受けたという。山田はすでに、

「外国列強の日本侵略を防ぐために、海防論を研究しなければいけない」

と主張していた。確かにそのころ日本の周辺には、ロシア、イギリス、アメリカ、フランスの船が次々とあらわれていた。

山鹿流以外の兵学では、山田亦介《またすけ》から長沼流の兵学を、守永弥右衛門《もりながやえもん》から荻野流砲術を、飯田猪之助から西洋陣法を学んだ。

十一歳になったとき、藩の兵学指南として、かれは藩主毛利慶親《よしちか》（敬親とも）の前で、講義をおこなった。この講義には、藩主がいたく感動した。これが、松陰に対し終生藩主慶親が好意をもって対し、数々の問題に対しても、

「寛大に、寛大に」

と庇《かば》うゆえんになる。

前に、横井小楠とのかかわりを書いたが、横井小楠はどちらかといえば、肥後熊本藩では受け入れられず、越前福井藩に行って力を発揮した人物だ。酒が好きで、いろいろなトラブルも起こしている。しかし、松陰にはそういう私的な面や個人に属するようなことはまったくない。松陰の至純な魂が、常に、人の心を打ったに違いない。そういうことをいうと横井小楠ファンにはしかられるかもしれないが、小楠には多少、

「衒《てら》い」

があったのではなかろうか。衒う人は、えてして「含羞癖《がんしゆう》」がある。気の小さい面もある。それを隠すために逆に打って出ることがある。そしていまでいえば、

「パフォーマンス（自己表現）癖」

が強い。小楠にもそういう面がなかったとはいえない。そのへんが松陰とはまったく違う。

世の中では、本来、

「なにをいっているのか」

という内容論が重視されなければならないが、しかし日本人の間ではまだまだ、

「だれがいっているのか」

という人間論がまかり通る。この人間論がさらに発展すると、

「その人間が好きか嫌いか」

が判断基準になる。したがって、

「嫌いな人間がどんないいことをいおうと、絶対に信用しない」

というような決めつけがおこなわれる。たとえ同じことをいっても、吉田松陰と横井小楠では、

「吉田松陰のいうことなら信用するが、横井小楠のいうことでは信用できない」

という同時代人が、いなかったとはいえないだろう。このへんは、現在でもよく使われる、

「不徳のいたすところ」

ということ以外ない。

さて吉田松陰は、二十一歳になった嘉永三年（一八五〇）八月二十五日に、

「兵学研究のため」

と称して、平戸に向かって出発した。平戸には、山鹿流の兵学者葉山左内がいたからである。松陰は、

「葉山左内先生について、さらに山鹿流の兵学を深めたい」

という願書を出し、藩はこれを認めた。おそらく、藩主の慶親が、

「留学させてやれ」

と声を添えたに違いない。

しかしこのとき松陰は、

「単に葉山先生について山鹿流の兵学を学ぶだけでなく、長崎に寄って海防問題に関する情

報を多く集めよう」

と考えていた。平戸には約五十日余りいたという。そして、ほかに島原、熊本、柳川、佐賀などにもまわっている。

このときかれは、

「みたことやきいたこと、すなわち学んだことは書物によって確認しよう。また逆に、書物に書いてあることを事実とつけ合わせしよう」

と、いわば、

「書物と現実とのフィードバック（相互交流）」

を志し、この旅の間にじつに驚くべき書物を読破している。旅のはじめに馬関（下関）で風邪で寝込んだ。独力で病気を治そうと思ったかれは、まず帆足万里《ほあしばんり》の『東潜夫論《とうせんぷろん》』『入学新論』を、現地の医者から借りて読んでいる。医者が、

「これを読みなさい」

とすすめてくれたのだ。帆足万里は、豊後（大分県）日出《ひじ》藩木下家の家老だ。引退後は塾を開いていた。

「豊後の三賢人」

といわれた学者である。

ほかに松陰が読んだのは、三宅観瀾《みやけかんらん》の『中興鑑言』、王陽明の『伝習録』、葉山左内の『辺備摘案』、佐藤一斎の『古本大学旁釈補』と『愛日楼文詩』、塩谷宕陰《しおのやとういん》の『阿芙蓉彙聞《あふよういぶん》』、魏《ぎ》

源《げん》の『聖武記』と『聖武記附録』、『近時海国必読書』、会沢正志斎《あいざわせいしさい》の『新論』、山鹿素行の『配所残筆』、原念斎の『先哲叢談《せんてつそうだん》』、呉競《ごきょう》の『貞観政要《じょうがんせいよう》』、『百幾撒私《ペキサンス》』、『台場電覧』、『炮台概言』、頼山陽の『新策』、大塩平八郎の『洗心洞箚記《せんしんどうさつき》』、高野長英の『夢物語』、陳倫炯《ちんりんけい》の『海国見聞録』、『鴉《あ》片陰憂録《へんいんゆうろく》』、『漂流人申口』などである。じつに多岐にわたっている。平戸の葉山左内に山鹿流の兵学を習いにいくのだから、その先生の本を読むのは当然であり、それにかかわりを持つ山鹿素行の本を読むのも当たり前だろう。しかしこの中には、すでに会沢正志斎の『新論』が入っているし、さらに高野長英の『夢物語』があり、大塩平八郎の『洗心洞箚記』なども入っている。

獄中の恋愛

吉田松陰が読んだ呉兢の『貞観政要』というのは、唐の太宗が、

「君子のあり方」を侍臣にききただし、その答えをいっしょに載せた、

「帝王学を学ぶための問答集」

である。そしてこの『貞観政要』の中ではとくに、

「主人と部下のあり方」

と、

「創業と守成《しゅせい》のいずれがむずかしいか」

ということとさらに、

「諫言《かんげん》のむずかしさ」

に触れている。主人と部下のあり方について、この本では、

「水はよく舟を浮かべ、またよくくつがえす」

という表現をしている。水を部下、舟を主人にたとえているのだ。したがって、

「部下はよく主人を支えるが、ときにそむくこともある」

という意味だろう。これは、

「部下は信用できない」

ということではない。

「主人が主人らしくしないと、部下のほうも部下らしくなくなる」

ということだ。これが日本の戦国時代における、

「下剋上の思想」

だ。戦国時代は、いわば、

「君君《きみ》たらず、臣臣《しん》たらざるは乱の本なり」

という思想が支配的だった。しかし主人の主人らしさというのは単に、人望だとか徳望だとかということではない。むしろ、

「部下の生活保証ができるかどうか」

俗なことばでいえば、

「この主人は、部下を食わせることができるのか」

という点にウエイトがおかれていた。だから、

「この人はダメ主人だ」

とレッテルを貼られてしまえば、部下はさっさと転職してしまう。戦国時代というのは、

大失業時代であったかもしれないが、同時にまた大転職時代でもあった。その転職の基準の中には、

「主人が部下を選ぶ」

ということだけではなく、

「部下が主人を選ぶ」

ということもあったのである。

しかしそれでは使うほうに都合が悪いので、やがて朱子学が導入され、

「君君たらずと雖《いえど》も、臣は以て臣たらざるべからず」

という使う側にとってははなはだ都合のいい論理がばらまかれた。いってみれば、

「主人を選ぶような部下」

はお呼びでなくなり、

「ききわけがよく、主人のいうことはなんでもきく」

〝イヌのような忠誠心〟を持つ武士が好まれるようになった。

この下剋上の思想が鎮圧され、ききわけのいい武士ばかりになった時代が二百年余りも続く。そして幕末になって、もう一度、

「下剋上の思想」

が復活する。吉田松陰が生きた時代は、思想的にはそういう時期だといっていい。

この、

「君は舟、臣は水」

にたとえた主従関係は、徳川家康もよく口にしていた。しかし家康が口にしたのは、唐の太宗とは違って、

「部下に対する不信感」

がかなり前面に出ていたと思う。とにかくかれは、六歳から十八歳まで人質として他人の家の飯を食い、不遇のきわみにあった。

「人間など信じられない」

という考え方が、身にしみて培われたことだろう。また、かれの足元から本多正信や石川数正などのような裏切り者が出ている。かれにとって、イヌから後足でぶっかけられた砂を嚙む思いであったに違いない。

「創業が大事か守成が大事か」

ということを、唐の太宗が侍臣にきいたところ、侍臣の答えはふたつに分かれた。

「創業のほうがたいへんです」

というのと、

「いや、創業者がおこなったことをどう守り抜くかのほうがたいへんむずかしい」

と、それぞれ分かれた。しかし唐の太宗は、

「やはり守成がむずかしかろう」

といった。かれは創業者であったが、同時に守成者としても、

「自分の興した事業を、大切に守るのはどうしたらいいか」

と考えた。そしてその方法の重要なものとして、

「諫言」

を重視したのである。この諫言について、『貞観政要』では、ずいぶん分量を費やして書かれている。これは、

「上の者が下の者の諫《いさ》めをどうきけばいいか」

ということと、

「下の者は、上の者をどう諫めたらいいか」

という方法論を心構えの問題としてとらえている。徳川家康も、

「諫言は一番槍よりもむずかしい」

といっていた。家康がいうには、

「諫言をしても、主人がその諫言を快くきかない場合がある。そうなると、諫言した者も迷いはじめる。やがてふたりの人間関係はギクシャクするようになり、主人のほうも気が重くなって、ついに諫言した者をどこか遠くへ飛ばしてしまう。左遷されると、諫言者は諫言したことを後悔する。はじめのうちは、仮病を使って勤めを休んだりしているが、やがてはズルズルと勤めにも出なくなってしまう。だから諫言はむずかしい」

というのである。微妙ないいまわしだ。家康の真意は、

「だからおれにあまり諫言はするなよ」

ということなのか。あるいは、

「諫言によって出世しようと思うな。諫言は、パフォーマンスではない。誠心誠意、公の精神をもって諫言しろ」

ということなのかもしれない。

この『貞観政要』に関連して、後年吉田松陰は、

「長州藩公が、天皇にそむいたり、あるいは国体を損じるようなことに賛同するようなことがあったら、長州藩の人間は、士農工商全民が揃って、死をもって諫言しよう」

という〝死諫〟を主張している。

また、大塩平八郎の書物を読んだのは、吉田松陰の学問の中にもかなり王陽明の説が取り込まれはじめていたからだろう。

この平戸・長崎の旅行でかれが交遊した人は、長崎で砲術家高島秋帆の息子浅五郎、中国語の通訳鄭《てい》幹輔《みきすけ》、平戸では山鹿流兵学者葉山左内、山鹿万介、熊本でのちに盟友になる宮部鼎蔵《ていぞう》、池田啓太、佐賀で草場《くさば》佩川《はいせん》、武富《たけとみ》圯南《いなん》などであった。

が、葉山左内と山鹿万介には、日数を費やして学んだ割合には、得るところは少なかったようだ。

「平戸の山鹿塾では、文献研究は非常によくおこなわれているが、なんといっても山鹿万介殿は、平戸藩の家老格なので、教え方にもややゆがんだところがあって、正直いって学才はそれほどない」

と松陰はきびしい批判を加えている。

この平戸行きから、やがてかれは江戸に出て、いわば、

「学問の本場」

で多くの学者たちに接近をしていく。地方からの上京青年の、誰しもめざしたのが「昌平坂の学問所」である。この学問所は、現在でいえば、「東京大学」といっていい。ここで学問所の教授安積艮斎《あさかごんさい》の門に入った。昌平坂学問所に入ったわけではない。安積艮斎の私塾に入ったのだ。安積艮斎はまた、長州藩の江戸屋敷にきて、週に三回講義をおこなっていた。松陰はこれにも出た。さらに、洋学者の古賀謹一郎のもとに通った。古賀謹一郎はオランダ学の権威である。同時に、山鹿流の宗家山鹿素水《やまがそすい》の門人にもなった。さらにこの月（五月）には信州松代藩の洋学者であり砲術家である佐久間象山に面会した。

このころのかれの交友範囲は、山鹿素水門下の長原武《ながはらたけし》や熊本の宮部鼎蔵、変わったところでは、江戸の斎藤弥九郎道場の息子で天才といわれた斎藤新太郎、安房（千葉県）の人物で鳥山新三郎などとも交わった。しかし、もっとも気の合ったのが肥後熊本の宮部鼎蔵であった。宮部とは、

「東北からエゾを実際にこの目でみてみよう」

ということになった。

さて、ここでいままで書きたくてうずうずしていた、

「吉田松陰の恋愛」

について触れる。相手は、同じ野山獄にいた高須久子という女性である。高須久子は、長州藩高須某という武士の未亡人だった。

「素行上の罪ありて投獄」

といわれていた。素行上の罪というのは、いまでいう「不倫密通」のことだろう。

野山獄というのは、前にも触れたように、単なる犯罪者だけが投獄されていたわけではない。

「家庭内でのもてあまし者」

あるいは、

「社会における問題児」

なども入れられた。しかもこれらの理由によって投獄された者の費用は、全部家族や地域が負担する。

「あまりにも自分のいうことに自信を持ち過ぎて、他人のいうことをまったくきかない」

ということで、すでに長い野山獄生活を送っていた、偏屈な富永有隣《とみながゆうりん》などはその代表だ。

高須久子も、素行上の問題があって投獄されてからすでに四年を経過していた。吉田松陰が入獄したとき、久子は三十九歳だった。松陰が浦賀からアメリカ軍艦への密航に失敗して、野山獄に放り込まれたのは二十五歳のときだったから、久子とはひとまわり以上も年が違う。久子のほうがずっと年上だ。

「ふたりの間に果たして恋愛関係があったのか」

ということがよく研究者の間でも論議される。

「あった」

という説と、

「いや、そんな不純なことはなかった」

と真っ向から否定する説とがある。が、このへんはむずかしい。

わたしは高須久子に対して吉田松陰が恋愛的感情を持ったかどうかはわからないが、女性に対しての心のときめきがなかったとは思わない。吉田松陰はもともと多感な人物だ。また、非常にピュアでナイーブな性格を持っている。それが、

「素行上の不始末があったにしても、すでに四年も野山獄につながれている」

ということをきけば、いつも、

「相手の立場に立ってものを考える」

ということを実践している松陰が、同情しないはずはない。

「汚らわしい女だ」

などという見方はしない。かれは牢獄でさえ、

「極楽にしよう」

といって、

「福堂策」

という野山獄の改善策を提出したくらいだ。同じ野山獄にいた囚人たちに対しては、限りない愛情を持っている。変わり者の富永有隣に対してさえ、

「有隣ということば、徳は孤ならず、かならず隣ありと申しますから、富永先生はさぞかし徳にすぐれたお方なのです」

などと持ち上げるような労《いたわ》りの気持ちを持っていた。高須久子に対してもおそらく、同情の気持ちを持っただろう。

高須久子と松陰が直接接触したのは、松陰とともに下田からアメリカ軍艦への密航を企てた金子重輔が、獄死したときの俳句の会によってである。

この追悼句会で、松陰は、

ちるとても香は留めたり園の梅

と詠んだ。偏屈者の富永有隣も加わって、

陽炎《かげろう》の行衛《ゆくえ》やいづこ草の原

と詠んだ。金子重輔を陽炎とみたてたのかどうか、そのへんは不明だが、松陰の意図した追悼という角度からみると、ちょっと距離をおいた句だ。

高須久子も一句詠んでいる。

わか木さへ枝をれにけり春の雪

この句のほうが、はるかに金子重輔を悼《いた》んでいる。春の雪とは、官憲の圧力のことをいう。金子重輔は若い木だったけれども、その若い力さえ押し潰してしまうほどの権力の力は強かった、ということだろう。

これをきっかけにして、松陰と高須久子はしばしば、句のやりとりをおこなった。連句もおこなう。

連句というのは、どっちかが五七五の長句をつくれば、相手がそれに七七の短句をつけるというやり方だ。こんなのがある。松陰が、

酒と茶に徒然《つれづれ》しのぶ草の庵

と詠むと、久子が、

谷の流れの水の清らか

とつけた。そして久子が、

四方山《よもやま》に友よぶ鳥も花に酔ひ

と詠むと、松陰が、

蝶と連れ行く春の野遊《のあそび》

とつける。一般の評価では、

「高須久子のほうが、はるかに詩精神に富んでおり、技巧も松陰より上だ」

といわれている。そうかもしれない。しかし松陰の上の句にせよ下の句にせよ、純粋なかれの魂があふれ出ていて、まったく技巧を凝らしていない。

つよくやさしい女性を愛す

ここで吉田松陰が、

「女性に対して、どういう考えを持っていたのか」

ということに触れておきたい。つまり、

「吉田松陰の女性観」

について書く。

かれは厳格な家庭に育った。決して豊かではない。むしろその生活は貧しかった。しかし学者の家だっただけに、格調が高く、父母の子供に対するしつけはきびしかった。また、親戚一同もきびしい。とくに叔父の玉木文之進のしつけは厳格だった。

「玉木文之進の松陰に対するしつけは、まさにスパルタ教育だった」

と伝えられている。この玉木文之進の縁者に当たるのが、明治時代の悲劇の将軍乃木希典《のぎまれすけ》だ。乃木将軍は、西南戦争のときに少佐で従軍し、軍旗を奪われた。そのためにかれは常に、

「死にどころを求める」

という考えを貫いた。日露戦争のときには、二百三高地で、多くの部下を死なせた。ロシアの将軍ステッセルとは、武士道的な会見をおこない、敗将に対する礼儀を示した。明治天皇が亡くなった直後、殉死した。その暮らしぶりは、まさに謹厳そのものである。その影響は、玉木文之進たちから得たものだといわれる。したがって、吉田松陰と乃木希典は根底において共通するものがある。

吉田松陰は、文政十三年（一八三〇）八月四日に生まれた。父は、長州藩の下級武士杉百合之助であり、母は同じ藩のやはり下級武士の生まれで、瀧といった。瀧は、百合之助との間に、三男四女を生んだ。長男が梅太郎、次男が虎之助（松陰）、そして長女が千代、次女が寿、三女が艶、四女が文と続き、末弟として敏三郎が生まれた。

虎之助はのちに叔父の吉田大助の養子になり、大次郎と名を変え、またさらに虎之助と次郎を組み合わせて、寅次郎と名乗るようになった。

家計は苦しく、瀧は苦労した。百合之助とともに、野良仕事に出たり山仕事に出たりした。その間、舅《しゆうと》の妹が病身で、杉家の厄介になっていたのをまめまめしく看病した。舅はいつも涙を流し、

「瀧さん、どうもありがとう」

と礼をいい続けた。瀧はニコニコわらいながら、

「いいえ、わたくしの務めですから」

と、こともなげに手を宙でふった。

母は働き者で口数は少なかったが、子供たちに対してはきびしかった。このしつけが、後年の松陰に大きな影響を与えた。ある先学によれば、

「吉田松陰の女性に対する原像は、母瀧にあったのではないか」

と説明する。当たっているだろう。

松陰の妹文は、のちに松下村塾の俊才の名を恣《ほしいまま》にした久坂玄瑞の妻になる。この文に対し、松陰は野山獄の中からも、あるいは牢外に出て松下村塾を経営するようになってからも、しばしば手紙を与えている。

その中に、俳句をすすめる一文がある。

「お手紙ありがとう。去年のいまごろには国に帰っておりましたから、なにかと思い出すことがたくさんあり、懐かしいとのこと、もっともです。このあいだは、小田村の妻になった寿からも同じような手紙が届きました。さて、姉様にはご安産のこと、めでたいことです。どうか日々つつがなく成長してもらいたいと祈っております。そなたや小田村などに子供のあるのはいうまでもないことですから、わたしもしだいに甥《おい》や姪《めい》が多くなりました。しかしわたし自身は元のごとく木阿弥なので、叔父と呼ばれることを恥ずかしく思い困っています。そなたなども、その心得が大事です。赤穴のおばあ様はお元気でしょうか。よろしくお伝えください。江戸に大地震があったようですが、玉木ご父子は無事とのこと、めでたいことです。月々の親睦の会も引き続きおこなわれている様子で、これも結構なことです。くねんぼ

をお送りくだされ、よろこんでいただきました。手紙の中に小春とありましたが、さだめし

俳句でも詠む気持ちになったのでしょうか。そうであれば、たいへんよいことだと思います。

そこでわたしもまた思うままに一句を詠みました。

ささ鳴の声聞かまほし小春かな

小春日に咲くを待つなり帰り花

というものです。俳句になっているかどうかはわたしにもわかりません。おわらいくださ

い。ささ鳴というのは、ウグイスが冬に鳴くこと、帰り花は、桜や桃などの花が冬に咲くこ

とをいいます。(妹の文宛の手紙、安政二年十一月六日付。文章は、多少若い読者に理解しやす

いように、現代語に直した。非礼のほどはお詫びする)」

この文が、久坂玄瑞に嫁入るときに、松陰は次のような手紙を書いている。

「久坂玄瑞は年は若いが、すでに周防・長門国第一流の人物で、そのうえ天下の秀才です。

おまえはまだ若く、その妻としてはふさわしくないと思います。しかし、なにごとも自分で

努力しないものは憐れむべきですが、自分からすすんで励み努めるなら、なにごとをおこな

ってもできないということはありません。まして婦人の務める道はむずかしいわけではない

のですから、すすんで努力しないことを心配するまでです。

酒や食事のことについては、よく計画を立てておこない、父母に苦労をかけたりしないよ

うに、麻を織り、糸を紡ぎ、主婦のなすべき家事を怠らないようにしてください。心から夫

に貞節を尽くすなどということは、嫁が第一番に心がけるべきことです。いまの世は礼儀や教化ということが非常に衰えているため、女性の礼や習慣についてもそれがなんであるかを知らない人が多くなりました。おまえは、絶対にそういうことがないようにしてください。婦道によくみずから励むなら、おまえが人間としてまだ未熟でも、天下の英才の妻としての資格は十分にあるといえるでしょう」

また、次のような手紙を書いている。

「おまえが生まれたとき、玉木文之進叔父はとても可愛がって、自分の名前の一字をとっておまえの名前をつけたのです。文という名前は、そういう理由で、いわれもないものではありません。

おまえの姉の千代は、苦労も厭《いと》わずよく励んで、一家の主婦として立派に身を修めております。わたしはその姿を尊いものと思っています。また二番目の姉のお寿も利発な性質で、小田村伊之助に嫁ぎましたが、わたしはその頭のよさを愛しています。おまえは、一番遅く生まれたので、わたしはひとしお心をひかれます。どうか、暇をみつけては本を読んでください。そして、おおよそのところが婦道の大義に通じるようになれば、まさしくお文の名にふさわしいものだとわたしは希望を持っています。しかし、婦人が本を読むというのは、なかなか男子と同じというわけにはいきません。なぜなら、夫や子供があり父や兄がいるからです。おまえの結婚については、家内中がこれを慶祝し、父、母、叔父の言葉を尽くしたはなむけもおこなわれました。次兄であるわたし寅次郎も、この手紙を贈ってお祝いの代わりにしたいと思います」
ややこしいので、妹たちの嫁ぎ先を整理しておく。
千代　児玉祐之《こだますけゆき》の妻に
寿　小田村伊之助（のちの楫取素彦《かとりもとひこ》）の妻に
文　久坂玄瑞の妻に
三番目の妹だった艶は、早世した。

前に書いた先学の、

「吉田松陰の、女性に対する原像は、母の瀧にあったのではないか」

という指摘は、さらに、

「松陰は、烈女に憧れていたのではないか」

と解説しておられる。

吉田松陰は、安政元年（一八五四）秋から、翌二年暮れまで野山獄にいたが、同囚者は十一人いた。その中に、女性がひとりいて名を高須久子といった。高須久子が牢に入れられた理由は、

「未亡人であるにもかかわらず、密通した」

ということだ。松陰が知ったところによると、高須久子が密通した相手は、いたって身分のいやしい男性であったといわれた。長州藩内では、差別されていた身分に属しているとい

う。そのため、久子の密通事件は、二重の意味を持っていた。

ところが松陰は、高須久子をそういう目ではみていない。あくまでも、

「自主性のある立派な女性」

として、尊敬の念さえ持っていた。また、淡い慕情さえ抱いていたのではないかといわれている。なにが松陰をそうさせたのか。先学の考究によれば、

「久子に、烈女の面影があったのではなかろうか」

という。

この烈女の面影を慕う気持ちを、松陰が遺憾なく発揮したのが、その著作である、

『討賊始末』

の一件である。

松陰が野山獄を出た翌年の安政三年に、長州藩内大津郡の代官であった周布政之助《すふまさのすけ》から、

「わたしの管轄内に、登波《とは》という烈婦がいる。このたび、無事に仇討ちの本懐を遂げたのでこれを顕彰したい。ついては、あなたにその碑文を書いていただきたい」

と申し込まれた。

「登波という女性はいったいどういうことをしたのか？」

松陰は周布から詳しく話をきいた。きき終わって感動した。

「よろこんで書かせていただきます」

そう応じた松陰は、周布からきいた話だけではなかった。かれは、徹底的に資料を探した。

そして、資料にない推測をいっさい排除して、正確を重んじしかも詳しい、『討賊始末』を書いた。

登波というのは、長門国大津郡の宮番の妻だった女性のことだ。宮番というのは、当時長州藩内で最下層の身分とされていた。

たまたま、登波の実家である大津郡滝部村で、事件が起こった。枯木竜之進という浪人が、突然登波の実家を襲い、そこにいた登波の実父・実弟・夫の妹の三人をだまし討ちにした。妨げようとした夫も重傷を負わされた。

その後、傷の癒えない夫を看病しつつ、登波の胸の中には悔しさが絶えなかった。

「なんとかして、仇を討ちたい」

という思いが炎のように燃えていた。五年後、登波は夫に、

「わたしが、あなたに代わって殺された父親たちの仇を討ちたいのですが」

といい出した。夫は、

「わたしが丈夫なら、ぜひそうしたい。しかしこの身体では思うようにいかない。おまえにその気があるのなら、ぜひ頼む」

と賛成した。

そこで、登波は仇討ちの旅に出た。このとき登波は、二十七歳である。

「それらしい浪人者がいる」

という噂をききつけると、登波はそれがどんな遠い土地であろうとも訪ねていった。遠くみちのくの果てまで、本州の北端恐山まで行ったこともある。十二年間、日本全国を探しまくった。

しかし、彼女は三十五、六歳のころ、ついに病気になってしまった。常陸国《ひたちのくに》（茨城県）においてだった。このとき、親切に看病してくれた農家があった。その二男に亀松というのがいて、登波より十五歳ほど年が若かった。登波の志をきくと、

「女性ひとりで立派です。わたしがお手伝いしましょう。しかし、」

と助太刀を申し出た。

それから二、三年程経った天保七年（一八三六）、ようやく枯木竜之進の所在が摑《つか》めた。そこで、正式に藩庁に対し、

「敵の所在が摑めました。ついては、仇討ちのご許可をいただきたい」

と願い出た。ところが藩庁は、登波の仇討ち願いよりも、登波に同行している亀松の存在を重視した。そして亀松に対し、

「不義密通した不届き者」

といって、故郷である常陸国に追い返してしまった。

しかし、そういうことをしたからといって藩庁は、この事件に手をこまぬいていたわけではない。五年後、藩庁は枯木竜之進を逮捕した。が、枯木は巧みに藩役人の手を逃れ、脱走してしまう。しかし、

「執拗な登波は最後まで自分を追いまわすだろう」

と考えて、ついに自殺をした。藩庁は、枯木の首を殺害現場だった滝部村に持ってきた。そして登波に、

「恨みを晴らせ」

と告げた。登波は、刀で何度も枯木竜之進の首を刺した。これによって、彼女は本懐を遂げた。

しかし、これに至るまでに、すでに二十一年の年月が経っていた。その間、一度も、

「父たちの仇を討ちたい」

という登波の志は萎《な》えることがなかった。その志の一念さに感じ入った周布政之助は、

「烈女として、登波を表彰し、領地の民の模範としたい」

と考え、吉田松陰にその顕彰文の執筆を依頼したのである。

この登波の話と、高須久子との間に共通することがある。それは、世間的にみると、ふたりとも、

「密通した」

というレッテルを貼られたことだ。もうひとつは、

「それでいながら、自分の志を最後まで貫いた烈女」

としての面影がある。

代官周布政之助が登波に胸を打たれたのは、その烈女としての面である。吉田松陰も同じ

だった。

松陰は、

「女性として、烈女の志を貫いた人物は立派だ。そうであれば、ほかのことは問題にする必要はない」

と、評価のモノサシを確定する。いってみれば、

「烈女の姿勢を貫いていれば、不義密通などという汚名は問題ではない」

ということである。同時に、高須久子が密通したといわれる相手も、登波が密通したといわれる相手もともに、

「差別される存在」

だったことだ。

のちのことになるが、吉田松陰の門から出て、この問題に真っ向から立ち向かい、

「差別されている人びとの解放」

の活動に努力した人物がふたりいる。赤根《あかね》武人《たけと》と吉田《よしだ》稔麿《としまろ》だ。

赤根武人は、周防国柱島の生まれで、医者の息子だった。志を立てて、月性《げっしょう》（海防僧といわれ〝男児志を立てて郷関を出ず〟という有名な詩をつくった）の清狂草堂《せいきょうそうどう》の門に入った。やがて月性の紹介で、長州藩家老浦家の家宰である秋良《あきら》敦之《あつの》助《すけ》の克己堂《こっきどう》に入門した。秋良は吉田松陰と仲が良かった。そこで、赤根はやがて松下村塾に入った。

のちにかれは、高杉晋作の後を継いで奇兵隊の総督（隊長）になる。が、なぜか、

「赤根は藩を裏切った国賊だ」

ということになり、捕えられて首を斬られる。このとき、先学の研究によれば、

「赤根の首をひそかに持ち去ったのは、長州藩内の被差別民たちだった」

と推測される。

赤根武人は、

「国を裏切った」

といわれるが、その行動は、

「いたずらに討幕の戦いを起こすのではなく、徳川幕府側とも折り合えることがあれば、妥協すべきだ」

という説を唱えていた。その妥協の裏には、

「長州藩内の、差別された人びとを解放したい」

という願いがあったのではなかろうか。

吉田稔麿は、年少時から松陰に心服し、母親の反対を押し切っていつも松下村塾に出入りしていた若者だ。藩が奇兵隊その他の諸隊を編制したとき、吉田は、

「未解放部落の人びとによる隊」

を組織する。かれも、

「差別された人びとの身分解放」

を、維新回天の事業の目的のひとつに捉えたかったことはあきらかだ。

赤根や吉田の行動の淵源《えんげん》は、やはり吉田松陰にあったとみていい。たしかに松陰が、実際行動の面で、この、

「差別された人びとの解放」

を目標として押し出していたかどうかは確認のしようがない。が、かれの心の中にはいつも、

「人間は平等でなければならない」

というヒューマニズムが存在していたことは事実だ。この思想は、のちに福沢諭吉が説く、

「天は人の上に人をつくらず、人の下に人をつくらずといえり」

という考え方にそのままオーバーラップしていく。

そして、吉田松陰のこの、

「人間平等主義」

が、そのまま高須久子や登波たちにおよんだ。したがって松陰からみれば、

「高須久子や登波は、この人間平等の立場を得るために勇敢に闘っている烈女だ」

とみえたのではなかろうか。そうなってくると、男女の自由恋愛が、ふたりの女性にあったとしても、松陰からみれば、

「烈女の姿勢を貫きとおす女性にとって、そんなことは問題ではない」

ということになる。生き方のどこかに、キラキラと輝く一面があれば、ほかの面に多少汚れたところがあろうとも、松陰にとってそれは問題ではないのだ。もともとかれは性善説者

である。孟子のいう、

「人間はすべて、忍びざるの心を持っている」

という思想を信じていた。忍びざるの心というのは、

「他人の悲しみや不幸は、そのまままみるに忍びない」

という気持ちのことだ。これが、人間の本然を善にする。しかし、欲望などによって、いろいろな汚れや曇りなどが人間の心を包んでしまうので、なかなか忍びざるの心があらわれない。吉田松陰はこの〝忍びざるの心〟を、純粋に保持し、常に人びとにあらわしていた存在だ。だから他人から、

「自分を顧みず、他のために命懸けで奉仕する」

という努力の姿勢をみせられると、たちまち感動する。おそらく、高須久子や登波の行動に、松陰が感じたのはそういうことではなかったろうか。

比較的見落とされがちな吉田松陰のこの、

「人間は平等でありたいと願うヒューマニズム」

の芽生えは、野山獄内において花を咲かせた。

松下村塾を開く

野山獄の責任者である福川犀之助が、吉田松陰のところにきていった。

「吉田先生、家にお戻りください」

「は？」

突然のことなので、松陰は眉を寄せて福川をみかえした。福川は微笑みながら、

「お宅で、病気をお治しください」

と告げた。このやりとりは、周囲にいる同房者もきき耳を立てた。松陰はいぶかった。

「わたくしは別に身体は悪くありませんが」

「いや、相当にお悪い。この牢獄にいたのでは、いよいよ病がすすみます。やはりお宅にお戻りください。藩の許可は取りました」

「……？」

松陰は頭の中で、いろいろな思いをめぐらした。福川はなぜ急に、家に戻れというのだろ

うか。

福川犀之助はすでに、若い囚人である吉田松陰の門下になっていた。弟の高橋藤之進も同じように松陰に学んでいた。ある夜、ふたりは相談した。

「吉田先生のお教えを、この野山獄で、われわれのような役人ふたりと、囚人十余人がただ学んでいたのでは、先生の高邁《こうまい》な理想はここ限りになってしまう。惜しい。先生のお教えは、もっと天下に広める必要がある。それにには、まず藩内の若者たちに、先生の存在を知らしめなければだめだ。病気療養を理由に、先生に家に戻っていただき、塾を開いていただこう」

と決めたのだ。福川兄弟は、あくまでも吉田松陰の支持者であった。

なんのことかわからずに混乱している松陰に、福川は、

「あとで迎えに参ります。荷物をおまとめおきください」

といった。

呆然としている松陰に、隣りのほうから声がかかった。

「福川さんは、なかなかやりますな」

富永有隣だ。有隣ははじめのうちは、頑固で松陰の俳句の会にも参加しなかったが、いまは完全にこの年下の学者にのめり込んでしまい、自分からすすんで、

「吉田先生の隣りにおれの房を移してくれ」

と願い出たほどだった。

「富永先生、どういうことですか？」

「福川さんは、あなたを牢から出したいのですよ。おそらく、あなたに家に戻って塾を開いてもらいたいのではないかな」

「塾を？」

松陰がきき返すと、格子の間から顔を覗かせて有隣はいった。

「そうです。あなたの教えがすぐれているので、この野山獄の囚人たちだけに学ばせるのがもったいないと考えたのでしょう。福川さんは大したものだ。かれの好意を受けたほうがいいと思いますよ」

「しかし」

「われわれ同房者に対する配慮は無用です。みんな、よろこぶはずです」

「そのとおりですよ」

周囲からもいっせいに声が起こった。みんな、福川と松陰のやりとりをきいていた。そして、富永有隣と同じ感じを持った。松陰は胸が熱くなり、涙をこぼした。純粋無垢《むく》なかれは、こういう人の情に触れると、たちまち感動する。

「そういうことでしたか」

松陰にも福川の好意がよくわかった。やがて、福川が迎えにきた。松陰は格子の外に出ると、土の上にきちんと座り、ひとつひとつの房に向かって頭をさげてこういった。

「福川殿のご好意によって、ひと足先に牢を出ます。しかし牢を出たらすぐ、みなさんの赦免の運動をいたします。誓います」

そういった。同房者たちはなにもいわなかった。じっと、輝く目で松陰を凝視した。松陰がいま告げた、自分たちのための赦免運動は、松陰ならたしかにやってくれると信じられたからである。みんな目でうなずいた。松陰は富永有隣の房の前に行くと、

「先生が牢からお出になったら、わたくしのところへおいでください。もし塾を開けるようでしたら、先生を講師としてお招きしたいのです」

そう告げた。有隣はわらった。

「ありがたいお話だが、一体いつ出られるやら見当がつかない。ご好意は身にしみてありがたくお受けいたします」

「かならず先生は出獄できます。なにしろ、先生の徳によって、この野山獄にいる人びとはすべて隣人になったのですから」

そういった。有隣は苦笑した。しかしむかしにくらべれば、いまの有隣には何人も知己が増えていた。頑固だった有隣もいまでは、自分からすすんで囚人たちに、書道を教えていたからである。

「徳孤ならず、必ず隣あり」

という論語のことばを、有隣は有隣なりに嚙みしめていた。

吉田松陰は久しぶりに生家の杉家に戻った。みんなよろこんだ。松陰は今度出獄できたいきさつを、

「司獄の福川殿のご好意によるものです」

と語った。福川が途中まで送ってくれたが、その途次、

「ぜひ、松本村で塾をお開きになって、藩の若者たちをご指導ください」

と熱心に語ったことも話した。父の杉百合之助や、兄の梅太郎、叔父の久保五郎左衛門たちがいたが、みんな顔をみあわせた。やがて、父が松陰のほうへ向き直ってこういった。

「福川殿はじつに立派な司獄だ。ご期待に応えなければおまえもすむまい」

そういった。

そして翌日、父はこう告げた。

「今夜からでも、おまえが野山獄内でおこなっていた孟子の講義を続けたらどうか？　わたしたちもきかせてもらう」

「えっ」

松陰は目を輝かせた。そして父の気持ちに胸を打たれた。父は立派な人格者だ。福川犀之助が、自分なりに才覚を働かせて、病気でもない松陰を、

「病気療養」

という理由を立てて、出獄させてくれたことに感謝していた。そして、そのとき福川が告げた、

「ぜひ、塾を開いて藩の若者たちを教導して欲しい」

という期待を、それなりに実行しなければすまないと思ったのである。しかし、松陰はま

だ罪を許されたわけではない。牢獄にいたのでは、十分な療養ができないので、家に戻って加療せよということだけであって、完全に無罪放免になったわけではない。野山獄の獄舎内から、単に家に戻されて監禁されたということだ。したがって、家に戻っても松陰は、一部屋に閉じ込められていた。父は律義な人物だったから、

「いつ、お役人のお調べがあっても、申し開きの立つようにしておかなければならない」

といって、家の一室に松陰を監禁してしまったのである。この〝幽室〟はいまも萩市の松陰神社の一隅にそのまま保存されている。

さらに父の百合之助の心遣いはきめ細かかった。福川犀之助の期待に応えて塾は開くが、公然と看板を掲げるわけにはいかない。また、広く弟子を募集するわけにもいかない。そこで、

「まず、近親者が門人となって松陰の講義をきき、福川殿の期待にお応えしよう」

ということにしたのである。松陰は承知した。出獄直後の十二月十七日の夜から、父百合之助、兄梅太郎、叔父久保五郎左衛門たちを相手に、孟子の講義をはじめた。野山獄内では、孟子の講義が中断されていたから、松陰にとってもこれはうれしかった。十二月二十四日まで八日間、ぶっ通しで講義をつづけた。そして、翌安政三年（一八五六）三月二十一日から、さらにこの講義を継続した。そして、六月十三日に完了した。野山獄で講義をはじめてから、一年二ヶ月経っていた。

このころの講義は、松陰が監禁された幽室でおこなわれた。しかし、門人の数が少しずつ

増えてきた。親戚縁者だけではなく、高須滝之允、玉木彦介、佐々木梅三郎らが参加した。

しかし、この連中は吉田松陰がかつて明倫館という藩校で教鞭《きょうべん》をとっていたときの門人だ。したがって、孟子よりも兵学の弟子だといっていい。そのためか、六月になると松陰は本来かれが得意とした、

『武教全書』

の講義をはじめた。門人はさらに増え、大島郡柱島出身の松崎（のちの赤根）武人、倉橋直之助、佐々木謙蔵、増野徳民、吉田栄太郎たちが次々と入門した。のちに名を高める、

「松下村塾」

の原型がすでにできあがっていた。

吉田松陰といえば、すぐ松下村塾の存在がセットとして浮かび上がり、

「幕末維新時に、多くの英才を生んだ」

と、その教育効果のすばらしさが讃えられている。しかも、松陰が松下村塾で実際に指導したのはわずか一年三ヶ月程度であり、

「そんな短い間に、よくもあれだけたくさんの英才が生まれ出たものだ」

といまだに不思議がられている。それほど松陰はすぐれた教育者だった。

しかし松下村塾は、吉田松陰が創設者ではない。創設者は玉木文之進というかれの叔父だ。玉木文之進は、天保十三年（一八四二）、松本村新道にあった吉田家の空家を借りて、塾を開いた。このとき「松下村塾」と塾名をつけた。玉木文之進はその由来を、

「ほんとうは、松本村に開いたから、松本村塾としたかったが、ちょうど敷地内に古い松の木が一本あり、その下で開いた塾なので、松下村塾としたのだ」

とわらいながら説明している。深い意味を込めたわけではない。

この塾に、少年松陰は、杉の実家から通って文之進の教えを受けた。

ところが、嘉永元年（一八四八）に、文之進は藩庁で役に就いた。そのため、松下村塾はいったん閉鎖された。

五年後の嘉永六年（一八五三）のころ、今度はすでに久保塾という塾を開いていた、やはり叔父の久保五郎左衛門が、

「松下村塾を引き継ぎたい」

と申し出た。久保五郎左衛門の塾では、読み書きそろばんを主体とした、寺子屋的な教育をおこなっていた。それだけに、付近から自分の子女を通わせる親が多かった。なんといっても、

「読み書きそろばんを身につければ、それなりに食べていける道が開ける」

という処世的な考えが支配的だった。叔父の久保五郎左衛門は、

「実生活に役立つ初等教育をさらに、松下村塾の塾名を引き継ぐことによって、拡大したい」

と考えたのだろう。現代流のいい方をすれば、

「久保塾を、松下村塾の中に発展的解消させる」

ということだ。門人は、七、八十人にふくれあがった。

ところが、野山獄から出てきた吉田松陰が、

「幽室で、ひそかに孟子や兵学を教えている」

という噂が洩れると、松下村塾に通っていた連中の中から、吉田松陰の幽室に通いはじめる門人が出てきた。吉田栄太郎、伊藤利助（のちの博文）、平野植之助、坂道輔たちである。

安政四年（一八五七）十一月五日に、松陰ははじめて仮釈放の身になった。そこで教場を、幽室から杉家の八畳間に移した。しかしこのときも、塾の主宰者はあくまでも叔父の久保五郎左衛門であり、教師はやっと出獄できた富永有隣にしている。実質的には吉田松陰が講義をおこなったが、建て前はあくまでも叔父の塾であり、教授は富永有隣ということにしていた。

そしてこの積み重ねがやがて、叔父から、

「松下村塾の塾名は、おまえさんに譲るよ」

ということで、はじめて公式に松陰が松下村塾の主宰者として表面に出てくる。つまり、単に松下村塾といっても、単純に成立をしたわけではなく、こういう複雑な紆余曲折の道をたどっていた。それはなんといっても、吉田松陰が、

「国法を犯した犯罪者」

というレッテルを貼りつけられていたからである。

松陰の松下村塾で学んだ門人数を、門下であった品川弥二郎は、

「三百人ぐらいいた」

と語った。しかし、この数には、松陰が藩校明倫館の兵学師範をしていたときの門人も含まれている。また、叔父の久保五郎左衛門の松下村塾（実質的には久保塾）の門人で、ひそかに松陰の幽室に通ってきた弟子も含まれている。そうなると、明倫館時代や久保塾の門人などを除くと、結果的には百人足らずが、ほんとうの松下村塾における弟子だといわれている。そして、八畳一間の塾になっても、日単位で教えを受けるのは、ふたりから三人程度で、ひとりもいない日もあったという。

こういう日は松陰はひとりで勉強した。松下村塾の門人を、入門した年月の古い順に並べると、次のようになる。

玉木彦介・佐々木梅三郎・高須滝之允・佐々木亀之助・久坂玄瑞・斎藤栄蔵・赤根（旧松崎）武人・倉橋直之助・山賀某・増野徳民・高橋藤之進・佐々木謙蔵・中谷正亮・吉田栄太郎・松浦亀太郎・岡部繁之助・妻木寿之進・福川犀之助・平野植之助・国司仙吉・熊野寅次郎・高杉晋作・久保清太郎・滝弥太郎・馬島春海・有吉熊次郎・村上卯七郎・入江宇一郎・大賀春哉・町人溝三郎・町人市之進・大野音三郎・土屋恭平・僧の許道・岸田多門・藤野荒次郎・伊藤利助・品川弥二郎・阿座上正蔵・馬島甫仙・瀬能百合熊・横山重五郎・駒井政五郎・飯田吉次郎・佐世八十郎（のちの前原一誠）・冷泉雅二郎・尾寺新之允・岡部富太郎・中村理三郎・天野清三郎・野村和作・岡田耕作・山田市之允・僧の提山・弘勝之助・原田太郎・青木弥一・栗田栄之進・佐々部謙齊・冷泉友・中谷茂十郎・黒瀬安

輔・山根武次郎・荻野時行・山根孝仲・富樫文周・時山直八・河北義次郎・大谷茂樹・木梨平之進・伊藤伝之助・福原又四郎・下川某・原田熊五郎・生田良佐・竹下琢磨・竹下幸吉・河内紀令・飯田正伯・作間忠三郎・山県小助（のちの有朋）・入江杉蔵・岡仙吉・僧の観界・正木退蔵・杉山松介・安田孫太郎・小野為八・南亀五郎・坂道輔・大林寅介・岡守節

以上九十二人の名が記録されている。武士がほとんどだが、中には僧侶、医者、やくざなど、その職業は多種にわたっている。目に立つのは、久坂玄瑞や高杉晋作が比較的早い時期に入門していることと、福川犀之助の弟の高橋藤之進が、改めて松陰の門に入っていることである。禁門の変の参加者や、のちに討幕の軍に加わって、徳川幕府が消滅した後成立した明治新政府の高級官僚になっている人物も、多々みうけられる。

こういう多彩な門人たちを指導する松陰の教育方法は、じつにユニークなものがあった。以下に、その目立つ方法を掲げてみる。

・松陰は、門人に対して「あなた方とわたしの関係は、師弟ではない。学友だ。わたしもあなた方とともに学ぶ立場に立つ」

と告げた。

・したがって、松陰は門人に対することばづかいは常に「あなた」と呼んだ。そして、自分のことは「ぼく」といった。このぼくは、「学僕」すなわち「学問のしもべ」の意味だろう。

・講義をおこなうときに、かれは見台（教科書をのせる木製の台）を使わなかった。

・また、ふつうの塾で師が座る場所を、特定しなかった。かれは教科書を手にしたまま、そのときの状況によって、弟子と弟子との間に入り込んで、一緒に勉強した。したがって、はじめて訪ねてきた人は、どこに師がいるのかわからず、弟子と弟子との間にはさまっている松陰を、弟子のひとりだろうと推測した。

・かれは門人の出身、年齢、学力の程度はいっさい考えなかった。すべて平等に扱った。

・使うテキストも、松陰のほうから「これを使いなさい」と指定しなかった。門人のほうが「この本について教えてください」という自主性を重んじた。だから、吉田栄太郎のように「この本をテキストにしなさい」と松陰にすすめられても、「いやです」と断って、自分で「この本について教えてください」と選んだ者もあった。しかし、吉田栄太郎が選んだテキストは、『日本外史』『武教全書』『長門《ながと》匱《ひつ》』『農業全書』『周南文集』『新策』『山陽詩鈔』『茶山詩』『国語』『孟子』『坤輿《こんよ》図《ず》識《しき》』『三国志』『孝経』『経済要録』『唐鑑』『詩経』『女誡訳術《にょかいやくじゅつ》』『八家文欧』などであった。相当多方面にわたっている。

・授業時間に、いわゆる時間割を組まなかった。いつでも、弟子の都合に合わせて講義をおこなった。したがって、訪ねてくる弟子に合わせて授業時間を設けるから、朝早くはじめたり、あるいは深夜におよぶこともある。ときには、徹夜でおこなうこともあった。足軽の息子伊藤利助（博文）などは、日中は勤務でぜんぜん暇が取れないので、夜にわずかな時間をみつけてやってきた。高杉晋作は、萩の城下町に住んでいたので、家が遠

い。また親たちが、

「吉田松陰は危険な思想家だから、あんな塾へ行ってはならない」

と松下村塾へ通うことを厳禁していたので、深夜かれは家を抜け出して通ってきた。

・教育内容では、現実に起こっている社会問題を常に討議の対象にした。そのため松陰は自分の情報メモ帳をつくりこれに「飛耳長目録（帳）」と名づけていた。いまのことばを使えば「いつも耳をピンと立て目を横に大きく開いて現実をみつめよう」ということだろう。これを塾の中に置いておいて、弟子たちが勝手に利用することをすすめた。同時に、いろいろなテキストを使っていてもそのときそのときに起こった社会問題を掲げ、「なぜ、こういう問題が起こってくるのか、政治とはかかわりがないのか、それは政治がいいから起こったのか、悪いから起こったのか」というような考究方式で、討論を活発化した。

・王陽明の学説を学んだことがある。このとき、松陰は王陽明が「自然との対話」を重くみていることを知った。そこでかれも、弟子たちとともに塾を出て、土を耕し野菜を植えたりした。また、近くの山々を歩きまわっては、身体を鍛えることにも努力した。

・門人の学習成果の評価に、かれは三つの等を設けた。上等・中等・下等とし、上等は「進徳・専心」とし、中等は「励精・修業」とし、下等は「怠惰・放縦」とした。

・松下村塾は私塾だったが、かれはこの塾における教育成果の公共性を主張し、藩役所に対しても「藩外留学費の支給」などを求めている。藩外留学費の支給を求めるということは、とりもなおさず「多くの若者を、どんどん藩外に出して、見聞を広めさせてやって欲しい」ということだ。

この「藩外見学」の目的は、松陰がすでに、

「いまの国難に立ち向かうためには、藩などというタテ割り組織の中に沈湎《ちんめん》していて、小さな井戸の中の蛙のような生き方をしていたのではどうにもならない。藩と藩との境目を越えて、藩際交流をおこない、それぞれ同一の見聞を持ったうえで、国に尽くすべきだ」

と考えていたことを物語る。極端にいえば、

「藩などという境目は壊してしまえ。日本人はひとつになって、心を合わせなければならない」

という考えである。そしてこの考えの根底にあったのが、前にも書いた、

「人間平等主義」

だった。現在の教育になぞらえれば、

「門人一人ひとりの個性や特性に応じた教育を施す。しかし、それはあくまでも本人の自主性を重んじ、本人自身ではどうにもならない面に対し、そっと手を添える」

というやり方である。画一的に、全門人に向かって、

「自分のいうことに従え」

とか、

「この教科書を使え」

あるいは、

「この課題に対しては、こういう考え方を持て」

などという押しつけがましいことは一言もいわなかった。それは松陰自身が自分のことを、

「ぼく」

と唱え、門人一人ひとりに対し、

「あなた」

という敬称を使っていたことでもあきらかだ。


吉田松陰が、野山獄の管理者福川犀之助のはからいによって、

「病気療養」

を名目に、実家の杉百合之助宅に戻ったのは、安政二年(一八五五)十二月十五日のことであった。それまでは、獄内で孟子の輪講をつづけていた。この輪講は、十一月二十四日に一応終了している。このとき、テキストとして読まれたのは、孟子の万章上篇第七章、第八章、第九章であった。


自宅に戻っても、松陰はそのまま幽閉された。が、父の杉百合之助や兄梅太郎、そして母方の叔父である久保五郎左衛門などが、

「野山獄内で、孟子の輪講をつづけていたそうだが、中断するのは惜しい。われわれに、その講義を続けてはもらえまいか」

といった。松陰は感激した。父や兄、叔父たちは、家に戻っても監禁されている松陰の立場を気の毒がって、そういう場を与えてくれたのだと思った。胸が熱くなった。

「わかりました。させていただきます」

松陰はまぶたを熱くしながらうなずいた。そしてこういった、

「しかし、野山獄内での孟子の輪講は、わたくしがひとりで講義をおこなったわけではありません。それぞれが、それぞれの読解力で、自分なりに考えた孟子のことばの解釈をみんなに話します。それに対し、今度はそれぞれの立場での、思い思いの考え方を発表し合いました。それを、この『講孟劄記《こうもうさつき》』に記してまいりました。同じ方法をつづけてもよろしゅうございますか?」

一同は顔をみあわせ、やがてうなずいた。

「その方法でよかろう」

そこで、二日後の十二月十七日から、孟子の輪講が再開された。このときのことを、松陰は日記に次のように書いている(文章は漢文調だが、わかりやすいように現代風に改めさせていただいた。そして訳文は、先学の名訳を、多少アレンジさせていただいている)。

「安政二年十二月十五日、わたくしは恩赦によって野山の獄を出、実家に戻りました。しかし藩の禁令はすこぶるきびしく、家の庭の外には出ることはできません。また、部屋に知人を迎えることもできず、幽室をきれいにして静かに座り、ひとりぼっちで書物と親しむだけでした。

これをみた父や兄が、わたくしが獄中にあったときに書き続けていた『講孟劄記』が、まだ完成していないのを惜しんで、それを続けるようにおっしゃいました。そこで再び『孟子』をテキストに、講義をはじめ、『講孟劄記』を完成する努力をいたしました。母方の叔父久保五郎左衛門殿も参加してくださいました。今月（十二月）十七日の夜が、最初の講義の集いです。矩方《のりかた》（松陰の名）誌《しる》す」

そして、この日講義をしたのは、野山獄で中断していた『孟子』の万章下篇の首章である。

「条理《じようり》を始むるは、智《ち》の事なり。条理を終ふるは、聖《せい》の事なり。智は、譬《たと》へば則《すなわ》ち巧《たく》みなり。聖は、譬へば則ち力なり」

という文章からはじめた。松陰の『講孟劄記』には、次のように説明されている。

「『智』と『聖』とがこの章全体の綱領である。『智』は、弓を射ることにたとえれば、技巧であって、『致知《ちち》』のことだ。『聖』は、弓を射ることにたとえれば力量のことであって、『力行《りよくこう》』のことだ。知と行とはふたつだが実際にはひとつで、またひとつでありながらふたつだ。王陽明の唱えた『知行合一《ちこうごういつ》』の説に一致するところがあるが、本章のような問題になると、『知先行後《ちせんこうこう》』と考えないと意味がはっきりしなくなる。

だいたい、志を励ましおこないをみがくためには、学問の工夫をしないで、行動にばかり拘《こだわ》ると、的をみさだめずに強い弓をもって長い矢を放つようなもので、遠くとどけばとどくほど、命中率は落ちてしまう。そこで、おこなうよりも前に知ることが大切だといわざるを得ず、そしてこのことはおこないばかりを重視して学問をしない者に対する戒めとすることができる。

しかし逆に読書して道理をあきらかにすることにばかり努力し、事実について具体的に考えたり、実際について行動することがない者は、的の大小遠近についてはよく知っていながら、まだ実際に一度も弓をとって射る練習をしたことがないようなものであり、矢を放ったとしても、それは遠くまでとどかぬことはいうまでもない。そこで今度はおこないが大切だといわざるを得ず、そしてそのことは学問ばかり重視して行動しない者に対する戒めとすることができるのだ。

しかしながら以上のことは、わたしのようにいたらぬ者が、とかく知か行かの一方にかたよりやすい欠点をいったものだ。事実においては、おこないを棄てた知は真の知ではなく、知を棄てたおこないも真のおこないではない。知とおこないとはふたつにしてひとつであり、そして先後助け合って、真の知、真のおこないを完成するのである（後略）」

致知というのはいうまでもなく『大学』の、

「知を致す」

すなわち、知識をおし極めるというところからきている。これが朱子によると、

「事物の理を窮めることによって、事物がひそめている道理を究明すること」

と認識する。これに対し、王陽明は、

「知は行の始め、行は知の成るもの」

という立場に立った。これがすなわち、

「知行合一」

の論である。そこで、一体、

「知と行に先と後があるのかないのか、両者は合一であるのか」

という論争が、朱子学者と陽明学者との間で繰り返されてきた。吉田松陰は、そのどちらでもない。松陰自身は、

「ある学問的立場に立ってものを考える」

ということはしない。すなわち、一学派に偏して、

「それはこうだ」

という決めつけは決してしなかった。

吉田松陰の言行は、国事を憂える場合かなり過激だ。そのために、得てして過激な学者にみられる。

「一学派に偏して他を決めつける」

というような傾向があるいは松陰にもあったのではないか、とみる向きもあるが、決してそうではない。松陰は、いってみれば、

「三百六十度（全方位）から、一点を凝視する」

という態度を取り続けた。それは野山獄内において、この孟子をテキストにした輪講会でもはっきりわかる。率直にいって、野山獄内にいた囚人十一人と、また牢獄を管理している役人たちの学力には差があったはずだ。なかには、まったく字が読めないというような者も

いた。しかし松陰はそのことによって決して差別はしなかった。

「あなたが感じたままの考えを話してください」

と告げる。

「どんな人間にも、かならず自分の考えを発表する機会と権利があるはずだ」

というのが松陰の基本的な態度であった。

だからたとえその発表する内容が拙劣《せつれつ》であり、多少学問を修めた者からみれば、

(くだらない、なんというばかなことを考えるのだ)

とか、

(基礎をまったく修めていない愚か者だ)

と思う者がいたにしても、その思いを顔色に出すことはできなかった。松陰の態度があまりにも真面目であり、誠実であったからである。そういう松陰の態度は、ともすれば他人を決めつけたり、みくだしたりするような性格を持つ人間にとっても、ハッとためらわせるものを持っていた。松陰の発する気、すなわち風度がそうさせるのだ。

松陰から発するオーラは、完全に他を圧倒した。

「なぜ、この人物の発する気が自分たちを圧倒するのだろうか」

と、それぞれが不思議がるほど松陰の気には強烈なものがあった。

安政二年十二月十七日に再開された孟子の輪講会には、父兄や母方の叔父のほかに、佐々木亀之助と梅三郎兄弟、玉木文之進の子彦介、それに高須滝之允たちが参加したという。

野山獄での最後の講義になった輪講会では、万章上篇での第七、第八、第九章がテキストにされた。第七章の記録を松陰はその『劄記』に、こう書き出している。

「進退出処の道、伊尹《いいん》に至りて一毫《いちごう》遺憾なしと云ふべし」

以下を含めて、勝手な訳をお許しいただければ、次のようになる。

「出処進退の道について考えると、伊尹については一点の遺憾とすべきところがないといえる。天下の重任をみずから負い、民を目覚めさせ救った態度は、孟子のいう『聖の任なる者』といえる。すなわち、責任感を特性とする聖人である。しかし、そのはじめは田野の中で暮らしながら、堯《ぎょう》・舜《しゅん》の道を楽しんでいて、湯王《とうおう》から三回も請われて、招かれ、はじめて仕えたのである。かれが、自分を大切にしたことは以上のごとくであった。たとえ孔子であっても、その出処進退ぶりは伊尹にはかなうまい。（中略）

先賢のことばに『伊尹の志を志し、顔淵《がんえん》の学を学ぶ』とか『志を立つるは明道・希文を以て主本とす』とあるが、伊尹や希文の志はなによりも民を救うという特性を持ったものだ。顔淵や明道の学は己を修めるという一面を持ったもので、この民を救うということと己を修めるということの両者を兼ね備えて、はじめて完全だということだ。それなのに世間では、聖賢は、己を修めることと民を救うことははじめから別個の問題ではなく、ことに伊尹の態度は孔子とまったく同じだといってよく、また孟子が目標としたところもこのことだったので、一面しかない人物ではなかったということをほとんど理解していない。

『天の此の民を生ずるや』云々。天はまず目覚めた人間に、まだ目覚めぬ民衆を指導させようとしている。自分こそ人に先立って目覚めたものであるから、自分が民衆を目覚めさせないで、誰が一体これをするかという気概の一節は、何度も反復誦読して自分の志を励ますべきである。わたし自身は愚劣の極みであって、少しも目覚めるところがなく、とても天から命ぜられた先覚者ではないから、こんなことを語ることは、狂妄のほどを自分で気づかないはなはだしい人間だというべきである。しかし、この一節についてはわたしなりの考え方がある。ここに先知・後知という知とは、志のことをいったものにほかならないだろう。もしも伊尹の志こそ自分の志であると信ずるなら、知覚、すなわち目覚めるということにおいても、おのずから自得するところがある。もしこれに反して、無知無覚、すなわち目覚めることがなくて、みだりにみずから避け隠れるならば、これは自棄、すなわち自分で自分を投げ棄てるのと同じだと思う」

「『聖人の行ひは同じからざるなり』云々についていえば、聖人の行動形式は時と場合によって決して同じではない。あるいは遠ざかって隠遁《いんとん》し、あるいは君主に近づいて仕え、あるときは去り、あるときは留まる。そしてその根本の精神は、常に自己を潔《いさぎよ》くすることにある。これはわたしが深く尊信していることばだ。わが身を潔くさえしていれば、行動の違いなど問題にはならない。(中略)」

「自己を潔くするというのは、私心を持たないことだ。すなわち自分を正しくするということである。それなのに頑迷な学者はこの道理を見失い、ひとつの標準によってすべての人びとを論評し、あるいは自分を基準にして他人を評価する。これが歴史上にも世界中にも、完全無欠の人間が存在しない理由なのだ。この問題については、離婁《りろう》下篇第二十九章、『禹《う》・稷《しょく》・顔回《がんかい》、道を同じうす』の『劄記』にも意見を書いておいた」

第八章は、

「孔子進むに礼を以てし、退くに義を以てす」

という文章から書きはじめられている。劄記における松陰の解説としては、

「孔子は、進んで仕えるときには礼を大切にし、退いて去るときには義を基準にした、ということについて、朱子は、徐氏の『礼は辞遜《じそん》、すなわちへりくだることを主眼とするものだから、進んで仕えるときには、この礼をもって自分のはやる心を抑えるようにする。義は、断固たる処置を主眼とするものだから、退くに当たっては、この義をもって自分の心の未練を断つようにする。こうすれば、進むに当たって進みがたく、退くに当たって退きやすくなるものである』ということばを引いているが、この解説は非常にはっきりしている。

『近臣を観《み》るには』云々というのは、国内にいる人物を見抜くためには、その人物がどんな人物を自分の家に泊めているかをみればいい。他国からきた人物を見抜くには、その人物が誰の家に泊まるかをみればいい。これは人を見分けるときの秘訣だ。およそ人物を見分けるためには、その人間が交際している人をみればだいたいわかる。だから君子は徳によって集まり、小人は利益によって集まる。学問の同志や技芸の同志の類いにいたるまで、ほとんど誰をもこの基準によって見分けることができる。

魏《ぎ》の李克《りこく》が文侯《ぶんこう》に答えて『居りては』云々のことは、仕えずに家にいるときには、その人

が誰と仲良くしているかをみる。富んだときにはその人が誰にその富を分けるかをみる。出世したときには、その人が誰を推薦するかをみる。困ったときにはその人がなにをしないかをみる。貧乏になったときには、その人がなにを取ろうとしないかをみる。などといっているのは、孟子のこの語に基づいたものであろう」

となる。第九章で、

「百里奚《ひゃくりけい》の智、『諫《いさ》む可《べ》からずして諫めず』『穆公《ぼくこう》の与《とも》に行ふ有る可きを知る』、並びに人を知るなり、『虞公《ぐこう》の将《まさ》に亡びんとするを知る』、預《あらか》じめ成敗を知るなり。是等《これら》の処に於て、古人智の字の正解を知るべし」

意味は、

「百里奚の智について、『孟子』に『諫む可からずして諫めず』とあり、虞公は諫めても無駄と知って諫めなかった。『穆公の与に行ふ有る可きを知る』、秦の穆公はともに大きな事業をおこなうことができる人物だと見抜いた、とあるのはともに人物を見分ける智を示すものだ。『虞公の将に亡びんとするを知る』とあるのは、成敗を予見する智を示すものである。このようなところで、古人の『智』という語についての正しい解釈を知るべきだ」

とある。そして最後に、

「萬章上篇凡《およ》そ九章。首章より四章に至るまで、皆舜《しゅん》を論ず。五章・六章、舜・禹《う》・益《えき》・伊尹・周公《しゅうこう》を論ず。七章、伊尹を論ず。八章、孔子を論ず。末章、百里奚を論ず。時世を以て次序をなす、条理自ら明白なり」

訳は、

「萬章上篇は九章から成り立っている。首章から四章まではみな舜について論じている。五章、六章は、舜・禹・益・伊尹・周公について論じている。七章は伊尹について論じている。八章は孔子について論じている。最後の章は百里奚について論じている。時代の順を追って配列され、その間の文脈対応は自然にあきらかだ」

となっている。

ここまで論じて、松陰は輪講会を終了させ、翌十二月十五日に自分の家に戻ったのである。以上みてきたように、野山獄における最終期の輪講と、家に戻ってからはじめた輪講の再開には、テキストの連続性があって、大きな思想的転換がみられるわけではない。しかも、ここに書いたように講義内容や、受け止め方もいたって穏健だ。いってみれば、のちの国事憂悶《ゆうもん》の激しい時期にいたる、

「嵐の前の静けさ」

が、松陰の胸の中に腰を据えていたといっていいだろう。いわば、

「精神的充電期間」

だった。

ここで、安政二年当時の、長州藩の政治状況をみてみたい。吉田松陰が投獄され、また
「病気療養」の名目で自宅における謹慎を許されたころの長州藩は、現在でいう、

「藩の行財政改革」

の真っ最中であった。累積赤字が膨大になって、財政がにっちもさっちも行かなくなっていたからである。天保年間からこの改革は開始され、松陰が松下村塾を開くころも継続されていた。

しかも、この藩の行財政改革には、ふたつの推進派があって、いつも厳しい政争を繰り返していた。のちに、この政争が極まって、相手の責任者に腹を切らせるというような血をみるすさまじいものに発展して行く。

争ったのは、のちに高杉晋作たちが「正義派」と名づけた村田清風・周布《すふ》政之助のグループと、もうひとつはこれも高杉たちのいう「俗論党」と名づけた坪井九右衛門・椋梨《むくなし》藤太のグループである。

政策差は、

村田派　農村の生産者や、都市部の中小企業者と結んで、財政再建をおこなおうとした。

坪井派　大都市の豪商や、農村部の豪農と結んで、財政を好転させようとした。

というような差があった。これが、単なる経済闘争だけではなくやがて政治闘争に発展し、結局は高杉たちの正義派すなわち村田清風の流れをくむ派が勝利を占める。

徳川ばなれの努力

よくいわれることだが、吉田松陰が属する長州藩では、毎年元旦に、

「獅子の廊下の儀」

というのがあったという。これは、祝賀に登城した家来の代表が、藩主に向かって、

「今年は徳川を討ちますか」

ときく。これに対し藩主が、

「いや、今年はみあわせよう」

と答える行事のことをいったのだという。嘘かほんとうかわからないが、とにかくこれが二百六十回も続いた。慶応末年になって、はじめて藩主が、

「よし、今年は徳川を討とう」

と大きくうなずいたという。これがきっかけとなって、長州藩は薩摩藩と手を組んで、倒幕の軍を起こしたと伝えられている。

獅子の廊下というのは、萩城内でも特別な意味を持っていて、とくに財政再建のための諸計画がこの廊下に設けられた特別な役所によっておこなわれた。

そのことはあとで詳しく書くが、長州藩が幕府を討とうという考え方を持つにいたったのは、もちろん関ヶ原の合戦で敗北したことに基づいている。

しかしそれは単に政治的な遺恨が二百六十年間続いたということだけではない。むしろ、財政的に苦しんだ経験が、

「長州藩がこんな塗炭の苦しみを味わうのも、すべて徳川のためだ。徳川幕府のやり方がもう少し長州藩に対して愛情のこもったものであれば、こんな苦しみを味わわなくてもすんだ」

という、いわば、

「金のなさ」

に対する遺恨が積み重なったといっていいだろう。それほど、金の恨みというのは恐ろしい。

長州藩士の祖はいうまでもなく毛利元就である。戦国時代の名将といわれる元就は、現在の自治制度でいえば、

「中国道あるいは中国州」

とでも呼んでいいような広域自治体をつくりあげた。出身地の広島県から、隣の山口県、北九州一帯、島根県、鳥取県、岡山県、さらに兵庫県の四分の三と、四国の一部を占める広

大な地域に、一種の連合体をつくりあげた。

現在も、地方分権がどんどん促進されているが、この推移は単に、

「中央政府の権限を地方に分ける」

というい わば川の上流から川下に向かって権限という水が流れていくだけではない。逆流する場合もある。逆流するというのは、

「都道府県や市町村という地方自治体だけで処理できない課題」

がたくさんあるからだ。たとえば流通の問題や、平和の維持、教育の根本、あるいは環境保全などの問題は、一自治体ではできない。そのために現在でも、地方自治体は、

「一部事務組合」

というのをつくって、会費を出し合って共同処理をしている。これが大規模なものになれば、当然都道府県や市町村が一部事務組合的なものをつくって、住民の求めるこれらの課題に対応する必要がある。そこで検討されているのが、

「道あるいは州」

という、複数の都道府県を集めてつくる連合体構想である。州というのはアメリカに設立された広域自治体のことであり、道というのは北海道がその例だ。北海道はすでに数百万の人口を抱えて、本来なら複数の県ができてもいい地域だが、財政上の理由などが主となって現在でも道制度をとっている。

毛利元就が戦国時代にこの中国道あるいは中国州といっていいような広域自治体をつくっ

た目的は、ここに現在でも問題となる住民にとっての切実な課題を、

「連合方式によって処理しよう」

と考えたことがその理由のひとつである。もうひとつは、当時は北東の尼子氏、そして西の大内氏がこの地方の地侍や土豪たちに対ししきりに、いまのことばを使えばＭ＆Ａ（合併あるいは買収）をさかんにおこなっていた。

これはあきらかに、

「地侍や土豪たちの自治」

を侵害することになる。そこで元就は、

「カラカサ連合」

というのをつくった。カラカサ連合というのは、カラカサを広げると真ん中の芯（コア）から放射線上に骨が出ている。この骨の上に名前を書かせて連合体にする趣旨だ。円形に名が書かれると、その規模や実力などをいっさい顧慮《こりょ》せずに、

「それぞれの地侍や土豪の地方自治」

が平等に扱われる。その点元就の発想はすばらしい。戦国時代にすでに、

「小地方自治体の連合体」

をつくりあげていた。ところが、せっかくのこの構想にも大きな欠陥があった。それはいまとちがって、日本はまだ戦国時代であって平和が維持されていない。また、統一貨幣がつくられていない。環境問題もばらばらだ。治安も保たれていない。つまりいまでいえば、

「国家が統一的におこなわなければならない施策」

が実現されていない。それを実現しようと努力しているのが織田信長や羽柴秀吉だったが、
毛利元就はこの連中を敵視していた。だからかれは、三本の矢の教訓の末尾において、

「毛利一族は、絶対に天下のことに目を向けてはならない。ましてや天下の争いに巻き込まれてはならない」

と遺言した。しかしこれは時期尚早であった。つまり、

「統一的におこなわれるべき施策を担当する中央政府」

が実現されていない。これらの問題がいわゆる天下人によって処理されるようになるのは、豊臣秀吉の時代になってからだ。元就が生きていた時代には、織田信長がある地域において実現しかけていた段階だった。したがって毛利元就のいわば、

「中国地方の独立宣言」

は、裏返せば、

「毛利モンロー主義」

になった。そのために、元就が死んだ後かれの息子や孫はすべて、豊臣政権の傘下に馳せ参じなければならない憂き目をみる。

現在も、元就が経験したいわば、

「地方自治の危機」

が、形を変えて日本の全地方自治体を襲おうとしている。改めていま推進されている「地

方分権推進法」の精神を整理してみれば、次のようになる。

・国は最小限すなわちミニマムの仕事をおこない、ナショナル・ミニマムに徹する。

・地方は、最大限(マキシマム)の仕事をおこなうようになるから、ローカル・マキシマムを設定する。

ということになる。ナショナル・ミニマムというのは、平和の問題・環境の保全・金融問題・広域にわたる国土開発・教育の基本問題などがそれにあたるだろう。そのほかの、住民生活に身近な仕事は全部地方がおこなうようになる。

いってみれば、国と地方がそれぞれ分担を決めて、その分担する仕事をおこなうための財源をそれぞれ自己調達する、ということだ。そうなると、当然地方における首長やその指揮を受ける地方公務員も、

「自前の政策形成能力を持ち、その政策を実現するだけの財源調達能力も持つ」

ということになる。ことばを変えれば、今後の地方自治体は、

「十割自治をめざす」

ということである。地方財政のかなりの部分を占めていた、地方交付税や補助金などの国からの支出金はほとんどなくなる傾向をたどるということだ。

その意味でいえば、江戸時代の大名家すなわち藩は、まさにこの、

「十割自治」

の実行者であって、中央政府である徳川幕府は藩に対し、藩財政が傾いたからといって交

付税や補助金など一文も出しはしなかった。各藩は、「自己の領地内で産出する製品に付加価値を加えて、これを輸出し、その利益によって藩財政を賄った」


といえる。その意味では、すでに貨幣経済が進行しはじめて以来の藩は、なかば商事会社化し、武士も商人化していたといっていい。しかしこの時代は、儒教の影響が強く、

「士農工商」

の考えは、単なる身分制としてでなく、日本人の、

「それぞれの立場におけるものの考え方」

になっていた。

武士は政治や行政をおこなう。

農民は国民の食料その他の生産をおこなう。

工すなわち職人（技術者）は、農耕具や国民の生活工具の生産にあたる。

商人は、それらの製品の販売をおこなう。

というように役割を分担していた。が、この中で農民と職人はそれぞれ生産者だが、商人はみずからなにも生産しない。そこで、

「他人の生産したものをただ動かすだけで利益を得る不届きな存在」

と商人は位置づけられ、結局は士農工商の最劣位に定着させられてしまった。

一方、社会の最上位に位置づけられた武士の中には、そのポストが軍事職であったために、

平和な世の中ではまったく無用の長物と化した連中がたくさんいた。こういう連中は、自分たちの立場をよく認識していたので、次第に精神が屈折した。やがて、

「武士は食わねど高楊枝」

などという負け惜しみの精神を生んだ。この連中が、なかば商事会社化した藩を批判し、同時に商人化した武士を痛烈になじった。

「武士のくせに、商人のようにそろばん勘定をするとは何事だ」

ということである。江戸時代二百六十年間、この、

「軍事職と文官職（経営職）との、意識の闘い」

が続けられた。

こういう断定をするのは危険だが、筆者自身は、こうした状況の中から、

「どれだけ早く藩を商事会社化し、藩士が自分たちを商人化し得たか」

というモノサシによって、明治維新の成立を考えている。はっきりいえば、

「他藩に先駆けて、自藩を商事会社化し、藩士が商人化して金銭的利益を上げ得た」

という藩が、倒幕の軍事力を培ったといっていいだろう。

「金儲けに達者な藩が、幕府を倒した」

といえる。このことは、

「地方分権を、財政力によって支え得た藩が、中央政府である徳川幕府を倒し、新しい藩連合といっていい政府を生んだ」

ともいえるのだ。

したがって、明治維新は単なる政治的な事件だけではなく、むしろ経済的な事件の様相が濃いといっていい。その背景には、これら先進的な藩が、徳川幕府の設定した、

「ナショナル・ミニマム」

に対し、異議申し立てをおこなったが、幕府のほうがなかなかいうことをきかないので、

「そんな政府は打ち砕いてしまえ」

という考えを持ったのだ。徳川幕府の設定したナショナル・ミニマムというのは、

「開国と通商（貿易）」

だった。ところが、日本の諸物資は鎖国下における日本国民の必要量しか生産していない。それを開国・通商と同時に、外国が求めた茶・生糸をはじめとし、諸物資が一挙に横浜港などから放出された。もともと、国内消費量しか生産していないのだから、国外へどっと流れ出れば、当然物の値が上がる。それは、茶の価格や生糸の価格だけが上がったのではない。米をはじめとする、あらゆる物価の値が上がってしまった。国民は驚き、苦しんだ。一様に口にしたのが、

「開国などして、外国と貿易をはじめたからだ。それでなくても足りない物資が、どんどん外国人に買い取られてしまう」

というものだった。諸物価が高騰すると、国民の声は必然的に、

「開国や外国との通商は日本国民の生活を苦しめるものだ」

ということになる。これが、じっと徳川幕府を批判の目で凝視していた志士たちに、

「攘夷論」

を唱えさせる大いなるきっかけになった。攘夷論は、単に保守頑迷な右翼思想ではない。

国民生活をしっかりみすえたうえで、

「徳川幕府の開国は、日本国民の生活を塗炭の苦しみに陥れた」

という、世論に支えられている。

長州藩は一貫して国民のこの世論を背景に政治活動をおこなっていた。つまり、

「徳川幕府が外国と結んだ通商条約によって、物価が異常に高騰し、国民生活は急激に苦しくなっている」

という世論だ。したがってこの世論をそのまま裏返せば、

「開国は誤った政策だった。鎖国に戻すべきだ」

ということになる。長州藩はこのことを背景に、はじめのうちは、

「徳川幕府の性格を、国民世論に適合するように構造改革すべきだ」

と主張していた。が、いつまで経っても埒《らち》が明かないので最後に、

「こんな幕府は潰して、新しい政府をつくったほうがいい」

とさらに過激な方針に転換していくのである。

故大宅壮一氏は、その名著『炎は流れる』の中で、

「長州藩は、中国共産党である」

と書いた。尊皇攘夷の思想を一貫して貫き、途中で一度も変節や転向をしたことがないからだ。そのために、長州藩は何度もひどい目に遭った。しかし長州藩は屈しなかった。というのは、

「尊皇攘夷の思想を貫けるだけの財力」

を持っていたからである。現在でいえば、

「地方自治をみずからの努力によって確立し、中央政府と堂々とわたり合えるだけの財力」

を身につけていたといっていい。

明治維新は単なる政治的事件ではない。むしろ経済的事件だ。一言でいえば、

「地方分権を確立し、みずから財源調達能力をフルに発揮して、十分な黒字を出していた」

藩（大名家）が、手を組んで中央政府を倒したといっていいだろう。その証拠のひとつに、長州藩の財政に大きな黒字を生じた役所が二つある。「撫育方《ぶいくかた》」と「越荷方《こしにかた》」だ。撫育方というのは、藩内の産業を新しく開発するための資金蓄積の特別会計を扱う役所のことであり、越荷方というのは、一種の商事会社だ。

長州藩で、尊皇攘夷の実をあげ、倒幕の最前線に立ったのは、桂小五郎（木戸孝允）や伊藤俊輔（博文）などであるが、桂も伊藤も「越荷方」に勤める役人として、大いにその力量を発揮している。はっきりいえば、桂や伊藤は一時期、長州藩貿易会社の社員だったのだ。したがって長州藩の志士たちは、単に政治青年だけだったわけではない。経営感覚にも鋭い能力を持った経済青年でもあった。このへんが、他藩の志士と違って、

「金の大切さを身につけた志士」

といえるだろう。

そして吉田松陰が、野山獄から解放され自宅に戻って、「松下村塾」を開いたころは、長州藩はまさにこの、

「財力蓄積のための血のにじむような自己努力」

をおこなっている真っ最中であった。いってみれば、二百六十年の間獅子の廊下で、

「今年は徳川を討ちますか」

という問いに対し、藩主が、

「いや、今年はみあわせよう」

と煮え切らない返事を続けてきた不完全燃焼物が、一挙に火を得て爆発炎上する時期にさしかかっていたのである。いってみれば、

「長州藩の徳川ばなれ」

が一挙に実現しかかっていた時期だ。吉田松陰はそういう時期に家塾を開き、若き志士たちの教育に当たりはじめる。

ではなぜ長州藩が、

「自己努力によって、みずから黒字を生む」

というような経済的環境に陥ったのだろうか。もちろんそれは関ヶ原の合戦の敗北に端を

発している。そこで、そのあたりをざっとたどってみる。

毛利元就の遺領を引き継いだ孫の輝元が、関ヶ原の合戦当時の毛利家の当主であった。輝元は、関ヶ原の合戦のときは、

「西軍の総指揮者」

に擬せられた。背後には、豊臣秀吉の遺児秀頼がいた。しかしこの合戦で毛利輝元の動きははなはだ不透明だった。一族の吉川《きっかわ》氏が徳川方と密約を結び、

「本来なら、豊臣秀頼公をいただいて出馬するべき立場にあるが、それをしない」

ということを条件に、

「現在持っている毛利家の領地はすべて安堵する」

といわれていたからである。毛利輝元はこの約束を信じていた。ところが、合戦現場から輝元が発行した合戦への指示書が発見された。徳川家康は怒り、

「毛利輝元は約束を破った」

ということで、石田三成に加担した総大将として、戦後処分をおこなったのである。

毛利家の当時の拠点は広島城だった。家康はこれを取り上げ、さらに毛利家が所有していた国を全部返上させた。そして、わずかに長門・周防の二国を与えた。それまでの毛利家の収入額は米に換算して約百二十万石だったといわれている。それが一挙に二十九万八千石程度に減らされてしまった。四分の一に減ぜられたわけだ。さらに徳川幕府は、

「いままで持っていた国から取り上げた今年の年貢を、後任の領主に返還するように」

と命じた。これが最初の毛利家の財政を苦しめたきっかけになる。だからといって、毛利家では家臣たちを四分の一に減らすようなことはしなかった。希望退職者はその意に任せたが、

「残りたい」

という武士はそのまま解雇せずに継続採用をした。しかし、従来の給与をそのままは出せない。

「知行借上げ」

といって、ときに二分の一、あるいは三分の一減などという方法をとった。

徳川幕府の外様大名に対する財政統制は、参勤交代とお手伝いだ。お手伝いというのは、主として徳川家の所有する城の修理や、寺社の整備、あるいは全国にまたがる道路や橋の普請、さらに河川改修などを、〝あご足自分持ち〟で負担させることである。これによって、外様大名たちは大幅に巨額の金を使わせられた。

有名なのは薩摩藩の木曾川などの改修工事である。意地の悪い幕府は、薩摩藩が見積った改修費の数倍の費用を使わせ、大きな赤字を出させた。この工事の責任者だった家老平田靱《ゆき》負《え》という武士は、腹を切って藩に申し訳をした。

長州藩の名君たち

江戸時代の日本における基盤整備は、徳川幕府の直轄事業もいくらかあったが、その大半は大名家が〝お手伝い〟として負担する公共事業費の支出と労務負担で賄われたといっていい。巧妙な財政政策である。したがって各藩（大名家）は必死になって、

「領内における産業振興」

をおこない、産物に付加価値を生んでこれを他国に高く輸出することに狂奔しなければならなかった。だから、

「武士は食わねど高楊枝」

などとうそぶくひまなどない。浪人はそういうことがいえるかもしれないが、藩という組織に属している武士は半ば商人の性格を持ち、藩そのものが商社のような立場に立たざるを得なかったのである。

そしてもうひとついえば、藩の中にも運不運があった。つまりいままで書いてきたように、

江戸時代の藩はすべて、

「十割自治の実践者」

だったから、

「自分のところで必要とする経費は、自己努力によって生まなければならない」

ということになる。自己努力とは、

「自分の領地内の自然条件や気候などを勘案しつつ、産業振興に勤《いそ》しむ」

ということだ。そうなると、やはり藩のおかれた場所によって恵まれたところとそうでないところが生ずる。たとえば東北地方の藩には、当時でも、

「北限」

というのがある。関東地方から西のほうにかけての藩でできるたとえば木綿・みかん・お茶・ハゼ（蠟《ろう》の元になる木）などは育たない。しかしこれらの品物は必需品だ。輸入せざるを得なくなる。輸入するには乏しい資源を活用して付加価値を生む努力をしなければならない。いってみれば、関東地方から西の藩でしなくてもいいような苦労をせざるを得ない。二重にも三重にも自己努力の度合いが強まる。

その意味では、倒幕の主力になったのが西南の雄藩であって、東北のほうからはほとんど倒幕藩が生まれなかったのも、そういう地理的事情によるものだろう。つまり、

「自力で黒字を出せる藩」

と、

「自然条件が悪いので、なかなかそこまで踏み切れない藩」

とに分かれたのだ。財政的にはもちろん徳川幕府は大名家に援助はしないが、しかし東北諸藩には、どこか、

「徳川幕府だのみ」

という精神的な依存心があったのではなかろうか。これが明治維新のときに、かれらを結束させ、

「奥羽越列藩同盟」

をつくらせて、新政府軍に対抗させた。その同盟の精神の底には、

「恵まれた地方で経営を続けてきた藩」

に対する、

「恵まれない地方で苦しい経営を続けてきた藩」

の恨みがなかったとは決していえない。そういう意味でも、わたしは、

「明治維新は単なる政治的事件だけではない。むしろ経済的事件の側面のほうが強い」

と思うのである。


ふつう長州藩と単純にいっているが、この藩は萩藩、長府藩、清末《きよすえ》藩、徳山藩の四大名家によって成立している。ほかに岩国があるが、これは本家の萩藩が藩として扱わなかった。いろいろないきさつがあり、とくに関ヶ原合戦における毛利家の不遇は、すべて岩国藩主吉《きっ》

川《かわ》家の扱いのまずさにあるものだという遺恨が長く残った。そのため何度も岩国吉川家は、

「長府・清末・徳山と同じように、当家も大名扱いにしてもらいたい」

と願い出たが、萩藩はこれを蹴りつづけた。岩国吉川家が、藩として大名扱いになるのは、皮肉なことに明治二年になって新政府によってである。この歴史的もつれは、維新後のいろいろな人事や、あるいは、

「明治維新に対する貢献度」

を基準にしたいわゆる〝長州藩士〟の顕彰にもあらわれているような気がする。どちらかといえば、明治維新後の志士の顕彰は、なんといっても萩藩中心だと思う。これも吉田松陰の松下村塾で学んだ人物が多い。

長州藩の財政を悪化させたのは、ほかに「天災」があった。自然災害である。これは台風や洪水などのほかに、イナゴやウンカなどの襲来もあった。

長州藩の初代の藩主は、本来なら毛利輝元のはずだが、輝元は関ヶ原合戦の責任を取らされて幕府から隠居を命ぜられた。そのためにその子秀就《ひでなり》が初代になり、以下二代綱広、三代吉就、四代吉広、五代吉元、六代宗広、七代重就《しげたか》、八代治親、九代斉房、十代斉熙《なりひろ》、十一代斉元、十二代斉広、十三代敬親《たかちか》と続く。

二代目以降の藩主の名の一字は、それぞれ当時の将軍から貰《もら》ったものだ。綱広の四代将軍家綱、吉就、吉広、吉元はそれぞれ五代将軍綱吉、宗広は八代将軍吉宗、重就は九代将軍家重、治親は十代将軍家治、斉房、斉熙、斉元、斉広は十一代将軍家斉、将軍の名とまったく

関係ないのが敬親である。この毛利家十三代の藩主の中で、いわゆる名君と呼ばれたのが五代の吉元、七代目の重就、そして最後の藩主敬親である。十一代斉元の時代には、長州藩の藩士を根底から揺るがした〝天保大一揆〟が起こった。そしてこの天保大一揆への対応策が、結果として長州藩で、

「倒幕の道」

をまっしぐらにすすませる藩政大改革がおこなわれることになる。

そこで、最初の名君と呼ばれた五代目吉元の改革政治からみてみる。吉元は、毛利本家の出身ではない。分家（支藩）の長府から入って本家を継いだ。かれが藩主になった当時は、歴代の藩主によって藩内の新田開発がしきりにおこなわれていた。長州藩ではこれを分けて、公儀《こうぎ》開作《かいさく》、御家来開作、寺社鋪《ほ》開作、百姓自力開作などに分けていた。公儀開作というのは、藩の直営によっておこなった開発のことをいい、御家来開作というのは、藩士がおこなったものであり、寺社鋪開作は神社や寺院がみずからおこなった開発をいった。農民が自費で開いたものを百姓自力開作と称した。

しかしせっかくのこれらの開発も、天災やイナゴなどの襲来によって、しばしばフイになることが多かった。藩ではやむを得ず、藩士に対し、

「半知馳走」

といって、給与の五〇パーセント減をおこなっていた。いきおい、城に勤める藩士たちは苦しい生活に疲れ果てて、武士道の衰えが目立っていた。

萩城に入った吉元が最初に発見したのは、藩債額がじつに一万二千貫に達していたことであった。吉元は目をみはった。本藩の財政状況が悪いということはきいていたが、これほどだとは思わなかったのである。そこで吉元は当役（長州藩では家老のことをこういった）に、志道《しじ》就保《なりやす》と志道就晴とを命じた。ふたりに財政再建計画を立てさせ、幕府にも断ったうえで、

「五ヵ年間の非常倹約令」

を出した。そして、藩士たちには改めて、

「半知馳走（給与の五〇パーセント減）」

を布告した。五ヵ年の非常倹約令を出したのは宝永六年（一七〇九）のことだったが、それから三年後の正徳二年（一七一二）に、いちおうの決算を命じた。吉元にすれば、

「さぞかし、非常倹約の成果が上がったことだろう」

と期待したが、意外なことに報告書によれば、

「藩債は五万余貫目」

ということで、吉元が藩主になったときの約四倍に達していた。

「これは一体どうしたことか？」

吉元は目を怒らせてきいた。ふたりの当役はただうつむいた。やがて、これらの赤字増加は、

「すべて当役であった志道就保と就晴たちの贅沢《ぜいたく》な生活に基づくもの」

ということがわかった。かれらは当役職をいいことに、ほとんど仕事らしい仕事をせずに、

藩士たちの知行を半分削りながらも自分たちは日夜酒食にふけっていたのである。吉元は怒った。そこですぐふたりに隠居を命じた。役も取り上げた。そして、

「清廉潔白の士」

として評判を高めていた浦元敏《うらもととし》、日野元幸《ひのもとゆき》、桂広保《かつらひろやす》、山内広道《やまのうちひろみち》たちを重役に任命し、改めて財政再建に乗り出した。

享保十五年（一七三〇）、すなわち約十八年後の決算によると、藩の赤字は一万五千貫に減っていた。十八年後に三万五千貫の償還に成功していたのである。吉元は悟った。すなわち、志道就保や志道就晴などのふたりの当役と、清廉潔白な武士であった浦たちを比べてみると、つくづく、

「政治や行政は、すべてこれをおこなう人物の人格によるものだ」

ということを、である。吉元は、

「いかに財政難であっても、人材育成がもっとも大事だ」

と思った。そこでかれは、藩に新しい学校をつくらせた。学校の名は、

「明倫館《めいりんかん》」

と名づけられた。以後、長州藩の人材育成はこの明倫館においておこなわれる。吉田松陰も一時期は、この明倫館の教授であった。倒幕の志士となった長州藩の有能な人材は、ほとんどがこの明倫館から育つ。しかし、下級武士の多くは明倫館のしだいに保守化した教育を嫌い、吉田松陰の松下村塾で学んだ。明倫館の英才といわれた高杉晋作でさえ、ついに明倫

館をとび出して夜になると高下駄の歯音を高くひびかせながら、川に架かった長い橋を渡って遠く松下村塾まで通い詰めたのである。

七代目の重就は、

「長州藩中興の祖」

と呼ばれる。かれもまた本家の出身ではなく、吉元と同じように支藩長府の出身であった。宝暦元年（一七五一）に本家を継ぎ藩主になった。当時参勤中だったので、翌二年の六月にはじめて萩に入った。三年正月に、実兄である毛利広定《ひろさだ》を当役に任命して、

「思い切った改革をおこなっていただきたい」

と頼んだ。毛利広定は早速改革に乗り出した。その前提として、

「長州藩の実態」

を徹底的に調べた。というのは、長府の分家から入った重就をばかにして、萩本藩の重役たちは、ことさらに虚偽の申し立てをしていたからである。

たとえば負債についても、重就は、

「先々代の吉元公の時代に、じつに三万五千貫目の借金を返し、残高は一万五千貫でございます」

といわれていたが、じつをいえば享保十七年（一七三二）に、中国・四国・九州の全域を襲ったウンカやイナゴの害によって、じつに三十万石ちかい減収となっていることがわかった。また、寛保三年（一七四三）の大洪水で十三万五千五百石の減、延享二年（一七四五）

には、これまた数度にわたる洪水で十四万二千石の減、その後延享四年（一七四七）に十三万五千石、寛延元年（一七四八）に九万七千石と、洪水などの天災によって藩内は甚大な被害を受けていた。

結局重就が藩主になったときの赤字は、三万貫目にのぼっていた。そしてこの利息をふくめた借金返済のために、毎年米にして十三万四千石、銀一万千貫目の赤字が生じていた。米で十三万四千石というのは、人件費や諸経費を除いたのちの毛利家の収入のほぼ一年分に当たる。だから毛利家にすれば、その年の収入を全部借金にまわさなければならないということになった。しかも、一年で返済しきれるわけではなく、何年にもわたって同じことを続けなければならない。

「これではどうにもならない」

重就は思案した。兄の当役毛利広定と相談し、

・幕府に願い出て、これからの四年間藩の収入を十万石程度とみなしてもらう。これによって、参勤交代やお手伝いなどの費用を、相当額減額してもらう。
・毛利家の家族の生活費を二〇パーセント減額する。
・藩士たちには、五〇パーセントの給与減をさらに継続してもらう。
・一般農民にも、臨時税を負担してもらう。

しかし、この方法によってもうまくいかなかった。宝暦八年（一七五八）の決算では、負債総額はじつに四万貫目の大台を突破した。重就は腕を組んだ。先々代の吉元が、

「財政難のときこそ、人材育成が大事である」

といって創建した藩校明倫館での教育実績も、まだ実際にはそれほど上がっていない。つまり教育には時間がかかるということだ。重就と当役の毛利広定は腕を組んだ。このとき広定がこういった。

「坂時存《さかじそん》のチエを借りたらいかがでしょう」

「坂時存？」

ききかえした重就は、

「しかし坂は、すでに隠居の身でしかも年齢はたしか八十歳を越えた老人のはずだが」

「そのとおりですが、坂老人は若いときから各郡の代官、蔵元、郡奉行、当役手元役などを歴任しておりますから、当藩の財政状況については誰よりも詳しゅうございます。おそらくかれなりの再建案を持っていると思います。ぜひお召し出しをお願いいたします」

当役の毛利広定も、弟である藩主重就のために役に立ちたい。しかしいまの財政状況は自分の能力を超えていた。そこで、坂時存という老人に頼ろうというのである。

重就は坂時存を呼び出した。

「折り入って頼みがある。藩の財政状況の悪化は日増しに速度を加え、ついに赤字総額が四万貫目を超えてしまった。無念だが、わたしはこれを退治することができない。力を借りたい」

坂時存はもちろん辞退した。

「私はすでに隠居の身でございます。またご存じのとおり八十歳を越えております。そんな高齢者に、いいチエなど出るわけがございません」

「いや、おぬしほど藩の財政関係の役職を経験した人物はほかにいない。また、城中の噂をきいてもおぬしほどの財政通はいない。頼む。長州藩存亡の時期である。ぜひとも力を貸してもらいたい」

坂はじっと重就をみかえした。そしてしだいに、

（長府から入ったこのご養子殿は、本気で毛利家の心配をなさっておられる）

と気づいた。坂も萩城でいろいろな職を歴任したので、隠居したのちにも藩の武士がしばしば訪ねてくる。そして、

「ご老体、こういう問題にはどう対処したらよろしいか」

とか、

「ご老体、いま萩城内ではこんなことが問題になっている」

と相談を持ちかけたり、あるいは情報を提供してくれたりしている。したがって八十歳を越えたとはいっても、まだまだ精神の若い坂は、萩城内の出来事を手に取るように摑《つか》んでいた。かれは、毛利重就の藩主としての責任感に打たれた。そこで、

「お引き受けするかしないかを、しばらく古い書類を読ませていただいて決めとうございます」

と慎重な返事をした。重就は、

「結構だ。ぜひとも力を貸してもらいたいので、どんな秘密書類もすべて提出させるようにする。遠慮なく申し出てもらいたい」

といった。坂はその日以後、当役の詰め所にこもりきりになった。当職の毛利広定は自分が推薦者であった立場もあって、全面的に協力を申し出た。

「必要な書類だけでなく、手足としてお使いになる人間が必要ならいつでもおっしゃってください」

と丁重に礼を尽くした。坂時存は、約三ヶ月間当役詰め所にこもった。膨大な古い記録を調べ検討した。やがて、答申書を出した。重就と広定は首っ引きでこれを検討した。坂の答申書は、

「過去における失政」

と、

「今後新しい収入源として考えるべきこと」

などの柱が立てられていた。過去の失政の中には、

・良港であった赤間関や柳井津を、それぞれ長府や岩国に譲ってしまったこと。

・かつての「公儀開作」「御家来開作」「寺社鋪《ほ》開作」「百姓自力開作」などで、かなり新田が開発されているにもかかわらず、これらの把握が完全でないこと。

・まだまだ藩内には、新田開発の余地があること。

などがあげられていた。

つまり坂の意見では、

「過去の失政を、災い転じて福となすように今後の財源として活用すればよろしかろう」

ということである。重就は兄の広定と顔をみあわせてニッコリわらった。改革の目標が定まった気がしたからである。そこで宝暦九年（一七五九）の二月には、重就は改めて坂時存と羽仁《はに》正之《まさゆき》、佐々木満令《みつよし》、粟屋勝之《かつゆき》を新しく設けた「御前仕組方《ごぜんしくみかた》」に任命した。そしてこの新しい御前仕組方には、藩庁側から当役の毛利広定と、加判役兼記録所役高洲《たかす》就忠《なりただ》、所帯方《しょたいがた》筆者役村田《むらた》為之《ためゆき》を参加させた。


自分の案が実行される段階になって、ほっとしたのか、坂時存はこの年の十二月に八十一歳の高齢で死んだ。が、その遺志を引き継いだ「御前仕組方」のメンバーは、いよいよ熱っぽく仕事をすすめていった。


新田開発にはなんといっても検地が必要だ。そこで思い切った検地を実行することにした。坂の意見書の中にあった、

「開発されているにもかかわらず、藩がその実態を把握していない新田がたくさんある」

の探索が主目的であった。結果、六万三千三百七十三石の増高が発見された。しかし逆に、荒れ地と化して収入減となっている土地もあった。その石数が二万千七百六十四石である。しかし差し引き四万千六百八余石が増額となった。これは文字通り〝火の車〟の上で苦しんでいる長州藩にとっては、朗報であった。

このとき、重就が、

「名君ぶり」

を発揮する。それは、坂時存が書いた意見書の中に、

「藩は新田開発だけでなく、新しく産業振興に力を尽くすべきだ」

という一項目があった。坂はさらに、

「産業振興に投入する資金は、検地によって得られた増高分を当てるべきである」

と書いていた。いってみれば、

「藩の財政は、従来どおりの規模でおこない、検地によってもしも増高が発見されたとしても、それは一般会計に投入すべきではない。別会計として、産業振興の基金として活用すべきである」

ということである。重就はこの項目を重んじた。そこで当役の兄と相談し、

「この際、思い切って特別会計を設定しよう」

ということにした。そしてこの特別会計を扱う役所を、

「撫育方《ぶいく》（あるいは撫育局）」

と名づけたのである。この撫育方の設置が、幕末になって倒幕戦争に必要な軍備拡張の費用を生む。それは、重就がはじめに決めたように、

「撫育方会計は特別会計であって、一般会計とは絶対に交流させない。すなわち、一般会計でどんなに赤字を生ずるようなことがあっても、撫育方からその補塡《ほてん》費を出すことは絶対にしてはならない」

ときびしい切り離しを命じたからである。

さてここでこんなことを書けば、山口県の人には叱られるかもしれない。が、わたしはかねがね幕末維新の長州藩の動きをみていると、

「長門国と周防国の間にも、ある種のわだかまりがあるのではないか？」

ということを率直に感ずる。どういうことかというと、ふつう「長州藩」といって、誰も疑問に思わない。しかしほんとうはこれはおかしい。というのは、関ヶ原の敗戦後毛利家が、それまでの拠点にしていた広島城を奪われ、八ヵ国の領地を二ヵ国に減らされた。六ヵ国は没収された。しかも長州藩はこの年（関ヶ原合戦の年すなわち慶長五年〈一六〇〇〉）の六ヵ国分の年貢を、新しい領主に返さなければならなかった。にもかかわらず、その六ヵ国にいた毛利家の家臣たちは縮小された二ヵ国になだれ込んだ。つまり、長州藩としては、

「収入減にともなう人員減」

をおこなわなかった。入り込む旧家臣団をすべて新領地の家臣にした。これが長州藩の財政難のはじまりだ。幕末まで二百六十年間も続く巨額の赤字は、まずこのことによってはじまった。

「長州藩の血の滲《にじ》むような大行財政改革」

も、その源は関ヶ原の敗戦にある。

しかしここで、

「長州藩といういい方はおかしい」

というのは、長州とは長門国のことであって、周防国のことではない。毛利家は関ヶ原敗戦後、

「長門国と周防国二ヵ国の領主とする」

と定められたのだが、公平に考えるならば、

「長防藩あるいは防長藩」

というべきだろう。現に山口県では、この使い分けをしている。長門国にいくと長防といい、周防国（たとえば山口市）などにいくと防長といっている。バスの名前もそうだ。これはあきらかに、

「自分の住む地域を優位におこう」

という住民感情あるいはその誇りのあらわれだ。こんなことは山口県に限らず日本中どこにでもある。

しかし、あえて高杉晋作たちが最後まで長州藩を主張して、長防藩とか防長藩などといわないのは、やはり周防国に対するひとつのわだかまりがあったからにちがいない。

関ヶ原敗戦のときに徳川家康との仲介の労を取ったのは、その後岩国の領主になった吉川家である。当主は広家だった。石田三成の懇請によって、毛利本家の当主輝元は大坂城に入城した。吉川広家は止めた。しかし輝元はきかない。吉川広家は、

「本気で輝元が合戦現場に出て行ったら、後でどんなことになるかわからない」

と案じた。というのは、吉川広家は、

「この合戦は石田三成が負ける」

とみていたからである。そこで吉川広家は徳川家康の腹心である本多忠勝や井伊直政に工作した。それは、
・毛利輝元は絶対に大坂城から出陣させない。
・まして石田三成たちが望む豊臣秀頼を現場に引き出すようなことはしない。
ということを条件に、
・その代わり毛利家の領土は安堵する。
ということであった。本多・井伊は、

「結構だ」

ということでこの約束を結んだ。ところが敗戦後、

「関ヶ原の合戦場から、毛利輝元の軍令状が発見された」

ということが報告され、事前に本多・井伊と吉川広家との約束を黙認していた徳川家康が怒り出した。

「輝元は裏切り者だ。その証拠にこんな軍令状を出しているではないか」

といった。これには本多・井伊も弱った。吉川広家を詰問すると、広家も当惑した。結局家康の意志が通って、

「毛利を厳罰に処せ」

ということで、ほんとうなら毛利家は潰されその領土は全部没収されるはずだった。が、

吉川広家の必死な嘆願によって、

「それでは領土を大幅に縮小し、毛利の名だけは立てさせる。しかし、城は瀬戸内海側には建てさせない。日本海側に建てろ」

ということで、長防二国に領地を限定され、城も日本海側の萩につくることをようやくゆるされたのである。

こういういきさつがあるから、毛利輝元は吉川広家に対して不快な感情を抱いた。不快な感情どころではなく怒りと憎しみの念を持った。その後、毛利本家では徳山とか長府とかに分家を独立させ、大名扱いの許可を与える。しかし岩国の吉川家がいくら、

「うちも同じ扱いをして欲しい」

と申し入れても、絶対に吉川家を大名扱いにすることを許可しなかった。皮肉なことに、吉川家を大名にしたのは、明治新政府である。

また第一次長州征伐のときに、徳川軍との間に入って仲介の労に立ったのがまた吉川家だった。吉川家は、征伐軍の参謀西郷吉之助の、

「長州藩の罪は、長州藩みずからの手によって処分させる」

という方針を呑《の》み、三人の家老の切腹と、四人の参謀の斬首によって、一件を落着させた。

ふつうに考えれば、

「京都御所に突入するような暴挙をおこなっておきながら、あんな程度ですめば御の字だ」

ということになるだろう。ところが毛利本家ではそうは受け取らない。

「また吉川家がしゃしゃり出て、余計な差し出口をきき自家の利益をはかった」

と思い込んだ。つまり、

「関ヶ原の合戦でおこなった汚い行為を、二百六十年後にまた繰り返している」

とみたのである。

わたしにはどうも関ヶ原の合戦以来のこの、

「毛利家と吉川家のしこり」

がそのまま萩城に籍をおく武士たちと、岩国城に籍をおく武士たちとの間に妙な感情を生んでいるような気がしてならない。はっきりいえばそれは〝差別観〟に近いものだ。これが伝統となって、長州藩には、

「萩本藩優位」

が生まれた。いきおい、周防国に籍をおく人間に対しては、それなりの感情がぶつけられたということではなかろうか。

このへんが根となって、周防国出身の赤根武人が処刑されたり、あるいは世良修蔵に東北戦争開戦の責任を全部押しつけ、萩側出身の志士たちが明治新政府においても高いポストを占めるというような結果になったのではなかろうか、と勘繰っている。

しかしこれは吉田松陰にはかかわりはない。たしかに明治新政府で高いポストを得た人物には松下村塾出身者が多い。しかし伝えられるところによれば、松下村塾で学び高杉晋作の奇兵隊を引き受けた山県狂介（有朋）にしても、赤根武人が大嫌いだったという。

これは長門人と周防人との間に横たわるしこりもその一因だろう。もうひとつは、赤根武人がわたしの推測するところでは、この幕末維新のときに、

「長州藩内の被差別者をすべて解放したい」

と考えていたフシがあるからだ。というのは、かれが処刑された直後山口の刑場からその夜のうちに赤根武人の首を持ち去った者が、長州藩内の被差別部落の人だったという記録がある。

吉田松陰の松下村塾には、吉田栄太郎という人材がいた。高杉晋作、久坂玄瑞、入江九一とともに、

「松下村塾の四天王」

といわれた逸材だ。松陰は栄太郎に無逸《むいつ》という号を与え非常にかわいがっていた。栄太郎も松陰を慕った。しかし栄太郎の母親はこれを危険視し、しばしば松陰のところに行って泣きながら頼んだ。

「先生、どうかうちの栄太郎に構わないでください。あなたの塾に出入りしていると、まわりからいろいろといわれ働き口がなくなってしまいます。どうか栄太郎を塾に入れないでください」

松陰はニコニコわらいながら、

「お母さん、それは栄太郎くんに決めてもらってください。わたしは無理に栄太郎くんに塾にこいとはいっていませんから」

といった。母親の哀訴にもかかわらず、しかし栄太郎は松陰を慕い続け、学び続けた。

栄太郎はのちに稔麿《としまろ》と名乗り、高杉晋作が奇兵隊を編制したときは、自分なりに「屠勇《とゆう》隊《たい》」という隊を組織する。この隊は長州藩内の被差別者によって組まれた隊だ。したがって吉田栄太郎にはそのころから、

「差別解消」

の志があった。そしてその志は、吉田松陰が植えつけたものである。吉田松陰は自分が入獄していたときも、

「罪を憎んで人を憎まず」

という方針で、

「牢獄を福堂に変えよう」

などと牢獄の改革運動まで起こしたほどだ。吉田松陰が生涯追求したのはやはり、

「この世における差別の解消」

である。その面を端的に継承したのが吉田栄太郎であった。しかし吉田栄太郎は、元治元年（一八六四）の池田屋の事件に自分のほうから参加し、新撰組に殺されてしまう。

こういうことを考えると、松下村塾でも、

「藩民の差別解消」

が論議されていたことはたしかだ。そしてその熱心な主張者が吉田栄太郎や赤根武人だった。赤根武人は吉田栄太郎と系譜を共にする志士である。

このように吉田松陰の教育の幅はひろい。しかしあらゆる領域に通ずるのは、

「ヒューマニズム」

であった。人道主義である。人道主義からすれば、藩内差別は絶対にゆるせない。が、高杉晋作や山県狂介たちには、この松陰の根のところにおける思想がほんとうに理解できていたのかどうか疑問だ。高杉晋作はよく、

「おれは毛利家の臣だ」

と誇っている。つまり、

「侍意識」

が先に立っていて、あきらかに士農工商の身分制を肯定するものだ。

周南（周防国南部）を歩くたびに、わたしは複雑な気持ちになる。

周南に上関《かみのせき》という地域がある。江戸時代、いわゆる長州藩内にはいくつもの港があった。そして、なかでも枢要な港が、

「上関・中関《なかのせき》・下関《しものせき》」

である。この中で下関だけが有名になり、現在でもその名を残している。しかし実際には上関と中関があった。上関は山口県熊毛郡に属し、中関は防府《ほうふ》近辺になる。防府の港では三田尻《みたじり》が有名だ。

上・中・下という区分けは、これは日本全国に共通する地域の位置を示すいい方だ。日本

に律令制ができたとき、日本の国は六十六と二つの島合計六十八に分けられた。そしてそれぞれの国に、

「二文字からなる国名」

が確定された。この二文字による国名の中で現在でも、俗称として、

「上・中・下」

あるいは、

「前・中・後」

などによって呼ばれる地域がたくさんある。たとえば「越の国《こし》」は、前中後に分けられた。すなわち越前・越中、越後である。越前は現在の福井県、越中は富山県、越後は新潟県になる。その新潟県の中でもまた「上越・中越・下越」と上中下の三地域に分けられている。中国地方で岡山県から広島県にかけて「備前・備中・備後」あるいは、九州で「豊前・豊後」「肥前・肥後」「筑前・筑後」などの分け方がある。これらの上中下あるいは前中後というのは、単純に考えて、

「都から近いところを上とし、遠いところを下とする。あるいは都側に近い地域を前とし、遠いところを後とする」

ということだ。したがって前中後の前は、都に一番近い地域だということになり、上中下も同じだ。新潟県における上越・中越・下越というのは、

「新潟県の中でも上越地域が、一番都に近い、そして村上市や新発田市は遠い」

ということである。東北における「陸前・陸中」も同じことだろう。わたしの記憶違いかもしれないが、「陸後」というのはあまりきいたことがない。

したがって上関というのは、

「長州藩の関（港とこれを取り締まる役所）の中でも、上関が一番中央に近い」

という意味だ。都というのは古い時代は奈良だったがふつうには京都と考えられた。

町の郷土史家西山先生からいろいろな資料を貰《もら》った。上関が江戸時代にこんなに繁盛した港だとはわたしも知らなかった。とくに朝鮮通信使がかならずここに寄って宿泊し、大いに歓待を受けている。なにしろ瀬戸内海上に突き出た熊毛半島の突端にあるのだから、戦略的な意味もかなりある。下関港にしても、島津藩主島津斉彬《なりあきら》が、

「徳川幕府はなぜ下関港を直轄港にしなかったのだろうか。あそこを天領にしておけば、相当勢威を張ることができたのに」

といっている。

さて西山先生に貰った資料を読むと、この上関には前に書いた「撫育方《ぶいくかた》」の基金を活用して藩が貿易に乗り出した「越荷方《こしにかた》」の役所がおかれている。そして、ここを訪れた著名人に吉田松陰、桂小五郎、高杉晋作、伊藤博文などの名がみられた。

ふつうならこれらの連中は、

「日本の国防問題を考えて戦略的要港である上関港を訪ねたのだろう」

と思う。だが、わたしは違う。わたしは高杉・桂・伊藤たちが訪れたのは、

「藩の越荷方役人としての職務で訪れたのだ」

と思っている。高杉・桂・伊藤たちは、馬関（下関）越荷方の幹部だった。当然、

「長州藩内の良港はすべて、藩富のための貿易港にしよう」

と考えたにちがいない。

経済と情報を重視した松陰

人間には先入観とか固定観念というのがあって、これが社会のなめらかな運行を妨げる場合がよくある。歴史上の人物についても同じだ。一度貼ってしまったレッテルはなかなかはがせない。つまり、その人物に対するこっち側が、

「この人物はこういう人だった」

という決めつけ方をしてしまうと、その評価を変えるということが非常にむずかしくなる。それはいったん自分がこうだと思ったことを大事にして、他人がいくらなにをいおうと、

「いや、あの人物はきみのいうような人ではない」

といい返す。もっとも、それだからこそ歴史はおもしろいといえるのだが、たとえば吉田松陰についても、戦前からのイメージは、

「精神主義的な教育者」

である。このイメージはいまだに結びついている。そして、これがなぜなかなか消えない

かといえば、やはり現在でも、

「士農工商」

的な観念が依然として根強く残っているためだ。とくに「商」に対する見方は払拭されていない。

「商はそろばん勘定ばかりしている」

という見方だ。とくに儒教が国教的な学問であった江戸時代にはこの観念が強い。だからこそ「商」は身分制において日本人のもっとも劣位におかれてしまった。

少し前に、

「高杉晋作、桂小五郎、伊藤博文たちは長州藩〝越荷方《こしにかた》〟の役人だった」

と書いた。そしてその仕事をおこなうために周南（周防国の南という意味）上関港《かみのせきこう》にやってきたと書いた。読者の中にはあるいは、

「桂や伊藤のような、のちに明治新政府の高官になるような人物が、そんな仕事をしていたのか？」

とお疑いになる方もいらっしゃるだろう。しかしこれは事実である。そして、吉田松陰がこの上関にやってきたのも、単に領内の見学というようなものではなく、やはり〝越荷方〟の活動ぶりをみたのにちがいない。というのは、松下村塾の門人たちが明治になってから語っているが、松陰は、

「経済と情報」

を特別に重視した。経済というのはいうまでもなく、中国の思想で、

「経世済民（乱れた世の中をととのえ、苦しんでいる民をすくう）」

という意味だ。ととのえるということばと、すくうということばをつなげて「経済」とした。したがって、経済というのは単なるそろばん勘定ではない。あくまでも、

「乱れた世をととのえ、苦しんでいる民をすくう」

という政治理念の実行手段としての意味が深い。これがいつの間にか、

「利益を追求するそろばん勘定」

というものに変わってしまった。つまり方法が目的化してしまったのである。そのために、江戸時代から商人がとくに卑しめられたり、軽んぜられるような風潮が生まれてしまった。

幕末の長州藩においてもこういう考え方が尾を引いていた。しかし松陰は違った。門人の語るところによれば、

「先生ほど経済を重くみた師はおられない。その証拠に、先生はよく『経済要録』という本をほとんど毎日のように教材としてお使いなった。また、村塾の壁には〝九九《くく》（掛け算のやり方）〟の表が貼ってあった。先生は、算術も非常に重視されていた」

ということだ。同時に松陰が情報を重んじたことは、いままでにもしばしば書いた。とくに毎日起こる事件をメモした、

『飛耳長目録』

は、いまでいえば、

「新聞の切り抜き集」

のようなものであって、松陰が見聞したことを書き込んだメモ帳だった。これを門人共有のものとして、松陰は門人たちに、

「こういう事件はなぜ起こったのだろうか。政治とのかかわりはないだろうか。解決するにはどうしたらいいだろうか」

という問いかけをして、いろいろと議論をする。

松下村塾における教育は二本柱から成り立っていた。「兵科」と「文科」である。兵科で教える兵学は、山鹿素行のいわゆる〝山鹿流軍学〟だった。文科の教材の選び方は雑多で、松陰は、

「この本でなければならない」

などとは決していわなかった。門人たちが思い思いに選んだ書物について、脇から覗《のぞ》き込み、

「その本は、こういう読み方をするほうがいい」

と親切なヒントを与えたり説明をしたりする。いってみれば、

「門人の一人ひとりが選んだ書物を尊重する」

ということである。パラレルで画一的な教科書の押しつけなどは絶対にしなかった。というのは松陰がみて、

「門人の一人ひとりは性格が違う。能力も違う。しかし、それを承知のうえで自分で選んだ

教科書は尊重すべきだ」

と思っていた。だから、

「着物に自分の身体を合わせる」

というのではなく、

「自分の身体に着物を合わせていく」

という方法を取った。着物というのは教科書のことだ。したがって教科書に加えられた既成概念や、考え方などもときに破壊することもある。学んでいる門人の個性や能力に合わせて、特別な解釈をほどこすこともあった。

しかしだからといって、

「その門人の特別な解釈」

をそのまま認めるわけではない。今度は、

「きみが確立したその考え方を、他人に話して議論をしてみたまえ」

という。松陰自身は自分のことを決して、

「師」

とはいわなかった。

「ともに学ぶ学友だ」

と告げていた。

したがって松陰は忙しい。朝の講義は、城勤めをしたり、あるいは仕事を持っている人間のために、午前六時からはじめたという。そして一日中ぶっとおしで講義をおこなったり、討論をしたりし、ときには外に出て畑を耕したりする。弟子の中には、高杉晋作のように夜にならなければこられない者もいた。松陰はこういう連中ともつき合った。また議論が白熱すると徹夜で語り合うこともあった。ほとんど寝ていない。

そのために、門人のひとりは、

「先生は昼間講義をなさっているときに居眠りをされることもあった。見台に突っ伏してしばらくお休みになるが、やがてお目覚めになると、ああすまなかったとおっしゃって講義を続けられた」

などというほほえましい光景を思い出している。

松陰の教育方法は、

「門人の一人ひとりに教える」

という方法だ。

松下村塾は、八畳間を教場とし、脇に設けられた四畳半と三畳の間を門人たちの控の間としていた。しかし、控の間だからといって八畳間に入る順番を待っているというわけではない。こっちでも、門人たちは自由に勉強し、また討論をおこなった。したがって吉田松陰の学問は、もちろん朱子学や陽明学を学んではいたが、だからといって、松陰を、

「朱子学者あるいは陽明学者」

というわけにはいかない。

弟子たちが選んだ教科書は、松陰が生涯の座右の書とした『孟子』『資治通鑑《しじつがん》』『諸家の詩文集』『古事記伝』『日本外史』『大学』『中庸』『孫子』『武教全書』また西洋の軍学などを取り込んだ『西洋歩兵論』などがあった。そして中国の古典を読む場合には松陰は門人に対し、

「返り点や送り仮名をつけた文章から入ってはいけない。なにもない白文を読みなさい」

と命じた。松下村塾には、ティーンエージャーも入学していたが、これらの年少者に対しても松陰は、白文を読むことを求めた。したがって、年少の弟子たちは白文と組んずほぐれつの格闘をおこなった。その状況をほほえんでみながら松陰は、

「そういう読み方を続けていれば、かならず意味がわかってくるはずだ」

と根気強い勉学をすすめた。

文科の教科書としては、『孟子』のほかに『日本外史』『陰徳太平記』『春秋左氏伝』『資治通鑑』『古事記』『古事記伝』『六国史』『日本政記』『大日本史』『中朝事実』『十八史略』『元明史略』『清三朝実録』『西洋列国史略』『和蘭陀《オランダ》記略』また『延喜式』『坤輿図識《こんよずしき》』『海国図志』『周易《しゆうえき》伝儀』などを使っている。頼山陽には特別な親近感を持っていたようだ。その山陽の『日本外史』をはじめとして歴史書も教科書に多く採用している。しかし松陰の歴史教育のやり方は、

「いつも地図と照合して教えてくださった。古今の沿革や彼我の遠近の距離などを詳《つまび》らかにしなければ、歴史に書かれた事実は理解できないとおっしゃった。したがって、歴史と地理は密接不可分の関係にあって、地を離れて人なく、人を離れて事なし。人事を究めんと欲せば、

先ず地理をみよとおっしゃった」

と門人は語っている。これは、例の情報メモ帳である『飛耳長目録』とも関連する。

また門人のひとりだった品川弥二郎は、

「松下村塾の教育は、地理、歴史、算術を主としていた。塾生に対し先生がいつもやかましくおっしゃったのが、算術は武家の風習として一般に武士たる者はこんなことは心得るにおよばないといって卑しんでいるが、これは間違いだ。いまのわれわれにとって、算術ほど大切なものはない。そして算術は士農工商の区別なく学ぶべきだ。なぜなら、世間のことはそろばん珠をはずれたものはまったくないからである、と戒められた」

と語っている。こうなってくると、戦前に確立された、

「精神主義者としての松陰」

のイメージは、大幅に修正されなければならない。松陰ははるかに、

「実学者」

だったのである。

それは肥後熊本の学者だった横井小楠と同じだ。横井小楠もどちらかというと、

「精神主義的な学者」

と受け取られがちだ。小楠の場合は、

「しかも肥後熊本藩の主流派から忌避された学者」

といわれた。しかし小楠の学派を、

といっている。そして、藩校の主流派を、

「実学党」

「学校党」

といった。両派は幕末に熾烈《しれつ》な争いを展開したが、それはなにも学風の争いだけではなかった。

「学風を応用する諸種の政策、とくに経済政策」

についての争いだった。

横井小楠は、開国論者として明治二年（一八六九）一月五日に、攘夷派の連中によって暗殺されてしまう。このときの暗殺理由は、

「小楠はかねて開国論を唱え、キリスト教を日本に導入しようとした」

というものだった。しかし小楠が殺されたのは、かならずしもそれだけではないかもしれない。というのは、小楠は経済政策について、肥後熊本藩では名君といわれた細川重賢《しげかた》を批判しているからだ。それは、

「重賢公の経済政策においては、蠟《ろう》の生産・販売を藩の独占事業にした」

ということである。このことは小楠からみると、

「生産者の富を武士が奪った」

ということになる。したがって、

「名君といわれる存在は、そういう民から富を奪うようなことをしてはならない」

という儒教的な考えがあった。筆者個人の推測だが、小楠が肥後熊本藩に受け入れられず、「変わり者の学者」としてしりぞけられていたのは、この名君細川重賢への批判もかなり加味されていたような気がする。

その小楠は、熊本藩主細川家の縁戚に当たる越前藩主松平春嶽《しゅんがく》（慶永）に招かれた。そして、

「学制改革と越前藩の産業振興策」

について意見を求められた。このとき小楠が徹底して主張したのは、

「学問は実学でなければならない。いま生きている人間に役立つことが必要だ。文字の解釈のみに沈湎《ちんめん》するような学問は死学だ」

といった。そして産業振興については、

・民を富ますことがすなわち国を富ますことにつながるという考え方を持つべきだ。

・それには直接生産者を大切にし、その富を守る政策を立てなければならない。

・そうはいっても、各生産者は連携せずに、個々にものをつくっている。これを調整し、互いに相乗効果を起こすような策はなんといっても藩政府の責任だ。

・各生産品に付加価値を加えるような競争を起こさせるために、集荷・販売をおこなう役所の設立が必要だ。

・それも、越前藩は三国港という良港を持っているので、ここから他国へ積み出せるよう

に考えるべきである。したがって集荷・販売の役所は三国港につくるべきだ。

・三国港につくる集荷・販売の役所に勤める役人には、生産者や商人の代表を任命すべきである。藩からは、ひとりぐらいの役人を出向させればいい。

・通商の相手としては、蝦夷《えぞ》や長崎を通じて諸外国とすべきだ。

こんな案を立てた。

じつをいえば、小楠のこの案は、長州藩の「越荷方」にも深いかかわりを持っている。同時にまた、幕末の長州藩における、

「経済政策の争い」

もじつはこの点にあった。

そして、上関にやってきた桂小五郎・高杉晋作・伊藤博文たちは、藩を二分している経済政策の一派に属した。一派というのは、吉田松陰と親交のあった村田清風に属する武士たちである。一方は坪井九右衛門の経済政策に共鳴する武士たちである。幕末の長州藩の歴史を綴《つづ》った本に『防長回天史』というのがあるが、この本では村田清風派を〝正義派〟といい、坪井九右衛門派を〝俗論党〟と呼んでいる。

桂小五郎・高杉晋作・伊藤博文そして井上馨（聞多）などは、完全に村田清風派に属していた。

桂小五郎は正確にいえば松陰門下ではない。松陰とは友人だ。したがって門人の高杉たちよりも松陰との関係においては、格が一枚上になる。しかし、桂は、松陰のことを、

「わが師」

と呼んで謙虚に尊敬した。

村田清風と坪井九右衛門の経済政策の差は、

「藩の越荷方は、直接生産者と仲買商人とのどちらと結びつくか」

ということだ。坪井九右衛門派は、

「直接生産者と結びついて、煩わしい仕事をするよりも、萩城下町の御用商人と結んで、かれらに実務を扱わせたほうがいい。藩務に専念できる。藩の武士がなにも直接越荷方に行って、通商の仕事をすることなど必要ない」

と唱えていた。したがって専売の仕事を全部御用商人に任せて、その手数料を納めさせて藩富をはかろうとしたのである。これにはけっこう共鳴者が多かった。とくに、生産地でも豪農や城下町の特権商人が歓迎した。

これに対して村田清風は、

「そんなことをすれば、間に入る者が利益をかすめ取って生産者の富がはなはだしく減らされる。やはり直接ものをつくった生産者の利益を優先すべきだ」

と主張して、農民と越荷方が直接結びつく案を実行した。この政策差はむずかしい問題を含んでいる。しかし『防長回天史』が村田一派を正義派と呼び、坪井一派を俗論党と呼んだ分かれ道は完全に、

「直接生産者の利益を優先するかしないか」

の一事にかかっている。そして、直接生産者である農民の利益を優先する村田一派を正義派と呼んだのは、やはり当時の長州藩の政治事情にあったといっていい。

このころの長州藩は、

「徳川幕府の傘の下から抜け出て、一藩独立割拠しよう」

という大きな政治目的を持っていたからである。とくにその主張者が高杉晋作だった。幕府の第二次長州征伐直前に、高杉晋作はクーデターを起こした。藩政府は正義派と名乗る吉田松陰門下によって占拠された。

藩庁を占領した高杉は、藩組織や人事を決定的に改めた。このとき高杉が主張したのは、

「長州藩が徳川幕府から独立して大割拠を実現するためには、この際毛利本家も分家・支藩も長年のしこりを忘れて、一致協力する必要がある。つまり挙藩体制をつくらなければやがて迫りくる幕府軍に対抗できない」

ということであった。そしてさらに、

「それを実現するためには、ここで改めて長州藩内の産業を振興すべきだ。それには、撫育《ぶいく》方と越荷方の仕事をより強化しなければならない」

といった。いってみれば、

「撫育方と越荷方をフルに活用し、それによって長州藩内の産業を振興した結果得られる富を使って、幕府軍に対抗しよう」

ということである。

「経済立国策によって、地方自治の実をあげよう」

というものであった。

ここで、徹底的に改革された萩新政府は、改めて、

「撫育方と越荷方の任務」

について、勉強し直すことになった。

撫育方の創立は、前にも書いたように宝暦十三年（一七六三）五月十四日である。当時の藩主だった毛利重就《しげたか》が新令を発布した。撫育方設立の法令である。そして、全体の責任者として、当職毛利広定に毛利家独特の黒印（黒色の印肉で押した印、御墨付《おすみつき》のこと）の条例をさずけた。当職毛利広定は、藩主重就の実兄である。重就は兄の広定に対し、

「このことを全藩士に周知させて欲しい」

と命じた。

蔵元役所の中に独立の役所をつくった。これが撫育方だ。布施光貞《ふせみつさだ》、都野祥正《つのよしまさ》のふたりをその責任者とし、三戸基芳《みともとよし》を本取締役に命じた。

趣旨が趣旨だっただけに、撫育方の決算内容はいっさい秘密とされた。藩主の重就だけが知り得るように制度化した。したがって、一般的には撫育方の収支会計というのは知らされていない。幕末の嘉永三年（一八五〇）以降、十ヶ年間の平均は、米約二万六千石、銀三百五十貫目と記録されているそうだ。

しかし、

「一般会計とは完全に切り離せ」

という趣旨は、その後多少くずれた。それは、藩主の中で誠実な勤務ぶりをおこなうにもかかわらず、生活がひどく苦しい場合には援助費として与えたり、あるいは藩政に功労のあった者への報奨金として与えるなど、多少の臨時支出はあったようである。

撫育方資金が投入された新規事業では、

・新田の開発。

・干拓地（埋立地）の造成。

・すでに開拓中の土地で、資金がつづかずに中断されていた地域の買上げ。

・塩田の育成。

などである。

これによって、大規模な海の埋め立てがおこなわれ、現在の岩国市、柳井市、徳山市、新南陽市、防府市、宇部市などの臨海工業地帯は、このときに造成されたものである。坂時存が意見書の中で指摘した失政の中に、

「良港の分家への譲渡」

がある。しかしいったん譲渡した赤間関（下関港）や、柳井津などを返せということはできない。そこで新しく港も開発した。熊毛郡の室積港（光市）、佐波郡中関港（防府市）、赤間関伊崎新地（下関市）などである。

ここでは、貸銀所（金融機関）や越荷方（商事会社）が設けられた。そして、諸国への商

人にもはたらきかけた。倉庫も林立するようになった。
菜種、綿、藍、煙草、茶などが集荷され、これが船に乗って運び出されて行った。

忠臣蔵と松陰

元禄十五年（一七〇二）十二月十四日（正確には十五日の早朝）に、吉良邸に討ち入った赤穂浪士四十七人は、みごと吉良上野介《こうずけのすけ》の首を取って本懐を遂げた。つまり、主人浅野内匠頭《たくみのかみ》のうらみをはらした。当時は、武士の士風は堕落し、世の中はあげて、

「元禄バブル」

の好景気に酔っていたときだったので、この事件は天下を震撼《しんかん》させた。

「赤穂浪士は武士の鑑《かがみ》」

とか、

「義士」

と呼ばれた。四十七人の義士のうち、寺坂吉右衛門だけは大石の密命によって現場から脱した。かれは、顚末《てんまつ》を浅野本家やあるいは浅野内匠頭の未亡人に報告するために、現場から離脱したといわれている。

残った四十六人は、次のように各大名家に預けられた。

細川越中守　十七人
松平隠岐守　十人
毛利甲斐守　十人
水野監物　九人

このうち、毛利甲斐守というのは長州藩毛利本家の支藩で、長府藩主だった。つまり毛利家の分家だ。防長（周防・長門）二州といわれる毛利家の領地は、南側が瀬戸内海に面していたので、藩には上関・中関・下関という三つの港があったことはすでに触れた。このうち下関がもっとも枢要な戦略的地域にあり、航行する船の数も多かった。しかしこれを管理していたのは長府藩である。毛利本藩ではない。幕末にはこの下関港の管理をめぐって、すさまじい争いが起こる。

「下関港を毛利本藩の管理下におこう」

と企てたのが高杉晋作たちだ。そのために長府藩主が激昂《げっこう》し、

「高杉はとんでもないことをいう奴だ。殺せ」

ということになって、高杉晋作は長府藩主に追い回される。そのためにかれはついにおうのという愛人を連れて讃岐に亡命する。

この長府藩主である毛利甲斐守家へ預けられた赤穂義士は次の通りだ。

岡嶋八十右衛門　三十八歳　二十石五人扶持

吉田沢右衛門　二十九歳　十三両三人扶持
武林唯七　三十二歳　十五両三人扶持
倉橋伝助　三十四歳　二十石五人扶持
村松喜兵衛　六十一歳　二十石五人扶持
杉野十平次　二十八歳　八両三人扶持
勝田新左衛門　二十四歳　十五石三人扶持
前原伊助　三十九歳　十石三人扶持
小野寺幸右衛門　二十八歳　部屋住
間新六　二十二歳　部屋住

全体に、禄高《ろくだか》の少ない下級武士が多い。いってみれば軽輩の群れだ。

それでも「石」という単位をもつ給与を受けている人びとは、いちおうは禄米をもらっていた。が、「両」という金でもらう連中は、土地をまったくもらえなかったという武士だ。

一人扶持は、

「一日に米五合」

を与えられた。

この十人は、ほかの義士と同じように、元禄十六年二月十五日にそろって切腹する。

毛利甲斐守の江戸屋敷は、現在の東京都港区六本木六の九にあり、現在はテレビ朝日の敷地になっている。これが、長府藩主江戸上屋敷だった。そしてこの長府藩毛利家の上屋敷で、嘉永二年（一八四九）十一月十一日に生まれたのが、乃木希典《のぎまれすけ》将軍である。乃木将軍は、明治天皇が亡くなったときに切腹して殉死したことでよく知られている。亡くなったときの明治天皇は六十歳、乃木将軍は六十三歳だった。

したがって乃木将軍は、長府藩士の家に生まれている。父は乃木希次《まれつぐ》といって、乃木将軍は三男坊だった。この藩邸で乃木将軍は十歳になるまで育った。あたり一帯は大名屋敷だったという。

しかし、

「自分の生まれた藩邸内で、赤穂義士十人が切腹した」

といういいつたえは、その後乃木将軍にとって消しがたい大きな感動を与えた。乃木将軍は、西南の役で西郷軍に軍旗を奪われたときからひどい屈辱を感じ、

「いつか切腹して恥をそそぎたい」

と考えていた。だからずいぶん前から、切腹の作法についてはよく知る人にこれを学んでわきまえていたという。そういういい方ができるかどうかわからないが、乃木将軍は長い期間、

「いつ死ぬか」

と自分の死ぬ時期を求め続けて生きていたといっていいだろう。

しかし赤穂義士に対する乃木将軍の傾倒は純粋なもので、その忠節心にはつねづね感動していたという。この乃木将軍が同時に尊敬していたのが山鹿素行《やまがそこう》だ。いうまでもなく赤穂義

士たちに大きな影響を与えた山鹿流の軍学の大家だ。乃木将軍の父希次も山鹿流の軍学を学んでいた。

そして、この乃木家から分かれて毛利本家に仕えていたのが玉木文之進だ。いうまでもなく、吉田松陰の叔父だ。玉木家もまた山鹿流軍学の家筋だった。

吉田松陰は、文政十三年(一八三〇)八月に、萩城下のはずれ松本村の護国山のふもとに住んでいた杉百合之助・瀧夫婦の次男として生まれた。幼名は虎之助である。

しかし天保六年(一八三五)に、叔父の吉田大助が死んだためにその家に入って吉田大次郎と名乗った。が、嘉永五年(一八五二)十二月に、

「藩の許可を得ないで東北訪歴の旅に出た」

ということで、これが亡命だとされて藩士の籍を削られてしまった。このとき松陰は松次郎と改名したが、やがて寅次郎と改め、松陰という号を使った。

養子に入った吉田家は山鹿流の兵学指南を世職として、家禄は五十七石だった。松陰が吉田家を継いだのは六歳のときだったが、このころから父の弟で、死んだ養父大助の兄にあたる玉木文之進から徹底的に山鹿流の軍学を教えられた。松陰は優秀で、十歳のときに藩校明倫館の兵学教授になった。天保十一年(一八四〇)に、

「そうせい侯」

と呼ばれた藩主毛利敬親が国に戻ってきた。そして、文武の師範を萩城内に呼んで諮問をおこなった。このとき十一歳の松陰は老大家たちにまじって、

「武教全書」

の一節を講義した。ものおじしないその態度と、すでにじゅうぶんに極めていた学識に城内にいた人々は顔を見合わせて驚いた。藩主敬親も感心した。かれは微笑を浮かべて、

「よくできた。みごとだ」

とほめ讃《たた》えた。以後、毛利敬親の頭の中には、

「吉田寅次郎」

の名が深く刻みこまれた。だから、本当なら松陰が英気にまかせてとった諸行動の中には、すでにそのひとつだけ取り上げてもじゅうぶんに、

「死罪あるいは切腹」

に相当するようなものがあったにもかかわらず、そのたびに敬親は、

「許してやれ」

と寛大な処分をとらせた。敬親が愛した人物にもうひとり高杉晋作がいる。敬親はどちらかといえば、松陰や晋作のような、

「純粋人間」

を深く愛したようだ。この敬親の庇護があったことは松陰にとってひじょうに幸福であった。

そういう角度からみてみると、松陰に影響を与えた人はほかにもたくさんいる。たとえば林真人《はやしまひと》、山田宇右衛門《やまだうえもん》、山田亦介《またすけ》などだ。林真人は「百非《ひゃくひ》」という号をもっていた。松陰は

十八歳になったときに、

「山鹿流兵学の免許皆伝」

をこの林真人から受けた。林はまた、書画や詩文もよくしたという。

山田宇右衛門は兵学者だけでなく、藩の枢要な仕事をこなした。

嘉永六年（一八五三）に、毛利家は幕命によって相模国の西浦賀から腰越八王子山にいたる三浦半島の西南海岸一帯の警備を命ぜられた。山田亦介はこのとき総奉行の参謀となって、力を尽くした。のちにかれは、

「藩政」

になる。

吉田松陰はこの山田宇右衛門から、箕作省吾《みつくりしょうご》の、

「坤輿図識《こんよずしき》」

をおくられた。山田宇右衛門がいうのは、

「これからの兵学者は、もっと目を横に長くひらき、耳を飛ばして国際情勢にもあかるくなければならない。日本国内の情勢だけではなく、国際情勢にも目を向けるべきである」

と教えた。現在でいえば、

「グローカリズム（グローバルにものをみて、ローカルにしっかり根を据えて生きていく）」

ということである。

山田亦介は長沼流の兵学者だ。松陰の養父吉田大助とひじょうに仲がよかった。

藩の海防方を命ぜられ、洋式の造船術や大砲鋳造の方法を研究した。中国の上海方面からの情報を集めて、イギリスをはじめとする列強のインド侵略や、アヘン戦争などの事件を分析した。そして、列強による中国国土の割譲や、中国人民が奴隷化されているような惨状についてこんこんと松陰に教えた。さらに、

「こういう列強の魔手は、やがて日本にも及んでくるぞ。いまからしっかりと心を据えて対処するように」

と教えた。それが松陰の、

「日本防衛」

の念を熱く育ててゆく。

ほかに、平戸の山鹿流の軍学者葉《は》山《やま》左《さ》内《ない》、江戸での安《あ》積《さか》艮斎《ごんさい》、山鹿《やまが》素水《そすい》、佐久間象山などからも影響をうけた。

のちに長州藩は宿敵薩摩藩と連合し、徳川幕府を武力で討ち滅ぼす。この、

「薩長連合」

のきっかけは、実をいえば相当に古い。天保年間にすでに、薩摩藩は自藩の砂糖きびを育てて黒糖を得るために、大量のウマやウシの骨を肥料に使った。長州藩内にはこれがたくさんあった。そこで薩摩藩は長州藩に、

「ウマやウシの骨を譲ってほしい」

と申し入れている。

慶応二年(一八六六)の薩長連合は、軍事同盟だったが、そこへいたるまでにはすでに、

「経済交流」

としての、

「長州藩からのウマやウシの骨の輸入」

を薩摩藩はおこなっている。

また、ともに妙な行事を保っていた。

長州藩には、有名な、

「獅子の廊下の儀式」

というのがあったと伝えられている。これは毎年元旦に祝賀に登城する武士たちの代表が、
藩主に向かって、

「今年は徳川を討ちますか?」

ときく。藩主は、

「いや、今年は見合わせよう」

と答える。これが二百六十余年続いた。が、幕末にいたって初めて藩主が、

「今年は徳川を討とう」

と答えたという。とすればこの答えを口にしたのは、そうせい侯といわれた毛利敬親だ。

かれがなぜ、

「そうせい侯」

と呼ばれたかといえば、部下がなにか意見を具申したときにかならず、

「そうせい（そうしろ）」

と応じたからだという。決して、

「そんなことをするな」

とはいわなかった。すべて部下の意見を丸のみにした。そうなると部下のほうも、

「殿さまはすべてそうせいとおっしゃる。失敗したときは殿さまに責任がいく。そうさせてはならない。殿さまを安心させるためにも、われわれがもっとがんばらなければだめだ」

と逆にモラール（やる気）を高めた。その辺は現在でも通用する、

「トップと部下の信頼関係」

である。毛利敬親は、

「全面的に部下を信頼する」

というタイプのトップだった。部下が失敗したときに、

「おまえは一体なにをやっているんだ！」

とか、

「わたしはこんなことはまったくきかされていない。知らないぞ」

などと責任逃れするようなことは決してしなかった。

薩摩藩にも面白い行事があった。

「妙円寺まいり」

と呼ばれるものである。これは毎年九月十五日に、関ヶ原合戦で敗れて国に戻ってきた当時の島津義弘の寺（一時は神社）に、武装した若者がおまいりをする行事だ。このとき武装した若者たちは、

「チェストいけえ、関ヶ原！」

という妙なかけ声をかける。チェストというのは高潮したときに発するかけ声だ。したがってこのかけ声は、

「リメンバー関ヶ原（関ヶ原を忘れるな）」

という意味だ。

そして、この妙円寺まいりとともに薩摩藩がもっとも重要視していたのが、

「赤穂義士を讃える輪読会」

である。薩摩藩には有名な、

「郷中《ごじゅう》教育」

というのがある。関ヶ原に敗れたのちの薩摩藩島津家は、大きな城をつくらなかった。鹿児島に「鶴丸城」という平城をつくっただけである。城というよりもむしろ居館だ。しかし薩摩藩は全領土内に「外城《とじょう》」という支城をつくった。各方面別の砦《とりで》だ。そこを拠点にして、地域で一種の地方自治制度を実現した。青少年教育に使われたのが「郷中教育」である。これはその地域の年長者が年少者を教育し、しつけるシステムである。

「老人を尊敬し、上長には礼を尽くす」

ということが基本になっていた。これに背くといわゆる村八分にあう。

「これがなによりもつらい」

と当時の若者は互いに語り合った。だから村八分にあわないように、定めを守った。

この郷中教育の中でもっとも重視されたカリキュラムが、

「赤穂義士を讃える輪読会」

であった。同時に、

「曾我兄弟を讃える行事」

もおこなわれた。赤穂義士も曾我兄弟も共に、

「あだ討ち」

で有名だ。したがって薩摩藩も、妙円寺まいりや赤穂義士を讃える輪読会やさらに曾我兄弟を讃える行事などを組み合わせてみると、

「関ヶ原合戦のうらみ」

が根強く保たれていたことは確かだ。

薩長連合は、この毛利家における関ヶ原合戦のうらみと、島津家における関ヶ原合戦のうらみがかけ算をおこなって、相乗効果の結果、

「武力討伐」

になったといえる。

そして両藩とも、その武力討伐の軍事費を生み出したのが、それぞれの、

「血のにじむような経営努力、すなわち藩政改革と産業振興」

にあった。

長州藩における藩政改革と産業振興は、前にも書いたように、

「村田清風の政策」

にしたがっていた。すなわち、

「城下町の特権商人と組んで利益を得るのではなく直接生産者である農民の利益を考えて藩の専売政策をおこなう」

ということである。

村田清風の流れを汲む経済官僚には桂小五郎、高杉晋作、伊藤俊輔、井上聞多などがいた。桂小五郎は直接吉田松陰の弟子ではない。むしろ同僚といっていい。あるいは桂のほうが先輩かもしれない。しかし桂は生涯、

「吉田先生に兄事する」

といって尊敬していた。ほかの連中はすべて吉田松陰の松下村塾の門下生だ。そして吉田松陰は、みずから隠居していた村田清風の家に行ってその教えを乞うた人物である。となると、桂たちがおこなったことは、

「村田清風の経済政策を、吉田松陰の精神を底流として据えながら実行した」

といっていいだろう。

後世、

「幕府を倒して明治維新を実現し、明治政府の高官として日本の近代化に努力した英傑たち」

といわれるこれらの志士は、このころ挙げて、

「長州藩の富国化」

に夢中になっていた。かれらの行動に対し、

「毛利家を商家にし、武士を商人にするつもりか」

という反対論がわきあがった。が、桂たちはそうは考えなかった。それはつまり、

「われわれがおこなっている政策は、すべて村田清風先生と吉田松陰先生の精神を底に流している。したがって、単なる利益追求の商人ではない」

という自信があったからである。この精神とはいうまでもなく、

「尊皇論」

であった。この尊皇論は、あきらかに山鹿流の軍学から発したもので、それは、

「赤穂義士の忠誠心」

にもつながっていた。

燃えるような桂たちの努力と誠意は、たちまち火がついて長州全土に広がって行った。資金提供は撫育方《ぶいくかた》がおこなう。そして越荷方《こしにかた》が直接専売の仕事をおこなう。ふたつの事業に、桂たちは死に物狂いになって働いた。藩内各地から、

「こういう事業を興したい」

と、撫育方からの資金提供の申し込みが多くなった。そのなかでもっとも活発化したのが「塩業」である。長州藩の藩土は瀬戸内海に面して長い海岸線を持っている。製塩にもっとも適していた。藩はまずこの製塩に大規模な補助をはじめた。製塩業は活発になり、のちに、

「長州の三白」

といわれる製品のひとつになる。長州の三白とは「塩・紙・蠟《ろう》」である。「四白」といわれ、これに「米」を加える説もある。撫育方が援助した塩田は、大浜（防府市）、鶴浜（防府市）、江泊浜（防府市）、青江浜（山口市）、遠波浜（山口市）などがあり、合計塩づくり業者の戸数百四十五軒、面積は約二百十七町歩におよんだという。このうち、大浜、鶴浜、江泊浜は、古浜、中浜、西ノ浦浜といっしょにして、〝三田尻《みたじり》浜〟と総称した。これが、防長地帯の塩業の中心になった。

そして、防長塩の売り先は主に北国とした。このへんもまた獅子の廊下に設けられた「御前仕組方」の連中のチエによるものである。つまり、

「日本海側は、海が深いところが多いので、製塩業がかならずしも活発化していない。塩不足が目にみえている」

という目のつけ方であった。そのとおりで、これは成功した。

全土に広がる松陰精神

隠居した老経営学者坂時存が指摘したように、

「赤間関（いまの下関港）を手放したのは、長州本藩の大きな失敗である」

ということは事実だった。これは薩摩藩主島津斉彬《なりあきら》も指摘している。しかし斉彬の指摘は、

「下関港の戦略的重要性」

を指摘したのであって、かれは、

「下関港を、幕府の直轄地にしなかったのは徳川幕府の大きな失策である」

といっている。

毛利元就は、長州藩毛利家の祖だが、前に書いたように広大な地域の統合政策をおこなった結果、現在でいえば、

「中国道あるいは中国州」

をつくりあげた。

その意味でも、毛利元就は戦国時代のすぐれた経営者だといっていいだろう。ところがこの元就にひとつ腑《ふ》に落ちないことがあった。それはかれが広域自治体に組み込んだ中には、

「下関・門司・博多」

という三つの良港があった。だが元就はこれを活用していない。はっきりいえば、

「東南アジアとの交流」

をまったく考えていない。なぜか内陸部だけに目を向け、そこの充実をはかっている。すでにかれが滅ぼした大内氏でさえ、東南アジアと貿易をおこない大きな利益を得ていたのだから、元就も気がつかなかったはずはない。しかし元就は絶対に、

「外国との交流」

はおこなわなかった。

それを幕末にいたって、ようやく長州藩が、

「徳川幕府から独立して、直接外国と貿易をおこなおう」

と考え、

「その拠点を赤間関（下関港）におこう」

と策したのである。そのためには、いま分家の長府藩の管理下にある下関港を長州毛利本家の管理下に移さなければならない。当然悶着《もんちゃく》が起こる。これはのちのことになるが、桂小五郎たちの主張によって、藩主の毛利敬親が積極的にのり出す。かれみずから分家に行って、

「この際だから、本家と分家が心を合わせたい。ついては、分家が管理している諸港も本家の管理に移して欲しい」

と頼んで歩く。一時は争いが起こるが、結局は本家当主の熱意が功を奏して、分家も納得する。これが、

「長州藩を一本化し、大割拠《だいかっきょ》（幕府からの完全な独立）」

を実現させる。そしてこの大割拠がバネになって、討幕パワーがどんどん育っていき、幕府はやがて倒される。

しかし、その土壌づくりは、吉田松陰が生きているころからの、長州藩の、

「産業振興」

がそのきっかけになった。

産業が振興されはじめると、いろいろな部門から、いろいろな意見が出てきた。その中で、

「八幡改方《ばはんあらためかた》」

という役所から、

「井崎新地に越荷方《こしにかた》を設けてはいかがか」

という意見が出た。八幡改方というのは、その名のとおりむかしは、

「八幡船といわれた海賊船や密貿易の監視役」

である。したがって海に関する知識がゆたかだった。

八幡改方というような古めかしいポスト名を持っていても、このころその役にあった役人

たちは古い考えを捨てていた。下関海峡を次々と外国船が通って行く。日本はすでに開国している。したがって、国外事情にも八幡改方の役人たちは関心をもち情報を集めていた。いわゆるグローカリズムに立ってものを考えれば、

「長州藩も、国際情勢にうとく取り残されるようなことをしてはならない」

という責任感をもっていた。

いわば、桂たちが主張した、

「長州藩をゆたかにするための産業振興」

は、内陸部だけでなく、海の方面にも広がった。だから八幡改方の役人たちが、

「井崎新地に越荷方の役所を設けるべきです」

という意見具申をしてきたときは、桂・高杉はすぐこれにしたがった。井崎新地は、長州本藩の支配地であって長府藩の管理下にはない。長府藩にいくら、

「下関を本藩の管理下にさせてくれ」

といってもいうことをきかない。当面は、井崎新地の越荷方で藩富の事業をおこなおうということに決した。

高杉晋作が主張していたのは、

「長州藩大割拠」

である。大割拠というのは、

「徳川幕府の支配下から脱して、長州藩が地方自治を実現する」

ということだ。

長州藩はこの段階で、

「やがて幕府と一戦かまえなければならない」

と覚悟していた。したがって、藩をゆたかにするための産業振興は、単なる生産者だけの利益をはかっていたわけではない。やがてくる大決戦のときに、

「幕府軍を打ち破れるだけの軍事力をやしなおう」

ということにもつながっていた。しかしそのためには、毛利本家と分家がばらばらになっていたのでは駄目だ。高杉も桂も、

「毛利本家も分家もこの際一致協力して、挙藩体制をつくり、やがて迫りくる幕府軍に対応すべきだ」

と〝長州藩大割拠〟を唱えた。割拠というのは、

「徳川幕府から藩が独立する」

ということだ。いまでいえば地方分権の確立だ。地方自治体の独立である。しかしそれには、

「自分の藩が経営できるだけの財源をみずから調達しなければならない」

ということになる。このとき高杉・桂たちが目をつけたのが、

「藩の物産を諸国に売り出し、藩で必要なものを輸入する」

という貿易の考えだ。貿易の実際は港でおこなわれる。それには、長州藩が持っている港

を本家のものだ、分家のものだなどと所有権を主張し合うのではなく、

「長州藩全体のために活用する」

という大乗的な発想が必要だと考えた。そうでなければ大割拠はできない。

そこで、当時の藩主毛利敬親は、岩国の吉川家や、長府の毛利家などを歴訪し、

「非常の際だから、いままでのいきさつを忘れて一致協力してもらいたい」

と申し入れている。

長州藩では、ふつうの大名家が、

「郡（ぐん。あるいはこおり）」

という広域行政システムをとるのに対し、

「宰判《さいばん》」

というシステムをとっている。藩内を十八の宰判に分けていた。明治維新後、日本の各地域に、

「裁判所」

が設けられた。しかしこの裁判所のルーツは長州藩の宰判にある。したがって明治初年の裁判所は裁きの場ではなく、逆に民政を扱う行政機関だった。これも長州藩の制度を明治政府が活用したものである。

上関港の北方には柳井港という良港がある。しかしここは、岩国吉川家の所管だった。そして、下関港は分家の長府藩の所管になる。それぞれが港からあがる利益を自藩の収入にし

ていた。大割拠のときに、

「これを全部毛利本藩の所管として、一致協力して扱いたい」

ということになった。怒ったのは下関港を管理していた長府藩だ。

「そんなとんでもないことをいい出したやつは誰だ？」

ということになって、いい出しっぺの追及がおこなわれた。

「高杉晋作だ」

と判明した。そこで、

「高杉を殺せ」

と長府藩士がいきりたって、下関にいた高杉を追いまわしはじめた。閉口した高杉は、ついに、

「亡命する」

といって、下関の芸者だったおうのという女性を連れて、大坂経由で四国の日柳燕石《くさなぎえんせき》という博徒のところに逃げ込んだ。燕石は当時、

「勤皇やくざ」

といわれていた風変わりな侠客《きょうかく》だった。学問が深かった。家は米屋だったが博打《ばくち》が好きで、大勢の子分を抱えていた。かねてから高杉晋作を尊敬していたので、よろこんで迎えた。

こういうように、この時代になると毛利家の本家・分家の意識もそれぞれこだわりが生じていた。というのは、分家のほうが、大名の扱いを受けてきたから、

「独立意識」

を強く持っていたということである。

「どんな地域でも、町づくりに絶対必要な要件」

というのがある。それをわたしは、

「その地域における生きがいと死にがいの創造」

というい方をしている。そしてもうひとつは、

「この実現には〝不易流行〟の発想が大切だ」

と告げている。

「不易流行」

というのは、いうまでもなく元禄年間に活躍した俳聖の松尾芭蕉が生み出した俳論である。

不易というのは、

「永遠に変わらないもの、あるいは変えてはいけないもの」

のことをいう。流行というのは、

「そのときの社会現象によって、こちらも的確に対応していかなければならないもの」

をいう。言葉を換えれば、不易というのは、

「原理・原則・真理」

のようなものであり、流行というのは、

「時代に適応した変化あるいは改革」

のようなことをいうのだろう。芭蕉はこの不易流行について、

「不易も流行も同根なのだから、俳句をつくるうえではこれをミックスすべきだ」

と、バラバラにすることを戒めた。しかしかれが死んだ後、結果としては不易派と流行派に分かれてしまった。不易派は、どちらかといえばいまの言葉を使えばダサイ古さを保ち、流行派はけばけばしく華やかな俳風を生んだ。芭蕉の真意をかならずしも弟子たちが理解し得たとはいえない現象を生んだ。

芭蕉が提唱した、

「不易流行」

という考えは、いつの時代でも、またなんの問題にも当てはまる。現在もまた、

「不易を忘れて、流行にばかり走っている時代」

といっていい。幕末も同じだった。目の前の利益追求にわれを忘れて、いたずらに権謀術策に走るような大名家（藩）も多かった。しかし長州藩は一貫して、

「不易」

を持っていた。長州藩における不易というのは、いうまでもなく、

「勤皇の精神」

である。これは毛利元就以来一貫している。そして幕末のあの大きな政治変動期においても、長州藩はこの不易心を捨てなかった。それが大きくものをいった。しかしそのために、たいへんな窮地に陥ったこともある。

「藩が滅びるか、滅びないか」

というギリギリの崖っぷちまで追い詰められた。第一次長州征伐、第二次長州征伐がそれだ。しかし長州藩は、藩士をあげて全藩民が心を合わせ、力を合わせてこれに対抗した。見事に危機を乗り切った。しかも、現在でいえば、

「一地方自治体が、他自治体と手を組んで中央政府を解体させ、新しい政府を生まれさせた」

という結果を生んだ。

「幕末の長州藩は、なによりも藩内の産業振興と、その輸出に重きをおいた。藩の民が富み、同時に藩そのものを富ませることが、この不易の心である長州藩の原理・原則を守り抜くことにつながると信じていた」

さらにいえば、

「幕末の長州藩が重視した港のひとつに、上関港があった」

ということである。

そして長州藩の不易の精神である、

「勤皇精神」

を、幕末に勇気を持って大声で主張したのが吉田松陰にほかならない。この上関の地域は、吉田松陰ともかかわりが深い。松陰自身が上関にもやってきたが、それだけでなく上関にいたる半島の中程に阿月《あつき》という地域がある。ここは長州藩の家老であった浦靱負《ゆきえ》の領地だ。家

宰の秋良敦之助《あきらあつのすけ》は有名だ。傾いた浦家の財政を再建したのみならず、秋良は当時としても日本中に鳴り響いた、

「勤皇学者」

である。浦家には、

「克己塾《こっきじゅく》」

という私塾があった。秋良が教えた。門下から赤根武人《あかねたけと》や世良修蔵《せらしゅうぞう》などが出た。赤根や世良は、以前は近くの妙円寺という寺の住職だった月性《げっしょう》の門人だった。月性は自分の寺の境内に、「清狂草堂」という塾を建て、ここで多くの有能な若者を教えた。月性は気性が荒く、国防僧とか海防僧と呼ばれていた。常に日本の国防問題を論じ、力を尽くさない幕府に大きな怒りと不満を持っていた。

さらにいえば、この近くには富永有隣もいた。

長州藩の産業振興についてここまで話を広げたのは、じつは松下村塾で吉田松陰が、門人たちに対して常に、

「ひたいに汗して生産する行為を尊ばなければならない」

と教えていたからである。

はじめに松下村塾をつくったのは、叔父の玉木文之進だった。それをやがてやはり松陰の叔父久保五郎左衛門が引き継いだ。玉木文之進は、松陰にとって、

「実質上の先生」

だった。教育方針はすさまじかったらしい。いうところのスパルタ教育である。体罰などは日常茶飯事で、そんなことをいちいち問題にするような時代ではない。松陰自身も、叔父の文之進に殴られれば、

「わたしのほうが悪い」

と感じた。とにかく六歳ごろから、徹底的に儒教と兵学をたたき込む文之進にすれば、

「兄たちの依頼を受けて、寅次郎（松陰の名）を一人前の藩の兵学指南に仕立て上げなければ申し訳ない。その責任はすべて自分にある」

と思い込んでいた。文之進の人となりについては、人びとは、

「厳正・勤倹・剛直」

だったという。しかし学問は深く、西洋の兵学にもあかるかった。だから、松陰をがり亡者の試験勉強だけが得意だというような育て方をしていたわけではない。

「藩という小さな井戸のなかだけでものを考えるな」

といって、いまでいう国際感覚にも目を向けることを求めた。しかし、性格がきびしいから、物覚えが悪いとすぐ、

「これは昨日教えたはずだぞ！」

と叩く。講義がむずかしくてしだいに飽きてきた松陰が姿勢をくずすと、

「学ぶ気がないのならば、ここから出ていけ！」

といって、講義をやめすぐ松陰を家の外へ放り出す。それだけではない。放り出された松

陰の前にいままで読んでいた書物がとんでくる、硯がとんでくる。机までとんできた。松陰は閉口した。もっとひどいときは、文机《ふみづくえ》を背中に背負わされて往来に立たされたこともある。

叔父の文之進にすれば、

「わたくしは物覚えが悪いので、こういう目にあっていますということを世間の人さまにみてもらえ」

ということだ。

もっといえば、

「おまえのような物覚えの悪い少年は、学問など習う資格がない」

ということだろう。外に放り出された松陰を、当然道行く人びとはあざ笑う。あるいは、

「どうかしたの？」

と理由をききにくる大人もいた。おそらくこういう目にあった松陰は、はなはだしい屈辱感に身をさいなまれたに違いない。

ところが、まさしくところがで、これから先の松陰の対応が実は興味深い。松陰は、こういう目にあったからといってそれでは、

「叔父の玉木文之進を恨んだか、憎んだか」

といえば、絶対に叔父を恨まなかった。憎みもしなかった。むしろ自分を振り返った。

「叔父上が、わたしをこんな目にあわせるのは、わたしがいたらないからだ」

と自分のいたらなさを反省した。

民謡に造詣の深いある先生が、

「自分の好きなこと、志したことに熱中する人は、かならず自分をカラッポにして、他人のすぐれたところをすべて吸収しようと努力する」

といったことがある。これを松陰も実行した。だから叔父の文之進に学問を習おうと志したときから、松陰の心の中はカラッポだ。大きなカラの箱をつくっておいて、叔父のすぐれた言葉や考え方をどんどん吸収しようとする。叔父が怒るのは、

「その受け入れ方がまだ充分でない」

ということだ。充分でないというのは、叔父の文之進からみれば、

「おまえは、まだ自分へのこだわりを胸の中に残している」

ということだろう。その民謡の研究家は、こんなことをいった。

「個性とあくどさは違う」

どう違うかといえば、

・個性を発揮するということは、他人のすぐれた面を受け入れようとして自分をカラッポにすること。

・あくどさが残るというのは、自分にしがみつく未練があって、それを捨てない、ということ。

と説明していた。これもよくわかる。だからこのときの松陰は、まだ、

「自分で自分に執着する」

という部分を残しているから、胸の中は完全にカラッポになってはいない。根雪のようにこびりついた部分が残っている。叔父の文之進からみれば、

「その執着心がわたしのいうことを受けつけないのだ。逆に邪魔をしている」

ということなのだろう。このへんは、民謡研究家のいう、

「個性とあくどさの差」

の問題はなかなかむずかしい。つまり一般に考えれば、

「あくどさも個性の一種ではないのか」

と思われるからだ。スパイス（あくどさ）のきかない個性には、毒気もなければ味もないという場合もある。しかしこれは、芸術の分野ではそういえるかもしれないが、松陰が学んでいたころの精神状態では、そういう考えはまったくなかった。松陰は純粋に、

「叔父上がお怒りになる時は、自分のほうに非がある」

と素直に考えた。したがって、叩かれたり、家の外に放り出されたりするいわゆる〝体罰〟を受けても、いまのような考え方はしない。現在はおそらく、体罰を、

「肉体に加えられる暴力と、加えられる側の人権無視」

であるとする考えが前面に出ているに違いない。

ひとつの考え方だが、松陰たちの時代にそんな考えはない。むしろあたり前だと思っていた。そしておそらく松陰は、叩かれても、蹴《け》られても、あるいは家の外に放り出されても、肉体的苦痛はあまり感じなかったに違いない。むしろ、そうされることの屈辱感で頭がいっ

ぱいになる。しかしその屈辱感も、

「自分がいたらないからだ」

と原因を自分に求める、という真摯《しんし》な態度があった。

状況がちょっと違うかもしれないが、頼山陽の少年時代にも同じような話がある。頼山陽はいうまでもなく『日本外史』を書いた歴史学者であり、同時に詩人だ。かれの父は頼春水といって、芸州広島の浅野家につかえる学者だった。藩校の教授をしていた。あるとき、藩主から、

「江戸に行って世子（相続人）に学問を教えて欲しい」

といわれた。当時の幕府の掟《おきて》では、大名の夫人と世子は江戸の藩邸で暮らすことになっていた。一種の〝人質〟である。春水は、

「一人で江戸に行く」

といった。現在でいう単身赴任だ。この頃、春水の子山陽には、ちょっと問題があった。というのは、引っ込み思案で学校に行かない。無理に追い出しても、すぐ帰ってくる。

「どうしたのだ？」

ときくと、

「他の子にいじめられるからイヤだ」

という。現在でいう登校拒否である。春水は弱った。しかし、事情があって妻子を江戸にいっしょに連れていく訳にはいかなかった。そこで春水は妻のしず子に、

「山陽をよろしく頼む」

といった。しず子は心細い表情で、

「わかりました」

と応じたが、自信はなかった。春水が江戸に行ってしまった後、しず子は山陽の教育に手を焼いた。いうことをきかない。学校には絶対に行かない。いつも家の暗い隅でじっとうずくまり、頭を抱えている。

「いったいなにを考えているのだろう」

と思うが、母親すらそばへ寄せつけない。

たまに夫の春水が帰ってくる。そして相変わらずの山陽をみると、しず子を叱った。

「わたしは江戸で若君の学問のお相手をしているのに、おまえは息子ひとりの教育もできないのか。山陽があんな様子をしているのは、すべておまえのせいだ」

ときびしく責める。しかし、しず子にすれば、

(あなたがわたしたちを放り出して、ひとりで江戸暮らしをなさっているからこういうことになるのです)

といいたいが、昔の武士の家では、そんな口答えはできない。じっと我慢する。春水は散々にしず子を叱りつけて、

「では、江戸へ行く。山陽をしっかり育てろよ」

といって去ってしまう。残されたしず子は、

（なにをいっているのですか）

と思う。やがてまた夫が帰ってくる。そしてまた山陽をみると、しず子を叱りつける。しず子は情けなくなった。同時に怒りもわいてきた。そこである日、

「そのようにあなたからガミガミいわれても、わたしにはいまのやり方が精一杯です。でも考えてみれば、いまのやり方はあなたの指示をそのまま守っているだけです。これからは、わたしの思いどおり山陽を教育してもいいですか」

ときいた。春水はびっくりした。しかし、

「けっこうだ。思うように教育してくれ」

といった。しず子は、

「わかりました、思うようにいたします」

といって、唇をきっと結んだ。夫が去った後、しず子は息子の山陽にいった。

「あなたは、そうやっていつもひとりでいるのが好きですか？」

「好きです」

「では、もっとひとりにしてあげましょうか」

「どうするのですか？」

「家の中に座敷牢《ろう》をつくります。そこへお入りなさい」

「えっ？」

さすがに山陽はびっくりした。いままでやさしく、どちらかというと頼りなかった母親が、

急に決然とした態度で臨んできたからである。しかし山陽は、

「お願いします」

といった。しず子は家の中に座敷牢をつくり、その中に山陽を閉じ込めてしまった。そして、ほとんど近づかない。座敷牢に入れたとき、しず子はいった。

「あなたは、わたしの手に負えません。ですから座敷牢の中に入って、なぜ自分がそうなっているのか、ひとりで考えなさい。答えが出たら、わたしを呼びなさい」

山陽は厳しい母親の態度にちょっと心細そうな顔をしたが、しかししっかりとうなずいた。

「そうしてみます」

座敷牢の中に入れられた山陽は、そのまま放置された。しず子は食事以外届けない。しかし日にちがたつとやがて山陽はいった。

「おかあさん、本を差し入れてください」

「本を読む気が起こりましたか？」

「起こりました。お願いします」

「なんの本ですか？」

「できれば歴史の本を読みたいと思います」

「わかりました」

そこでしず子は、山陽の望む歴史の本をどんどん差し入れてやった。座敷牢の中で山陽は本を読み耽《ふけ》った。その態度を盗みみると、前とは少し様子が違ってきた。やがて山陽は、

「おかあさん、紙と筆記用具をください」

といった。しず子は差し入れてやった。山陽はなにか書きはじめた。そして一ヶ月ばかりたったある日、山陽はいった。

「おかあさん、この座敷牢から出してください」

「どうして出たいのですか？」

「歴史の本を読んでいるうちに、人間はひとりで生きているのではないということを悟りました。歴史を勉強するためには、世の中に出てもっと多くの人と会わなければなりません。藩のことも知る必要があります。出してください」

「わかりました」

しず子は喜んだ。胸の中で、

（わたしのやり方は正しかった）

と思った。山陽を座敷牢に入れてから、親戚一同から散々に非難されていたからである。

「いくら孤独が好きだからといって、自分の息子を座敷牢に入れる母親がいるか」

と、まわりはカンカンだった。しかし、しず子はじっと耐えた。山陽の言葉をきいたときに、

「息子は自分で立ち直ってくれた」

と思った。以後の山陽は、活発な人物になって、大いに社会と接触をする。しず子が老年になると、山陽はよく京都の酒亭に案内した。しず子はよく飲んだ。ふたりで歌を歌った。

まわりはうらやましがった。山陽は浪費家として有名だった。しかしその浪費の大部分は、母親との遊興費だった。酒亭の主人が心配して、

「少し飲み過ぎですよ」

と注意した。しかし山陽は、笑ってこう応じた。

「おれが今日あるのは、あの母親のおかげだ。母親にはいくら恩を尽くしても尽しきれない」

山陽の母しず子は、京都でも有名な存在になった。

直接の体罰とは違うかもしれないが、これもまた問題のある子供に対し、母親が思いきった手段をとった例だ。しかも単身赴任の父親からは、帰ってくるたびに、

「おまえのしつけはなっていない」

と叱られ続けたことから、しず子はある日、

「それなら、わたしの思いどおりの教育をしてみよう」

と決意したのである。そしてその方法は、

「孤独の好きな息子を、座敷牢に放り込んでさらに孤独にしてやろう」

というすさまじい決意であった。しかしそれが成功した。これはつまり、山陽側にも、

「こういう自分の性格は、自分自身にもどこかに原因があるのではないか」

と考え続けていたからである。山陽も決して、ひとりぼっちになったり、引っ込み思案になったり、そしてそれが登校拒否につながったことを、

「学校が悪い、先生が悪い、友達が悪い」

などと、すべて〃人のせい〃にはしなかった。

「自分にもどこか欠陥があるのだ」

と思った。だからこそ破天荒な処置である座敷牢に入れられてもかれは決してわめいたり泣いたりはしなかった。むしろ、

「たったひとりで、真剣に自分と向かい合える場所を与えられた」

というように受け止めた。松陰の場合も同じだったのである。

わたしたちの子供時代も同じだった。体罰というのは、かならずしも物理的に肉体に打擲《ちょうちゃく》を加えるということだけではない。

「屈辱感」

も与えられた。むかしの小学校などでよく、

「廊下に立たされる」

という罰があったが、これは教室内で被る屈辱感を、さらに拡大して教室外でも受けるということだ。つまり通りかかるよその組の生徒たちからも、笑われるという恥をかかされることだ。しかし案外これはきいた。教室外に立たされると、よく水のはいったバケツをぶら下げさせられたり、頭の上に雑巾《ぞうきん》を乗せられたりした。屈辱の上塗りだ。こういうことがいやでたまらないから、

「是が非でも勉強しよう」

ということになる。現在なら、

「まるでイヌのようだ」

といわれるだろう。しかしむかしの子供は、こういう目にあったからといってかならずしもいじけたりひがんだりしたわけではない。案外素直だった。

「こういう悪いことをすれば、そういう目にあう」

ということがルール化され、あるいはマニュアル化されていた。したがって、そういう罰を受けたからといって、先生を憎んで、いまのように暴行を加えるなどということは絶対になかった。そこに、なんともいえない、

「心の結びつき」

があったからだ。

「信頼関係」

といってもいい。だからある程度の年齢に達した人たちの間でよく、

「むかし叩いてくれた先生ほど懐かしい、叱ってくれた先生ほど慕わしい」

ということばが出るのは、体罰を加えた先生側にも、

「その生徒に対する愛情」

があったからである。いまは果たしてどうなのだろうか。

私事にわたるが、わたしのところを訪れる人びとが、

「どんな本を読んだらいいでしょうか？」

ときくことがある。そのときわたしは自分の書いた本などすすめない。すすめるのはかならず吉野源三郎先生の書いた、

『君たちはどう生きるか』

という岩波文庫である。コペルくんという主人公の物語だが、この『君たちはどう生きるか』という本の中には、子供だけでなく大人の世界にも通ずる、つまり、

「人間はどう生きればいいのか」

という問題がいっぱい詰まっている。とくにコペルくんが、仲間と悪いことをして先生から、

「このいたずらをした者は、正直に前に出なさい」

といわれ、友人は進み出るが、コペルくんは心が臆《おく》してついに前に出ない。その卑劣さを深く反省し、自己嫌悪に陥り、母親に告白する。このとき母親は、

「自分にも同じような経験があった」

といって、道を歩いていたときに、重い荷物を持つお婆さんに出会い、そのお婆さんに何度も、

「荷物を持ってあげましょうか」

と呼びかけようと思っても、ついに呼びかけることができなかった話をする。コペルくんは救われる。正直に友人と先生に謝罪する。このエピソードは子供のわたしの心を揺り動かした。

そしてこの本のことを教えてくれたのは、担任の先生だった。担任の先生はきびしく、わたしもよく体罰を食らった。子供のころのわたしは、学業はそれほど劣っていなかったが、お行儀だけは悪かった。そのために、

「操行」

は、つねに満点は取れなかった。体罰を食らうたびにわたしは、

(自分のほうが悪い)

と感じていた。ところがその先生は、授業が終わった後や、あるいは休みの日などに、

「うちへ遊びにおいで」

と自宅の地図を描いてくれて、訪ねるとお菓子を出してくれ、この『君たちはどう生きるか』のお気に入りの箇所を読んでくれた。このことはいまでも忘れていない。だからわたしは、うちを訪ねる人が、

「どんな本を読んだらいいですか？」

ときくと、かならずこの本を推薦している。推薦しているというよりも、

「この本をあげるから、持って帰って読みなさい」

と告げる。『君たちはどう生きるか』という文庫本は、だからわたしの仕事場にかなりの冊数が積んである。

幼少年時代の吉田松陰にとっても、叔父玉木文之進のきびしい教育は決して松陰の性格をゆがめるようなものではなかった。松陰は体罰を食らい、あるいは机と共に家の外に放り出

されるたびに、

「自分はなぜこう、物覚えが悪いのだろうか」

と自分を責め、悲しんだ。

やがてその甲斐あって、十一歳のときに松陰は藩主の前で講義をおこなうまでになった。

もちろん、十一歳の少年のおこなう講義だから完璧なものではない。それを背後から玉木文之進が補ってくれた。

富永有隣を教授に迎える

吉田松陰の叔父玉木文之進は、自分が開いた松下村塾を義弟の久保五郎左衛門に譲った。五郎左衛門の教育方針は、文之進とはすこし違った。

「読み・書き・そろばん」

を重んじたようだ。いってみれば、

「萩における寺子屋」

のような性格だった。そのため通う子供が増えた。読み・書き・そろばんは、そのころの農民や庶民の子供にとって、欠くことのできないものだったからである。久保の松下村塾は、

「実務的な塾」

だった。こう書くと、

「久保五郎左衛門は、世俗的な実務家であって、真の学者ではない」

という印象を持たれるかもしれない。ところが吉田松陰の久保五郎左衛門に対するみかた

はまったく違っていた。

「ああ、久保先生は、まことに見事に一村の子弟を教育して、上は君臣の義・華夷《かい》の弁を明らかにし、下は孝悌《こうてい》・忠信の道徳をよく守ったのである。この先生の事跡を受けて、才能に優れた非凡なる人物が現れ、その風土に染み着いている悪しき気風を一掃して、郷土にめでたい美風を移し植えてゆけば、そのときにはわが藩の真の面目はこの松本村から上がることになるだろう。そして、このことは、一地方や一城下の問題にとどまるものではない。わが長門の国は国土の西の端に位置しているとはいえ、日本全国を奮い立たせて、わが国をうかがっている外国を恐れさせることも、絶対に不可能だというわけではない。いま、僕は罪に服している囚人であるから、声を高くして論じられる身ではない。しかし幸いにも、わが一門の末席を占める者である。僕が一族の子弟を集めて、二先生のあとを継ぐということになれば、そのときにはわが一身をなげうってでも務める覚悟である」

と語っている。(『吉田松陰』奈良本辰也・真田幸隆訳編・角川文庫)

この松陰の一文は、じつは、いまのことばを使えば、かれが〝リニューアル〟した松下村塾の経営に乗り出したときに書いた、

『松下村塾記』

の一文である。この『松下村塾記』は、わたしの好きな文章で、時折繰り返して読んでいるが、最近ひとつ気がついたことがあった。それは松陰の、

「松本村への意識の強さ」

である。つまりこの『松下村塾記』でかれが強く唱えている主張のひとつは、

「寒村である松本村から、長州藩士全域に、そして日本国全域に、さらには世界全域に対して、地を揺るがすような情報の発信をしよう」

ということだ。

「なぜ松本村をそこまで意識するのか」

ということを追求していくと、松陰の心の底にはやはり、

「不当な扱いを受けている地域としての松本村」

という気持ちがあったような気がする。

吉田松陰は安政二年（一八五五）の十二月に出獄した。これは獄司の福川犀之助が藩首脳部に奔走してくれたからだ。理由は、

「健康を損なったため」

ということである。したがって、

「自宅において保養を認める」

ということになったが、しかし、

「自宅においては、家人がきびしく監視すること」

と〝自宅監禁〟の命令を受けた。あいかわらず罪人の扱いである。

自宅というのは父の杉百合之助の家だ。現在も保存されているが、この一角に幽囚の部屋

が設けられた。

翌安政三年（一八五六）の正月になると、父や叔父の玉木文之進たちが、

「きくところによれば、野山獄内で孟子の講義をおこなっていたそうだが、中断させるのは惜しい。われわれにきかせてくれないか」

と申し出た。これがいわば、

「吉田松陰の松下村塾における講義のはじまり」

である。吉田家は藩で命ぜられた家職が、

「兵学指南」

だったから、やがて孟子のほかに『武教全書』なども講ずるようになった。

このころはまだ前に書いた久保五郎左衛門の「松下村塾」は健在である。ところが、久保の松下村塾の教育に飽き足りない青少年がいて、

「杉家でも、獄から出てきた寅次郎さんが学問を教えているらしい」

という噂《うわさ》をきき、こっちにもやってきた。そして松陰の講ずる『孟子』や『武教全書』に耳を傾けた。中には、

「こっちのほうがおもしろい」

といって、久保のほうをやめてしまう者もいた。反対に、

「いまどき孟子や武教全書などをきいても、生活の役に立たない」

といって、再び久保塾に戻り、二度とこっちにはやってこない者もいた。このへんの、

「弟子が師匠を選ぶ、塾を選ぶ」

ということは、松陰の松下村塾が繁栄を極めるようになっても、しばしば起こった。まっしぐらに松陰の松下村塾をめざしてくる若者の中にも、

「吉田先生の松下村塾の評判が高い。卒業すれば、きっといいところへ就職の世話をしてくれるだろう」

などと思ってやってくる者もあった。しかしこんな連中はすぐ失望した。二度とこなくなる。

久保五郎左衛門の松下村塾と、吉田松陰の松下村塾が合併するのは、安政四年（一八五七）三月のころだという。形としては、久保塾が吉田塾の中に包含され、発展的解消を遂げたということだ。この段階で、久保五郎左衛門の松下村塾は閉鎖される。吉田松陰の松下村塾だけが残る。

しかしそうはいっても、吉田松陰は藩からはあいかわらず罪人の扱いを受けている。

「松下村塾の主宰者」

として、名前を表に出すわけにはいかない。そこでその後も、

「松下村塾の主宰者は久保五郎左衛門である」

と世間には告げていた。が、叔父の久保が松陰に、

「村塾は、おまえの教育方法だけで運営したほうがいい。おれの塾は閉じる」

といったのは、久保自身が、

「いま教えている、読み・書き・そろばんだけでは、この動乱期に生きていく人間にとっての知識を与えることはできない」

とみずからの限界を悟ったためである。したがって久保も出獄以来の松陰の講義を、杉家の幽囚室できいてきたひとりだったが、ひどく感動していた。

「寅次郎はさすがに違う」

と謙虚に反省したからこそ、松下村塾をそっくり甥に譲ったのだ。しかし、譲られたものの松陰は、自分の名を塾の経営者として外に出すわけにはいかない。

「しばらくの間は、叔父上の名をお貸しください」

といって、あいかわらず松下村塾の経営は久保五郎左衛門がおこなっている形を取った。そのために、松陰が自分なりの教育方針で塾をはじめたといっても、弟子のほうは混合状況だった。つまりいままでどおり、

「読み・書き・そろばんを教わって、世の中でいい仕事にありつこう」

と就職のための手段として通ってくる者も結構いた。しかしそうではなく、すでに杉家の幽囚室で松陰の講義をきいたときから、

「これこそ自分の求める学問だ」

と希望に胸を熱くして通ってくる者もいた。一種の混合状況が続いた。

松陰は自分の身の不自由を感じた。つまり、

「大手を振って弟子たちを教育できない」

というもどかしさである。そうなると、

「自分の気持ちをよく知っている学者が、もうひとり欲しい」

ということになる。そしてそのもうひとりの学者は、

「堂々と世間に名の出せる人物であって欲しい」

と思った。

このとき心に閃《ひらめ》いたのが、野山獄でいっしょに苦労していた富永有隣の存在である。松陰が野山獄を出るころは、有隣は完全に人が変わっていた。もともと有隣の号は、松陰がいったように、論語にある、

「徳孤ならず、必ず隣あり」

ということばからきている。以前の有隣は孤高狷介《けんかい》の性格で、みんなに嫌われていた。

有隣は、周防《すおう》国吉敷郡陶村で生まれた。家は代々、藩の御膳部役を務めていた。台所役人だ。しかし有隣は、子供のころから頭が鋭く、藩校の明倫館で学んだ。山県太華の弟子になった。そして十三歳のときに、藩主の前で『大学』を講義した。松陰が十一歳のときに藩主の前で『武教全書』の講義をおこなったのと同じだ。感心した藩主は有隣を自分の小姓に登用した。ところが有隣の性格が、非常に狷介で他と馴染《なじ》まない。小姓というのは現在の秘書役だ。気が利いて、如才なく、自分の嫌なことも我慢して客にお世辞をいうくらいの才覚がなければならない。ところが有隣はそんなことはまったく苦手だった。そのために、先輩や同僚の秘書たちから嫌われた。やがて、

「富永は秘書には向きません」

と藩主に告げ口された。藩主は、

「生き下手かもしれないが、富永には学才がある」

といって取り合わなかった。そこで先輩や同僚たちは策をめぐらして、有隣に無実の罪を着せた。やむを得ず藩主は有隣の秘書役を解き、有隣は見島に流されてしまった。しかし別にこれという罪があったわけではない。不幸なことにかれは城内において嫌われただけでなく、家庭内や近隣社会でも嫌われていた。いわば、

「城の内外におけるもてあまし者」

だったのである。そのために家族が相談して、

「必要な費用を出しますので、野山獄に閉じ込めてください」

と有隣の隔離策を申請した。藩は認めた。そのために有隣は、

「職場と家族からみすてられた存在」

として、野山獄に入っていたのである。吉田松陰が入獄したときには、すでに有隣は五年間の牢獄生活を送っていた。こういう目にあってきたから、有隣は容易に人を信じなかった。完全な人間不信になってしまった。だからこそ最初のうち吉田松陰がいくら話しかけてもなにか持ちかけても、

「うるさい、あっちへ行け」

とけんもほろろだった。とくに吉田松陰が若い学者だったので、余計癇《かん》に触ったのだろう。

しかし松陰が出獄するころは、有隣は完全に松陰のよき支持者になっていた。獄司の福川も感心した。

「吉田先生のおかげで富永はまるで別人になった」

と褒《ほ》めた。

いま、叔父の久保五郎左衛門から松下村塾の運営をすべて任された松陰が、

「もうひとりの教育者」

として頭の中に閃かせたのが、富永有隣であった。

そう思い立つと、いても立ってもいられないのが松陰の性格だ。松陰は、

「富永先生の赦免運動を起こそう」

と考えた。しかし野山獄にいたときに、

「牢獄を極楽に変えよう」

といって、

「野山獄を福堂にするための案」

という意見書を出したとき、握り潰《つぶ》された。その経験があるから、

「自分が願い出たのでは、藩庁のほうも握り潰してしまう」

と思い、父をはじめ叔父も含んだ、幅広い人びとにこの赦免運動の署名人になってもらった。

もともと富永有隣は、罪があって入獄した罪人ではない。みんなに嫌われて牢に預けられ

ていた人物だ。藩庁役人が獄司の福川にきくと、

「富永有隣は、入獄したときとはまったく人が変わった。いまは立派な学者だ」

と太鼓判を押してくれた。そこで有隣は、この年の七月、

「出獄をゆるす」

といわれ無罪放免になった。松陰はよろこんで有隣を迎えた。そして、

「わたしの塾で、ぜひ教鞭《きょうべん》を執ってください」

と頼んだ。有隣は承知した。

富永有隣は、これまでにも何度か触れたが、松陰は有隣についてこんなことも書いている。

「ぼくは野山獄にいたとき、同囚の富永有隣のために『名字説』を作ったことがあった。その中で、『独善（ひとりよくする）という志があって、その後にともに善くするための事業がある』といい、また『舜は農耕・陶器作り・漁業をさかんにして、人びとから天下の君主といわれるようになった。孔子は魯・衛・陳・蔡《さい》を遊歴して苦労を重ね、三千人の弟子をえた』と書いた。有隣は強情な人間で、議論をしても負けて引き下がるようなことはなかったが、この説には深く感心して至上の言葉と受けとったのである。それはぼくと有隣は、平素からともにこうした志を抱いていたからだ。いまから三年か五年も後には、その効果はいささかなりともあらわれてくるのではないかと、ぼくは大いに楽しみにしている」

心が広く、常に、

「他人はすべて師だ。どんな人間にもかならず学べるところがある」

という、いわば人生に対して最大に謙虚な態度を保っていた松陰は、そのころ人から嫌われていた有隣からも多くのことを学んだ。そして話しているうちに、有隣とは、

「同じ志」

があることを確認したのである。富永有隣の釈放について松陰は、

「富永の出獄は、まことに三無生の抜群の努力によるものであった」

と書いている。三無生というのは、無逸《むいつ》と号した吉田栄太郎と、無咎《むきゅう》と号した増野徳民と、無窮《むきゅう》と号した松浦松洞のことだ。号したといっても、三人の号は松陰が与えたものだ。三人とも「無」という字がつくので松陰はこの三人を、常々、「三無生」と呼んでいた。

松陰はさらに、

「松下村塾の設立に直接の援助はなかったといっても、第一番の功労者としてはどうしても三無生をはずすことはできない」

と告げている。

この三無生といわれる若い弟子たちが、積極的に富永有隣の釈放運動に努力したのは、再開した松下村塾に、一番早く入塾したからである。なかでも増野徳民が一番早い。

徳民が松陰の弟子になったのは安政三年（一八五六）十月のことで、徳民はまだ十五歳だった。しかもかれは内弟子になった。つまり住み込みの弟子だ。というのは、かれの出身が周防（山口県東部）山代の医者の息子で、萩からは遠い地域だったからだ。かれがなぜ、

「松下村塾に入ろう」

と決意したのか、その動機ははっきりしない。

増野徳民の行動は、松下村塾を出た後大きく変わる。そのために、かれを知る人びとにとっては、

「吉田松陰の思想と行動に、徳民は深く共感したとは思えない」

というのが定説になっている。おそらく、

「漢字の素養を身につけるために入門したのではないか」

というあたりに落ち着いている。二番目に入ったのが、吉田栄太郎で、栄太郎は足軽の子だった。三番目の門人が松浦松洞で、松洞は魚屋の子供だ。いずれも、低身分の子供が最初の門人になった。そしてこのことが、

「松下村塾の性格」

を、かなりはっきり確定する。

徳民の「無咎」、栄太郎の「無逸」、松洞の「無窮」というそれぞれの号の由来については、松陰は次のように語る。

「ぼくが松本村に幽閉された翌年、山代の医生徳民がぼくの家に住んでぼくの教えを乞うた。それから、吉田栄太郎や松浦松洞がやってきた。ぼくは栄太郎に無逸という字《あざな》、松洞に無窮という字をつけたが、徳民にはつけなかった。すると栄太郎と松洞が、『徳民にも名字をつけてください』といった。そこでぼくは徳民に、名は乾、字は無咎《とが》とつけた。意味は、君子は一日中乾々《けんけん》（進んでやまず）、朝から晩までつとめはげめば、咎が無いという。そこでき

みには乾と無咎という名字をつける。大いにつとめて、徳を進め大事業をなしてもらいたい」

といった。吉田栄太郎に無逸とつけたのは、栄太郎がかなり才気煥発《かんぱつ》で、天下国家を論ずることは得意だったけれども、基礎になる学問をおこたりがちだったからだ。そこで、松陰は、

「もっと基本的な勉強をしたまえ」

という意味で、この字をつけた。松洞は、もともとは画家志望であって、松陰のところにやってきたのは、

「詩心を教えてください」

ということだった。そのため松陰ははじめは入門を断った。

「ぼくは詩心についてはわからない」

といった。事実松陰はあまり詩心には深い関心を持っていない。松陰にとって大事なのは、

「国家と社会の問題」

である。

「その国家と社会の問題に、自分たちの学問をどう役立てるか」

ということが最大の関心事であって、風月花鳥を楽しむだけの詩には、ほとんど関心を持たなかった。松浦松洞は、萩の魚屋の息子で、子供のときから絵が好きだった。そこで、

「将来は画家になりたい」

と考えた。つまり、

「魚屋の子で終わりたくない」

と思って、家業を嫌ったのである。ある画家の先生について絵を学んだが、先生は、

「おまえの絵にはどうも詩心がない。だから奥行きがない。浅い絵だ」

とけなした。松洞は、絵の先生のいうように、

「詩心を身につけよう」

ということで、たまたま近くに吉田松陰が松下村塾を開いたときいたので、やってきたのである。松陰は、いったんは断ったが松洞が、

「どうしても入門させてください」

と執拗《しつよう》に頼むので、やむを得ず承諾した。しかしだからといって、松洞の求めるような、

「絵に役立つような詩心」

を教えたわけではない。ほかの弟子と区別はしない。一貫して、

「現在の国家の問題にどう対処していくか」

を中心に教えた。松浦松洞は、しだいに松陰のこの情熱的な教えの渦に巻き込まれていく。

しかしだからといって、松陰は松洞の考え方を、

「きみは間違っている」

といったわけではない。松陰の教育方法は、

「それぞれの個性と、またそれぞれが求めている方向は大切にする。が、それぞれが求める

ものと志す方向とをより良いものにするためには、共通する基礎の部分をしっかりと互いに学ぶ」

　ということである。まわりくどいいい方になったが、ひと言でいえば、

「詩や絵画も、現在の社会と無関係ではあり得ない」

　ということだ。だから、

「最終の目的が絵画であっても、基本は現在の世の中と、その世の中に生きる人間とのかかわりを失ってはならない」

　ということである。

「現状認識を保ち続けながら、自分の志す分野でがんばれ」

　ということだった。だから松洞に対しても、それなりの教え方をしている。たとえば、

「詩を学ぶにしても、自分の感情をそのまま表現して時代を奮い興すのは豪傑の詩だ。時流に流されて、自分の感情を失ってしまうのは俗物の詩である」

　というようなことを告げる。

　松洞は松陰のこのことばを何度も頭の中で繰り返し吟味した。かれは絵の師からこんなこともいわれていた。

「大昔の絵は、そのまま政事《まつりごと》を占うものとして意義ある存在だった。ところが、太宗のころから、絵は閑人のもてあそぶものになってしまい、有効性のあるものは俗であると退けられ、ついに無用の長物となり下がった。おまえはそんな絵を描くな」

師は西涯《さいがい》という人物だったが、松陰のことばと重ね合わせてみると、そのいわんとするところはまったく同じだ。師の西涯は、中国の絵について語ったのだが、

「絵ひとつにしても、自分の楽しみだけに描いてはいけない。世の中とのかかわり合いを考えろ。誰のために、なんのために描くのかということを常にしっかりと腹に据えておけ」

といった。松陰のいうこともまったく同じである。

「現実社会とのかかわりのない芸術作品など、意味がない。だけでなく、みる者の心を絶対にうたない」

ということだ。社会が完全であったためしはない。その社会を容器として中で生きている人間にとっては、常に苦悩がつきまとう。その苦悩をいくらかでも少なくし、あるいはまったくなくすような力を芸術作品も持つべきだということだ。だから松洞にとっては、松陰の教えは絵の師西涯からいわれたことでもあったので、すぐ理解できた。かれは、

(確かにそうだ)

と思うようになっていく。

何をやっても世とのつながりを

「教育者は、国家の大工さんである」

といったのは、肥後熊本の第六代藩主細川重賢《ほそかわしげかた》だ。かれが藩主になったころは、熊本藩は極度の財政難に苦しんでいた。重賢がこのとき財政再建のためのいまでいう経営改革（地方自治体では行財政改革）をおこなうときに次のような方針を立てた。

・財政難のときこそ人材育成が大切であり、新しく学校を建てること。

・下級武士の意見を徹底的にきくこと。

・下級武士の給与を、ベースアップすること。

もちろん増収策として、

・藩内の産業振興をおこなうこと。

を加味した。が、重賢の改革方針は徹底して、

「人づくり」

にあった。かれがつくった学校は「時習館」と名づけられた。論語からとった名である。初代の学長に選んだのが、秋山玉山という儒者だった。この初代の学長秋山玉山に対して、重賢は、

「あなたは国家の大工さんだ」

と告げたのである。そしてこうつけ加えている。

「名大工さんは、木づくりの名人です。なぜなら、まず木くばりをするからです」

といっている。木くばりというのは、

「育てる木が、なんの木かという確定をする」

ということだ。したがって重賢の考え方の底には、

「木は決して同じではない」

という考えがある。

「育てるこの木はマツ、この木はスギ、この木はヒノキ、この木はケヤキ、この木はハゼ、などというように、一本一本性格が違う」

ということだ。さらにいえば、

「同じスギの木でも、この木とこの木とでは違う」

と、木一本ずつについて、

「その特性とひそんでいる能力」

をみきわめようとすることだ。これを重賢は、

「木くばり」

といった。したがって、

「人づくりは木づくり（基礎立て）であり、その前提としてまず木くばりが必要だ」

と告げた。木くばりをして、その木がなんの木であるかということを確定すれば、当然肥料のやり方から違ってくる。生命力の強い木は時折剪定《せんてい》をおこなう。あるいは枝の弱い木には添え木をする。なぜそんなことをするかといえば、重賢にいわせれば、

「木は口がきけないからだ」

ということになる。したがって、

「木に愛情を持つ名大工さんは、苗木のときから木に関心を持っている。材木になってからだけ関心を持つわけではない」

ということだ。これは別ないい方をすれば、

「名大工さんは、苗木のときから木に愛情を持っている」

ということである。

松下村塾における吉田松陰の弟子に対する教育方法は、まさにこの細川重賢がいった、

「まず木くばりをし、そしてその木にみあった育て方をする」

ということだ。松陰もまた、

「木くばりの達人」

であり、

「木育ての名人」

だった。

「弟子一人ひとりの潜在能力を発見し、それが世に役立つように引き出す」

というのがかれの人育ての方針だった。もちろんかれは弟子などということばは使わない。

「共に学ぶ学友だ」

といういい方をしていた。しかし弟子のほうではすべてが、松陰を、

「すぐれた師だ」

と思っていた。

そのために、松下村塾に入った弟子たちは、

「自分がほんとうにやりたいことはなにか」

という、

「自分への問いかけと、自分自身にひそんでいる潜在能力の発見」

に努力した。

野山獄にいた同囚富永有隣を赦免するために、松陰は、

「増野徳民・吉田栄太郎・松浦松洞の三人が懸命な努力をして成功した」

といっているが、このころ増野徳民は十五歳、吉田栄太郎は十六歳、そして松浦松洞は二十歳だった。よくこんな若い連中が三人で、富永有隣の赦免を実現させたものだと舌を巻く。

やはり、野山獄の責任者だった、福川犀之助やその弟高橋藤之進たちの協力があったためだ

ろう。福川や高橋も、積極的に藩首脳部に対し、

「富永有隣殿を、赦免していただきたい」

という懇願を繰り返したのだ。

松下村塾における吉田松陰の教育方法は、

「常に社会で起こっている問題を、政治的立場で考える教育をした」

といわれる。そのためにかれは、参考資料として、

「飛耳長目録《ひじちょうもくろく》」

という、いわば情報のメモ帳をつくっていた。これをいつも村塾の机の上においていた。誰もが勝手にみられるようにしていたのである。しかし松陰の目的は、

「わたしがきいた限りでは、世の中ではこんな事件が起こっている。なぜこういう事件が起こるのか、どうすれば解決できるのか、あるいはどうすればこういう事件を起こさずにすんだのかを考えて欲しい」

と添え書きをして、門人たちの自由な閲覧をゆるしたのである。松洞は松下村塾で学ぶうちにしだいに、

「自分が最終的に絵を志すとしても、自分の描いた絵が人びとの心をふるいたたせるようにしなければだめだ」

と思うようになった。そうなると、詩を学ぶといってもその詩自身が、

「人びとをふるいたたせる」

という性格を持つことが望まれる。この、

「人をふるいたたせる芸術表現」

に対し、松洞は松洞なりに探求を続けていく。そして松陰の講義をきいているうちに、松洞自身が歴史に関心を持ちはじめた。つまり松陰の語る歴史上の人物に松洞自身がときどき感動する。なぜ感動したかということを考えてみると、

「自分にも同じような悩みや苦しみがあって、吉田先生のお話しになる人物が、見事にその問題を解決しているからだ」

と思った。そこで松洞の志の実現は、

「歴史上の人物の肖像画を描こう」

という方向に定まっていった。しかもその歴史上の人物を、

「忠勇義烈の人物」

に限定していく。松洞は、歴史書をむさぼり読むようになった。そして得た知識を実際に確かめるために、あちこち歩いてはその人物が生まれ、育ち、なにをしたかという事跡を探求することに熱を入れた。松陰はこういう松洞の変化をみて大いによろこんだ。

「松洞くん、きみは自分の宝の山を掘り当てたな」

と褒《ほ》めた。松陰にすれば、松洞のようないわゆる自己啓発によって、

「自分のすすむべき道」

を確立し、着実に歩いていくような門人が出たことはほんとうにうれしかった。門人が松

洞のような人間に育つことこそ、松陰が松下村塾に託す教育の理念だったからである。

　こうして歴史上の忠勇義烈の人物をさまざまに描き出した松洞は、さらに一歩突きすすむ。それは、

「過去の人物の画像を描くよりも、現実に活躍している忠勇義烈の人物の肖像を描くべきだ」

　と思いはじめたことだ。松陰は松洞の話をきいて、またよろこんだ。

「きみはさらに、宝の山の奥深くへ突きすすんでいる。立派だ」

　と褒めた。

　ちょうどこのころ、吉田松陰は、

『烈婦登波の伝記』

を書いた。藩内の登波という女性の話だ。登波は幸吉という男の妻だったが、枯木竜之進という男が、幸吉の妹とのもつれから幸吉を傷つけ、さらに問題の妹や登波の実父、実弟を殺した。登波は、幸吉の傷の手当てに専念したがやがて傷の癒えない幸吉に代わって、仇《かたき》の竜之進を求め、十七年も日本中を探しまわった。そしてついに竜之進を発見し、夫・義妹、実父・実弟の仇を討った。松陰はこの話に感動し、登波の伝記を書いたのである。

　松洞は、師松陰の書いたこの伝記を読んで感動した。そこで、

「登波の肖像画をぜひ描きたいと思います」

　と申し出た。松陰はためらった。先の理由はよくわからないが、松陰にすれば、

「自分が書いた書物の主人公を人物画に描くということは、なにか自分の作品を宣伝するような気がする」

とでも思ったのだろう。そこで松陰は、

「登波を描くことは、ちょっと待って欲しい。それよりも、いま月性《げっしょう》和尚が萩にこられているから、月性和尚の画像を描くことからはじめたらどうか」

とすすめた。月性は、周防（山口県東部）遠崎の妙円寺という寺の住職で、日本のことを憂え、過激な攘夷論を唱えていた。そのためかれは、

「海防僧」

と呼ばれていた。寺の一隅で清狂草堂という私塾をいとなみ、ここから赤根《あかね》武人《たけと》や世良修《せらしゅう》蔵《ぞう》などの志士を出している。赤根武人はやがて月性の推薦で松下村塾に入る。そして、高杉晋作の後を継いで奇兵隊の総督になるが、

「幕府寄りだ」

と疑われ、やがて処刑されてしまう。この処刑にはまだよくわからないことが多い。

松陰のすすめに従って松浦松洞は、月性の肖像画を描く。これがかれの、

「現在生きている人物の肖像画」

の第一号になる。そのためかれには、

「肖像画家」

という肩書がついた。自分から、

「ぜひあなたを描かせて欲しい」

と訴え出る場合もあったが、逆に、

「わたしを描いて欲しい」

という売り込みも出てきた。

「誰を描くか」

ということについては、松洞はそのたびに松陰に相談している。つまり松洞にすれば、

「人の心をふるいたたせるような人物」

を描きたいと願い、それは師の松陰のほうが、はるかに多くの人物を知っているからである。

こういう松洞の志をよろこぶ松陰は、松洞のために次々と、

「松洞に描かせたい人物」

のその人本人や、あるいはまわりの人びとに丁重な紹介状を書いている。たとえば安芸(広島県)の木原松桂の肖像画を松洞が描きたいといい出したときに、松陰は、

「ではぼくが松桂先生のご子息をよく知っているから、紹介状を書いてあげよう」

といって、次のような手紙を書いた。

「わたくしの友人松浦松洞が、ぜひあなたの父上のお姿を絵にしたいと申し出て参りました。そのため、前もってわたくしからあなたにお願いして欲しいと申しております。松浦松洞は小さいときから絵を描くことが好きで、絵師になりましたが山水や花、鳥などの風物を描く

ことを嫌っております。かれは、人の心をふるいたたせるような忠孝の人とか、すぐれた人とかを探してその肖像を描きたいと志しております。わたくしが、父上のなさった諸々の善行の話をかれにすると、かれはぜひとも父上のお姿を描きたいといい出しました。しかし突然おじゃまして、そのようなお願いをするのはあまりにも失礼なので、わたくしから前もってお願いしてくれとのことでございます。どうか、このお願いを父上にお伝えいただいて、松洞くんの望みをかなえてやってください」

あくまでも、師としての立場でなく、友人としての立場の紹介状だ。

この紹介状は、安芸の木原慎斎に送った手紙だ。松浦松洞が、

「慎斎先生のお父上松桂先生の肖像を描きたいのです」

と希望したので、松陰が紹介状をしたためたものだ。

松洞は松陰にいわれた、

「いま現実に生きている人びとによい影響を与える人物を描け」

という言葉に大いに触発された。また、かれには肖像画を描く才能があったようだ。かれは木原松桂の肖像を描きあげると、すぐ、

「次はどなたの肖像画を描かせていただこうか」

と物色した。次から次へと松陰のいう、

「いまの世の中によい影響を与えている人物の肖像画」

を描くことに、大きな情熱を持ちはじめた。

次にかれが描きたいと思ったのは、西田直養《にしだなおかい》という人物である。西田直養は、豊前《ぶぜん》（福岡県）小倉の藩士で、国学者だった。松陰が村塾でよく、

「豊前小倉には、西田直養先生というすぐれた国学者がおいでだ」

とその名を出していたので、松洞は、

「吉田先生のお褒めになる西田先生の肖像画を描きたい」

と思ったのだ。しかし西田直養を尊敬していたとはいっても吉田松陰は直接西田を知らなかった。下関に西田直養の知人である伊藤静斎がいた。そこで松陰は、伊藤静斎に紹介状を書いた。

「この書状を持った松浦松洞くんは、ぼくの学友であり絵を志しています。それも、現在生きている人びとによい影響を与える現存の人物の肖像画が得意です。今回松浦くんは、豊前小倉の西田直養先生の肖像を描きたいと希望しております。先生は、西田先生ともご昵懇《じっこん》と伺いましたので、どうか松洞くんを西田先生に紹介してあげてください」

という内容であった。松陰は、

「その人物は、わたしは直接知らない」

といって、断るようなことは絶対にしない。

「どうすれば、相手が希望している人物に接近することができるか」

と、あの手この手を考え出す。この場合には、いわゆる、

「間接的な仲介」

である。しかしこの間接手法は成功した。松浦松洞は伊藤静斎の書いてくれた紹介状を持って小倉に行った。西田直養も快く、

「では、描いていただこうか」

とモデルになることを承知した。この西田直養の肖像画を描くのに、松洞は約十九日かかったという。

「松浦松洞は、肖像画を描かせると非常にうまい」

という噂《うわさ》が立ちはじめた。それも、

「単によく似ているというだけでなく、その人物の魂まで描き抜いている」

といわれた。肖像画家としての松浦松洞の評判は高くなった。あちらこちらから、

「わたしを描いて欲しい」

という希望が殺到した。松洞は迷った。というのは、肖像画を描いてくれと頼む人物の中には、富裕な商人などもいたからである。

「お礼をはずみますからぜひ」

という。いわれるたびに松洞はカチンときた。かれにすれば、

「金をもらうために肖像画を描いているのではない。この世の中に役立つ人物をひろく紹介するために描いているのだ」

と、吉田松陰から教えられたことをそのまま自分の信念にしていたからである。松陰からみると、

「松洞くんは、ぼくのいうことを真に受けすぎて、やや教条主義的になっている」

と思えた。松洞は、肖像画を頼まれるたびに松陰に相談した。

「先生、こんなことを頼まれました。どうすればいいでしょうか？」

ときく、松陰はそのたびに、

「大いに描きたまえ。そのことがきみの画才を天下に知らしめることになるし、同時にまた描いた人物の善行を天下に知らせることになる」

といった。松洞は師の励ましに安心して、次々にくる注文をこなした。金を貰ったときに、

「こんなに多額の礼を貰いましたが、どう使えばいいでしょうか」

と松陰にきく。松陰は、

「大いに旅をしたまえ。そして見聞をひろめたまえ。できれば、きみのひろめた見聞をぼくに教えて欲しい」

といった。松陰は、野山獄から解放されたとはいっても、それは、

「病気療養のため」

というのが表向きの口実であって、実際には、

「まだ囚人だ」

という認識は捨ててはいない。

松陰からの、

「貰った謝礼で、あちこちを旅したまえ。そして見聞きしたことをぼくに教えて欲しい」

という申し出は、松浦松洞を元気づけた。

「なるほど、そういうお金の使い方もあるのだ」

と思った。歩きまわる各地の状況を、松洞はこと細かく書いて松陰に報告した。松陰はそのたびに、

「どうもありがとう。きみの報告で、その土地の実態がよくわかった。これはぼくがまったく知らなかったことなので、じつにうれしい」

とすぐ礼状を寄越す。これがまた松浦松洞の励ましになった。つまり、

(自分は、吉田先生のお役に立っている)

という自覚である。人間がなによりもうれしいのは、

「自分という人間が、この世の中ですこしでも役立っている」

という、

「存在の意義」

と、

「社会への寄与度(貢献度)」

を知ったときである。これがつまり〝生きがい〟であり、仕事の〝やりがい〟につながるのだ。

若者よ、池から海へ泳げ

師松陰のすすめにしたがって、各地のすぐれた人物の肖像画を描いていた松浦松洞は、やがて、

「江戸へ行きたいと思います」

といいだした。

「なぜ江戸へ行きたいのだね？」

松陰はいった。松洞は、

「先生のおすすめにしたがって、いろいろな人物に出会い、肖像画を描かせていただきました。わたしにとって、絵を描かせてくださる方々にお目にかかったのは、胸にひびく出会いでした。すぐれた方々のお話をきいているうちに、日本全体のことを考えなければいけないという気になったのです。それにはどうしても、政治の中心地である江戸に行くことがいちばんいいと考えました。この国のありかた、あるいは進むべき方向を江戸に行って、わたし

なりにさぐってきたいと思うのです」

「大賛成だ。よくそこに気がついた」

松陰は目を輝かせてひざを打った。

「絵を描きたい」

ということのために、松陰のところにやってきた松浦松洞が、そこまで育ったかとうれしかった。松陰が松洞に伝えたかったのもそういうことだ。松陰は松洞と、いまでいえばモデルとなる人物たちとの面接を、

「出会い」

といった。松陰もそのことを願っていたのである。人と人が会うということは、その人間にとって大きな事件なのだ。だから、

「出会ったときに、その人物からなにを学び、なにを得るか。場合によっては、こちらからなにを相手にもたらすか」

ということが大切だ。そう考えれば、人との出会いは無限の機会であり、同時に無限の人物がいる。短い人間の一生では、おそらく出会いきれまい。にもかかわらず、人と人が接触することを出会いと考えずに、ただ無為に時を過ごしてしまう人間が多い。ところが松洞は、すでに肖像画を描かせてもらう相手との接触を、

「自分に衝撃を与える出会いだ」

と認識している。この受け止めかたは、単に書物を読んだだけでは得られない。やはり、

「相手から、なにかを得ようとする自己への振り返り」があってこそ、出会いが生きてゆく。そして、その出会いも、単に、

「個人の向上」

だけでなく、

「地域の向上、藩の向上、そして国家の向上」

に連なるようになれば、これは本物だ。松陰は、

「ぜひ江戸に行きたまえ」

と松洞の肩をたたいた。このとき、松陰は次のような送別のことばを贈っている。

「松浦松洞くんは、いままさに江戸へ行こうとしている。ぼくと松洞くんの交わりは安政三年以来のことだが、今日の松洞くんは昔日の松洞くんではない。すなわち単なる絵師ではない。松洞くんはいままでも常に国を憂いながら絵を描いてきた。日本の政治、日本の運命ということを考えながら絵を描いてきた。その裏付けとしての学問も日々すすんでいる。窮まるところがない。ぼくがかれにつけた〝無窮〟という号そのものだ。

現在の日本に志士仁人《じんじん》がいないとはいわない。しかし本当に日本の進路をただし、その運命を救う覚悟のある者はそれほどいない。それはチエが乏しいためだ。また才も志も足りないためだ。どうか松洞くんよ、どんな見聞もみな師になるはずだ。本当に知勇をみがき才志をねるのは、きみ自身の心構えにあることを知りつくして、無窮に学び練磨してほしい。ぼくはきみに大いに期待している」

よく練り上げた励ましのことばである。松陰は誰に対してもそうだが、いまこれから起ころうとすることに対してだけ目を向けない。その人間との根っこのところでつき合ってきた経過をすべて短い文章の中にたたき込む。それは相手に対し、

「きみとの交流は、このように時間的経過を経、同時にいままでこのような成果を得た。それをきみは忘れてはならない。自信をもちたまえ」

という励ましの意味がひとつある。もうひとつは松陰自身が、

「自分はこの人物を、どのように導いてきたのだろうか。これからこの人物がやろうとすることに、果たして対応できるだけの力を培《つちか》ってあげたのだろうか」

という反省がある。その意味では、松陰の手紙は情熱的ではあるが、そこにはクールな分析性を備えている。それが松陰独特の、

「人の導き方」

といっていい。もちろん松洞を江戸に送り出す松陰は、自分の現在の境遇を考える以上、

「きみが見聞したことは、細大もらさずぼくにも教えてほしい」

と情報提供を求めたことはいうまでもない。松洞への手紙に書いたように、松陰は常に、

「見聞を師とする」

という態度をとっていた。つまり、

「情報からも学べ」

ということだ。とくに、幽囚の身にある松陰のところには、いくらもがいても入ってくる

情報の量は限られる。諸国へ自由に赴ける弟子たちが、その有力な媒体になる。いま松洞が江戸へ行くということは、師の松陰にとってもまさにその見聞の触手を、大きく伸ばし、広げるということであった。

松洞は、

「わかりました。江戸で見聞したことは細大もらさずご報告いたします」

と大きくうなずいた。

日本の開国は二段階でおこなわれた。

第一次　和親

第二次　通商

そして、第一次の和親条約を結んだ日本政府の代表者は、老中筆頭阿部正弘である。第二次の通商条約を結んだ日本国代表は大老井伊直弼《なおすけ》である。ふつう開国というと、すぐ井伊直弼の名が出るが、これは正しくない。最初に日本の鎖国状況を開放したのは、阿部正弘だ。

和親条約は、中国を貿易相手とする外国諸列強が、遠い故国から航海してきたときに、船の燃料が足りなくなったり、乗組員に病人が出たりしたときに、どこかの国の港に寄って、その補給や、あるいは乗組員を病院などに入れて回復を待つなどのことをやってもらえるような、いわば、

「中継地」

を求めていた。当初日本はその中継地と考えられていた。ところが実際にその和親の要求が通って、日本と交流を始めると、日本国内にも、いろいろな産物があり、

「これを本国に輸入すれば利益が上がる」

と思えたのが、茶と生糸であった。また、イギリスに始まった機械による産業革命の大量生産方式が、アメリカにも移り、欧米諸列強は、

「中国こそ最大の輸出先だ」

と考えていたのが、

「日本でもけっこう商売ができる」

と思い始めたのである。したがって松浦松洞が江戸に出たときは、この、

「和親から通商へ」

と諸列強が対日方針を変えたときであった。しかしこれはのちに明治の財界の大物益田孝が指摘したように、

「このとき、徳川幕府が外国諸列強と結んだ通商条約は、すべて日本にとっての不平等条約であった」

という結果を生む。益田孝は、

「その原因の最大のものは、徳川幕府高官の無知にあった」

という。無知であったというのは、

「為替レートや、物価をぜんぜん知らないことだ」

という。つまり、日本の通貨が、その日の相場でニューヨークではいくらし、ロンドンではいくらし、パリではいくらするということをまったく知らなかった。知らなかったというより関心がなかったのだ。物価についても同じである。益田孝は、

「そのために、列強にいいようにその虚を突かれ、みすみす損だと思う関税や、ものの値段の設定を押しつけられてしまった」

と怒る。つまり日本側の代表政府である徳川幕府高官も、あるいは関係役人も、そして関係業者のすべてがいまでいう、

「グローバリズム」

に目を向けなかったのである。たしかに、この不平等条約を是正するために、日本政府がその後どんなに苦労をしたかわからない。時間とエネルギーが相当費やされた。

松浦松洞は、こういう益田孝的感覚で江戸の政界を眺めたかどうかはわからない。ただかれは画家だ。画家は感性が鋭い。よくいわれることだが、

「芸術家ほど、そのときの政治状況に敏感な存在はない」

といわれる。政治のよさ悪さを本能的に嗅《か》ぎとる。松浦松洞が感じたのは、

「外国列強は、日本を侮り、日本に不利な条件ばかり押しつけている」

ということであった。つまり松洞が江戸に出たときは、益田孝のいう、

「日本政府が無知なために、アメリカ・イギリス・フランスらが、圧力をかけて好き勝手な通商条約を結ばせている」

ということである。そう考えると、松浦松洞の政治的識見と眼力は、相当向上していたことになる。松陰が感じたように、

「松洞は、多くの人物に出会うことによって、自己能力を高度に高めていった」

といえる。しかもその高めていった能力が、政治力であったがために、松洞は怒り心頭に発した。かれはこの現状を師の松陰に細々《こまごま》と書き送った。そして最後にこうつけ加えた。

「いまのわたくしは、絵など描いていられなくなりました」

と告げる。絵をやめてなにをするかといえば、

「世の中をひっくり返さなければ、日本は滅びてしまうと思います」

と書いた。松陰は松洞の手紙をもらってよろこんだ。

「松洞くん、でかした！」

と、ひざをたたいた。

吉田松陰のすぐれた資質の中に、

「手紙を読んだだけで、その人物と同じ立場に立ち、同じ感情を共有することができる」

というものがある。松浦松洞からもらった手紙に血を湧かせた松陰は、距離を超えて江戸にいる松洞そのものになりかわった。そうなると松洞の胸に湧き始めた、

「この世の政治変革への志と情熱」

が、そのまま菌として松陰の胸にも移植され、今度は松陰自身がそれを自分なりに大きく育ててしまった。松陰は松洞の手紙や、諸般の状況から判断した。

「やはり、一橋慶喜どのを将軍にしなかったのがまちがいだ。その邪魔をしたのは、紀州藩の重臣水野土佐守だ」

そう考えた。このときの将軍は、世論では、

「紀州藩主徳川慶福《よしとみ》（のちの家茂）では、少年でどうにもならない。年長で、英明で、人望のある一橋慶喜にすべきだ」

という声が圧倒的だった。しかし、井伊大老はこれを押さえて、

「能力よりも、血筋のほうが大事だ」

と主張し、強引に慶福を将軍職に推した。松陰は思いをここにいたして、

「国政の最高責任者が、みずからこの国難に対応できるような能力をもたなければだめなのだ」

ということをあらためて感じたのである。そこまではいい。ところがこの年、松陰は江戸の松浦松洞に、

「松浦くん、水野土佐守を斬りたまえ」

と勧めている。松洞はおどろいた。自分が、

「幕府の改革をおこなわなければ、日本は亡国の憂き目をみる」

とは感じたが、そのためにテロ行為に出ようなどとは思ってもいなかった。

その後松洞は、また松陰に手紙を書いた。その中で、

「条約調印を詰問した水戸の斉昭公や、越前の松平春嶽公が、そのために幕府から謹慎を命

ぜられました。しかしそれに対して、斉昭公も春嶽公もいっこうに怒るところがないのは大変に感動しております」

と書いてきた。松洞が手紙にそう書いているのでわたしにも真意はわからないが、松陰は目を丸くした。そしてすぐ返書を書いた。

「松洞くん、きみは一体なにをいっているのだ。斉昭公や春嶽公が謹慎を命ぜられて怒らないのは、まったく理解しがたい。そんなことはあってはならないことである。きみもそういう目でふたりに感動するなどというのはとんでもないことである」

と激烈な内容になった。

江戸の松洞は落ち込んだ。

「やはり先生のおっしゃる通り、水野を斬らなければならないのか」

と、一度は水野暗殺を思い立つ。しかし一絵師の身で、幕府の重職にある大名を斬るなどということはできない。このテロは計画倒れになってしまう。松陰は落胆した。

松洞は自分の無能力を恥じて、今度は、

「アメリカに行って、実地にあの国の状況を見聞したい」

といいだす。それはかつて師の松陰が、ペリーが日本にやってきたときにその船に近づき、

「アメリカへ渡って、敵の実態をこの目で確かめたい」

と無謀な渡航計画を立て、それが成功せずに終わったことがあったからである。松洞にすれば、

「これは方向転換だが、先生が成しえなかったことを自分の手で成しとげれば、先生もおよろこびになるかもしれない」

と考えたのかもしれない。しかし松陰は、

「いまはそんなときではない。国内の政治体制をいかに変革するかのほうが先決だ」

ときびしく書き送った。ふたたびガツンとやられた松洞は、

「おれはまったく駄目人間か」

と手で髪をかきむしる。この無力感が心の一隅では、松陰との間に距離を生みはじめた。つまり、

「先生の求めるものは、ないものねだりだ」

という気がしたからである。

「一介の似顔絵師に、そんなことができるはずがない」

という現状認識が先に立つからだ。これは、のちに松陰と門下生たちとの間にも何度も起こることだ。松陰が、自分の激烈な行動計画に賛成しない桂小五郎や高杉晋作や久坂玄瑞たちに、

「きみたちは功業を成すつもり、ぼくは忠を成すつもり」

と書くのがそれだ。儒教にも造詣の深い松陰にすれば、

「功業を成すつもり」

というのはそのまま「覇者」のことであり、自分一身の利益のためを意味している。「忠

を成す者」というのは「王者」のことである。覇者とは、

「自分の権勢を強めるために、権謀術策ばかり用いる輩《やから》」

のことであり、王者というのは、

「民に対し仁と徳の善政をおこなう者」

のことだ。通商条約の締結によって、海をはさんでの物流が活発になった。しかし、鎖国下にあった日本の物資の総生産量は、国内消費をまかなうものが不足になっている。余分なものはない。それが、とくに茶と生糸に目をつけた列強が買いあさった。これらの品物の値がいっぺんにはね上がった。いきおいを得た悪徳商人が、日本人の国内消費物資の値もつり上げた。とくに米価が上がる。そのために貧しい民が、たちまち生活困難に陥った。松陰はこういう状況をいながらに把握していた。そのために、

「不平等な通商条約が、国民の生活を苦しめている」

と受け止めていた。そうなるといきおい、解決策はエスカレートする。すなわち、

「攘夷」

以外ないのだ。

そして国内的には、

「そういう国民の困窮状況をもたらした元凶は誰か」

ということになれば、それは幕府の体制維持者であり、そういう体制を作り出したのは誰かといえば、イモヅル式にたどっていって、

「一橋慶喜の将軍就任を妨げた紀州藩の家老水野土佐守だ」

というところに落ち着くのである。

松浦松洞は憂鬱《ゆううつ》になった。師松陰への手紙も途絶えた。松陰はやきもきした。しかし落ち込んでしまった松洞は、

「どうせ手紙を書いても、先生に叱られるだけだ」

と思うから筆も取らない。

この点松陰はきびしい。つまり江戸に行く前に松洞に、

「見聞を師としたまえ」

といったのは、

「自分が見、聞いたことからなにを学ぶか。そして、そこで設定された問題に、きみはどう対処しようとするのかを考えたまえ」

ということだ。単に耳に入り目にしたことを手紙に書き、自分のところに送ってくればいいということではない。

「今日はこういうことを聞きました。わたくしはこのことを解決するのにはこうしなければならないと思います」

と、情報を分析し、そこに潜んでいる問題を取り出し、そして解決のための選択肢をいくつか用意し、その中から自分の最良と思うものを選び出す、つまり、

「自分なりの意思の決定」

までしなければ、松陰としては、

「情報の処理方法」

が甘く、いい加減だということになる。だから松洞から送られてくる手紙にはそれを期待していた。ところが松洞は、松陰の考え方とはぜんぜん別なとんちんかんな対応を考える。水戸の斉昭や松平春嶽が謹慎を命ぜられても、なにも文句をいっていないのに感心したなどというのがその例だ。

松洞が自分の無能力に絶望して頭を抱えているのと同様に、松陰も松洞に落胆した。萩の松陰はまわりの者に、

「松洞くんも結局は一介の似顔絵師でしかなかったのか」

とボヤいた。しかし松洞はその後ふたたび松陰との関係を戻し、とくに安政六年（一八五九）五月に、松陰が井伊直弼の大獄に引っかかって江戸送りになるときに、涙を払いながら松陰の肖像を描く。このときかれは完全に松陰の死を予測していた。だから、筆運びがともすれば重くなったが、しかしかれはついにこの肖像画を完成させる。精魂込めた名作になった。

松陰が死んだのちに松洞は絵筆を捨てて、

「変革者になろう」

と決意する。松陰の高弟であった久坂玄瑞に近づき、いつも行動を共にする。久坂たちは、文久元年（一八六一）の末に、

「一燈銭申合」

というグループをつくる。一燈銭というのは、

「貧者の一燈」

という意味で、

「たとえ貧しくても、なにかのことに備えて資金を醵金する」

ということだ。もちろん久坂玄瑞指導のもとに編成されたこの組織は、

「グループの政治活動をいきいきとさせ、なかで捕らえられたり、あるいは政治活動ゆえにケガに陥るようなことがあった場合には、この基金から救援資金を支出する」

という趣旨をもっていた。

「貧者の一燈によって、たがいに助けあおう」

という意味だ。松浦松洞はこの一燈銭申合にも参加し、積極的に久坂たちと行動を共にするが、しかし基本的な政治論になると、ともすれば理解力を欠いたようだ。

ここに松浦松洞の悩みがあった。かれは萩の城下町の魚屋の息子だった。系統的に政治学を学んだわけではない。現在でいえば、

「松陰が認めてくれた自分なりの政治論のきれっぱしで、すべてを解決しようとした」

といえる。独学者が陥る落とし穴にかれもしばしば落ちた。いってみれば、

「無学歴者の悲劇」

を起こす。そしてそういう悲しい思いをするたびに、

「無学歴者の孤独と劣等感」

を感ずる。吉田松陰はそんなことは問題にしなかった。松陰は、たとえ魚屋の息子であろうと松洞に対し、

「きみとぼくとは同格だ。たがいに学びあおう」

と学友という位置を与えてくれた。そして、

「無窮《むきゅう》（きわまりなし）」

という号も与えてくれた。これは松陰自身が、

「きみの学問は窮まりがない」

という保証をしてくれたということである。だから、

「たとえ藩校などで系統的な学問を学んできていなくても、きみには、無限の可能性がある」

といってくれたのだ。松洞はうれしかった。それでなくても、

「おれは魚屋の子だ」

という身分上の劣等感がある。松陰はそんなものはぜんぜん気にしない。

「みんな平等だ」

と、「学友」の平等性を強調する。だから松下村塾において、士農工商の別を意識したり、あるいはそれをひけらかしていばるようなことはぜったいに許さなかった。

村塾の非行少年たち

偉大な人物に学んだ人びとが、かならずしもすべて逸材として育つ訳ではない。社会へ巣立って、磨きのかかった才能をさらに発揮する人物もいれば、逆に師を失ったために、

「どう生きていけばいいのか」

と、目標を失って、混乱に陥る者もいる。そういう場合に、かつて同じ師に学んだ人びとと交流し、

「師がいなくなった後、おれは混乱している。どうしたらいいのだろうか？」

と正直にきけばいいものを、

「自分のことは自分でやろう」

と、自恃《じじ》（みずからたのむ）の気持ちを強く持って、独断で生きていく人物もいる。うまくいけばいいが、いかない場合もある。見当違いの方向へ行ってしまって、かえってスタート時点よりも事態を悪化させてしまう場合がある。結果、

「こんなはずではなかった」

という後悔の念に襲われながら、非業の死を遂げていく場合もある。あるいは不幸の一生を終わる場合もある。

松下村塾の門人たちも、例外ではなかった。村塾は、たしかに明治維新を実現させる多くの逸材を生んだが、反面、

「志を失って、不遇の中に死んでいった」

という人びともたくさんいる。あるいは、

「師の教えは間違っていた。ついていけない」

と松陰を見限る者もいた。これは、場合によっては、

「自分は他の門人のように松陰先生から愛してもらえなかった」

というようなヒガミに発したものもあるだろう。あるいは、

「師松陰の本当の偉大さ」

が理解できなかった者もいた。松下村塾に入門することを、

「生きる上の方便」

として考えるような者もいたのである。

偉大な師が死んだ後、その門人たちが四散したり、あるいは師を裏切ったり、あるいは支えを失って不遇の淵に埋没するような例は古今東西の歴史にたくさんある。例えばキリストが死んだ後の弟子たちの動向がそうであり、元禄の俳聖松尾芭蕉が死んだ後の多くの門人た

ちの動向も同じだ。師を失って混乱し、うろたえた訳だけではない。はっきり、

「師は間違っていた。自分は独自の道を歩く」

と背信の道をたどっていった者もいた。

吉田松陰が死んだ後、自分で自分の身をどう扱っていいかわからずに、不遇な淵に沈んでいった人物の代表は、富永有隣と松浦松洞である。富永有隣は、吉田松陰と同じ野山獄につながれていた囚人だった。しかし、松陰たちの赦免運動によって出獄でき、そのまま松下村塾に迎えられて教授となった。だがしだいに松陰の純粋無垢《むく》で、しかしそれだけに過激な言説についていけず、やがて松陰から離れ、独自の道を歩いて行く。

松浦松洞も同じだった。かれは萩の魚屋の息子だったが、絵を描きたくて、

「絵には詩心がなければ駄目だ。松下村塾に入って、詩を教えてもらおう」

という動機で入門した。しかし松陰は単に、

「絵のための詩」

などは教えなかった。

「絵を、この日本の社会にどう役立てるのか」

という志を持たせた。松洞は、松陰につかまっている間は幸福だった。松陰の温かい掌の上に乗っていれば、自分で生き方に戸惑ったときに松陰がすぐ、

「松洞くん、こうしたまえ」

と方向を示してくれたからである。しかし松陰に死なれてみると、もはやそういう庇護者

はいなくなった。松浦松洞は自分の力で松下村塾に学んだ他の門人たちと肩を並べて歩いて行かなければならない。しかし、かれの全能力には、かならずしも門人たちと共に歩けるものを欠いていた。

そしてその松洞が、しばしば意見の食い違いをみせたのが、久坂玄瑞との間においてである。これは久坂個人の考え方というよりも、

「久坂玄瑞の、長州藩における自分の立場の自覚」

に大きな原因があったとみていい。久坂玄瑞の自覚というのは、

「長州藩士」

としての誇りと責任感である。これは、松浦松洞には求めても無理だった。松洞は純粋に町人の子であり、同時に、

「絵師になりたい」

という芸術的野望を持っていた。確かに松陰が生きていた間は、すぐれた人物の肖像画を描くことによって、

「自分の、社会に対する寄与度・貢献度を高める能力」

を養った。しかし松陰に死なれてみると、自分を支えてくれていた添え木がなくなってしまった。かれは、すぐにも倒れんばかりの状況におかれた。松洞にすれば、

「自分は幹で、松陰先生はその支えだと思っていた。ところが先生に死なれてみると、先生が幹であって自分は単なる支えでしかなかったことがわかった。しかもその支えは微力で、

到底松陰先生を少しでも支えるような力はなかった」

ということを知った。絶望的になった。そしてその自覚は、堂々と正論を吐く久坂玄瑞の理論の前で、何度か打ちのめされた。こういう状況におかれると、いままで学んだことがすべてメッキのようにこそぎ落とされてしまう。地金が出る。地金はまだ脆弱《ぜいじゃく》な素材だ。松洞は、自分の本当の姿と向き合って懊悩《おうのう》した。

久坂玄瑞は松陰門下で高杉晋作と共に、松下村塾を支えた高弟だ。松陰の妹を嫁にまでもらっている。松陰にそれほど期待されてもいた。惜しくも元治元年（一八六四）の禁門の変で戦死してしまう。しかし、松陰はかねがね、

「久坂くんは、政治堂に座らせればピタリとおさまる」

といっていたように、政治的識見が高く、その変革理念もひじょうに高邁《こうまい》であった。一時期、毛利家の家臣の長井《ながい》雅楽《うた》が、有名な、

「航海遠略策」

を提唱したことがある。これは、

「積極開国論と公武合体論」

をミックスしたような意見だった。これには幕府も飛びついた。が、久坂玄瑞は反論を加えた。

「かつては、こんな論も有効だったかもしれないが、いまに至ってはあいまいな妥協策でしかない」

ということである。これをきいた松浦松洞は、かつて松陰に勧められた水野土佐守暗殺のことを思い出した。そこで玄瑞に、

「長井雅楽を殺そう」

ともちかけた。久坂玄瑞は首を横に振った。

「そんなことをしてはいけない」

「しかし、久坂さんは長井雅楽の航海遠略策に反対なのでしょう?」

「あの論には反対だが、長井を斬ることはやめたほうがいい」

「なぜですか?」

「長井雅楽は、殿がひじょうにご信頼になっておられる。そんな長井を暗殺するわけにはいかない」

この辺の論理になると、松浦松洞にはわからない。高杉晋作はよく、

「おれは毛利家の臣だ」

といっていた。自分でつくった生前の墓にも、

「毛利家の臣　高杉晋作」

と彫り込んでいる。久坂玄瑞は医者出身だったが、高杉と同じような意識があった。つまり、

「毛利家の臣である以上、主人がご寵愛《ちょうあい》になっている家臣を殺すわけにはいかない」

という論である。いってみれば、「筋」であり「埒《らち》」であり、「節目・けじめ」なのだ。こ

れは、

「武士特有の論理」

だ。魚屋の息子の松洞には、そんな考えは通用しない。かれは、

「白か黒か」

で片付ける。こういう久坂の反対にも、松洞は落胆する。そして、心の一角に根雪のようにこびりついている、

「身分上の劣等感と無学歴の悲しさ」

が頭をもたげる。松洞は考え込んだ。やがてノイローゼになってしまった。そして、かれはついに自殺してしまう。まだ二十六歳だった。文久二年（一八六二）のことである。おそらく、松陰が生きていたらそんなことにはならなかっただろう。懇切丁寧に学友としての松洞に、

「松浦くん、もう一度この問題はお互いに考え直してみないか」

と温かい手を差し伸べただろう。しかし師を失ったあとの松下村塾の門人たちにとって、そういう松浦松洞のいわば、

「一個人に属する悩み」

を共に悩み、解決策を模索するというようなゆとりはなかった。松陰門下の志士たちは、

「時間との戦い」

に追い込まれていたからである。松洞は、

「先生のお側に行こう」

と心をかため、自ら命を絶った。かれの描いた松陰の肖像画は、現在も残されている。

ただ研究者によっては、この松浦松洞の自殺を、

「政治と芸術のはざまに立った者の悩みではなかったのか」

と受け止めておられる方もおいでだ。あるいは、

「松洞は、そのどちらにも適さないという不安が高じたのではないか」

という解釈もある。つまり、

「政治的変革者としても中途半端、そして画家という芸術家としても中途半端」

という見方だ。案外これが当たっているかもしれない。政治的変革者としては、やはりかれは系統だった政治学を学んでこなかったということと、吉田松陰から、悪いことばを使えばくすぐりを受けたある面について、妙な自信が育ってしまったために、学問のしかたが独自なものになってしまい。全体をマクロにみる眼力を養えなかったのかもしれない。また、画家としても、似顔絵ばかり描いていたために、本来の、

「対象の奥にあるものをみきわめる目」に、

「政治というフィルターを通してものをみる」

というクセがついてしまい、あるいは真に芸術的な創作力が、その意味ではベールをかぶせられ、曇らされたのかもしれない。その辺はなんともいえない。しかし松陰にすれば、

「松浦松洞は、画家を目指したけれども、絵を描くことによって逆に政治を学び、今日の日

本の状態はこれでいいのかという疑問をもつに至ったことは立派だ」

とあくまでも、政治優先の立場で導いた。その意味では、松浦松洞は自分のもつ能力を精一杯発揮して、松陰の期待に応えようとしたのである。松浦松洞にとって、松陰の死は大いなる痛恨事であった。

現在、わたしたちが目にする吉田松陰の肖像画は、松浦松洞が描いたものである。

十七歳に限ったことではないが、いま少年がいろいろと問題を起こしている。戦後の日本は不思議な国で、被害者の人権よりも、加害者の人権が重く扱われるような傾向が強い。いまはいくらかこれが修正されてきたが、被害者側に立つと割り切れない思いがするのは、なにも被害者の家族だけではない。常識を持つ人間なら、誰しも臍《ほぞ》を噛《か》むような思いをしているに違いない。そして、この非行少年の問題は、幕末でも同じだった。

吉田松陰が入れられていた萩の野山獄は、以前書いたように、かならずしも罪を犯した人間だけを収容していた訳ではない。

「家族の持てあまし者」

「地域の持てあまし者」

を、実費を払って入牢させてもらうというシステムがあった。富永有隣はその代表であった。したがって長州藩の牢は、

「持てあまし者を、家族や社会から隔離する」

という目的も果たしていた。

吉田松陰が牢を出て、松下村塾をはじめると、

「うちのやっかい者は、野山獄に金を払って入れてもらった方がいい」

と考えていた人びとが村塾に目をつけた。つまり、

「牢に入れる代わりに、村塾で預かってもらい、松陰先生にきびしくしつけてもらおう」

と考えたのである。松下村塾を一種の、

「非行少年の矯正施設」

と認識した。家族や地域の思い込みが間違っているのだが、松陰はこれらの非行少年たちも快く受け入れた。

安政四年（一八五七）八月十七日に、三人の非行少年が入門している。大野音三郎・市之進・溝三郎という連中だ。紹介したのは吉田栄太郎である。吉田栄太郎は、のちに高杉晋作、久坂玄瑞、入江九一と共に、

「松下村塾の四天王」

といわれたほど優秀な人物だった。音三郎・市之進・溝三郎の三人は、それまで吉田栄太郎に読み書きを学んでいた。ところが吉田栄太郎が、公務で江戸の長州藩邸へ出張することになったので、栄太郎は松陰のところにきて、

「この三人の教育をよろしくお願いいたします」

と頼んだのである。栄太郎は前年に松下村塾に入門していた。このとき十七歳だ。そして

連れてきた音三郎が十七歳、市之進が十四歳、溝三郎が十四歳だった。いずれも、萩の城下町では、

「どうしようもないやくざ」

というレッテルを貼られていた。

大野音三郎は侍の息子だった。が、早い時期に父を亡くしていて、母の手ひとつで育てられた。現在でいう母子家庭に育った。相当に甘やかされていた。家はけっこう裕福だったようだ。松陰も大野の父禎介から、欲しくてもなかなか買えない本を借りたことがある。音三郎の死んだ父はかなりの蔵書家だったというから、それほど経済的には困っていなかったようだ。

したがって音三郎は、母親の手ひとつで育てられたが、わがままな坊ちゃんとして生きていたのだろう。いきおい、非行に走って行った。おそらく、家の財力を利用しながら、同じ非行少年仲間から、

「アニキ、アニキ」

と立てられていい気になっていたに違いない。しかし、母親の必死の願いによって、吉田栄太郎に読み書きを習いはじめていたのである。住まいは、栄太郎の家の南隣だった。

市之進も松本村の生まれだ。やはり父親が早く死んでいた。母親の手ひとつで育てられた。早くから近所の鼻つまみ者になった。近所の家では親が自分の子どもに、

「ぜったいに市之進とは遊んではいけないよ」

といいきかせていた。そのため市之進はますますグレた。しかし、どういうつもりか吉田栄太郎のところにきて、読み書きを習いはじめた。おそらく音三郎も同じだろうが、そういう連中を栄太郎が温かく迎えて、

「世の中の人にうしろ指をさされないようになるには、学問をしなければ駄目だ」

と告げたに違いない。

溝三郎は、萩の骨董《こっとう》商人の息子だという。しかし、父親が客に対してペコペコ頭ばかり下げているので嫌気がさした。そんな父親を軽蔑し、同時に、

「おれは絶対に家業など継がない」

と決意した。家が豊かなので、しばしば金を持ちだしては非行をおこなった。かれもまた吉田栄太郎のところに通っていた。栄太郎には、そういう、

「世の中で社会からつまはじきされている人間」

を発見する才があり、同時にまた、そういう連中を温かくしつけるというヒューマンな精神があったようだ。

のちのことになるが、吉田栄太郎は長州藩内の被差別者の解放を志す。高杉晋作が、

「長州奇兵隊」

を編制したときに、栄太郎は被差別者を集めて、屠勇隊を組織する。松陰が死んだ後、おびただしい門人たちの動向は、はっきりしている者もいるが、いない者もいる。この三人の非行少年たちの動きもよくわからない。が、ある研究者の、

「三人は、吉田栄太郎の被差別者解放活動の手伝いをした」

という説が残っている。あるいはそうかもしれない。

吉田松陰が、たとえ松下村塾に入門した門人であっても、決してかれらを門人として扱わず、

「学友だ」

と告げていたことは、何度も書いた。

「一期一会《いちごいちえ》」

という言葉がある。仏教や茶道の方の言葉だというが、普通は、

「その人の生涯で、たった一度しか会えない人、あるいはそのチャンス」

をいうのだという。ところが、

「そうではなく、毎日会っている人にも一期一会の気持ちを持つことが必要だ」

という説がある。この説によれば、

「朝、おはようとあいさつをしたときに、どんな顔なじみであっても、この人とは今日初めて出会ったのだと思うこと。そして、夕暮れどきに別れを告げるときは、この人とはもう二度と会えないと思うこと」

そうすれば、人間はかならず次の三通りの出会いをしているということになるという。
・学べる人。
・語れる人。

・学ばせる人。

学べる人というのはいうまでもなく「師」であり、語れる人というのは「よき友」のことであり、学ばせる人というのは、「門人、後輩、部下など」のことをいう。ところがこの説を唱える人は、

「学べる人・語れる人・学ばせる人の区分は、一瞬一瞬の間で位置が変わる」

という。つまり、

「今年入社したばかりの若い社員は、現代的な感覚ですばらしいことをいい、上役が感心したとすれば、その瞬間における新人社員が師であり、上役が学ばされる立場に立ったことになる。男女の差、あるいは年齢なども超えて、親にも、兄弟にも話せないようなことを真剣に話せるような相手を発見した場合は、それは性・年齢を超えた〝よき友〟になる」

ということだそうだ。うなずかされる考えだ。つまり、

「師・友・門人、後輩、部下などの関係は、考えようによってはその事柄によって位置がまったく逆転してしまう」

ということであり、

「人間は常に、そういう緊張感と謙虚な気持ちをもたなければならない」

ということだろう。吉田松陰はまさにここでいう、

「新しい一期一会の認識」

に立って生きていた人物だといっていい。その一番いい例が、吉田栄太郎が入門した時の

エピソードである。

家が近くだから、松陰も吉田栄太郎の存在は知っていた。

「近所に足軽の子で吉田栄太郎という少年がいる。とても学問熱心で、他の少年たちの群を抜いている」

という噂《うわさ》だ。その栄太郎が、安政三年（一八六三）に松下村塾にやってきた。

「学問を教えてください」

という。

若者をわかろうとする努力

松下村塾における吉田松陰の教育方針は、

「相手に合わせて考える」

ということだ。門人一人ひとりの、人柄や能力をみきわめ、

「良いところを引き出し伸ばそう。悪いところは目をつぶる」

というものだ。しかしだからといって、ただ相手に合わせていただけではない。基本的には理念があった。いうまでもなく、かれ自身が書いた、

『松下村塾記』

である。この『松下村塾記』に書かれた、

「なぜ松下村塾をいとなむのか」

ということは、突きつめていえば、

「松下村塾を、日本変革さらに世界改革の発火点とする」

ということだ。

「その日本改革者、あるいは世界改革者を世に出す」

ということである。また、物的には、

「自分が松下村塾をいとなむ松本村が、長州藩改革・日本改革・世界改革の拠点になる」

ということだ。現代風にいえば、

「松本村から、長州藩全体、日本全体、そして世界に向かって情報を発信する」

ということだ。単なる情報ではなく、

「国事を憂える人びとの参考になるようなものの考え方」

を告げるということだ。松陰の頭の中にはそのころの幕藩体制を支えていた、

「藩」

という意識は消えている。藩というのは大名家のことだが、もともとは「かこい」あるいは「垣根」の意味がある。江戸時代は、藩と藩との間にはきびしい境が設けられていて、関所があり船番所があって、人の出入りやものの出入りがきびしく規制された。だから藩はそれぞれの行政区域を、

「くに」

と呼んだ。この呼び方はいまも残っている。お盆や暮れに地方から大都会へ出てきている人がかならず、

「ちょっと国に帰ります」

という。国というのは日本国のことではない。生まれ故郷のかつての大名領をいう。こういう呼び方はいまもそれぞれの地域の住民意識の中に残っている。

吉田松陰の、

「藩というタテ割社会を壊し、横断的な同志の結合をはかる」

という考え方は、その後松下村塾から躍り出た志士たちの活動の指針になる。たとえば久坂玄瑞が、土佐勤皇党の党首武市半平太の代理としてやってきた坂本龍馬に、

「われわれの活動の結果、たとえばあなたの藩が滅びようと、わが長州藩が滅びようと、日本国のためには別に大したことではないのだ」

と語る。まだ思想的に浅かった龍馬はびっくりして目をみはる。おそらくこの段階では、龍馬には久坂玄瑞のいうことがよくわからなかったにちがいない。久坂玄瑞は、

「松下村塾の四天王」

といわれた逸材だから、すでに松陰の考え方をよく理解していた。自分の血肉としていた。松陰の考え方を拡大していけば、これは単に、

「幕藩体制というタテ割社会を、ヨコ化する」

ということだけではすまない。

「人間におけるタテ割関係」

も〝ヨコ化〟する。端的にいえば、

「身分制の破壊」

である。すなわち、士農工商をタテの関係とするのではなく、

「自分の選んだ職業の関係」

に変えることだ。改革というのは常に次の三つの壁への挑戦だ。

一　物理的な壁（ものの壁）

二　制度的な壁（しくみの壁）

三　意識的な壁（こころの壁）

この中でもっとも壊しにくいのが三番目の「意識的な壁」である。現在でもそうだが、改革が必要だということはわかっても、自分のこととなると反対する。すなわち、

「総論賛成各論反対」

は人間の常道だ。吉田松陰はこのことをよく知っていた。だから、

「ものの壁やしくみの壁を壊すのには、まずこころの壁を壊すことが大切だ。それには、教育を欠かすことはできない」

ということだ。同時に、

「そのこころの壁の破壊をおこなうための教育は、現在の藩校明倫館ではだめだ」

と思っていた。松陰のみる藩校明倫館の教育方法は、

「古くさい考え方で、ただ単に字句の誤りや使い方の正しさを求めているだけのもの」

というように思えた。つまり、明倫館では、

「生きた学問を教えずに、死んだ学問を押しつけている」

ということだ。こういう松陰の主張にたちまち共鳴して、藩校明倫館の優等生でありながらこの学校から抜け出し、夜になると高下駄を鳴らして遠い松下村塾に通ってきたのが高杉晋作だ。親たちは心配して、

「あんな危険な学者のところへ行くな」

と止めた。しかし晋作は親のいうことなどきかない。

「おれが望む教育を、松陰先生が与えてくださる」

と思い込んで毎夜のように通ってきた。かれはやがて「松下村塾の四天王」のひとりになる。

前にも触れたが、松下村塾の名は、吉田松陰が考え出したものではない。最初この塾名をつけたのは叔父の玉木文之進だ。玉木文之進は、自分が開いた塾に、

「松下村塾」

という扁額《へんがく》を掲げていた。しかしやがて城の役に就いたので、塾をいったん閉鎖した。これを再開したのが、やはり松陰の叔父の久保五郎左衛門である。五郎左衛門は、文之進が掲げていた扁額をそのまま、塾に掲げた。しかし教育方針はガラリと変えた。久保は、

「まず子供たちに教えるべきは読み書きそろばんだ」

という考えを貫いた。実用的な学塾に変えたのである。そのために、

「松下村塾では、仕事に役立つ読み書きそろばんを教えてくださる」

ということでドッと弟子が増えた。その中に、吉田栄太郎や伊藤利助（のちの博文）がい

た。だから少なくとも松陰が引き継いだ久保五郎左衛門の松下村塾では、松陰が堂々と主張した、

「松下村塾を、日本変革・世界改革の発火点にする」

というような響きの高い理念は掲げられてはいない。あくまでもちんまりとした実用塾であった。しかし、松陰の唱える政治理念などと無縁な貧しい人びとにとっては、久保五郎左衛門の松下村塾のほうがはるかに役に立った。貧しい家に生まれた吉田栄太郎や伊藤利助が入門したのも、

「読み書きそろばんを身につけて、出世の役に立てたい」

という実利的な考えがあったからだ。これは、その後吉田松陰が松下村塾を引き継いだ直後にもそういうみられ方をした。つまり吉田松陰の掲げた、

『松下村塾記』

で述べられたような、

「新しい松下村塾の理念」

など見向きもされなかった。

「今度の、若い先生が読み書きそろばんを教えてくださる」

ということで、久保時代の入門者もそのまま村塾に通ってきた。案に相違して、期待はずれの感を持った弟子もいた。こういう連中はすぐ去っていった。そして、

「あの先生は頭がおかしい。変なことばかり教える」

といい散らした。これがある面で、吉田松陰に対して、

「変わった学者さん、危険な学者さん」

という評判を立てる一因になった。

吉田栄太郎の名を、吉田松陰はかなり前から知っていた。それは叔父の久保五郎左衛門から、

「うちの塾には、吉田栄太郎という優秀な若者がいる」

と何度もきかされたからである。松陰は吉田栄太郎に関心を持った。というのは、久保五郎左衛門が、

「吉田栄太郎は、若者のくせに、同じ年代のならず者を三人弟子にしている」

といっているのをきいたからだ。

「ほう」

この話をきいたとき、松陰は耳を立て目を輝かせた。松陰が感じたのは、

(三人のならず者が、なぜ同じ年代の吉田栄太郎を慕うのだろうか)

ということだ。久保五郎左衛門の話によれば、

「わしの塾で学んだことを、そのまま受け売りにして三人に教えているからだろう」

といった。しかし松陰は、

(決してそれだけではあるまい)

と感じた。三人のならず者が吉田栄太郎を慕うのは、やはりそれなりに吉田栄太郎の発す

る気（オーラ）に魅せられているのだ。吉田栄太郎にはそういう魅力があるにちがいない。一種のカリスマ性だ。松陰は、

「人を導く者は、導かれる者が、この人の教えならとか、この人のおこないならというように、〝なら〟と思わせるような雰囲気を持たなければならない」

と考えている。この、

「ならと思わせる雰囲気」

のことを、中国の学者にきくと「風度《ふうど》」というのだそうだ。すでに漢和辞典に出ている「風度」とは、少し意味合いがちがうようである。いわくいいがたしで、

「風格・人望・魅力・愛嬌・カリスマ性」

などがゴッチャになって、なんともいえない惹《ひ》きつけられる雰囲気のことをいう。

しかしこれは先天的なものと後天的なものがあり、ただ単に、

「そういう人間になりたい」

と思ったからといって、すぐなれるわけではない。やはり天性というものがあるようだ。それがなくて、ただ付け焼き刃的に、

「おれはこういう人間だというふうに思える」

と押しつけても、メッキであって地金のほうがついてこない。そうなると、相手はすぐみぬく。

「この人は偽者だ」

と思う。そう考えると、吉田松陰はまさしく天性の、

「風度のある人物」

であって、松陰自身は、

「人から〝なら〟と思われるように、こういう努力をしよう」

などということを、処世術的に身につけていったわけではない。ありのまま生きることが、かれに接触する人に、

「松陰先生のいうことならどんなことでも信じられる」

「この先生のおこなうことなら、後ろからついていっても絶対に後悔はしない」

という〝なら〟という気持ちをすべての門人に持たせた。

他人に対しても松陰は、故吉川英治氏がいったように、

「自分以外はすべて師だ」

という態度を持っていたから、時折久保五郎左衛門からきく吉田栄太郎の話に、かねてから関心を持っていた。その吉田栄太郎が、ある日突然、

「わたくしを門人にしてください」

と頼んできた。松陰はちょっとびっくりした。

(自分が関心を持っていた吉田栄太郎くんが、かれのほうから新しい松下村塾に入りたいといってきた。なぜだろう)

と疑問を持った。そこで、

「久保叔父とは違って、この塾ではあまり読み書きそろばんだけを教えるつもりはないが」

とやんわりと拒否した。栄太郎はうなずいた。

「承知しております。吉田先生が読み書きそろばんにそれほどご関心がなく、もっと高い立場で学問をお考えになっていることはかねてから伺っております。野山獄内におけるいろいろなご精進のほども伺いました。吉田先生こそまさしく長年求めてきた師だと思ったのです。どうかお弟子にしてください」

「ほう」

栄太郎の情熱に圧倒された松陰はきいた。

「きみはいまいくつだね」

「十四歳です」

「すごいな」

松陰は正直に感じたままをことばにした。そこで栄太郎の学力を試すために、「韓退之《かんたいし》」の『城南に読書す』というテキストをとって読ませた。栄太郎はすらすらと読んだ。そして、読み終わると、

「わたくしはこんなことを先生から学ぼうと思って伺ったのではありません」

と不満気な顔をしていった。松陰は驚いた。そこで今度は、

「『孟子』の万章篇第九」

というテキストを読ませた。それは、百里奚《ひゃくりけい》という人物が、自分の諫言《かんげん》を主人がなかなか

きかないので、

「こんな主人には、諫《いさ》めがいがない」

といって見捨て、他国へ去る話を書いたものだった。ところが栄太郎はこの文章を読み終わるとこういった。

「臣下として、主人を諫めてもきかれないからといって、死にもしないで他国へ去るというのは一体どういうことでしょうか。こういう人物を聖賢といってよいのでしょうか」

ときいた。松陰はますますびっくりした。目を輝かせ、胸の中で、

(この栄太郎くんはすばらしい人物だ)

と感じた。この出会いの瞬間において、松陰にとって栄太郎はまさしく、

「師」

であった。つまり、松下村塾を主宰している松陰は、まだ少年なのに漢学の基礎を自分なりに消化している人間がいるということを栄太郎から学んだのである。こういうところが、松陰のすぐれたところだ。つまり、

「弟子からも学ぶ」

という謙虚な気持ちを常に持ちつづけていた。

しかし栄太郎の方は栄太郎の方で、自分の生意気な反論や抗議を、慎《つつ》ましくきちんと受け止める松陰の態度にびっくりした。

(この先生は違う)

と直感した。たちまち松陰への尊敬の念を深めた。あらためて手をつき、

「どうか、今後よろしくご指導ください」

と頼んだ。

栄太郎の家は貧しい。母をはじめ家族がたくさんいる。主力になって生計の資を稼がなければいけないのが栄太郎の役目だった。そのためにかれは、

「江戸の藩邸にいくと、給金をはずんでくれるぞ」

という噂《うわさ》を仲間からきくと、たちまち江戸行きを志願した。それがかなえられて、ちかく江戸の藩邸へ勤務することになった。そうなると、指導してきた三人の非行少年の始末に弱った。そこで、

「松陰先生なら、三人をいい方向へ導いてくださるに違いない」

と考えて、自分が江戸へいった後の教育を松陰に委ねることにしたのだ。

三人の非行少年は、ぶつぶつ文句をいった。

「栄太郎先生、江戸へなんか行かないでください。わたしたちといつまでもつき合ってくださいよ」

とだだをこねた。しかし栄太郎には生活がかかっている。

「そうはいかない。松陰先生はすぐれたお方だ。松陰先生に学べば、おれのことなど忘れてしまうよ」

「そんなことはありませんよ。松陰先生をチラリとみたことがあるけれど、どうも気難しそ

うでイヤだな。栄太郎先生の方がいいよ」

三人はこもごもそういう。非行をおこなう少年の心の隅にはかならず空洞がある。その空洞には、ひっそりと〝さびしさ〟が忍び込む。三人の少年の心の空洞には、すでにそのさびしさが入り込んでいた。それは、栄太郎が江戸に行ってしまうからである。非行少年の心の一部には、

「詩人のような無垢《むく》な精神」

がある。

「物事を、ありのままに感じ取る感覚」

のことだ。あまりにも鋭くとぎ澄まされているために、普通の人間にはこの感覚がわからない。まわりがわかってくれないとなると、少年たちはその感覚を自分たちでいよいよ鋭くみがく。かれらの行動の底には、かれらなりのこの感覚と論理がある。しかしそれが鋭くなればなるほど、非行の度合いがまして周囲はいよいよきびしい目で批判する。少年たちはいたたまれない。自分で自分を持てあましてしまう。その均衡失墜が精神のバランスを失って思わぬ結果を招いてしまう。ある面において、非行少年たちは、

「普通の人間が感じ取れないもの、みえないもの、聞けないもの」

を、感じ・見・聞いている。このギャップを埋めるには、やはりまわりが、

「たとえわからなくても、わかろうとする努力」

をおこなう必要がある。吉田栄太郎は先天的にそれをおこなっていた。だから栄太郎と同

い年の大野音三郎でさえ栄太郎には一目おいていたのである。

「栄太郎さんにはとてもかなわない」

と思って、同年の栄太郎から学問を学んでいたのだ。市之進や溝三郎にとっては、栄太郎はアニキのようなものだ。自分の親たちから得られないものを栄太郎は与えてくれる。しかも代価を求めない。無報酬の愛情を注いでくれた。三人にとって栄太郎は、いまではかけがえのない兄になっていた。それが江戸へ行ってしまう。そのさびしさが、

「自分たちを一番よく理解してくれた人が、遠くへいってしまう」

と思わせた。こうなるとヒガミが前へ出てくる。

「栄太郎さんは、おれたちをみすてるのだ」

と思えた。だから栄太郎が、

「松陰先生は、おれなど足下にも及ばない立派な先生だ」

といっても、三人の心に松陰の存在は栄太郎のいうようにはとらえられない。むしろ、反感を持つ。三人が松下村塾に入門したときは完全に、

「松陰アレルギー」

があった。だから入門当初は、松陰のいうことに三人が結束して、

「すべて反抗しよう」

と合意していた。

若い門人の教えに従う

三人の少年たちは、兄のように慕ってきた吉田栄太郎が、いくら止めても江戸へ行ってしまうので、自分たちはみすてられたと思った。そして、

「変わった学者、危険な学者」

と評判の吉田松陰に、自分たち三人を預けてしまったと考えた。したがって三人が、

「松下村塾に入ってからは、すべて吉田松陰先生に反対しよう」

と意見を一致させたのは、いってみれば、

「淋しさの裏返し」

である。かれら三人はいままでも、

「自分たちの生まれ育ちは不幸だ」

と思ってきた。そして、

「その不幸な経験を、世の中に向かって報復してやる」

と暗い憤りをぶつけてきた。それがかれらの非行の原因だった。

「吉田松陰先生になんでも反抗しよう」

ということを決めたのは、三人が三人なりに、

「吉田栄太郎にみすてられる淋しさと憤り」

を共通感情として持っていたからである。その意趣返しを、今度は松陰にぶつけようということだ。きけば吉田松陰は二十八歳だという。この年齢は三人の非行者にとっては、すでにオトナだ。三人がずっと非行を続けてきたのは、

「親を含めて、オトナは信用できない」

という年長者への不信感を心の底に抱いているからだ。市之進と音三郎は母子家庭に育った。溝三郎は父親がいるが、その骨董《こっとう》業という職業をばかにしている。

「他人にペコペコ頭を下げ、ヘラヘラと腹にもないお世辞ばかりいってくらしを立てている」

と軽蔑《けいべつ》している。

「親のような人間にはなりたくない」

というのが、溝三郎が非行少年になった動機だ。そんな溝三郎に、父親のほうは父親で、

「おまえのようなやつは箸《はし》にも棒にもかからない。金を出して野山獄に入れてもらうぞ」

と脅す。溝三郎は、

「おもしれえや。入れられるものなら入れてみろ」

と毒づく。これは市之進や音三郎のほうも同じだ。家庭のもてあまし者だけでなく、近所にもいろいろと迷惑をかけるので苦情に閉口する母親は、

「野山獄に入れちゃうよ」

と怒りの声をあげる。市之進も溝三郎も音三郎も、

「いつでも入れてみな。野山獄でも暴れまわってやるから」

と毒づく。まったく始末におえない。しかしかれら三人にしても、

「自分たちが世の中へ当たるのは、なにが原因なのか」

ということを突き詰めて考えたことはない。ただ、

「おれたちは不幸だ」

と思い、

「それも不幸な家に生まれたからだ」

と家のせいにしている。

じつをいえば吉田松陰は、三人を預かるときに、吉田栄太郎にこんなことをきいていた。

「三人の態度をみていると、きみには非常に心服している。なぜ、三人はきみを信頼しているのだろう」

「そうですね」

栄太郎はチラと松陰の顔をみてから、視線をフイとそらした。松陰の顔をまともにみないほうが、自分の考えを述べやすいと思ったのだろう。こういった。

「じつをいえば、わたしは非行少年ではありません」

「そんなことは知っているよ。きみは親孝行で真面目な少年だ」

「家が貧乏ですから、わたしは先生から高邁《こうまい》な政治学を教えていただくと同時に、半分は少しでも多い給金が貰《もら》え、母親を楽にさせられるような仕事が得られればと思っています。したがって、先生の塾に入門させていただけても、半分は生活のことが頭の中にあります。ですから、わたしにはかれら三人のように非行に走っている暇はありません。その三人がなぜわたしを慕うかといえば、わたし自身が同じ年代のために、かれらに対しこっちがかれらのことをわかろうとする努力や気持ちが、伝わるからだと思います」

「かれらの気持ちをわかろうとする努力？」

「そうです」

栄太郎はうなずいた。そして視線を戻してまっすぐ松陰をみかえした。

「わたしが先生に、あの三人を預かっていただきたいとお願いするのは、そのためです」

「そのためとは」

「先生はわたしたちよりはるかに年長者です。でも、いままでずっと見聞したところでは、先生にもわたしと同じように、わからない相手のやることを、なんとかしてわかろうとするご努力のお気持ちがあるようにおみうけしました」

「ほう」

これは松陰にとって、自分でも気がつかないことだった。しかしいわれてみると、いま栄

太郎が口にした、

「たとえわからなくても、相手のことをわかろうとする努力」

といういい方は気に入った。松陰自身が、常にそうしようと努めてきているからだ。かれが門人に対して、

「きみたちとの関係は、師弟ではない。共に学ぶ友人だ」

といい続けているのもそのためだ。年齢を度外視した、現在でいうジェネレーション・ギャップを越えて、

「共に学ぼう」

ということは、たしかに吉田栄太郎のいう、

「互いにわかろうとする努力」

の交流でなくてはならない。

「先生、お願いいたします。あの三人のやることやいうことは、おそらく先生のご年齢では理解できないことがたくさんあると思います。でも、先生がお持ちのとにかく相手をわかろうとするお気持ちだけを、かれらに与えてやってください。そうすれば、かれらもいつかは真人間になります」

「そうあって欲しいな。ぼくはきみほどの指導力がないから、果たしてあの三人がついてくるかどうかわからない」

「先生は生まれながらに誠実なお方です。かれら三人も、時間がたてばきっと先生を尊敬す

るようになります」

「早くその日がくるといいね」

松陰はほほえんだ。栄太郎もほほえんだ。

しかし、心の底から出たほほえみの交流は、これが最後になった。その後、松陰と栄太郎の関係は、妙にゆがんでしまうからである。主として、栄太郎の母親のせいである。母親は栄太郎が松陰の塾に行くときから、

「あんな妙な先生のところへは、行かないほうがいい」

といって止めた。しかし、いうことをきかずに栄太郎が入門した後、松陰から教えられたことを家に戻って話すと、母親はますます不機嫌になった。

「そんな霞みたいな学問を習って、おまえの立身出世にどう役立つのかね」

と現実的なことをいった。栄太郎は、

「世の中を変えることが、わたしのような貧しい足軽の子が立身できる道が開けることなんです」

と話す。母親に理解できるわけがない。

「おまえも妙な先生の教えにかぶれて、まわりから変に思われないほうがいいよ。足軽の子は、やはり上役に可愛がられなければ、お給金も増えないからね。まともなことを学んで、すこしはわたしを楽にしておくれな」

そう頼むようにいう。母親も生活に疲れ果てていた。頼みの綱は栄太郎だけなのである。

だから母親にすれば、

「むかしの久保先生のように、読み書きそろばんだけを教えてくれる先生のほうがよほどよかった」

とぼやく。しかし栄太郎は、少年だったがすでに世の中の構造悪に対して目覚めていた。とくに、

「身分制」

に対しては、強い怒りを持っていた。

「同じ人間なのに、どうしてこう差をつけられるのか」

と、それは単に貧しさだけではなく、差別に対しても同じ気持ちを持っていた。また貧しさについては、

「世の中の人間は、貧しさをそのまま悪いことだと思い込んでいる」

と感じていた。栄太郎が周囲から向けられる目は、まるで罪人をみるような目なのだ。栄太郎にとって、

「貧しさとは、罪なのか」

という疑問が常に頭の中で渦を巻いていた。松陰はちがう。誰でも平等に扱って教えてくれる。しかも門人のことを、

「学友」

という。こんな先生がどこにいるだろうか。栄太郎は、松陰のそういう態度に接するだけ

で、生命が洗われるような気がする。悲しい憤りでいっぱいになっている頭の中が、すこしずつ浄化される。

栄太郎はいった。

「三人がわたしを慕っていることは事実です。同い年の音三郎でさえ、わたしを兄だといっています。しかし、どんなにわたしがかれらを理解したところで、それはわかったという段階で終わりです。それ以上前へは出られません。というのは、わたしにはかれらを導く能力がないからです。先生にはおありです。どうか、かれらをわかったうえで、前へ歩かせてください。ぜひお願いいたします」

ぜひお願いいたしますというときに、栄太郎は床の上に手をついて額をすりつけた。松陰は感動した。

(栄太郎くんは、心の底から三人のことを心配しているのだ)

と思った。そう思うと、

(三人に対しても、本気で接しなければならない)

という責務感を感じた。責務感は、吉田栄太郎に対してである。

「栄太郎くん、頭を上げたまえ。頑張れるだけやってみる。三人は預かろう」

そう約束したのである。

ところが三人のほうは、栄太郎にみすてられたと思っているから、

「松下村塾へいっても、吉田先生の教えにはすべて反抗しよう」

と心を固めていた。

だからといって、松陰が、

「この本を読みたまえ」

とすすめれば、素直に本を読む。とくに音三郎の家は、父親が有名な学問好きだった。だから三人がそろってやってきたときも、音三郎に松陰は、

「きみのお父さんには、ずいぶんと世話になったよ。ぼくもたびたび本を借りにいった。おぼえていないか？」

と頬をくずしてきいた。ところが自分に特別に声をかけられた音三郎は、ほかのふたりをおもんぱかって首を強く横に振った。

「おぼえていません」

「そうか、残念だな。しかしきみの家のお父さんは学問が深い。さぞかしきみも、多くを学んだことだろう」

「わたしは父親を軽蔑していました。ですから、学問のガの字も学んではおりません。父親が残していった本は、全部売り払いました」

そんなことをいった。松陰は胸の中で舌を鳴らした。

(この少年は、容易なことでは心を開かない)

と感じたからである。音三郎にすれば、

「三人はいつもいっしょだ」

と思っていた。音三郎は、松陰がむかし自分の家を訪ねてきたことをよくおぼえている。父親は、松陰がくるとよろこんで書棚から求められる本を貸し出した。そのときの温かいやり取りを、音三郎は脇からみていた。したがっていま、

「先生のことなどぜんぜんおぼえていない」

と答えたのは嘘《うそ》である。嘘というよりも、ほかのふたりに対する見栄だ。ここで、

「おぼえています」

などといって、松陰にシッポを振れば今度はふたりにばかにされる。そして、

「おまえとは仲間ではない」

と突き放される。家庭や地域からみはなされた三人の非行少年は、三人だけでピッタリ心を合わせていた。つまり頼りになるのは、

「お互いだけ」

なのである。松陰には、音三郎のそういう心がよくわかった。だから、

(ここで、無理押しはすまい)

と思った。

「そうか、本は全部売ってしまったのか。もったいないことをしたね」

と、別に責めるわけではなく、いかにも残念そうな口調でいって、この話題を打ち切った。

ある日、松陰は三人に習字を命じた。溝三郎と音三郎は、たちまち書き終わった。市之進だけがグズグズしている。松陰は松下村塾での生活を、

「集団でおこなう」

という、協同一致を時に応じ重くみていた。そこで、三人に、

「さあ、習字をやめて外の掃除をしよう」

と告げた。が、習字を終えた溝三郎と音三郎も顔をみあわせて、いっしょに市之進のほうをみた。市之進は、松陰のことばがきこえなかったかのように、必死に習字を続けている。松陰がいった。

「市之進くん、そこでやめて掃除をしなさい」

しかし市之進は知らん顔をしている。その表情には、

「先生は習字をお命じになったのだから、最後まで習字を続けます」

という強い意志があらわれていた。溝三郎と音三郎は、そんな市之進を頼もしげにみていた。仲間意識がありありと浮いている。松陰はカッとした。そこで、

「市之進くん、ぼくのいうことをききたまえ！」

と大きな声を出した。市之進は筆を握ったまま、松陰をジロリとみかえした。その目の底には、激しい憎悪の色があった。松陰は慄然《りつぜん》とした。非行少年がよく向ける、オトナ不信の目だ。松陰の背筋は寒くなった。市之進は松陰をひと睨《にら》みすると、また習字に戻った。松陰は怒りを抑えることができなかった。そこで市之進の机に近づくと、市之進から筆をもぎ取り、硯《すずり》とともに庭へ投げ捨てた。市之進は、また顔を上げて松陰を睨んだ。睨み合いが続いた。やがて市之進は、首を横に振って、

「どうしようもねえな」

とつぶやきながら、庭に降りていった。そして、松陰が捨てた筆と硯を拾って戻ってきた。埃《ほこり》をはらうとていねいに机の上におき、墨をすりはじめた。松陰は、

「きみは、ぼくのいうことがきけないのか？」

ときいた。落ち着いて墨をすり続けながら市之進はこう答えた。

「先生は、習字をお命じになりました。終わるまでは、ほかのことはしません」

脇から溝三郎と音三郎が、

「そうだ、そのとおりだ。市之進がんばれ」

と声援を送った。松陰は惑乱した。怒りに満ちた表情で三人を睨みつけた。ところが三人のほうも松陰を睨み返す。ビクともしない。松陰はもう一度大声をあげそうになった。が、グッと堪えた。

それは、このとき頭の中に、吉田栄太郎がいった、

「わかろうとする努力を忘れないでください」

と頼むようにいったことばを思い出したからである。松陰は自分にいいきかせた。

（この連中の心根をわかろうとする努力は、同じ立場に立ってものを考えるということではない。同じ立場に立つということは、この連中と同じになることだ。そうではなく、一段高いところからこの連中の心根を理解することだ。それには、もう一度自分が書いた『松下村塾記』で、自分はなにをめざしたのかを改めて自分にいいきかせるべきだ）

と感じた。そんなやり取りを、心の中で繰り返した。しだいに怒りが鎮まってきた。松陰はいった。

「市之進くん、悪かった。習字を続けたまえ。溝三郎くんと音三郎くんも、市之進くんの習字が終わるまでつき合ってあげたまえ。終わったら、庭へ出て掃除をしてくれたまえ」

そういった。溝三郎と音三郎は思わず顔をみあわせた。市之進だけが、字を書き続けながらにやりとわらった。その笑みには、

「おれが勝った」

という誇りの色があった。しかし、年長の音三郎は違った受け止め方をしていた。松陰の態度にびっくりしたのである。ふつうなら、

「おまえたちは、おれのいうことがきけないのか！」

と怒鳴って、三人を庭へ引きずり出すだろう。ところが松陰はそんなことはしない。

「自分のほうが悪かった」

と謝罪したのである。松陰が去った後、音三郎がポツンといった。

「市之進よ」

「なんだ」

「吉田先生は変わってるな」

「そうだとも、でも、おれは先生に勝ったぞ」

「そうかな」

この音三郎のことばに、市之進は習字の手を止めて顔を上げた。

「なんだ、そのいい方は」

「おれには、おまえが勝ったとは思えない」

「どうしてだ。先生は、おれに謝ったじゃないか」

「たしかに謝ったが、しかしよく考えてみれば、謝った先生のほうが勝ちじゃないのかな」

「どうしてだ？　先生が謝ったんだから、弟子のおれのほうがエライんだ」

「そんなことはないよ」

市之進が筆をおいた。音三郎の様子がおかしくなってきたからである。こんな音三郎ははじめてみた。

「音三郎」

「なんだ？」

「おまえもうあの吉田先生にかぶれてしまったのか？」

「そうじゃない。そうじゃないが、おれは吉田先生のいまの態度に、栄太郎兄貴とは違ったものを感じた」

「栄太郎兄貴とは違ったものとはなんだ」

「やっぱり一段上だ」

「一段上？」

納得できないように、市之進はきき返す。表情がだんだん険悪になってきた。場合によっては、音三郎に摑《つか》みかかるような凶暴な姿勢を示した。音三郎がこう答えた。

「吉田先生が栄太郎兄貴よりも一段上だというのはな、おれをこんな気持ちにさせたことだ」

「おまえはいまどんな気持ちなのだ？」

「それはおれたちをもてあましているということだ」

「吉田先生は非常に忍耐強いということだ」

「それはおれたちをもてあましているからだ。おれたちがいつなにをするかわからないやくざ者だからだ。吉田先生は怖がっているんだよ」

「そんなことはない。吉田先生の目には、おれたちを怖がっているような色など微塵《みじん》もなかった。むしろ、自分はこれでいいのかという反省の色を浮かべておられたよ」

「反省の色？」

市之進はわらい捨てた。しかし、わらい捨てきれないなにかを感じたのだろう。目を上げて音三郎をみかえした。

音三郎が感じたことは正しい。吉田松陰は反省していた。それは吉田栄太郎と交わした、

「たとえ相手のいうことやすることがわからなくても、わかろうとする努力だけは続ける」

という約束を、自分で破ってしまったからだ。つまりカッとして、市之進が使っていた筆や硯を取り上げ庭へ投げ捨てたのは、あきらかに横暴である。われを忘れた行為だ。松陰はたちまち自己嫌悪に陥った。

「わかろうとする努力を欠いて、感情にまかせて市之進のような年少者を仇《かたき》にするとは何事

と自分を責めたのである。だから松陰は、それ以上三人とのやり取りをやめて、庭へ去ったのだ。音三郎が感じたのは、この松陰自身における、

「反省と自己嫌悪の念」

である。そういう点、非行少年だけに音三郎の感覚も鋭敏だ。本来なら、これは市之進も溝三郎も同じなのだ。市之進は黙り込んだ。じっと音三郎がいったことを頭の中で反芻《はんすう》した。しだいに音三郎のいうことの意味が理解できた。

（そうか、音三郎は吉田先生にそんなことを感じたのか）

と思った。そう思うと、自信がなくなってきた。

（いったい、おれが突っ張ったことは正しかったのか）

と疑いが持たれた。

荒地にも徳がある

新しく松下村塾に入門した三人の非行少年に対し、松陰は基本的態度として、

「この少年たちのいっていることややっていることはよくわからない。しかし、こちら側がわかろうとする努力をしなければだめだ」

と、現代にも通じる指導者の涙ぐましい努力をはじめたことは、前の章にも書いた。この松陰の努力と同じようなエピソードに、河合道臣《かわいみちおみ》の話がある。河合道臣は、姫路藩酒井家の家老だった。しかし学問が深く、のちには姫路郊外の仁寿山《じんじゅさん》に学校をつくった。

「この学校では、克己忍耐と殖産興業をおこなえるような人材を養成する」

と、いまでいえば、

「産学協同」

をおこなった。それは、江戸時代の藩(大名家)は、いまの地方自治体とちがって、

「百パーセント自治」

を求められたからである。いまの地方自治体は、財政的に困難な状況になれば政府（国）が、地方交付税や補助金によって調整してくれる。江戸時代はそんなものは一文もない。幕府は、いかに大名家が財政難に陥ろうと、

「自分のところの赤字は、自分のところで始末しろ」

と突き放す。そうなると、藩は半ば商事会社となり、城に勤める役人も商人的な感覚を持たなければ勤まらない。したがって、

「殖産興業」

は、いってみれば、

「江戸時代に、藩（大名家）が生き抜くためのチエと努力」

であった。それにはやはり人材が必要だ。したがって学校は、単に空理空論を教えるだけではなく、

「実際に役に立つ学問」

という実学に主体をおき、そして、

「やがて社会に役立つ人間」

の養成を目的とした。仁寿山校もそのひとつである。吉田松陰も同じだ。かれも単に、

「自分の学説を理解し、それを広めてくれる門人」

を養ったわけではない。松陰の場合は河合道臣よりももっと視野がひろく、

「日本のために、世界のために役立つ人間に育ってほしい」

と考えていた。河合道臣は、仁寿山校の学生たちに対し、きびしい校則を課した。

「遊戯・飲酒・喫煙・狩猟・釣魚《ちょうぎょ》を禁ずる」

というものである。松陰の松下村塾でも、飲酒や喫煙についてはいろいろと問題を起こした。しかし松陰は、

「こういうことをしてはならない」

という、いわば、

「なすべからず」

という、never とか must のような学則は設けなかった。

「あくまでも、学友である塾生が自分たちの意思によって、そういう行動を定めるべきだ」

と考えていた。

吉田松陰の三人の非行少年に対する態度で、なぜ筆者が河合道臣のことを連想したかといえば、河合道臣が家老を務める姫路城内にも当時〝問題児〟と呼ばれる非行武士がいた。いわゆる、

「組織内トラブルメーカー」

である。これが三人いた。それぞれの職場では弱り果て、家老（現在の総務部長）のポストにある河合のところにきて、

「うちではあの三人をもてあましています。おたくに引き取ってください。あなたは、名家老の噂が高いので、あの問題児たちもきっと心を入れ替えるでしょう」

といった。やむを得ず河合は三人の非行武士を引き取った。ところが職場にきた非行武士たちは、毎日ブラブラしていてなんにもしない。中に道楽者がひとりいて、ときどき口三味線で歌をうたったりする。河合の部下たちはみんな顔をしかめた。そして、

「ご家老ものの好きだな。なんであんな問題児をうちの職場に引き取ったのだ」

とブツブツ文句をいった。

しかし、河合は三人を静かにみつめていた。やがて、姫路藩として徳川幕府に働きかけなければいけない大事な仕事ができたときに、河合ははじめてこの三人を活用した。それは、道楽者にはその特技をいかすような幕府首脳部の接待を命じ、口ばかり達者で理屈をこねている武士には、

「姫路藩が評定所に出たときの、申し開きをしろ」

と弁論役を命じた。また、頑固で人のいうことをきかない問題児には、

「このことを、最後まで幕府首脳部にいい貫け」

と命じた。じつをいえばこのころ河合は、傾いた姫路藩の財政再建を命ぜられていた。財政再建の一本の柱は、収入増である。河合が考えたのは、

「対岸の四国の阿波徳島藩（蜂須賀家）が、自分の領海でとれる鯛を〝姫路鯛〟と名付けて利益を得ている。これはけしからん。姫路鯛と名乗る以上は、その名称の使用料をこっちに納めるべきだ」

と主張したのである。いいがかりだ。実際には、のちに〝鳴門鯛〟と呼ばれるようになる

うまい魚なのだが、当時阿波徳島藩ではなぜか〝姫路鯛〟といって売り出していた。現在でも同じだが、こういういわゆる〝ブランド〟名というのは、なかなか抜き難い。いまでも、明太子《めんたいこ》といえば博多のものと限られている。しかし、関門海峡であんなに鱈《たら》が採れるはずがない。生産地の多くは北海道であり朝鮮だ。しかし、

「博多の明太子」

といえば、買うほうは素直に納得する。

したがって、阿波徳島藩が、当時あえて〝姫路鯛〟といったのは、やはり日本国内における通り相場が鳴門鯛よりも姫路鯛のほうが良かったからだろう。

河合道臣は、このことを阿波徳島藩に申し入れた。徳島藩は蹴《け》った。

「ばかなことをいうな。うちの海でとれた魚を売っているだけだ。姫路藩の領海に侵入して、鯛を奪っているわけではない」

と突っぱねた。河合はこれを幕府首脳部に訴えた。幕府首脳部はこれを裁判することにした。このへんは河合の政治力である。このときの工作に、いままで組織内のトラブルメーカーとして疎外されていた三人の武士を活用したのである。武士は非常に役立った。この強引な工作は成功する。阿波藩蜂須賀家は屈服し、しぶしぶネーミングの使用料を支払うようになる。

これはいわば、

「ところを得なかった人間の適材適所的活用法」

ということになる。それだけ河合の度量が大きく、よその職場で、

「こいつはトラブルメーカーだから」

といって疎外していた人物を、

「そんなことはなかろう。どんなトラブルメーカーにも、ひとつぐらい長所があるはずだ」

と、自分の職場に引き取ってじっとその能力がなんであるかをみきわめていたのである。

そうなると、すぐれた指導者というのは、やはり、

「時間と根気の所有者」

だということができる。

吉田松陰の三人の非行少年に対する教育方法も同じだった。まさに松陰自身の、

「時間と根気の賜物」

以外ない。しかし松陰の場合は河合道臣とはすこし違った。というのは、松陰が三人の非行少年に対し、

「かれらがいま、いったりやったりしていることの意味はわからない。ジェネレーション・ギャップがある。しかしだからといって、わからないままに突き放してしまえば、かれらの非行はいよいよ重なるだろう。矯正しなければならない。そのためには、かれらがなぜそういうことをするのか、たとえ正確には理解できなくても、理解しようとする努力だけは続けるべきだ」

という責務を自分に課した。三人は、吉田栄太郎には心服していたから、栄太郎のいうこ

とはなんでもきく、その栄太郎が、貧しいために、

「江戸の藩邸にいって、すこし家計を楽にするような多くの賃金を得たい」

と考え、江戸に赴《おもむ》くことになったので、余計ひがんでしまったのである。そのひがみの分が、吉田松陰にぶつけられた。松陰はそのことをよく知っていた。しかし、三人に接しているうちに松陰は考えた。

(自分は、三人をひとまとめにして考えているのではなかろうか。しかも、三人をそっくり非行少年として捉えている)

ということだ。松陰は、

(一人ひとりをバラバラにして、それぞれを理解するところからはじめなければだめだ)

と考えた。

この松陰の教育方法をみていると、二宮金次郎の、

「土に徳あり」

という考え方を連想する。とくに金次郎の土の徳がさらに発展して、

「荒地にも徳がある」

といったことを思い出す。金次郎は農民だ。土に対する愛情が深い。だから、疲れ切った村に行ってそこの再建をおこなうときにも、この考え方を農民たちに告げた。

「土も徳を内部にひそめている。そしてその徳を掘り起こすのが、耕す農民のスキやクワなどの農耕具だ。が、農民は単に農耕具をふるって土を耕しているわけではない。農民自身が

持っている徳を、農耕具を通じて土に伝える。土はそれに呼応して、自分の徳を耕す側のためにに役立てようと志す。だから、農業のいとなみというのは、農民の徳と土の徳の出合いであり、その相乗効果なのだ」

いまふうに言い換えれば、そういう意味のことを告げた。これはわかりやすい。

「ものをいわぬ土が、農民の徳に感動して、その徳に報いようと自ら努力する」

といういとなみが、そのまま農民が植えた種を育てるということだと金次郎は説明する。

そして金次郎はさらに、

「普通の土は、農民もその徳を掘り起こすのはそれほどむずかしくはない。むずかしいのは荒地だ。荒地といえば、すぐ農民たちはあんなやせた土地にはなにも育たないと見限ってしまう。が果たしてそうだろうか。荒地にもかならず徳がひそんでいるはずだ。それが掘り起こせないというのは、まだ人間側の努力が足りないからではないのか。耕す側が、誠意を持って最後の最後まで諦めずに、根気よく徳を土に訴え続ければ、かならず荒地もそれに感動して応えるはずだ。荒地でものが育たないというのは、耕す側の努力が不足しているからだ」

といった。これはきびしい。

しかし、筆者はあるころからこれを、

「人事管理も同じだ」

と考えるようになった。人事管理も同じだというのは、組織にはかならず〝トラブルメーカー〟がいる。これは人間だからやむを得ない。組織というのは、決してカミやホトケの世界ではない。意識して、他人の仕事をじゃましたり、人間の和を乱したりする存在がいる。得てして、原因はわからない。いままでずいぶんと不幸な思いをし、それを、

「社会への報復」

と考えているのか、それとも生まれつき根性が曲がっているのか、いろいろなタイプの人間がいる。


また河合道臣にはこんなエピソードがある。道臣が姫路藩酒井家の家老として活躍しているころ、薩摩藩ではやはり調所笑左衛門《ずしょしょうざえもん》という家老が、薩摩藩の財政再建のために脂汗を流していた。それまでの鹿児島の金融機関が、

「もう島津家には金を貸さない」

と合議して、結束してしまった。やむを得ず調所は新しい貸し手を求めて、大坂と鹿児島とを往来した。姫路にくると宿泊した。そのたびにかれは姫路の町の経済基盤（インフラストラクチャー）がととのっていることに感嘆した。

「よほどすばらしい家老がいるのだな」

と宿の亭主と話した。宿の亭主は自慢げに、

「酒井家には、河合道臣さまというご家老がいらっしゃいます。あなたのおっしゃるとおり名家老でいらっしゃいます」

という。

ところがあるとき、いつものように姫路の宿場町に泊まった調所が、宿の亭主を呼んでこんなことをいった。

「河合殿になにかあったか？」

宿の亭主はびっくりした。そして、

「先頃お亡くなりになりました」

と応じた。調所はうなずき、

「そうだろう」

といった。宿の亭主は、

「なぜ河合さまがお亡くなりになったことがおわかりになったのですか？」

ときいた。調所は、

「町が暗い。道も傷んでいる。並木も枯れた。これは、河合殿がおられなくなったためだと判断した」

「なるほど」

宿の亭主は感心した。これはいってみれば、

「ひとりの人間の存在が、町の様相まで変える」

ということを如実に示したものだ。調所笑左衛門はのちに、

「琉球と密貿易をした」

という罪を得て切腹させられてしまう。これは薩摩藩の〝トカゲのシッポ切り〟なのだが、改革に血の汗を流した調所にすれば、割り切れないものがあったにちがいない。調所も名家老である。したがって名家老が他藩の名家老をみれば、すぐわかる。調所は河合と会ったことは一度もない。しかし姫路を通るたびに、

「おぬし、やるな」

と感じていたことだろう。

人の評価というのは、そういうものだ。会わなくても、その業績をみていれば、自然にそれが他国に浸透していく。

現在、姫路城の東側に、姫路神社がある。姫路藩主だった池田家の名君をまつったものだ。この左脇に、「河合神社」と呼ばれる小さなお宮がある。祭神はいうまでもなく河合道臣だ。河合道臣は、〝寸翁《すんおう》〟と号した。三人のトラブルメーカーを集めたときは、

「河合はもの好きだ」

といわれた。しかし河合自身は、非常に誠実で真面目《まじめ》で学問好きで、また質素倹約を常にした古風な武士だった。かれは、すぐれた、

「政治手腕家」

ではあったが、

「人材の育成」

にもずいぶんと力をつくしている。かれは藩政改革の功労によって、文政四年(一八二

一）阿保山《あぼやま》の一部を隠居所の敷地としてあたえられた。道臣は漢学に素養が深かったから、この山を、

「仁寿山」

と命名した。麓《ふもと》に学校をもうけた。これが、

「仁寿山校」

である。科目は、漢学や詩文のほかに、医学なども教えた。講師が異色だった。頼山陽を招いている。しかし、学校内の生活はきびしく、遊戯・飲酒・喫煙・狩猟的釣魚《ちょうぎょ》などいっさい禁止した。そして、単なる学問を教えるだけではなく、やはり実学を重んじた。そこで、

「克己忍耐の徳目と殖産興業の知識」

を教えた。姫路藩にはもともと、藩校として総社門脇にひらいた好合堂と、元塩町につくられた町人のための熊川舎《ゆうせんしゃ》があった。したがって、このころの姫路藩の教育は、他の大名家に比べて非常に熱心だった。その一翼を担ったのが、河合道臣である。仁寿山は、標高百七十五メートルの高さだ。

ものごとというのは、

「なにをやったか」

ということのほかに、

「誰がやったか」

という〝ひと〟中心の考え方がある。この仁寿山校もそうだった。河合寸翁が死ぬと、仁

寿山校はしだいに衰えた。現在この山の麓に、河合一家の墓が残っているが、山の中腹までいくと、

「仁寿山校の復元図」

が史標として掲げられている。眺めが非常にいい。頼山陽は、このへんを愛し麓の八家川《やかがわ》から海に出たあたりを、

「小赤壁《しょうせきへき》」

と名付けている。

「誰がやったか」

ということは、単に仁寿山校の衰微だけではなかった。河合が死んだ後、姫路の城下町の整備も著しく衰退したという。

河合道臣は、他藩に対しても大きな影響をあたえていた。他藩内にも、河合の存在を意識しながら、

「河合殿に負けないような改革をおこなおう」

と、河合を一種のライバルとして考えていた政治家がたくさんいたのである。そういう河合道臣は二宮金次郎の存在など知らない。吉田松陰もおそらく知らない。しかし人間が誠実をつくして考えることは、ひとつの信義だ。この信義においては、いわゆる士農工商の身分などまったくかかわりはない。つまり、

「自分以外の誰かを愛し、その人の幸福を願う」

という志があれば、それは武士であろうと農民であろうと、あるいは商人であろうと、

「考え出す心理と、それを追求する行動力」

は完全に一致している。

教育者としての吉田松陰が、三人の非行少年に対し、

「理解できないことが多いが、こっちが理解するように努力しよう」

と考えたからといって、それはただちに松陰が、

「三人を、すでに入門している門人たちと同じに扱おう」

と考えたわけではない。松陰はたしかに、

「村塾内においては、ぼくときみたちとは学友だ。共に学び合おう」

と告げた。つまり、

「師弟というタテの関係ではなく、学友というヨコの関係なのだ」

と説明した。あるいは、三人の非行少年たちはこのことを楯《たて》に取ったのかもしれない。

「吉田先生がああおっしゃっているのだから、おれたちも先生と同格なのだ」

という考えを持ったのだろう。だから、松陰に対する態度はことごとく無礼だった。そういう様子をみていた松陰は、

(三人はまだ、学友として扱うのには基礎ができていない)

と感じた。したがって、三人の非行少年が示す言行を、そのまま是認したということではなかった。そこに松陰のきびしさがある。松陰は、

「この三人は、根底から叩き直さなければだめだ。そのうえではじめて学友として扱おう」と考えた。したがって松下村塾における門人の資格・能力としては、三人の非行少年を松陰は、

「水準以下だ」

という認定をした。

「水準に達してはじめて、学友として扱う」

ということである。ところが三人のほうは、松陰のほうが下手に出たものだから、

「おれたちのいい分が通った」

と思い込んだ。中にはすでに疑問を持って、

「吉田先生のほうが、おれたちより一段上ではないのか」

と考え込む者もいた。つまりこういう考え込むような非行少年を吉田松陰は、

「水準に達した」

と思うのである。しかし松陰が、

「この三人はまだ水準に達していないから、水準に達することが先決だ」

と思ったからといって、

「そのためにはこうしなさい」

と、手取り足取りで教えたわけではない。

「自発的に、そこまで到達しなければなんの意味もない」

という松陰一流の教育方法がここでも適用された。かれは手を貸さかなった。それだけ松陰は、

「それぞれの人間がひそめている自主性・主体性」

を重んじたのである。

松陰の人間らしさ

さて、筆者は異常に吉田栄太郎にこだわっている。もちろん吉田栄太郎は、松陰の愛した門人のひとりであり、同時にかれは三人の非行少年を松下村塾に紹介した人物でもあった。いま、少年の非行がいろいろと問題になっているときに、

「吉田松陰の門人にも、非行少年がいたのだ」

という、偶発的な結びつきにやや低俗な関心があったことは事実である。つまり、いましきりに問題を起こす非行少年たちがもし松下村塾にいたら、

「吉田松陰なら、どういう導き方をしただろうか」

ということに関心があったからだ。場合によっては、

「松陰のような導き方をすれば、非行少年も考えを改めて、正しい人間になるのではないか」

と思ったためだ。しかし、ことはそう簡単ではない。というのは、じつをいえば吉田松陰

も、三人の非行少年をもてあましたからである。三人の非行少年は、すぐには、

「松陰先生は立派だ。教えに従おう」

とは思わなかった。むしろ、松下村塾にかれらを紹介した吉田栄太郎を慕っていた。

「栄太郎さんのいうことなら、どんなことでも従う」

という態度をとり続けた。これは日本人特有の、

「〝なにを〟という内容よりも、むしろ〝誰が〟という人間関係を重んずる」

という特性のあらわれである。いま書きすすめているこの話の背景は、安政四年（一八五七）のころのことだ。この年の九月に、吉田松陰の「松下村塾」が正式に発足した。すぐ入塾した門人たちは、アイウエオ順に書けば、天野清三郎、飯田吉次郎、市之進、伊藤利助（博文）、岡部富太郎、尾寺新之允、大野音三郎、岸田多門、久坂玄瑞、溝三郎、国司仙吉、駒井政五郎、佐世八十郎（のちの前原一誠）、品川弥二郎、高杉晋作、中村理三郎、野村和作、馬島甫仙、山田市之允、横山重五郎、冷泉雅二郎などである。

松下村塾は、もともとは松陰の叔父久保五郎左衛門のいとなんでいた塾をそのまま引き継いだ。だから、この時期にも門人がいた。岡部繁之助、佐々木謙蔵、中谷正亮、増野徳民、松浦亀太郎、吉田栄太郎、玉木彦介などはこの時代からの門人である。吉田栄太郎は、久保五郎左衛門にいわゆる、

「読み書きそろばん」

を習っていた。家族の強い要望によって、

「実務に役立つ技術を身につければ、もっといいお役にもつけるし、収入も増える」

という実利的な考えで塾に通っていたのだ。それが大きく変化していく。

松下村塾の正式発足時には、すでに市之進、音三郎、溝三郎の三人の非行少年が参加している。

吉田栄太郎の家は貧しかった。そのためにかれは、

「長州藩の江戸の藩邸に奉公して、すこしでも家計を助けたい」

と考える。しかし学問の道を捨てたわけではない。それだけに、苦労が大きい。ほかの藩士たちのように、ゆたかではない。栄太郎にとって、

「まず生活の資金を得ること」

は、いつもかれの頭の中にこびりついていて離れない。意識の大部分がそっちへ割かれる。そんな栄太郎を、松陰はやきもきしてみまもるが、どうにもならない。松陰も貧しいからだ。

栄太郎は、一時期は熱狂的に松陰を尊敬した。のちに松陰が安政の大獄に引っかかって、江戸送りになるときには、村塾のほかの門人たちとともに、藩政府に激しい抗議をおこなう。松陰が江戸送りになるころ、吉田栄太郎は萩に戻っていた。江戸での勤務と給与が、予想どおりでなく、ひどかったからだ。そしてどうしたわけか栄太郎は突然松陰に対して沈黙を守りはじめる。松陰のほうがやきもきした。何度も栄太郎に手紙を送る。

「これだけぼくがきみに心を注いでいるのに、きみはなぜ頑《かたく》なに沈黙を守っているのか？なぜ手紙一本書いてくれないのか」

と悲痛な文章を送る。松陰の叫びといっていい。しかし栄太郎は答えない。黙り込んだままだ。このへんの栄太郎の心理はどう理解していいのかわからない。ただ筆者が感ずるのは、松陰の、

「吉田栄太郎に対するひたむきな思い」

である。が、一方、

「吉田松陰も、やはり人間なのだ」

という思いがわく。つまり、このころの松陰にとって、おそらく、

「孤独な状況」

がどんどんかれの周囲で厚くなっていた。

このときの松陰にとって、

「究極的に信頼できる門人」

は誰かというと、やはり吉田栄太郎の存在が大きく浮かび上がる。松陰の心の中には、

「栄太郎よ、わたしの考えの枠の中に入ってきて欲しい」

という、思想的・人間的な感情があった。しかしこれは冷たいみかたをすれば、

「自分以外の人間を、自分の思いどおりにしたい」

という気持ちにも結びつく。

ここに松陰の人間らしさがある。悲しい一面だ。しかしそれほど松陰はひたむきだった。純粋だった。だからこそ多くの門人たちが、

「吉田先生の教えなら」

という〝なら〟の気持ちを持って、批判することなく、純粋に従っていった。しかし、松下村塾に学んだ門人たちは、果たして、

「純粋な精神の持ちぬし」

だけだったのだろうか。

松陰の教育方針は、

「ぼくは師ではない。学友だ。きみたちと共に学びたい」

というものだ。これはすぐれた教育者の許容率（キャパシティー）を示すものだ。しかし、門人群のすべてが、松陰のこの教育方針を完全に理解していたわけではなかろう。中には、侮《あなど》る者もいただろうし、あるいは物足りなさを感じて去っていった者もいただろう。

海原徹先生の『松下村塾の人びと』という本によれば、海原先生は、村塾で学んだ門人たちを的確に分類しておられる。引用させていただくと、村塾の発生からその発展を『村塾にかかわりを持った人びと』によって追っておられる。

「第一章　吉田松陰とその学塾」として「1　草莽《そうもう》者松陰の生涯」「2　松下村塾とはどのような学校か」という構成で述べられる。

「第二章　村塾における人間形成」では、「1　杉家幽室の時代」として、「父兄親戚を一堂に会する」「外からの来学者たち」「『松下村塾記』の頃」「学塾の体裁を整える」「来学者の急増」（第二節以下略）とし、

「第三章　その後の松下村塾」では「1　勉強会を再開する」「2　村塾グループの結集」で、「一燈銭申合、攘夷血盟――御楯組血盟、奇兵隊血盟、奇兵隊・諸隊の結成」という構成で述べられる。そして、

「第四章　松門（松下村塾の門人）の『明治維新』では、「1　成功者と呼ばれる人たち」として、(1)位人臣を極める(2)県令クラス(3)準サブ・リーダーなどのポストについた人びとについて述べる。「2　非命の維新者たち」「3　帰郷者」「4　無名の市井人」「5　消息不明の人びと」と、克明な分析をおこなっておられる。この本は非常に参考になった。そして正直にいえば、

「吉田松陰には、こんなにも多くの人がかかわりを持ったのか」

と改めて驚嘆した。

吉田栄太郎にここまでこだわるのは、筆者自身が、

「吉田松陰の身になって、栄太郎問題を考える」

という態度をとっているからである。吉田松陰の吉田栄太郎に対するこだわりは、はっきりいって異常だ。なにがなんでも、

「栄太郎を、自分の思想の圏内に引き込みたい」

という気持ちがはっきり読み取れる。しかしその底には、栄太郎に対する深い愛情がある。そして、一時期かもしれないが、栄太郎が突然理由なく、その愛情に背いた行動を取ることに、松陰は納得できない。理解もできない。そこで悲痛な叫びにも似た、手紙を送りつける

のだ。しかし栄太郎は沈黙を守り通した。松陰が処刑されたのちも、その葬儀にも、あるいは松陰を偲《しの》ぶ会にも出席しない。頑なにかれは、

「自分の道」

を歩いていく。だからといって、松陰の思想や行動から遠くへ行ってしまったわけではない。かれは最後まで自分なりの、

「尊皇攘夷の道」

を歩き続けた。


歴史上の人物というのは現在でも同じだが、すべて、

「円筒形の存在」

である。ということは、

「三百六十度方位から光を当てることができる」

といえる。

北海道の札幌市役所の一階フロアに、ある銅像が建っている。島義勇《しまよしたけ》の像だ。島義勇はいうまでもなく、明治初年に起こった、

「佐賀の乱」

の首謀者だ。当時の内務卿《きょう》は大久保利通だったが、島義勇と共に乱を起こした江藤新平のふたりを、心の底から憎んだ。

「このころはすでに、梟首《きょうしゅ》の刑は刑法上になかった」

といわれながらも、大久保は強引に江藤と島を梟首した。それほど、かれらの国家に対する反乱の罪を憎んだのである。

したがって、なぜ島義勇の銅像が札幌市役所におかれているのか、筆者にはわからなかった。札幌市長にきいてみた。すると市長は、

「たしかに島義勇は、後年佐賀の乱を起こした。しかし、前半は北海道開拓使判官としてこの札幌開発のために心血を注いでくれた恩人です。したがって、札幌市民には、島義勇さんの功績をいつまでも憶《おぼ》えていてもらおうと、一階に銅像としておいているのです」

と説明してくれた。筆者は納得した。これもすなわち、

「島義勇を三百六十度の角度から評価する」

ということだ。もっと単純にいえば、

「札幌市民にとって、後半の佐賀の乱を起こした島義勇は関係ない。前半の、札幌開発に努力してくれた恩を忘れない」

ということである。こういう、

「歴史のみかた、歴史上の人物の評価の仕方」

は、筆者の頭の中に強く叩き込まれた。

したがって、吉田松陰に対しても同じで、単に松陰を、

「エライ、エライ」

と持ち上げるだけが能ではない。やはり、

「松陰も人間だった」

と考えることも正しい評価につながるのではなかろうか。吉田栄太郎に対する松陰の気持ちは、まさにこの、

「松陰の人間としての多面性」

を示すものであり、同時にそれは、

「松陰の人間的な弱さの一面」

でもあったはずだ。そういう面に触れたからといって、それは決して松陰の確立したイメージを壊すものでもなんでもない。むしろ親しみを増す。第一、松陰自身がそういうふるまいを果敢におこなっていたのだから、事実としては消し去ることはできない。そのとき、松陰は果たして、自己嫌悪の念に襲われて、七転八倒したのか、それとも、

「ぼくは正しい。栄太郎のほうが間違っている。栄太郎よ、心を改めよ」

と主張し抜いたのかそのへんはわからない。が、栄太郎に対する執拗《しつよう》なお手紙戦術は、前にも書いた、

「松陰は、栄太郎を自分の思想の枠の中に吸引したかった」

という感をぬぐえない。これもまた前に書いた、

「松陰にも、門人を自分の思いどおりにしたいという気持ちがあった」

といえるのではないか。それはもちろん、松陰自身が、

「自分の思想はあくまでも正しい」

と、単なる個人的な感情ではない、自分の思想に対する強い自信を持つがゆえである。

以前、富永有隣に触れたことがある。その中で、わたしは有隣に対するいろいろなみかたをする研究者がいて、その研究者の書いた一文の中に、

「富永有隣は、松陰から逃げ出した」

という一文を発見した。この研究者によれば、有隣が松陰から逃げ出したのは、

「松陰の言動が、しだいに過激化したためだ」

と述べておられた。松陰はたしかに、

「要人の暗殺」

を企てる。はっきり口に出す。有隣は、野山獄で、松陰と暮らした。最初は松陰に反感を持った。しかし松陰の誠の心が胸を打ち、有隣も積極的に松陰に協力するようになった。有隣の学力を尊敬する松陰は、釈放されたのちもまだ自分が罪人の汚名を完全に払拭《ふっしょく》していないので、有隣を松下村塾の教授に迎えることにした。門人たちも、有隣の学殖の深さに畏敬《いけい》の念を持った。松陰はよろこんだ。

したがって、松陰の松下村塾が開かれた当時は、有隣は村塾にとってなくてはならない教授だったのである。

わたしは、この研究者の一文に、有隣の孤高狷介《けんかい》な性格を重ねて、

「有隣は、やがて松陰から離れていった」

という意味のことを書いた。ところがある先輩から、

「それは違う。富永有隣は最後まで吉田松陰の同志だった」

というご注意を受けた。このご注意には深く反省した。というのは、筆者が有隣をそのようにみたのは、筆者自身が、

「吉田松陰の立場に立って、有隣を批判する」

ということを、知らず知らずのうちにおこなっていたからである。こういうことはよくある。つまり、自分の尊敬する人の考えや言動をそのまま自分の中に取り込んでしまう。そして自分が、吉田松陰になった気持ちで、すべてのかかわりを持つ人物をみる。となると、その人物をみるモノサシはすべて、

「吉田松陰なら」

ということになる。それがすべて間違いだとは思わないが、しかしそうなると自分というものがどこかへいなくなってしまう。筆者は、

「たしかに自分は吉田松陰を尊敬してはいるが、だからといってすべてを松陰の立場でみることは果たしてどうか」

と考えた。だから富永有隣についても、このご注意を受けたのちに、富永有隣について書かれた文章を熱心に探して、読み比べた。結果、有隣は決して、

「吉田松陰の考えから逸脱していった」

のではなく、むしろ、

「吉田松陰の思想を、自分も貫きたいと願ったがために、明治新政府のやり方に批判的だった」

とみるのが正しいと思うようになった。具体的には、長州藩の諸隊に対する明治新政府、とくにその中でも長州藩閥の先頭に立っていた木戸孝允（桂小五郎）の冷酷さに、腹を立てていた。

有隣はやがて、土佐に行き、

「自由民権運動」

にも深い関心をもつようになる。ということは、吉田松陰が村塾で強調していた、

「四民平等」

の精神を、具体的に政治活動として実行したということになるだろう。とくに吉田松陰のようなすぐれた人物になると、ことばは悪いが、

「松陰おたく」

がたくさんおられる。それぞれのおたくが、

「自分なりの松陰イメージ」

をお持ちだ。そして、

「自分の持つ松陰イメージが一番正しい」

という自信を持つ。こういうおたくと、争うのは賢明ではない。しかし、筆者自身、ここで書き続けているのは、今度は筆者自身の、

を露呈していることになる。当然、三百六十度方位からのいろいろなみかたが出てくる。しかし、富永有隣に対するご注意は、筆者にとっても非常にありがたく、まさに、

「歴史上の人物のみかた」

の参考になった。

吉田栄太郎への異常なこだわりは、吉田栄太郎に対する松陰の態度の中に、

「弱さを含めた吉田松陰の人間らしさ」

を発見して、さらに胸がせつなくなるような慕わしさをわたしは感じてしまう。


栄太郎は江戸へ旅立った。安政四年（一八五七）九月のことといわれる。あいさつにいくと、松陰は餞別《せんべつ》の品といっしょに、次のような文章を書いてくれた。

「ぼくの身の上はすでに決定してしまっていてどうにもならない。しかしきみならかならずぼくの志を継いでくれると思う。江戸に行って、ぼくの志を継ぐにふさわしい人がみつかったら、その人にぜひ力添えをして欲しい。しかしそのような人が江戸にいなければ、きみがその人になって欲しい。今度の江戸行きで、生活もすこしは楽になることだろうから、どうか日本のために、ぼくの志を継いでもらいたい」

栄太郎は、この手紙を伏し拝んだ。栄太郎は、

（先生のこの手紙さえあれば、おれはどんなに苦しくても江戸で生き抜ける）

「松陰おたく」

と思った。

松陰はすでに、江戸の長原武という知人に、

「吉田栄太郎くんは、ぼくが弟のように愛し信頼している若者です。どうかよろしくご指導をお願いいたします」

という手紙を出していた。

江戸藩邸に着いた栄太郎は、その日から酷使された。もともと、

「手当の増額が目当てだ」

といわれていたから、上役の使い方もその線で愛情もなにもなかった。

「手当が欲しければ、もっと働け」

と次々と雑用をいいつける。以前研究者が、

「当時の吉田栄太郎の立場は、現代に即していえば、定時制高校に通う生徒のようなものだったが、昼間の労働がきびしいので夜の勉学も思うようにならなかった」

というような意味のことを書いておられる。まさしくそのとおりだったろう。栄太郎は過酷な労働から解放されると、毎晩床の中で泣いた。やがて松陰に、

「こんなことばかりしていると、わたしは駄目になってしまいます。せっかく先生から教えられたことも、みんな忘れ、きびしい現実に埋没してしまいます。そう思うと、胸がいっぱいになり、涙が流れます」

と訴えた。手紙を受け取った松陰は胸を痛めた。そして、

（栄太郎くん、早く萩に戻ってきたまえ）

とはるか彼方、江戸の空の下にいる栄太郎に心の中で呼びかける。

しかし松陰はそんな栄太郎に、

「すぐ戻ってこい」

などとはいわない。

「江戸藩邸には、桂小五郎くんや、入江九一、松浦松洞というきみの学友がいる。これらの人たちとよく相談しながら、雄々しく生きたまえ」

と激励した。しかし一方松陰は、村塾に残った門人たちにこういった。

「吉田栄太郎くんのように、ほんとうに学問をしたい人間が経済的余裕のないために学問ができない。この世の中は矛盾している。狂っているのではないか。そう思うと、ぼくはいても立ってもいられない」

と激しい口調で語った。門人たちも緊張して松陰のことばをきき、互いにうなずき合った。

松陰がいいたいのは、

「吉田栄太郎くんのような若者が、安心して学問のできるような世の中にしなければならない」

ということである。そう考えると、

「一体、いま幕府の要人たちはなにをやっているのだ」

と思う。

初代の駐日公使ハリスは、安政四年（一八五七）十月に、ついに宿願の江戸登城を果たし、

「いま結んでいる和親条約を、通商条約に変えてもらいたい」

と申し出た。その理由として、

「アヘン戦争の勝利によって、中国の国土の一部を奪い、同時に中国人を奴隷のように使っているイギリスやフランスが、まもなく日本にやってくる。そのときはおそらく日本にとって相当不利な条件で通商条約を結ぶつもりだ。それならまずわがアメリカと、条件のいい条約を結んでおけば、それがひとつの基準となってイギリスやフランスに対抗することができるだろう」

ということであった。理はとおっている。しかし後年、明治財界の大物になった益田孝は、

「そんなことはない。徳川幕府が列強諸国と結んだ通商条約は、関税・課税標準の設定・治外法権など、日本にとって不利な条件ばかりだった。つまり、幕府は外国と不平等条約を結ばされたのである。それもこれも、外国事情にまったく疎《うと》く、金融や物価に対して幕府の役人が無知だったからだ」

と告げている。そのために益田孝は「中外物価新報」を出した。これが現在の「日本経済新聞」である。

翌安政五年（一八五八）の四月に、彦根藩主井伊直弼《なおすけ》が大老となった。そして直後の六月に、日米修好通商条約に調印した。このとき老中に就任していた間部詮勝《まなべあきかつ》は、調印に反発し態度を硬化していた朝廷を説得するために上洛し、尊攘派の浪士や公家たちを捕縛し、朝廷

に圧力を加えた。さらに直弼は、

「次の将軍は、紀州和歌山藩主徳川慶福《よしとみ》さまとする」

と発表した。これは井伊が大老に就任する前の老中首座（総理大臣）だった阿部正弘の構想のひとつである、

「一橋慶喜（徳川斉昭の七男）を次の将軍とする」

という暗黙裡の協定が、ご破算になったことを物語る。同時に阿部が策していた、

「大海に面した地域に領地を持つ有能な外様大名と、連合政権をつくる」

という譜代大名・外様大名の「保革連合政権構想」も、空中分解してしまった。井伊直弼にすれば、

「次の将軍を誰にするかということは、徳川家の相続人を誰にするかということだ。徳川家の相続人を誰にするかということは、徳川一族と数人の番頭（重職）が相談して決めればいいことで、なにもこんなことを一般に〝誰がいいか〟などときくのは、沙汰《さた》の限りである。阿部は馬鹿だ」

と公言していた。かれはいわゆる、〝一橋派〟といわれる連中のやることが気にくわなかった。したがって、

「一橋派の残党はすべて弾圧し、それが幕府の役人であったら追放してやる」

と心を固めていた。これがのちに〝安政の大獄〟になる。安政の大獄の性格は、井伊からすれば、

「反井伊派の追放弾圧」

にほかならない。しかしかれは、決してこれを私情によって弾圧したのではなく、

「徳川幕府の権威を守るためには、その権威を強めるための方策を次々と打たなければならない。いまのままだと、阿部がおこなった情報公開や国民の国政参加奨励によって、徳川幕府の基盤が揺らぎ、不逞《ふてい》な過激派志士たちの跳梁《ちようりよう》を思うままに任せて、やがて幕府は潰《つぶ》されてしまう」

という、大きな危機感を感じていた。単に井伊直弼を、

「保守反動の政治家」

というわけにはいかない。阿部が、ペリーの持ってきたアメリカ大統領フィルモアの国書を日本語訳し、各方面にばらまいて意見を求めたことも、現在なら、

「情報公開と国民の国政参加を促した開明的な方策だ」

といわれるだろう。ところが同じことが、明治初年に、

「自由民権運動」

として起こったときに、明治新政府はこれにすぐ対応しなかった。政府首脳部の考えは、

「国民は、そういう訓練を経てきていない。時期尚早である。いまそんなことをすれば、いたずらに国内に混乱が起こるだけだ」

として、明治二十二年の新憲法をつくるまで、国会開設や議員の選挙を引き延ばした。井伊がいったのも同じことだ。つまり、

「阿部正弘のやったことは、ずっと鎖国状態にあって国政とは遠い暮らしを送ってきた国民に、いきなり情報公開をしたり、国政に参加せよなどといっても、国民がまごつくばかりだ。それには時間がかかる」

というこことだったのである。

しかし、この一連の動きは、吉田松陰を憤激させた。もちろん松陰は、

「天下は天下の天下ではなく、ひとり（天皇）の天下である」

と主張していたから、井伊直弼の行動はまさしく、

「天皇に対する不忠の極み」

ということになる。そこで松陰がこのころから考えはじめたのが、

「幕府要人を襲撃する」

ということであった。かれは井伊直弼はもちろんのこと、井伊の手足となって働いていた老中の間部詮勝（越前鯖江《さばえ》藩主）などもその標的とした。この考えを示す過激な文章を、次々と江戸の高杉晋作や久坂玄瑞たちに送った。高杉たちは当惑した。返事を保留していると、松陰からはやいのやいのという催促の手紙がくる。

こういう状況は、江戸藩邸でネズミのように働いていた吉田栄太郎の耳にもビンビン入ってくる。栄太郎はいたたまれなくなった。かれは真剣に、

「こんなことをしていては駄目だ」

と考えはじめた。つまり、

「手当を稼いで母親に送金することが孝だとするなら、孝に励んでいると、国家に尽くす忠をないがしろにすることになる。いまおれがやることは、国家への忠だ」

と思っていた。かれの国家というのは、もはや藩ではない。日本国のことだ。松陰の思想を栄太郎は忠実に受け継いでいた。

吉田松陰が、

「天下は天下の天下ではなく、ひとりの天下である」

ということで、そのひとりを「天皇」とすれば、征夷大将軍とその指揮下にある徳川幕府も、

「天皇の臣下」

のひとりにすぎない。だから松陰からいわせれば、

「外国と条約を結ぶ場合には、まずその内容を朝廷に報告して、了解を得なければならない」

という、現在京都に集結した志士たちの運動の大課題になっている、

「条約の勅許」

が先決だということになる。ましてや、治外法権というのは、

「日本国内で犯罪を犯したアメリカ人は、アメリカの裁判所で審議する」

というものだ。こんな国辱的な項目はない。それを簡単に井伊政権は了解してしまった。しかも勅許なしにである。松陰にすれば、

「井伊直弼はとんでもない不忠者だ」

ということになる。そしてこの、

「違勅性」

を井伊に詰問するために、水戸前藩主徳川斉昭・尾張藩主徳川慶恕《よしくみ》・水戸現藩主徳川慶篤・一橋慶喜・田安家当主田安康頼・前越前藩主松平慶永《よしなが》らは、六月二十四日に江戸城へ押しかけ登城をした。ところが、その翌日井伊直弼は、

「紀州藩主徳川慶福《よしとみ》殿を、次期将軍とする」

と発表した。井伊側の先制攻撃である。さらに、井伊は七月五日、不時登城した徳川斉昭をはじめ、三家・大名の処罰を発表した。尾張藩主徳川慶恕は隠居謹慎、水戸前藩主徳川斉昭は謹慎、水戸現藩主徳川慶篤は登城停止、一橋慶喜も登城停止、そして松平慶永は隠居謹慎を命ぜられた。この最中、第十三代将軍徳川家定は七月六日に死んだ。

こうして、井伊が、

「あいつは馬鹿だ」

と罵《のの》った、故阿部正弘を核として手を結んでいた〝一橋派〟は、完全に壊滅した。しかし井伊にすれば、

「まだ処罰すべきやつは残っている」

と思っていた。それは、

「江戸城の幕臣で、一橋派に協力した連中だ」

というものだ。

江戸や京都でさえ、こういう騒ぎが起こっているのだから、過激な吉田松陰にとって黙っていられるはずはない。松陰は、

「日米修好通商条約は、アメリカが日本を植民地とする条約である」

と断定した。松陰は当時としては、無類の情報通だ。日米修好通商条約が締結されたのは、安政五年（一八五八）六月のことだが、その前年に、幕府は諸大名に、

「和親条約を通商条約に改めることについて、どう思うか」

と意見を求めていた。したがって、情報通の松陰はすでにそのことを知っていた。そこでかれは、翌安政五年一月六日に、有名な、

「狂夫の言」

を発表した。狂夫というのは、

「世人は、ぼくを暴、狂とみている。そこでそういうみかたに対し、ぼくはみずからをあえて〝狂夫〟と名乗ろう。したがって狂夫の提言であるから、これを狂夫の言と名づける」

と告げた。しかし『狂夫の言』に書かれていたのは、

「長州藩の改革案」

であって、
・人心一致。
・言論の疎通。

・人材の登用。
・学問奨励による人材の育成。
などというのが主な柱になっていた。このとき松陰は、松下村塾の門人の中で低身分の者を、

「正規の士分として登用すれば、さぞかし今後の藩政改革・日本改革に役立つはずです」

と推薦している。この松陰の推薦がものをいったのかどうか、あるいは、

「推薦を受け入れれば、松陰の過激性も少しは鎮まるかもしれない」

と考えたのかどうか、藩政府は次の連中を足軽から士分に取り立てている。

吉田栄太郎・品川弥二郎・入江杉蔵・伊藤利助（博文）・山県小輔（有朋）・杉山松助である。しかし松陰の矛先は決して鈍らなかった。かれは藩政府をみていたわけではない。遠く徳川幕府を睨《にら》んでいた。したがってかれの、

「幕府要人の暗殺」

の考えは、いっこうに衰えなかった。次々と檄《げき》をとばしては、門人たちに具体的に、

「だれだれを要撃せよ」

と命じている。門人たちはこもごも走った。憂慮したのが藩政府だ。

「吉田松陰はいよいよ危険な存在になってきた」

と警戒した。このころの、藩政の頂点にいたのが、周布《すふ》政之助《まさのすけ》である。文政六年（一八二三）の生まれだから、安政五年現在は三十六歳（数え）だった。

涙の底の真実

長州藩には、前にもちょっと触れたが、藩政改革にふたつの流れがあった。村田清風の流れと、坪井九右衛門の流れである。村田清風の改革政策は、

「生産者である零細農民と手を組んで、改革をおこなう」

というものであり、坪井九右衛門の改革方針は、

「城下町の特権商人と組んで、改革をおこなう」

というものである。坪井が城下町の特権商人と組んだのは、

「村田のように、直接生産者と手を組むと、物流ルートの設定と、物そのものの流れをよくすることがむずかしい。そんなことは、商人に任せたほうがいい」

というものであった。このふたつの流れが、のちに、長州藩を倒幕派と親幕派に分けてしまう。吉田松陰は村田清風に好感を持っていた。したがって、かれの門人たちもすべて村田清風の政策を支持していた。そして高杉晋作たちは、村田清風派を、

「正義派」

と呼び、坪井九右衛門派を、

「俗論党」

と呼んだ。幕末の長州藩はこの正義派と俗論党の政権争いによって、血が血を呼ぶ。互いに政権を奪取したときは、相手方を徹底的に弾圧し粛清した。何人もが死刑に処された。切腹させられた者もいる。

現在、萩市郊外にある東光寺の藩主の墓の前面に、これら多くの犠牲者の墓がならんでいる。

周布《すふ》政之助《まさのすけ》は吉田松陰と仲がよかった。しかし、松陰がしだいに過激化し、

「幕府要人の要撃策」

を具体的に示すようになると、黙ってみていられなくなった。かれは、

「松陰をこのままにしておくと、藩そのものも危うくなる」

と判断し、松陰の言動に深い警戒心を持った。やがてかれは、

「松陰を、再び野山獄に入れたほうが互いのためにいい」

と考えた。そこで内々、このことを松陰側に知らせた。松陰側でもっとも憤激したのが、叔父の玉木文之進である。

「松陰は一度野山獄に入って、散々苦労している。二度と牢《ろう》になど入れたくない」

といって、抗議のために乗り出してきた。周布は一時松陰の収監を保留した。玉木文之進

は、そのころ藩内の厚狭《あさ》郡吉田の代官をしていたが、

「病気ということで退職し、自分が直接甥松陰の指導にあたる」

と申し出た。松陰は再び、周布家の一室にきびしく閉じ込められることになった。この、

「松陰厳囚」

のことをきいて、おどろいた門人たちが集まってきた。久保清太郎、佐世八十郎、岡部富太郎、福原又四郎、有吉熊次郎、作間（寺島）忠三郎、入江杉蔵、時山直八、吉田栄太郎、品川弥二郎の十人であった。松陰はかれらを、

「十志士」

と呼んだ。これが、安政五年（一八五八）十一月二十九日のことであった。

この中に、吉田栄太郎が入っている。ということは、かれはすでにこの年に、三年間の約束を放棄して、江戸から萩へ戻っていたのだ。安政五年六月ごろに、栄太郎はこのことを萩の松陰に知らせた。

「いまのような政治情勢をみていると、とうてい手当稼ぎのために雑用に従事していることは耐えられません。萩に戻ります」

この報告を受けた松陰は誰よりもよろこんだ。すぐ栄太郎に返事を書いた。

「きみの三年計画は誤っていた。おそらく、きみは自分の才をたのみすぎた結果なのだろう。しかしきみにはほんとうの才能がある。世の中で自分がたのみにできるのも才だが、たのむに足りないのも同じく才だ。きみが三年の計画をやめて帰ることにしたのは、ほんとうの才

が正しく作用したからだ。ぼくはきみが江戸に行って以来ずっときみのことを考えていた。一日も忘れたことはない。きみが帰国するときいて、こんなうれしいことはない。一日も早く会って話ができることを楽しみにしている」

素直な手紙である。

しかし、栄太郎が実際に萩へ戻ってきたのは、十月末から十一月にかけてであった。直後、栄太郎は松陰の、

「厳囚」

の報をきいた。

戻ってきた栄太郎を含め、松陰を心配する門人たちは、

「松陰先生投獄の原因をただそう」

ということになった。十人の志士のうち、入江杉蔵・佐世八十郎・岡部富太郎・福原又四郎・有吉熊次郎・品川弥二郎・作間(寺島)忠三郎そして吉田栄太郎の八人が、政務役の周布政之助と、行相府用談役の井上与四郎のところに押しかけていった。ところがふたりとも、

「病気だから会えない」

と門前払いをくわせた。憤慨した八人が、

「明日は改めて藩庁に抗議にいこう」

と申し合わせて、自宅に戻るとそこに藩の役人が待ち構えていた。八人とも、

「暴徒」

という理由で、

「自宅謹慎」

を命ぜられてしまった。もともと八人の行動は、背後で松島瑞益・小田村伊之助（ふたりは兄弟）が、すすめたものである。そこで責任を感じた小田村伊之助や、久保清太郎は、周布政之助・井上与四郎・前田孫右衛門たち藩政を担っている連中に対し、

「松陰先生は、一体なんの罪によって牢に入れられるのだ？　また、師の心配をした門人たちを自宅謹慎にしたが、すぐ謹慎を解くべきだ」

と申し出た。しかし周布たちは、言を左右にして松陰がなんの罪によって牢に入るのかを説明しなかった。ただ、

「吉田松陰は、一日も早く牢に入れたほうがいい」

と応ずるのみである。

そんなときに、父の杉百合之助が病気になってしまった。そこで松陰は、

「父の病気が快方に向かったら牢に入りますので、それまで猶予願いたい」

と願い出た。周布も、

「やむを得まい」

ということで、投獄は延期され、暮れの十二月二十六日になってようやく松陰は野山獄に入った。送別会がおこなわれた。親戚や門人たち二十数人が集まった。このときの宴は大いに盛り上がったという。松陰が、父に、

「お別れを申します」

と告げると、父はニッコリわらい、

「一時の屈は万世の伸なり、いずくんぞ傷まん」

といって松陰を励ました。宴会がすんで、野山獄まで多くの人びとが送ってきた。松陰の兄梅太郎、弟敏三郎、久保清太郎、富永有隣、玉木彦介、倉橋直之助、馬島甫仙、国司仙吉、妻木寿之進、藤野荒次郎、安田孫太郎、岡田耕作、増野徳民、僧の提山《ていざん》などである。おもしろいのは、自宅謹慎を命ぜられていた吉田栄太郎・品川弥二郎・入江杉蔵・岡部富太郎・繁之助兄弟・佐世八十郎とその父彦七などが途中で、ひっそりと松陰を見送ったことだ。


再入獄しても吉田松陰は別に冷遇されたわけではなかった。というのは牢役人の福川犀之助は、以前下田密航に失敗した松陰が下獄したときも親切に面倒をみた役人だったからだ。しかも福川はその後、松陰の門人になっていた。したがって松陰は、翌年早々に父の杉百合之助に手紙を書いたが、その中で、

「獄居と家居と大異ありません」

と書き送っている。そして、

「わたくしのことよりも、父上のご病状はその後いかがですか。どうかお大切にしてください」

と見舞いの文章を添えていた。

しかし、このときの門人たちに対する、

「自宅謹慎」

の処分が、その後の吉田栄太郎の性格をまるっきり変えてしまう。栄太郎は、

「なぜわれわれが自宅謹慎の処分を受けるのだ？」

と役人にくってかかると、栄太郎に対してはこんなことがいわれた。それは、

「足軽の身分なのに、一般武士に交わって行動したことは不届き千万である」

ということである。栄太郎は凄《すさ》まじいショックを受けた。

「なんのことだ？」

と、宣告する役人の顔をみた。役人の鼻の先には、いかにも軽蔑《けいべつ》しきった色が浮いていた。口には出さなくても、

「この足軽め」

という侮蔑の色があきらかだった。栄太郎にすれば、吉田松陰によって、

「松下村塾で学ぶ者はすべて平等だ。身分の高下などない。すべて学友である。異体同心の同志である」

といわれてきたから、人間平等の精神がしみついている。しかし藩政府はそんな考えは受け入れない。あいかわらず、

「足軽は、武士ではない」

という身分差別観を持っていた。松陰に同情的な小田村伊之助や久保清太郎たちの奔走に

よって、「自宅謹慎」を命ぜられた村塾の門人たちは、十二月三十日のぎりぎりの押し詰まった段階になって、赦免された。しかしこのとき、

「謹慎を解除する」

といわれたのは、八人のうち岡部富太郎・福原又四郎・佐世八十郎・作間忠三郎・有吉熊次郎の五人だけだった。理由は、

「この五人は士分だから」

ということだ。あとの三人、すなわち入江杉蔵・品川弥二郎・吉田栄太郎は、そのまま翌月二十五日まで謹慎を解かれなかった。理由は前にも書いたように、三人は、

「身分の低い足軽だから」

とされている。

謹慎解除にはなったが、これによって栄太郎ははなはだしく傷ついた。もともと誇り高いかれのことで、自意識が過剰だ。

この差別処分は、かれにとって癒《いや》しがたい傷になった。以後、かれはまったく沈黙する。松陰とも口をきかなくなる。気にしたのが松陰のほうだ。

「なぜ、栄太郎くんはぼくに便りをくれないのか」

と、面会にくる門人たちにかならずたずねた。門人たちも、

「さあ」

と首をひねるだけだ。かれらにも、栄太郎がなぜ沈黙してしまったのかわからない。松陰

はいよいよ気になった。何度か手紙を書こうとしたが、

（いや、すぐ栄太郎くんが手紙をよこすだろう）

と思っていたので控えた。しかしいつまで待っても栄太郎からの手紙がこないので、ついに松陰は自分のほうから手紙を書いた。

「吉田栄太郎くん、きみはいまどうしているのか。なにを考えなにをおこなおうとしているのか。ぼくは牢に入って以来ずっときみのことを考えてきたが、きみもきっとぼくのことを考えていてくれるのにちがいない。お互いに、こんなに互いのことを考えながら手紙を書くこともなく、しだいに縁遠くなっているのはなぜなのか。いまはじつに重大な時期で、きみも江戸の体験もありそのことは十分知っているはずだ。

こんなときに、慈母の愛をかえりみずに、大事をなすことができるのはまさに非情の人だけだ。このことばは強すぎるかもしれないが、ぼく自身は筋のとおった意見だと思っている。このことをきみはどう思うか、ぜひきかせてもらいたい。ぼくのみるところでは、きみの性格は平凡ではないし、その才能もなみなみではない。まさに非常のときに非情のことをなし得る人間なのだ。このごろ塾生の中には、いまは時期ではない、軽々しく動くときではない、などという意見をいう者が多いが、まさかきみもそんな意見を持っているわけではあるまい。ぼくがきみにぜひともききたいと思うのは、この点なのだ。ぜひきかせて欲しい」

しかし、栄太郎は黙殺した。返事は書かなかった。松陰が手紙の中で、

「慈母の愛をかえりみずに」

と書いたのは、以前栄太郎のことを心配して、母親が松陰のところに、

「栄太郎が二度と松下村塾にこないように、先生からよくいいきかせてください」

と頼んだからである。松陰はそれを、

「母親の栄太郎に対する慈しみ、愛情」

と受け止めた。しかし松陰にすれば、

「そんな慈母の愛も振り切らなければ、国家の大事はできない。いまは非常のときである。非情の人間が必要なのだ」

と考えていた。松陰はよく、

「若者を駄目にするのは家庭だ」

と公言していた。若者を駄目にする家庭とは、松陰の松下村塾に通うことを止めたり、藩の方針に逆らって自分なりの意見をいうような人物を、

「危険な人間だ」

として、抑え込んだり、あるいは敬遠したりするような連中のことをいう。そのうちに牢を訪ねてくる門人の中には、

「吉田栄太郎はどうも変節したようです」

と告げる者がいた。松陰はこれをきくと険しい表情になって、

「馬鹿をいうな。栄太郎くんに限ってそんなことは絶対にない」

と怒った。

栄太郎は別に変節したわけではない。松陰の教えは教えとして胸の中にしっかりと据えている。が、このころのかれは、

「自分のことは、自分で始末しなければ駄目なのではないか、人は頼りにならない。それは、吉田先生も同じだ」

と思いはじめていた。かれは、今度の事件であまりにも露骨に、

「長州藩内の身分差別」

を受けたことで負った傷が、どうにも治癒不可能だったのである。松陰は、栄太郎がまさかその問題でそこまで深く傷ついたとは思わなかった。次々と門人が、

「吉田は変節しました」

と告げてくると、もう怒る気力もなくなった。深夜ひそかに松陰は牢の中で、

「栄太郎くん、きみの心は死んだのか」

と、沈黙し続ける栄太郎に心の声を送る。いたたまれなくなって、松陰はまた栄太郎に手紙を書いた。

「吉田栄太郎くん、みんなはいまきみの心が死んだといっている。じつをいえば、ぼく自身もそれを信じかけた。栄太郎くんの心の死を弔わなければならないとさえ思った。しかしそれが大きな誤解だということに気がついた。自分ながらはずかしい。冷や汗をかいている。おそらくこれはぼくの生涯中の最大のあやまちだ。きみの心は終始ひとつだ。そればかりかきみはいまはじめて、師友の学問を離れて独立したのだと思う。ぼくはそれが理解できない

ためのに、きみの心を失ってしまったのだ。きみはきっと松陰という男は、人をみる目がない、共に謀ることはできない、残念だが捨てる以外ないのだと思っているにちがいない。栄太郎くん、どうかぼくをゆるして欲しい」

まさに、

「涙で綴《つづ》る文章」

である。しかし栄太郎は返事をよこさない。松陰は続けて手紙を出す。

「栄太郎くん、きみこそ男子としての真骨頂をもった人間だ。きみがぼくと絶交したいならば絶交してくれ。しかしぼくは、そうされればいよいよきみの意気に感じて、きみと絶交するなどとうていできない」

が、この胸を揺さぶるような手紙にも、栄太郎は返事をよこさなかった。沈黙し続けた。心配した同門の連中が、直接栄太郎を訪ねてききただすこともあった。しかし栄太郎は、口を一文字に結び、目だけは相手をじっとみかえすが、なにもいわない。相手はその強情さに呆《あき》れて、早々に栄太郎のところから去った。

のちのことになるが、松陰はやがて江戸に召喚される。そして安政の大獄で首を斬られる。死が迫ったときにも、松陰は高杉晋作宛の手紙の中で、

「吉田栄太郎くんのことは、特別に心を使って欲しい。ぼくはいまでもかれを愛しているし、かれをみすてることはできない。頼む」

と書いた。そして入江杉蔵には、

「ぼくだけが栄太郎くんの心を知っている。それだけでいいのだ」

と書いた。栄太郎の沈黙は最後まで松陰を苦しめた。しかし栄太郎は松陰の生前には、まったく一言も発することなく、また一文字も書かなかったのである。

松陰が死んだとき、栄太郎は焼香にも行かなかった。しかしかれは、自分なりに家の中で、

「百日の喪」

に服したという。栄太郎はそのとき十九歳だった。

栄太郎のこういう沈黙生活は、万延元年（一八六〇）十月まで約二年続いた。いまでいう、

「自己との向かい合い」

という思索生活を送ったかれは、やがて脱藩する。江戸に出て、ある旗本の僕《しもべ》になった。

「幕府の内情を、直接知りたい」

というのが目的だった。やがて藩に願い出て、脱藩の罪をゆるされる。文久二年（一八六二）に、松陰の慰霊祭がおこなわれた。このときはじめて栄太郎が顔をみせた。そして文久三年に、高杉晋作が、

「奇兵隊の結成」

を公にすると、栄太郎は独自に、

「被差別民の組織化」

を考え、藩政府に提言した。長州藩内には、足軽よりももっと低い身分の者がおり、差別を受けていたからだ。栄太郎は、その解放を願って、

「これらの人びとを、独立した軍隊に組もう」

と考えた。いうまでもなく現在でいう、

「身分差別からの解放」

を目的にしていた。しかし、その後のかれはしだいに過激化し、元治元年（一八六四）六月の例の、

「池田屋事件」

に連座し、新撰組に斬られた。かれは、かろうじて長州藩邸までたどり着くが、内部の門は堅く閉ざされて入れてくれない。入れなかったのは桂小五郎である。

「暴徒を内部に入れれば、長州藩も幕府の弾圧を受ける。いまは、藩をそんな危機に立たせたくない」

というのが桂の説得の理由であった。内部にいた藩士たちは憤激する。そして、桂に対し、

「あなたは肝心なときにいつも逃げる人だ」

と非難する。以後桂は〝逃げの桂〟といわれるようになる。しかし、桂はその後の禁門事変のときにも、長州藩の出兵には反対する。この出兵には、高杉晋作も反対する。したがって、桂と高杉は根っこのところでは、

「クールに政情をみきわめる冷徹さ」

を持っていた政治家だといえるだろう。しかし、血の気の多い一般の人にはこういう人物

は嫌われる。
吉田栄太郎は、冷静な桂の政治的判断によって、ついに長州藩邸の門前で自決した。

深まる孤立感

しかし日本の国内情勢は、吉田松陰の予想を超えていよいよ激動の度合を強めていった。松陰自身は、

「攘夷を実行するにしても、相手国の実態を知らなければ駄目だ」

と主張したが、過激な攘夷論者たちはそうは考えなかった。かれらは、

「相手国がどんな国であろうと、日本に近づく船は全部うちはらえ！」

と主張した。考えてみれば、吉田松陰の主張はこういう連中にとっては理解しにくい。また、まだるっこしい。こういう時代には、なんといっても声の大きい主張、勇ましい主張、あるいは気の短い主張がまかり通る。攘夷論者たちは、京都に結集した。特に「志士」と呼ばれる人びとが、グループをつくり、これに目をつけた雄藩を動かした。

松下村塾で新しい松本村を建設しようとしていた吉田松陰の耳に、

「水戸浪士と薩摩浪士が手を組んで、大老井伊直弼を暗殺しようとしている」

という情報が飛び込んできた。しかも、

「長州藩にも助力してもらいたがっている」

という。これをきくと松陰の血は騒いだ。かれはにわかに、もうひとつの方法を考え出した。

「井伊大老の暗殺は、水戸浪士と薩摩浪士に任せよう。長州藩士は独自に暗殺計画を立てるべきである」

そう考えたかれは、老中の間部詮勝を暗殺しようと企てた。この計画は、松下村塾で学ぶ弟子たちの血を湧かせ、たちまち十六、七人ほどの同盟者を得た。それぞれが、資金を携えて暗殺実行の武器調達に走り回った。

このとき吉田松陰は、かれをよく知る藩の重役周布《すふ》政之助に手紙を出した。企ての主旨を述べた後、

「これによって長州藩の、義藩という名が高まるにちがいないと思います。ついては藩からこの計画実行のために大砲を貸していただきたい」

と書いた。周布は呆《あき》れかえった。白昼堂々、大砲を引っ張って、

「これから老中を暗殺しに行きます」

などと宣言したら、世間はなんとみるだろうか。

(弱ったな)

自分なりに吉田松陰を理解し、松陰の人柄を愛していた周布は頭を抱えた。

同時に、松陰があちこちに門人を派遣して協力を求めていた実力者たちも、この計画のあまりの杜撰《ずさん》さに呆れた。

「馬鹿なことをするな」

とたちまち反対した。こういう回答が返ってくるたびに、松陰はしだいに怒りはじめた。

「みんな、わたしの真意がわかっていない」

弟子たちはうなだれた。周布は藩主毛利敬親と相談した結果、吉田松陰をしばらく閉じ込めて頭に上った血を下がらせることにした。

安政五年（一八五八）十一月二十九日、松陰は再び幽囚の身となった。同時に、松下村塾は閉鎖された。

「吉田松陰の学術は不純にして、人心を動揺させるためである」

と理由が示された。松陰は猛り狂った。松本村を国際的な文化村にするどころではない。その前段である間部詮勝暗殺計画が、あちこちに洩れてこんな始末になってしまった。松陰は頭を掻きむしり、悩んだ。そして、

（それもこれも、自分の導き方がまだ足りないからだ。というのは、自分自身の不徳のいたすところだ）

と、自身に矛先を向けた。

この直前の十一月十六日に、薩摩藩の志士西郷吉之助（隆盛）が、主人の島津斉彬《なりあきら》に命ぜられた京都工作に失敗し、鹿児島に逃げて、同志の僧月照と鹿児島湾に身を投じていた。西

郷は蘇生《そせい》したが、月照は死んだ。こういう情報も、おそらく松陰の耳に達していたに違いない。

(純粋行動を取る者が、どんどん追い詰められていく)

松陰は切実に危機感を覚えた。

藩の命令で松下村塾が閉じられると、そのころ七十人ほどもいた弟子たちがほとんど近づかなくなった。家族が反対するからである。

「吉田先生の所に行ってはいけない。危険だ」

と禁止した。最後まで松陰の所に出入りするのは、十人ほどになってしまった。

それに、頼りにしている高杉晋作、久坂玄瑞、中谷正亮たちは全部江戸にいる。松陰は何度もこの連中に対し、自分の考えを告げて、

「諸君、決起せよ」

と激励したが、かれらはなんとも返事をよこさなかった。桂小五郎も同じである。松陰は次第に焦りはじめた。みすてられ、見失われた者のような孤独感が募ってくる。

(今日までの教育は、一体なんだったのだろうか?)

とさえ思える。

松陰が牢に閉じ込められてからまもなくの十二月十一日付で、江戸にいた高杉・久坂・中谷たち弟子五人の連名で手紙がきた。松陰が牢屋内でこれを開いたのは一月十一日のことだという。手紙には、

「先生のご計画は、まことに理に則《のっと》った義挙とは存じますが、現在の状況を考えますとまだ時期尚早であり、急いで実行すると長州藩そのものを危機に追い込むような危険性があります。しばらく自重すべきだと思います」

と書いてあった。松陰は激怒した。

(これでわたしは完全に孤立した。誰もわたしの気持ちを理解してくれない)

そこで、松陰は早速江戸に向けて手紙を書いた。

「忠義というものは、鬼の留守の間に茶を飲むようなものではない。桂くんも、高杉くんも久坂くんもみんなぼくと意見が違う。なぜなら、ぼくは忠義をするつもりなのに、君たちは功業をなすつもりなのだ……」

と怒りを叩きつけた。

功業というのは、時を待って志を行動に移すことなのだが、松陰にいわせれば、

「いま時を待っていたのでは、事はならない。いまこそ実行の時ではないのか」

ということである。同時にそれは、時を待つというような迂遠《うえん》な態度を咎《とが》めるだけでなく、

「諸君はそれによってなにか手柄を立てようと思っているのではないか?」

という意味も含まれていた。時を待つというのは、そのまま動機不純につながる。そこへいくと自分の動機は純粋で、間部暗殺は即刻実行すべきだということであった。

こうして、育てた京都や江戸にいる弟子たちが自分の思うようにならないことを知った松陰は、結局は自分の手元にいる若い弟子たちを使う以外ないと思い込むようになった。

松陰は、江戸の門下生たちに、

「ぼくがみんなに先駆けて死んでみせたら、諸君も観望してはいられなくなり、立ち上がるかもしれない」

と痛烈な叫びを叩きつけている。

こんな松陰をみて、少なくなった弟子たちはさらに遠ざかった。最後まで松陰の脇にいて、必死になって松陰の手足になろうと努力したのが入江杉蔵・野村和作兄弟である。が、兄弟の母親が、松陰を嫌がってしばしば、

「もう吉田先生の所に行くんじゃない」

と止めた。それを振り切って兄弟が松陰の所にやってくるものだから、しまいには母親が牢屋にきて涙ながらに頼んだ。

「先生、お願いですからうちの子供たちを寄せつけないでください。先生から、破門してやってください。あの兄弟は、商人にでもしなければ家が立ちゆかないのです」

と哀願した。松陰は胸を打たれた。同時に、なにか自分が罪を犯しているのではないかというようなことも感じた。

が、やむにやまれぬ松陰の魂は、そういう私情を乗り越えた。このころかれが考えていたのは、長州藩の志士と、勤皇派の心ある公家とが直結して、徳川幕府に反乱の兵を挙げさせることであった。それには、長州藩主を抱きこまなければ駄目だ。

同じようなことを考える志士が、他の大名家にもいた。大高又次郎や平島武二郎たちがそ

れだ。かれらは京都で三条実美《さねとみ》や大原重徳《しげとみ》らと相談して長州藩にやってきた。三条も大原も、かつて勅使として江戸に行き、さんざん幕府を掻き回した過激派の公家だ。三条と大原は、

「もし長州藩が立ち上がるのなら、幕府を討つ義軍を挙げたい」

と構想していた。ところが、長州藩にやってきても保守化した藩の重役は、けんもほろろにこのふたりを追い返した。怒ったふたりは、いきさつをかねてから知っていた入江杉蔵・野村和作兄弟に洩らした。

「吉田先生にこのことを告げてくれ」

といって去って行った。兄弟はこのことを松陰に話した。松陰は激怒した。そして、

「こんなことでは長州藩は天下に恥をさらす。絶食して、抗議する」

と食事を絶った。役人はてこずった。牢役人の代表は、かねて松陰が、

「牢獄をユートピアにしよう」

と主張したときに、理解を示した福川である。福川の知らせで、松陰の母や玉木文之進らが駆けつけてきて、説得した。松陰もやっと気持ちを変え食事を取りはじめた。そして、入江杉蔵を呼んで、

「手紙を書いた。大原卿に渡して欲しい」

と頼んだ。しかし、簡単に大原卿に渡してくれといっても、松陰が旅費を出すわけではない。杉蔵はしかし松陰には忠実だったから、家財道具を全部売り払って旅費を作った。杉蔵は杉蔵で、

（これは危険な旅だ。危険な役目だ。場合によっては殺されるかもしれない。幕府に捕まるかもしれない。残った母親のことが心配だ）

と思った。母親は案の定、

「一体いつまでそんなことをしているのだね？　吉田先生とはあれほど手を切って欲しいと頼んだじゃないか」

と泣いて止めた。しかし杉蔵の決意は固い。野村家に養子にいっていた弟の和作に、

「母親の面倒をみてくれ。母さんはこのごろ病気で、身体が弱っている。もしものことがあったとき申し訳ない」

親孝行の杉蔵はそういった。これをきいた和作は、

「それならいっそのこと、兄さんが残って母さんの面倒をみたらどうだろう？　わたしがその役目を果たすよ」

といった。こうして十八歳の野村和作が、一月二十四日萩を出て京都に向かった。

ところが、兄弟の行動をすべて、

「悪い吉田松陰先生のせいだ」

と思い込んでいた母親が、この計画のことを藩庁に話した。そこで、藩の役人が急いで和作に追手を出した。もちろん、入江杉蔵は牢屋に入れられた。

野村和作はしかし追手を振り切って京都に入った。先に長州藩にやってきた大高と平島に会って、三人で大原重徳の所に行った。ところが大原は、すでに熱が冷めていた。あまりに

も、井伊直弼の弾圧がすさまじかったからである。

「少し様子をみた方がいい」

そういう対応をした。三人は落胆した。和作は結局、京都にある長州藩邸に自首した。そのまま萩に送られ牢屋にぶち込まれてしまった。

吉田松陰は失望した。かれは入江杉蔵や野村和作兄弟の行動には感謝したが、しかしこの計画が兄弟の母親を通じ、まず松下村塾の旧門人に伝えられ、それが藩庁に知れたといういきさつを知ると猛り狂った。その後に深い絶望がやってきた。

(もう、誰もがわたしを見放した)

という孤独感がいよいよ募った。そして、

「この上は、自分が知っている人びとでは事は成せない。草莽《そうもう》に頼る以外ない」

と思いはじめた。この場合の草莽とは、「宮仕えをしていない野にある人」というような意味で、かならずしも松陰の頭の中に民衆の姿はなかったのではないか、といわれている。

しかし松陰自身は、自分の計画を実行する上で、

「農民一揆《いっき》も活用すべきだ」

などといっているところをみると、やはり社会の底辺で生きている人たちに目を向けていたことは確かである。

一粒の麦もし死なずば

安政六年（一八五九）四月十九日、徳川幕府は長州藩に対し、

「吉田松陰を召喚する」

と達した。五月十三日にその命令が萩に届けられ、翌十四日には松陰にもこのことが告げられた。

松陰はとりあえず、萩城下にある野山獄に収監された。このころ萩には、門下の久坂玄瑞や、松浦松洞がいた。みんな心配して、

「先生、一体どういうことでしょうか？」

と、幕府の召喚を心配した。松陰はしかし動じなかった。むしろ眼を輝かせた。

「諸君、このたびの江戸送りは国難にかかわる存念表明の機会だと考えています。幕府役人の訊問については正義と至誠とをもって、決してくじけることなく、堂々と応じようと思います」

と、告げた。はったりでも負け惜しみでもない。人びとは松陰のこの言葉の真実さを感じた。

感動した久坂玄瑞は、松浦松洞に、

「きみは絵が描ける。先生の肖像画を描いてくれたまえ」

といった。松洞は一心不乱に師の肖像を描いた。現在残っているものが六枚あるという。

出発の日が近づいたとき、久坂玄瑞は牢役人の福川犀之助と相談した。福川は、すでに書いたように松陰がかつてこの牢にいたときに、

「野山獄をこの世の天国にしたい」

という運動に共鳴した役人である。また、松陰が催した俳句の会にも参加している。終始一貫して吉田松陰の良き理解者であった。尊敬もしていた。久坂と福川は協議の結果、

「吉田先生を一晩、お家に戻そう」

ということになった。久坂は念のために、

「福川くん、そうなるときみは罪を得るかもしれないぞ」

といったが、福川はニコニコ笑って首を振った。

「そんなことになれば大変名誉に思います。吉田生先のためなら、命を奪われても惜しくありません」

松陰という存在は、こういう理屈を超えた支持者をあちこちに持っていた。人徳だけではない。松陰の類いまれな美しい魂が、接する人びとの心をかならず打つのだ。

そこで五月二十四日の夜、松陰は密かに実家に戻った。家族と少ない門人たちとで団欒《だんらん》の一夜を送った。翌日は出発である。

五月二十五日は雨だった。家族や門人たちが見送った。萩城下に〝涙松〟といわれる松の大木がある。旅に出掛ける者がここで家族と別れる場所だ。とくに武士の場合は城をみつめて涙を浮かべたので、涙松と呼ばれていた。松陰の護送の列はここでいったん止まった。幕府からの指示で、松陰は腰縄を打たれ、駕籠《かご》には網がかけてあった。そして錠がしてある。すでに罪人の扱いである。久坂たちの要望で、駕籠はいったん涙松の下で止まった。

「先生、涙松です」

久坂の言葉に松陰は、網で囲まれた駕籠の戸を開けてもらい、萩城下の光景をジッと見つめて眼の底に収めた。そして、

「ありがとうございました。お願いいたします」

と護送役人に告げた。家族や久坂たち門人の顔をひとりずつみつめ、

「お世話になりました」

と丁重におじぎをした。久坂たちはワッと泣き出した。

江戸に着いた松陰は、いったん長州藩の江戸藩邸に収容された。江戸藩邸には、若くして江戸の長州藩の学校である有備館館長になった桂小五郎と、高杉晋作がいた。ふたりとも、すでに、

「吉田先生が江戸に召喚された」

ということを内々きいていたので、丁重に出迎えた。高杉はわざと明るい声を立てながら、

「先生、なんの心配もいりません。すぐに釈放されますよ」

と告げた。そして、

「牢においでのときは、わたくしが差し入れその他いっさいのお世話をいたしますから、ご不自由はかけません」

といった。これは本当だった。

松陰はすぐ、幕府側に引き渡され、伝馬町の牢に入れられた。

取り調べは、七月九日からおこなわれた。扱いは評定所である。評定所というのはいまの最高裁判所のようなもので、徳川幕府の最高の裁判機関だった。大目付、寺社奉行、勘定奉行、町奉行等で構成される。幕府側が松陰に持っていた嫌疑の内容は、

「梅田雲浜とどういうかかわりがあったか」

ということである。いわゆる安政の大獄を実行するために、大老井伊直弼は腹心の長野主膳という学者を京都に送り込んでいた。そして、京都で活躍したいわゆる志士の活動を詳しく調べさせていた。長野はその中で、

「長州藩の学者吉田松陰は、悪謀の元凶です」

と報告していた。そこで井伊は、評定所のメンバーに、

「吉田を厳しく取り調べろ」

と命じた。井伊の頭の中では、

「そんな不届き者は、かならず死刑にしてやる」

と考えていた。ところが評定所メンバーが調べてみると、吉田松陰にはそんな形跡はない。そこで本人に、

「梅田雲浜とどういう関係があったのか？」

とき き出すことにしたのである。松陰は、正直に答えた。松陰は梅田雲浜が好きではない。梅田雲浜は確かに志士といわれ、京都に拠点を置いて活躍したが、長州藩にやってきたときは、

「上方の商人と、長州藩とが交易をおこなって、お互いに資金を稼ぐようにしたらどうだろうか」

という話のもちかけであった。これをきいた松陰は、

「梅田雲浜は志士ではなく、商人だ」

と馬鹿にした。だから現在もいい感じは持っていない。その通り話した。評定所のメンバーはうなずいた。自分たちの予測が当たったからである。みんな胸の中で、

（この人物は悪いことはしていない。しかし、井伊さまのお気持ちもあるので、遠島〈島送り〉の罰を与える程度でいいだろう）

と思った。

ところが、松陰はそういうメンバーの表情をみると、自分からこんなことをいい出した。

「じつはわたくしは、かつて老中の間部詮勝さまを暗殺しようとしておりました」

評定所のメンバーはびっくりした。揃って、

(なぜ急に、自分からそんなことをいい出すのだ?)

という顔をした。幕府側は、松陰がそんな暗殺計画を持っていたことなど知らなかった。そこで今度は本気になってその計画のことをきき出した。松陰は隠さずに話した。

「なぜそんな大それた企てをしたのか?」

評定所メンバーのひとりがきくと、松陰はこう答えた。

「日本歴史の上では、ひとりの名王とひとりの名臣がいて、その働きでひとりの悪臣を殺せば政治改革が成立します。大化の改新における、中大兄皇子《なかのおおえのおうじ》(天智天皇)と中臣《なかとみの》(藤原)鎌足《かまたり》の働きはそれを示しています。間部さまは大化の改新当時の蘇我入鹿《そがのいるか》に匹敵する悪謀の臣です。ですからわたくしも間部詮勝さまを暗殺することによって、政治の変革を企てました」

こうなるともうききずてにならない。松陰のいっているのは単に老中をひとり殺すということだけではない。幕府そのものの転覆を図っている。評定所のメンバーはあきれて顔をみあわせた。その日は、

「追って沙汰する」

といわれて牢に下げられた。

それにしても幕府側が知らないことを吉田松陰はなぜ自分の方から告げたのだろうか。従来から二通りの解釈がある。ひとつは、

「幕府側ではすでにその調査がすんでいて、松陰がそういう計画の煽動者《せんどう》であることを突き止めていた。したがって松陰が自分からいわなくても、やがては幕府側の方からいい出すことになっていた」

　という説である。もうひとつはそうではなく、

「松陰はこのときすでに、自分の死をひとつの贈物にして門人たちに決起を促したのではなかろうか」

　という説である。

　前者はちょっといただけない。松陰は、

「どうせ幕府は知っているのだろうから、自分が隠し通してもムダだ」

などという姑息な考え方をする人物ではない。幕府が知っていても知っていなくても、この際はおそらく自分から口にしたにちがいない。ということは、やはり、

「随分前から死に場所を求めていた。死に花を咲かせて弟子たちへの最後の贈物にしたかったのだ」

　と考える方が松陰らしい。

　伝馬町の牢にいた松陰を、言葉通りなにくれとなく世話をしたのは高杉晋作である。晋作はなかなか機転がきいた。牢には牢名主というのがいて、これがいろいろなことを取り仕切る。牢名主に贈物を届けなかったり、機嫌を損じたりすると酷《ひど》い目に遭う。そこで晋作は自

分から出掛けていって牢名主に賄賂《わいろ》を渡した。

「吉田先生のお世話をよろしくお願いいたします」

と頼んだ。松陰にも面会し、

「必要なものはなんでもお届けします。おっしゃってください。食物は大丈夫ですか？」

などと親身になって心配した。江戸の牢にいた松陰にとって、高杉晋作が江戸藩邸にいてくれたことがどれだけ救いになったかわからない。

高杉晋作のきき込みによっても、吉田松陰の扱いは決して安心できるものではなかった。牢役人たちは、

「吉田松陰は自分からなにか恐ろしい計画のことを話して、評定所の方々を恐れさせた。重い罰が下るようだ」

という噂話《うわさ》をしていた。きき込んだ晋作は心配でたまらない。まさかと思っていたことが実現しそうな気配にある。

ある日、晋作は松陰に面会したときにきいた。

「先生、男子たるものの死に場所についてお教えください」

切羽詰まった問い掛けに、松陰は澄んだ眼で晋作をみかえした。こんな問い掛けをする晋作の気持ちがどういうものか、松陰にはピンとくるものがあった。それはすでに自分に対する刑罰が、かなり重いものであることを意味していた。松陰自身も、自分から間部詮勝の暗殺計画を話したのだから、無事にすむとは思っていない。

（いよいよくるか）

そう思った松陰は、いつもにも増して丁寧に晋作の問いに答えた。

「男子たるものの死に場所についてのきみの問いにはこういう答え方をしよう。もちろん死は人間の好むべきものではない。しかしだからといって憎むべきものでもない。というのは、世の中に肉体は生きていても心の死んでいる者がたくさんいる。逆に肉体は滅んでも魂が生きている人間もいる。心が死んでいたのでは肉体が生きていてもなんの意味もない。才能や志のある者が一時の恥をしのんで生き、大事業をするというのは大切なことだ。私欲や私心のない者が、脇からみればむざむざと生をむさぼっているようにみえても、それはのちにかならず大事業をなすためなのだから、決して非難すべきではない。死んで不朽になる見通しがあるのならば、いつでも死ぬべきだろうが、反対に生きていて大事業をなす見込みがあるのなら、いつまでも生きるべきである。だから生死というのは度外視すべき問題である」

晋作には師のいうことがよくわかった。晋作もまたこの答えをきいて、

（先生はすでに死を覚悟しておられる）

と感じ取った。

長州藩の江戸の藩邸にも古い考え方を持っている連中がたくさんいた。そういう連中は、高杉晋作がしばしば伝馬町の牢に行って吉田松陰に面会することを好まず、注意した。

「いい加減にしろ。あまり罪人に近づくとおまえにもろくなことはないぞ」

このいい方は、すでに晋作が萩の松下村塾に通っていたときにきいている。あのときも父をはじめ、親戚や古い武士たちが、

「吉田松陰の塾へなど行くな。あいつは危険な学者だ」

と注意した。松下村塾の他の門人と違って、高杉の家は中級武士だったから、余計心配したのだ。

今度もそうだった。萩から父が手紙をよこした。

「きくところによると、おまえはまた罪人である吉田松陰の所へ通っているそうだが、やめろ。どうしても面会を続けるのなら、勘当する」

そういうきつい文面だった。心配したのは父だけではない。藩庁も心配した。結局江戸の藩邸と萩の藩庁とが相談して、

「急遽《きゅうきょ》高杉を萩に呼び戻そう」

ということになった。高杉晋作に、

「萩へ戻れ」

という命令が下った。これが、十月初旬のことであり同月十七日、晋作は萩に向かって旅立った。このことを告げに伝馬町の牢へ行くと、松陰はしみじみといった。

「このたびの私の災厄に、きみが江戸にいてくれたのでどれだけ助かったかわからない。ぼくはたいへん幸せだった。きみの好意に深く感謝する。急に国へ帰られるときいて、本当に残念でならない」

一言一言が高杉晋作の胸に、それこそグッと迫るものを持っていた。かつて、東北の米沢藩主上杉鷹山が、その師細井平洲を米沢に迎えたときのことを、

「一字一涙」

という表現で示した碑文が現地に残されている。高杉晋作にとってこのときの師松陰の言葉はそのまま、

「一言一涙」

であった。

このとき松陰は晋作に、一人ひとりの弟子についてその勉強ぶりや、自分がいま心配していることなどを詳しく告げている。普通なら、すでに死を覚悟した師の立場であれば、おそらくすべての門人について褒め称え、

「がんばってもらいたい」

というような月並な言葉を残して行くにちがいない。松陰は違った。たとえば、

「吉田栄太郎は周囲から志を放棄したとみられているから注意するように。また天野清三郎は才能を頼みすぎて勉強をしないから、学業が非常に劣っている」

などと、至らない弟子たちに対する注意事項も与えている。いかにこのときになっても、松陰が冷静な心を失っていなかったかがわかる。

高杉晋作は師の言葉を正確に同門の志士たちに伝えた。

七月に取り調べがあって以来、吉田松陰に対する沙汰はその後なかった。ひと月、ふた月が過ぎていった。しかし松陰は十月頃にはすでに、

「首を取られるに違いない」

と死罪の判決を予想していた。十月二十日には、父や兄、叔父の名を連記して別れの手紙を書いている。その中に、

親思ふこころにまさる親ごころ
　けふのおとづれ何ときくらん

という歌を冒頭に掲げている。また実母と義母に対しては、

「自分が死んだ後は、首は江戸に葬ってください。萩には、いつも使っていた硯と書を神主《しんしゅ》(位牌)としてください。また戒名は、ただ松陰二十一回猛士とだけお書きください」

と頼んでいる。二十一回というのは、吉田という姓をバラバラにほぐしたものだ。

「自分は二十一回、思い切ったことをおこなう」

ということの決意表明である。

十月二十五日からは『留魂録』を書きはじめた。そしてこの日の夕方には書き終わっている。冒頭に、

身はたとひ武蔵の野辺に朽ちぬとも

留めおかまし大和魂

とあった。

しかしこの遺書は、特定の人に宛てたものではない。宛名は「諸友」となっている。もちろん諸友というのはかれにとっては門人のことだ。しかしかれは松下村塾にいたときから、「ぼくは師でもなく、きみたちは弟子でもない。きみたちとぼくとは常にお互いに学び合う関係にある学友である。ぼくがきみたちに教えることもあれば、きみたちがぼくに教えることもある」

常にそういっていた。したがって弟子という字は使わない。常に「友」という字を使った。同時にかれは自分のことを、

「僕《ぼく》」

といった。昭和に入ってからこの言葉の使い方はたいへん洒落《しやれ》たものになったが、松陰が使ったのはあくまでも自分の立場を遜《ゆず》っていった言葉である。それほどかれは弟子たちに対しても謙虚だった。

『留魂録』の冒頭に書かれた歌は、いつ読んでも胸をえぐられる。松陰の純粋無垢な魂の叫びとして、文字を超えて読む者の胸に迫るからだ。「諸友」宛てに松陰はこう書いた。

「十歳で死ぬからといって、決して先の長い将来を無にしたわけではない。十歳の者には十歳の者の四季（春夏秋冬の四季のこと）がある。そしてそれなりに花を咲かせ、種を残して

いくのだ」

「わたしはいま三十にして実をつけこの世を去る。それが単なる籾殻《もみがら》なのか、あるいは成熟した米粒であるかはわからないが、同志がわたしの志を継いでくれるなら、それはわたしが蒔いた種が絶えずに、穀物が年々実っていくといっていいだろう。そうなれば、わたしも残った者に収穫をもたらしたということで、恥じる気持ちがなくなる。同志よ、このことをよく考えてもらいたい」

この一文を読むと、フランスの文学者アンドレ・ジイドの『一粒の麦もし死なずば』という小説を思い出す。ジイドのこの言葉はもちろん聖書から取ったものだ。聖書には、

「一粒の麦もし死なずば、ただ一つにてあらん。もし死なば、多くの実を結ぶべし」

と書いてある。松陰がこの聖書の言葉を知っていたとは思えない。しかしいっている意味は同じだ。

「麦が自分一個にこだわって死ななければ、それはただ一粒の麦にすぎない。しかし土の中で死ねば、他の多くの実を生ずる」

ということである。吉田松陰は死を迎えるに当たって、わずか三十年の生涯を振り返り、

「自分は最期に、一粒の麦として死にたい。そうすれば、志を同じくする者が、たくさんの実を結んでくれるだろう」

と考えたのである。

松陰は最後の最後まで、私というものがなかった。公に殉じた。そして公に殉ずる誠意さ

え尽くせば、かならず周囲の者の理解が得られると考えていた。それは自分に反対する者、対立する者でさえもいつかは、

「そうだったのか」

と、矛《ほこ》を折り、協力への道をいっしょに歩いてくれると信じていたからだ。

この無垢な人間信頼、あるいは公欲追求の念は、比類ないほど美しい。だからこそ吉田松陰の魂が、いまだにわれわれの汚れた心を洗い続けてくれるのだ。

安政六年（一八五九）十月二十七日の朝、吉田松陰は評定所へ呼び出された。覚悟していた通り、死罪が宣告された。松陰は、

「慎んでお受けいたします」

と静かに頭を下げた。そして評定所のくぐり戸を出るときあたりから、朗々と詩を吟じはじめたという。その声をきいた人びとは、

「じつに落着いていて、われわれの胸に響いた」

と述懐している。首を斬られる瞬間も、すこしも慌てなかった。処刑者は〝首斬り浅右衛門〟と呼ばれた人物だったが、このときの光景を、

「静かに自分を振り向き、お願いしますと丁重な言葉を掛けた。その姿には、じつに胸打たれるものがあった……」

と話している。吉田松陰は従容《しょうよう》として死んでいった。師の死を最も正確に受け止めたのが、

久坂玄瑞である。玄瑞は松陰の遺言を、

「ぼくの死を悲しまないでもらいたい。ぼくの死を悲しむよりは、ぼくの志を知ってほしい。ぼくの志を知るよりも、ぼくの志を継いでほしい。ぼくの志を継いで、しかも大いにぼくの志を大きく伸ばしてもらいたい」

というように受け止めた。そこで玄瑞はただ悲しみに浸って師を忍ぶということはしなかった。かれは積極的に、残った門人たちに呼び掛けた。

「先生の非命を悲しむことは意味がない。先生の志を落とさぬことが大事です」

こう告げる玄瑞は、門人別に松陰が残していった注意事項を今度は自分が代わって告げはじめる。そうなると他の門人たちからも、久坂玄瑞に対する期待が高まった。入江杉蔵などは、

「先生はすでに去ってしまわれました。これからはあなただけが頼りです。あなたに望むところ大です」

杉蔵にすれば、吉田松陰がこの世を去った後は、久坂玄瑞こそ吉田松陰に代わる師だという思い込みがあった。

こういう杉蔵に対し、久坂玄瑞は、いまの杉蔵がなにを勉強すべきかを、書物別に親切に告げる。事実上松下村塾の残された門人のリーダーとなった玄瑞は、高杉晋作に対しても忠告する。

「きみのいうことは非常に勇ましいが、もっと経済の勉強をすべきではないか。経済の勉強

をすることが、国政変革に大いに役立つと思う」

などということもいっている。こういうやりとりをおこなう久坂玄瑞の胸の中には、いいようのない憤りと悲しみがあった。玄瑞は、師の刑死に対する怒りや悲しみを、残った門人たちを励ますことによって一所懸命抑え込んでいたのである。久坂玄瑞と高杉晋作は、松下村塾における双璧と呼ばれた。かつて吉田松陰は高杉晋作にこういうことをいった。

「昔ぼくは、きみたちの同志の中では玄瑞の才能を第一とみていた。その後きみがきて同志になった。しかしきみは識見はあるが学問が十分にすすんでいない。ただ自由奔放にものを考え行動する傾向があった。そこでぼくは玄瑞の才と学を推奨して、きみを抑えるようにした。きみははなはだ不満のようだったが、しかし持ち前の負けじ魂で大いに学業をすすめ、議論も優れるようになった。塾生もみんな認めた。一方の玄瑞もそのころから自分は晋作の識見には到底及ばないといって、晋作に兄事するようになった。しかし晋作も率直に自分の才は到底玄瑞に及ばないといっていた。ふたりはお互いに学び合った。ぼくはこのふたりの関係をみていて、玄瑞の才は気に基づいたものであり、晋作の識も気から発したものだ。ふたりがお互いに得るようになればぼくはもうなにも心配することはないといった。今後晋作の識見をもって玄瑞の才をおこなっていくことが望ましい。そうなれば何事でもできないことはないだろう。晋作よ、世の中に才のある人は多い。しかし玄瑞の才だけはどんなことがあっても捨ててはならない」

こんな心のこもった言葉を師からもらう弟子がいただろうか。久坂玄瑞と高杉晋作は、手を取り合って師松陰の志を大いに発展させるべく、いよいよ決意を固くするのであった。

吉田松陰は安政六年十月二十七日、死罪の宣告をされ、伝馬町の牢獄内で首を落とされる。遺骸《いがい》は、そのころ処刑された国事犯が埋められる小塚原《こづかっぱら》に埋められた。国事犯なので遺体引き取りや墓を立てることは許されなかった。

そこで文久三年（一八六三）一月五日になって、京都朝廷から、

「いままでの国事犯を全部許す」

という大赦令が出たのをきっかけに、高杉晋作は、久坂玄瑞や伊藤俊輔（博文）たちといっしょに、小塚原の刑場に行く。そして白骨と化した師の遺体を掘りおこし、若林村（東京都世田谷区若林）の毛利家の飛地に改葬する。これが現在の松陰神社である。

このとき、小塚原から師の遺体を桶に入れて上野山下辺を通った。ここには三枚橋（三《み》橋《はし》）といわれる三つの橋があって、真ん中の橋は通行禁止になっている。将軍が上野の寛永寺にお参りするときだけに通れる御成《おなり》道だ。ところが高杉はこのとき、桶をかついだ伊藤俊輔たちに、

「真ん中の橋を通れ」

と命じた。監視の役人がバラバラ駆けつけてきた。

「貴様たち、一体どういうつもりだ？」

と怒った。そして、

「真ん中の橋を通ってはならない。左右の橋を通れ」

と命じた。ところが高杉は猛然といい返した。

「恐れ多くも天朝のご命令によって、このたび大赦を受けた師吉田松陰の遺体を捧げて若林村に赴《おもむ》くところだ。幕府の役人がなにをいうか！　貴様たちは天朝の命に背く気か！」

と怒鳴りつけた。そのすさまじい勢いに幕府役人たちはあっけにとられ、口をあいたまま堂々と通りすぎてゆく高杉一行の姿を見送っていたという。それほど高杉晋作の師の死に対する怒りはすさまじかった。このときかれはすでに、

（師の敵《かたき》を討つ。かならず徳川幕府を倒してやる！）

と心に決めていた。

『留魂録』の中で、吉田松陰は次のようなことばを書き残した。

「ぼくはこのたびのことでは、はじめから生きるための工夫もしなければ、死を必然だとも思っていなかった。ただ誠が通じるか通じないかということをもって、天が指示する運命の成行きに委ねたのである」

そして、「かきつけ終りて後」と題して、次の五首の歌を残した。

心なることの種々《くさぐさ》かき置きぬ
　思ひ残せることなかりけり

呼びだしの声まつ外に今の世に

待つべき事のなかりけるかな
討たれたる吾れをあはれと見ん人は
君を崇《あが》めて夷《えびす》払へよ
愚かなる吾れをも友とめづ人は
わがとも友《ども》とめでよ人々
七たびも生きかへりつつ夷をぞ
攘《はら》はんこころ吾れ忘れめや
十月二十六日黄昏《こうこん》書す

二十一回猛士

（完）

■幕末政治運動にかかわった松下村塾門下生

久坂玄瑞　蛤御門の変で自刃
高杉晋作　奇兵隊総督、病没
吉田稔麿　池田屋事件で重傷、自刃
入江九一　奇兵隊参謀、蛤御門の変で戦死
寺島忠三郎　奇兵隊参謀、蛤御門の変で重傷、自刃
有吉熊次郎　八幡隊隊長、蛤御門の変で重傷、自刃
松浦松洞　尊攘運動に従事、自刃
赤根武人　奇兵隊三代総督、処刑
阿座上正蔵　蛤御門の変で重傷、自刃
駒井政五郎　御楯隊小隊司令、北海道で戦死
時山直八　奇兵隊参謀、北越戦争で戦死
大谷茂樹　回天軍総督、俗論派に処刑される
馬島甫仙　奇兵隊書記、自殺
高須滝之允　四境戦争に従軍、事故死
高橋藤之進　遊撃隊参謀、病没
飯田正伯　国事に従う、獄死
前原一誠　干城隊副総督、萩の乱で刑死

弘　忠貞　八幡隊書記、蛤御門の変で重傷、自刃
杉山松介　国事に奔走、池田屋事件で重傷、自刃
玉木彦介　藩内訌戦（絵堂の戦）で戦死
正木退蔵　干城隊士、外交官
増野徳民　久坂らと国事に奔走（維新後は医業）
佐々木亀之助　上関義勇隊・南園隊総督、四境戦争に従軍
岡部繁之助　干城隊頭取助役、四境戦争に従軍、工部省出仕
岡部富太郎　攘夷戦、四境戊辰戦争に従軍
小野為八　鴻城隊司令、山口県出仕
岡　守節　報国団創設、内閣書記官
山根孝中　四境戦争に従軍、医師
山県有朋　奇兵隊軍監、内閣総理大臣
伊藤博文　討幕運動に従事、内閣総理大臣
品川弥二郎　八幡隊隊長、内務大臣
野村和作　鴻城隊総督、内務大臣
冷泉雅二郎　御楯隊小隊長、判事
馬島春海　奇兵隊書記、教師
尾寺新之允　奇兵隊士、伊勢大神宮大宮司
松本　鼎　御楯隊士、元老院議官

天野清三郎　奇兵隊士、工部省出仕
福原又四郎　干城隊参謀、山口県出仕
岡　仙　吉　奇兵隊士
河北義次郎　御楯隊軍監、外交官
滝　弥太郎　奇兵隊二代総督、佐波郡長
山田顕義　整武隊総督、司法大臣

解説——本書をぜひ座右に

長谷部史親（文芸評論家）

二十一世紀に突入してから、すでにかなりの歳月が経過した。しかしながら、前世紀の末ごろ世間をおおい始めたかに見える暗雲は、今なおぬぐい去られていない。もっともこれは、社会の隅々にまで入りこんでしまったとも考えられ、短い時間のうちにどこをどうすれば解決するというわけでもなかろう。要するに私たち一人ひとりが、それぞれに意思や目的をもって、一歩ずつ地道に進んでいくしかない。そこで強く求められるのが、もっか自分たちの立っている足もとを改めて問い直してみる作業ではなかろうか。

おなじみの文芸書にしても昨今では、もちろん次々に生み出される新作も無視できないとはいえ、数十年からときに数百年も読みつがれてきた名作群に、現在の時点から光を当てる試みが目につくようになってきた。どんなに古いものでも訪ねてみれば、名作には先人たちの知恵がいっぱい詰まっており、やはり名作は人類すべての宝物のようなものだからである。それと同じように人間のおりおりの暮らしが築き上げてきた集積体である歴史も、光を当てれば当てるほど輝きを増してくれる宝物にほかならない。

本書『全一冊 小説 吉田松陰』の中心をなしているのは、いうまでもなく吉田松陰という人物である。吉田松陰といえば幕末の時代の長州で、数多くの英才を生み出した無類の教育者として、知らぬ者がないといっても過言ではなかろう。彼が指導した若者たちの中からは、明治維新の原動力となった有力者がたくさん出現した。つまり二百数十年も続いた徳川幕府に終止符を打つとともに、新しい時代を切り開いた長州の若い力は、全部が全部とはいえないにしても、かなりの部分が吉田松陰に育てられたことになる。

しかしながら、有名な松下村塾に集まってきた弟子たちを前に、吉田松陰が自ら指導したのは、けっして長い歳月ではなかった。しかも松陰は安政の大獄によって処刑され、満年齢で二十九歳のときにこの世を去っている。老齢に達するまで長期にわたって教え続けたのならともかく、短期間に多くの英才を送り出した密度の高さは尋常ではない。もちろん幕末という時代の趨勢が、多くの人材を一気に求めたという特別な機運があったことも否定できないにせよ、やはり松陰にそれだけの才覚が備わっていたはずである。

ただしそんな吉田松陰とて、突如として偉大な吉田松陰になったのではない。本書『全一冊 小説 吉田松陰』では、松陰の生涯が丹念に描き出されているので、当然ながら松下村塾での指導の様子にも筆が及んではいるけれども、むしろそれ以前の松陰の生き方に大きな力点が置かれている。すなわち、どのようにして吉田松陰が出来上がったのかをとおして、卓抜な指導力の源泉に探りを入れているわけであり、それだけいっそうこの人物の業績はもとより歴史上の存在意義が把握しやすくなっているといえばよかろうか。

本書の内容を振り返ってみると、吉田松陰は天保元年（一八三〇）に長州藩士杉百合之助の次男として生を受けた。少年時代に父の弟の吉田家の養子となり、別の叔父にあたる玉木文之進によって兵法などの勉学を厳しくたたきこまれる。わずか十歳にして、藩校明倫館の兵学教授として出仕するほどだったというから、まれに見る秀才であったのはまちがいない。さらに勉学を重ねるうち、藩主の参勤交代に随行するかたちで江戸に出たときには、佐久間象山らに学んで大いに影響を受けたりもしている。

松陰の運命に変化が訪れるのは、満二十一歳を迎える嘉永四年（一八五一）のことであろうか。肥後の友人である宮部鼎蔵らと約束して、東北方面へ遊学に赴く際に、手形の発行が間に合わなかったため、松陰は藩の許可を待たずに出発してしまった。松陰にしてみれば、他藩の知人との約束を守れないようでは長州の恥と考えたにしても、もう少し出発を遅らせて手形を待てばよかったものを、無許可で藩外へ出てしまったら、まぎれもなく脱藩行為にあたる。これにより松陰は、罪人として士籍家禄を失った。

それでも松陰は藩主から重く見られていたこともあって、まったく身動きがとれなくなるようなこともなく、嘉永六年にはアメリカのペリーの来航も目にしている。松陰は攘夷論者だが、外国を排斥するためにはまず相手をよく知らねばならないと考え、海外への留学を志した。しかしながら鎖国状態の日本を出るのは国禁を犯すことになり、無事ではすまされない。松陰は友人の金子重輔を誘い、長崎に停泊中だったプチャーチンのロシア軍艦に乗り込むつもりだったが、先に出航されて果たせなかった。

翌年の嘉永七年（一八五四）に、ペリーの艦隊が日米和親条約締結のために再来航したとき、今度こそはと心に決めた松陰は、再び金子重輔とともに小舟で漕ぎ出し、沖に停泊中の旗艦を目指す。どうにかウィリアムズに会い、自分たちの意を伝えることができたものの、条約締結を控えた微妙な時期だけあってペリーも慎重を期し、そのまま船に迎え入れてアメリカへ連れていってはもらえなかった。どうにも進退きわまった松陰は、いさぎよくすべてを認めて長州へ送られ、野山獄に幽囚されることになる。

この野山獄には、罪を犯さずとも周囲との折り合いが悪く、身内の意向で収容されている者が少なくなかったため、ある意味で札つきの偏屈者揃いだった。ところが松陰は、持ち前の純粋さと熱意によって、そんな獄中の雰囲気を一変させてゆく。身分の違いから、不当にも別の岩倉獄に入れられた金子重輔が、劣悪な環境のせいもあって死んでしまったのは大きな痛手だったが、松陰を中心に野山獄の人々が、牢役人たちまでもが明るく前向きに勉学に勤しむようになる様子は、やはり本書のひとつのポイントであろう。

先に天保年間に、叔父の玉木文之進が自ら開いていた私塾の松下村塾を、松陰が受け継ぐかたちになったのは、獄から出るのを許されて生家で預かりの身となった安政二年（一八五五）以降のことである。それも野山獄の中で孟子を講じていたのに、中途で終わらせるのでは惜しいという周囲の声が発端だった。つまり松陰が生家に幽閉の身で始めた松下村塾は、もともとは野山獄にルーツがあったといってもさしつかえない。このときまでに吉田松陰は、広大な見聞と多様な経験を蓄えていたことになる。

本書にも再三にわたって言及があるとおり、松陰の読書量は相当なものだった。しかも現代とは異なり、特定の書物を手にとるのが容易ではなかった時代のことである。そして書物から学び、書物をとおして考えを深めるばかりでなく、松陰は日本各地へ足を運んでいろいろな事物に目を向け、多くの人々に会って話を聞いていた。松陰の門下から傑出した人材が次々に巣立ったのは、それだけ松陰がすぐれた指導者だったせいなのはいうまでもないが、やはり松陰が歩んできた道のりにも由来しているにちがいない。

当時の勉強といえば漢学で、師がテキストを読み解くのを、後から弟子たちがついてゆくのが一般的な図式だった。内容はどちらかといえば、哲学や歴史など人文科学系の学問が主流になりがちだった傾向がある。ところが松陰は一定のテキストに基づいて講義を進めるのではなく、弟子が各自学びたいと思う書物を選んで読み、個別に松陰が的確な助言を与えた。そして松陰の学問の方針は、現今の政治や経済を理解するとともに、ひいては世の中の改善に役立つことを優先させ、社会科学的な色彩を濃密に帯びている。

一人ひとりの弟子に対して、それぞれ役立つような指導法をとった松陰の施策は、机上の空論を育てるのではなく、つねに実際に役立つ学問を目指した考え方の産物でもあった。松陰の松下村塾では、畳の上で書物を読んだり議論を闘わせるにとどまらず、ときに畑仕事に精を出したり、近くの山に登ったり、泳ぎに行ったりもしたという。徳川幕府が崩壊の危機に瀕し、時代の空気が変わりつつあるときだからこそ、強烈な向上心と勉学の意欲に燃えた若者たちが、こぞって松陰のまわりに集まったのも当然であろう。

現代は幕末とはちがうし、吉田松陰の故知に倣《なら》うといっても、おいそれとできるものではない。しかし細かく検証してゆくと、現代の日本には幕末の情勢と共通した因子がいくつも見つかる。それに既存の学校教育を根底から覆すのは無謀だとしても、吉田松陰が示した精神に学ぶとともに、その一端なりとも取り入れるのは不可能ではあるまい。前途ある若者たちが、あるいは十二分に余力を残した壮年世代が、あらためて自分の目で見たことをもとに、自分の頭で考えることから始めれば道は見えてくるはずではなかろうか。

本書『全一冊 小説 吉田松陰』には、童門冬二氏のきめ細かい筆によって、吉田松陰の生涯にまつわる事蹟はもとより、おりおりの発言や内省、そして人間的な弱さの部分までもが、ときに引用をまじえつつ丁寧に描きこまれている。現在を見極める一方、未来を占うには、過去に探りを入れるのが昔から基本中の基本だが、本書を座右に吉田松陰という人物を知り、ひいては今後の生き方に活用していただければと念じてやまない。

なお本書の著者の童門冬二氏は、本書以外にも歴史上の人物に題材をとった小説をたくさん書いておられる。戦国武将あり、藩主あり、商人あり、学者ありといった具合に、取り上げられた人物は多士済々ながら、いずれも現時点の認識をフィルターに、過去を生き生きと再現した力作揃いであることに変わりはない。本文庫でも「全一冊シリーズ」として数多くが刊行されているので、ぜひとも手にとっていただきたいと思う。

特別対談　吉田松陰と松下村塾を語る

安倍晋三
（衆議院議員・元首相）
童門冬二
司会・構成　榎本　秋

山口県と吉田松陰

——今回の対談は、童門冬二さんの『吉田松陰』が「全一冊」シリーズ入りして、集英社文庫から刊行されるということで、吉田松陰先生を尊敬されていらっしゃる安倍さんよりお話をうかがいたいと企画しました。まず吉田松陰先生との出会いはどんなところからでしょうか。

安倍　わたくしは山口県の出身ですから、吉田松陰先生というのは避けて通れない人物ですね。松陰先生の教えを父（安倍晋太郎）も祖父（岸信介）も必ず引用する、という風土ですから。そもそも山口県では「先生」を必ず付ける対象は、吉田松陰先生のみと言ってるんです。たとえば、萩《はぎ》の明倫小学校では日々松陰先生の言葉を子供達に暗唱させています。それ

安倍晋三（右）、**童門冬二**　撮影　諸田　梢

から、山口県では尊敬する人物とは別に、憧れる人物は、といったとき、憧れる人物は高杉晋作なんですよ。

童門　先生のお名前も晋の字が。

安倍　わたくしも憧れの対象はそうですね、名前をいただいていますし。ただ尊敬の対象としては、圧倒的に松陰先生なんですね。「吉田松陰先生のような人生はちょっと歩めないだろう」とみんな普通思うわけですね。極めてストイックな人生じゃないですか。吉田松陰先生も高杉晋作も同じ三十歳前後で世を去っていくのですが、高杉晋作はその間、いろいろなやりたいことを……。

童門　やってますよね（笑）。

安倍　やってますね。ある地元観光の関係者に話を聞いたんですが、大河ドラマをやると町おこしになるものですから、それぞれの地域が「これを大河ドラマでやってください」と頼みに行くんですね。それが山口県の場合は、たとえば高杉晋作とか、吉田松陰先生にスポットライトを当ててくれないか、となるんですが、人生が短いので難色を示されるんです。それでも高杉晋作は何日間の特集番組的になったことがあるんですよ。しかし吉田松陰先生の場合難しいのは、女性とのかかわりが非常に限られるんですよ。

童門　淡白ですよね。

安倍　野山獄《のやまごく》に入っていたときに高須《たかす》久子《ひさこ》さんとの交流がありましたが、和歌のやりとりがあって、誠に奥ゆかしいですよね。松陰先生が出ていくときに、高須久子さんが「鴨立ってあと淋しさの夜明けかな」という歌を詠んでいますよね。これは恋の歌じゃないかと言われていますよね。それはまさに精神世界の恋のような話ですので、なかなかこれはテレビで大衆ウケを狙うのは難しい、と。ま、それで人間的だなという人もいるのですが。それに比べて高杉晋作は割と波乱に満ちていてやりたいことをかなりやってるな（笑）、という人生でもありますしね。彼が遺した都々逸《どどいつ》

なんか面白いですよ。

童門　「三千世界のカラスを殺し　ぬしと朝寝がしてみたい」という例のアレですね（笑）。

安倍　しかし、吉田松陰先生の存在抜きには明治維新というのはなかったわけですね。このたとえがいいのかどうか多少微妙なのですが、キリストが生きていたときには十二使徒と言われた弟子たちが、最後は動揺するわけですよね。ペテロはキリストを三回否定します。しかしその後はみんな死を恐れずキリスト教の布教に邁進するわけです。そして事実、みんな命を失ってしまいます。で、松陰先生の場合、その門下生が死の前から活躍しているのですが、死の後からさらに維新の事業に命を捧げていくんですね。まさに松下村塾から維新が始まったと。萩の松陰神社には、佐藤栄作さんが「維新胎動（明治維新胎動之地）」という書を書いた碑があります。

吉田松陰の好きな言葉

童門　先生の著書『美しい国へ』に松陰先生の言葉を引いた「千万人といえども吾《われ》ゆかん」という言葉がございましたね。他にも座右《ざゆう》の銘みたいなものはおありですか？

安倍　わたくしは松陰先生の言葉をことあるごとに引用させていただいているのですが、総理大臣を辞めて、いろいろと皆さんにご批判をいただきながら、地元に帰って、支援してくださる皆さんに集まっていただき感動し、松陰先生の「栄辱《えいじょく》によって初心に負《そむ》かんや」という言葉を引用し、私の決意を申し上げました。これは栄耀栄華《えいようえいが》、得意絶頂にあるときも、大変困難な状況にあるときも初心は忘れてはならないという意味です。「今、自分自身が政治家として厳しい状況にあるけれども、初心を忘れずにいる」という気持ちで申し上げました。松陰先生の言葉、ご自身の発せられた言葉と同時に、吉田松陰先生の場合は孟子の引用を大変よくされていて……。

童門　『講孟余話』などがそうですね。

安倍　はい。それで先程の「千万人といえども吾ゆかん」という言葉も孟子の引用ですね。あの言葉についてもその前段がありますよね。いわば「自ら反《かえり》みて縮《なお》くんば」というところがあって、やはりもう一度自省してこれは間違っていないなと。とにかく「千万人といえども吾ゆかん」だけではなくて、自省しながら、いろいろな言葉に耳を傾け、自分の心の言葉に耳を傾けながら、判断を下すことができれば決断しよう、という言葉でしょうね。それから祖父の岸信介がよく使っていた言葉は、松陰先生がやはり引用しておられた孟子の言葉で「至誠《しせい》にして動かざる者未《いま》だ之《こ》れ有《あ》らざるなり」、いわば至誠という二文字で国を生き抜くということです。これは普通、政治の社会でも、いろいろな社会においても、世の中そう簡単にそれでは通らないのですけれど。それでもなお、そうした至誠を大切にしていくということ。至誠がなければ世の中はとても荒《すさ》んだ世の中になるな、と思いますね。

童門　西郷隆盛なんかも、特に外交では至誠という言葉を大事にしていますね。先生が北朝鮮との、拉致問題をやりとりされているときもそれを貫いておられましたよね。

安倍　外交ということにおいて言えば、常にこちらが善意を示せば、向こうも善意を示してくれるとは限らないですよね。でも基本的な、個人的な信頼関係というのは外交においても極めて重要であって、そしてそこではね、やはり誠意という言葉で貫かれていくということが大切だろうと思います。また外交そのものは国益を賭けた激しい闘いですから。そこでバランスが大切なんだろうと、わたくしは思うんですよね。

教育者として

——安倍さんが吉田松陰先生を尊敬されるところはどの点でしょうか?

安倍　優れた教育者としてですね。国会で教育基本法を審議しているときにも、「教育とは?」と問われて松陰先生の「学ぶということは人間となる道を学ぶものである」という意味の「学とは人たる所以《ゆえん》を学ぶなり」という言葉を使わせてもらったんです。基本的に、教育というのは、良い点を伸ばしていくことと、やはり教育の対象の人物をとにかく信用すると、信じるということだと思うんですけどね。そこがやはり松陰先生の優れたところで、だからこそ門下生があれ程の活躍を見せたのかなと思います。たとえば伊藤博文が「周旋《しゅうせん》の才あり」と、政治家としての才能を早くから認められていますね。そこのところの先見の明なんだろうと思います。当時は封建社会、階級社会であったにもかかわらず、全くそういう差別をしていないということは、現代だったら当り前でも、当時は相当のことです。

童門　思い切ったことですよね。それに、テキストの『飛耳長目録《ひじちょうもくろく》』は起こった事件をそのまま教材にしているわけです。だけどそれが政治とのかかわりで、どうして起こったのか、

なぜ予防できなかったか、あるいはどうすればいいのかという非常にアップトゥーデイトのわかりやすい講義ですね。

安倍　おっしゃる通りですね。孟子、孔子を説くだけではなく、現実に当てはめていくわけですね。そしてまさに当時日本には海外との遭遇があったわけです。いわばウエスタンインパクトと申しますか。生きるか死ぬか、植民地となるか、という危険性の中で、彼ら若い人たちを芽吹かせるわけですよね。そこで国の体制、やり方を変えなければ、阿片戦争の中国のようになってしまうと。

思想者・実践者としての松陰

――教育者として以外の評価はいかがでしょう？

安倍　思想家としても優れていると思いま

すね。思想家というのはある種、尊大な部分があるじゃないですか。要するに自分の思想を理解できない人のほうが悪いという、非常に高みに登ってしまうところがあるのだけれど、吉田松陰先生の場合はちゃんと下に降りてきて自分の思想を伝播《でんぱ》していくことに力を入れましたよね。ですから、いわば実践者でもあるんですね。自分がやるというよりも人材を作るという意味において。

童門　そうですね。ヤクザまで塾に入れてましたから。で、何でグレたかというのを全部分析するんですよね。相手の立場に立って。

安倍　野山獄に入っている人たちはいろんな人たちでした。

童門　あれは福堂《ふくどう》計画で牢屋を幸福の園にしようとしたんですね。入獄者の一人ひとりの得意な、俳句を作る、和歌を作る。その才能を伸ばすようにする。だからすごい楽天的と言えば楽天的なんだけれども、性善説というか、人を信ずるところはすごいですね。

安倍　相当に純粋なんですね。人を疑うことを知らずにね。安政の大獄のときにね、どんどん言いたいことを言ってしまったんです。

童門　余計なことを言っちゃった（笑）。黙っていれば死刑にはならなかったでしょう。

安倍　みんなを啓蒙しようとしたんですよね。

童門　そうそうそう（笑）。だから死一等を減ずるんじゃなくて、死一等を加えられたんです、あのときは。しかし一年三か月ぐらいの、松下村塾の期間ですね。あんな短い期間にどうしてあれだけの偉人が輩出したんでしょうね。

安倍　やはり人格的力ですね。彼の人格に触れた人たちが雷に打たれたかのごとくですね、自分の進むべき道を啓示されたんだと思うんですね。それまでは、自分の身を捨てても国のために、とまでは、深く考えてはいなかった。

童門　気がつかなかったことを掘り起こしてくれたんですね。

安倍　松陰先生の人格に触れた瞬間、みんな雷に打たれたようになったんだと思います。そういう人物と会えるかどうかは極めて重要なことですよ。だから、あそこに学んだ人たちが、果たして吉田松陰先生に出会わなければどうだったかということでしょうね。

童門　村塾四天王と言われた吉田稔麿《としまろ》が書いた戯れ絵がありましたね。久坂玄瑞《くさかげんずい》が坊主姿で座っている人で、高杉晋作が暴れ牛で、それと木刀（入江九一）と棒切れがあって、山県有朋なんて棒切れですよね（笑）。それがああいう人物になっちゃう。だからやっぱり安倍先生のおっしゃる通り彼らは発掘されたんでしょうね。自分の能力というものを、雷に打たれて発見する。そうすると、教育に必要なのは、指導者がそこに来る人とちゃんと話をして、その人の能力をきちんと見つけることが必要だと言うことでしょうか。

安倍　ええ。そうだと思います。

吉田松陰、その死

――最後に、吉田松陰先生についてのお考えをまとめていただけますか？

安倍　吉田松陰先生は人生が短いですよね。松下村塾をやっていた期間も短いし。それで童門先生が『留魂録』を平易に訳していただいているところで、独房に入って「あんた、三十前で死ぬのは可哀想じゃないか」と言われて、「十歳で死ぬ少年は、十年なりの四季、春夏秋冬があって、長生きをする人、五十、百の人はその中に春夏秋冬があった、それはどちらかが長くどちらかが短いというのは言えないんじゃないか」と答えるんですね。ここに一番感動しました。蟬は短い期間しか鳴かないけれど自分はもう十分に生きたと。要は蒔《ま》いた種が育ったかどうかだと言うことですね。ただ自分が蒔いた種が、どうであったかは、また皆さんに判断していただきたい。こういうところが松陰先生的なのかな、と思います。

――なるほど。ありがとうございました。

吉田松陰　年譜——（細谷正充・編）

天保元年（一八三〇）
八月四日、長州藩萩松本村に七人兄妹の次男として生まれる。父は長州藩士の杉百合之助。母、瀧。幼名、虎之助。後に、大次郎、寅次郎。
十二月、文政から天保へ年号を改める。

天保五年（一八三四）
この年、叔父・吉田大助の仮養子となる。吉田家は山鹿流兵学師範として長州藩に仕えていた。

天保六年（一八三五）
四月、吉田大助、死去。
六月、吉田家を嗣ぐ。以後、叔父・玉木文之進を師とし、兵学修行を始める。

天保四年　この年、天保の飢饉が起こる。

天保八年二月　大塩平八郎の乱が起こる。三月、徳川家斉、大御所となる。六月、漂流民を護送して浦賀に入港したアメリカ船モリソン号を、浦賀奉行が砲撃（モリソン号事件）。九月、徳川家慶、十二代将軍となる。

天保十年五月　高野長英・渡辺崋山たちが捕縛される。蛮社の獄である。十二月、水野忠邦が老中首座となる。

天保九年（一八三八）
八月、村田清風、地江戸仕組掛となり、長州藩の財政改革に着手する。この年の藩の負債、九万余貫。

天保十年（一八三九）
八月、高杉晋作、生まれる。後の松陰門下の三秀のひとり。
十一月、藩校明倫館に出勤し、家学を講義する。

天保十一年（一八四〇）
七月、久坂玄瑞、生まれる。後の松陰門下の三秀のひとり。
この年、藩主の前で「武教全書」戦法篇三戦を講義する。

天保十二年（一八四一）
一月、吉田栄太郎（稔麿）、生まれる。後の松陰門下の三秀のひとり。

天保十三年（一八四二）

明倫館跡（現明倫小学校敷地内）

天保十二年五月　天保の改革が始まる。

八月、玉木文之進、家学の後見を命じられる。
この年、藩主の前で講義をする。玉木文之進が松下村塾を興す。松陰はこれに学ぶ。

天保十四年（一八四三）

四月、藩、村田清風建策の三十七ヵ年賦皆済仕法を施行する。
九月、杉百合之助、百人中間頭兼盗賊改方となる。文之進、後見を解かれる。

弘化元年（一八四四）

六月、村田清風、退陣。家老の坪井九衛門に実権が。
九月、藩主の前で講義をし、賞される。
十二月、天保から弘化へ年号を改める。

弘化二年（一八四五）

この年、村田清風の甥・山田亦介から、長沼流兵学を学ぶ。亦介の薫陶により、世界に目を開く。

松下村塾は多くの人材を輩出した

弘化三年（一八四六）
この年、長州藩士・林真人の家にて暮らすが、林家の焼失により、持ち物をすべて失う。守永弥右衛門から、荻野流砲術を伝授される。
三月、山田亦介から免許を受ける。飯田猪之助から、西洋陣法を学ぶ。

弘化四年（一八四七）
十月、林真人から大星目録の免許返伝を受ける。
十二月、藩、坪井九衛門を禁固に処す。

嘉永元年（一八四八）
一月、独立の講師となる。
二月、弘化から嘉永へ年号を改める。

嘉永二年（一八四九）
二月、明倫館、新築される。
三月、御用内用掛を命じられる。
六月、藩命により、北浦地方の海岸を巡視。海防の実態を調査する。

天保十四年九月　阿部正弘が老中となる。水野忠邦は失脚。
弘化元年六月　水野忠邦、再び老中となる。七月、オランダ軍艦、長崎に来航。開国を勧告するオランダ国王の書簡を呈する。
弘化二年六月　幕府、オランダ国王に返書を送り、開国勧告を拒否する。七月、幕府、海防掛を設置。九月、水野忠邦、蟄居。
弘化三年五月　アメリカ捕鯨船の船員七人が、エトロフに漂着。アメリカ東インド艦隊司令官、浦賀に来航し通商を求めるも、幕府は拒絶。
嘉永二年四月　イギリス軍艦、浦賀に来航し、浦賀水道の測

十月、門人たちと共に、羽賀台で実戦演習を行う。

嘉永三年（一八五〇）

八月、遊学のため九州に向かう。九州では宮部鼎蔵らと会う。

十二月、遊学を終え、萩に帰る。

嘉永四年（一八五一）

一月、林真人から極秘三重伝の印可返伝を受ける。

三月、藩主の出府に従い、江戸に向かう。江戸では、佐久間象山・山鹿素水らに学ぶ。

六月、宮部鼎蔵と、相模、安房を旅する。

十二月、通行手形が届かなかったが、宮部鼎蔵らとの約束を守るため、脱藩の形で、東北遊歴に出発する。水戸で、会沢正志斎らと会う。

嘉永五年（一八五二）

四月、江戸に戻る。藩より帰国を命じられる。

十二月、脱藩の罪により、士籍・家禄を剝奪される。

量を行う。その後、下田港に入り測量する。同艦には通訳として、漂流民の音吉が乗っていた。

嘉永四年一月　ジョン万次郎こと中浜万次郎ら、アメリカ船に送られ琉球に上陸。三月、幕府、下田の警備を伊豆韮山の代官・江川担庵に命じる。

嘉永六年六月　ペリー提督率いるアメリカ艦隊が、浦賀に来航。十二代将軍家慶、死去。七月、ロシア使節極東艦隊司令官プチャーチン率いる軍艦四隻が、長崎に来航。十月、プチャーチン、長崎を退去。中浜万次郎、幕臣に登用される。十月、徳川家定が十三代将軍となる。十二月、プチャーチン、長崎に再び来航。

嘉永六年（一八五三）

一月、諸国遊歴のため、萩を出発する。

五月、江戸に入る。

六月、黒船来訪の報に接し、ただちに浦賀に赴く。この頃、佐久間象山に洋学を学ぶ。

九月、来航したロシア艦に乗り込もうと、長崎を目指す。

十月、長崎に到着。しかしロシア艦は退去していた。

十二月、京都に入り、梁川星巌・梅田雲浜らと会う。

安政元年（一八五四）

三月、下田湾に入港していたアメリカのペリー艦隊に、金子重輔と共に乗り込み、密航を訴えるも拒否される。事が破れると、松陰と重輔は奉行所に自首した。

四月、江戸伝馬町の牢に入る。松陰の師の佐久間象山も連座して投獄された。

上は木戸孝允、下は高杉晋作誕生の地。いずれも萩市内

安政元年一月 ペリー再び来航。三月、幕府、ペリーと日米和親条約を締結。下田・箱館を開港した。以後、各国と和親条約を結ぶ。

九月、幕府、藩へ幽閉を命じる。
十月、萩の野山獄に投獄される。この野山獄で松陰は、富永有隣・高須久子らと交誼を結ぶ。金子重輔は岩倉獄に入る。
十一月、嘉永から安政へ年号を改める。

安政二年（一八五五）
一月、金子重輔、獄死。松陰は追悼のため奔走する。
四月、獄中で孟子の講義を始める。
五月、村田清風、死去。
十二月、野山獄を出て、杉家に移る。杉家で孟子の講義を始める。

安政三年（一八五六）
八月、杉家にて「武教全書」を講義する。門人、増加。
九月、松下村塾の名を用いる。この松下村塾から幕末の有為の人材が、多数、輩出した。
十二月、萩に来た梅田雲浜と会う。

安政四年（一八五七）
七月、松陰の尽力により、富永有隣、野山獄を出て、松下村

安政二年一月　江川担庵、死去。七月、幕府、長崎に海軍伝習所を設ける。十月、安政の大地震が起こる。これにより水戸藩の藤田東湖、死亡。堀田正睦、老中首座となる。

安政三年七月　アメリカ駐日総領事ハリス、下田に来航。

安政四年十月　ハリス、将軍と会見。十二月、ハリス、日米通商条約の交渉を開始。

安政五年四月　井伊直弼、大老に就任。六月、幕府、ハリスと日米修好通商条約と貿易章程に調印。以後、各国と修好通商条約を調印する。七月、徳川家定、死去。九月、梁川星巌、死去。梅田雲浜、京都で捕縛される。以後、江戸・京都で尊皇攘夷派の浪士が

塾の師となる。

十一月、杉家宅地内の小屋を、松下村塾とする。便宜上、松陰の外弟の久保清太郎を主宰者とする。

十二月、松陰の妹・文、久坂玄瑞に嫁ぐ。

安政五年（一八五八）

一月、「狂夫の言」を書く。

三月、松下村塾を拡張する。

五月、「対策」「愚論」を梁川星巌に送る。星巌は公卿を通じて、これを天皇に供する。

十月、門人の赤根武人を京都に送り、伏見牢の破獄を計るも、未遂に終わる。

十一月、老中・間部詮勝の要撃策を立案する。

十二月、藩命により、借牢の形で再入獄する。

安政六年（一八五九）
一月、悲憤慷慨により、絶食する。
三月、多くの門人が松陰から離れる。
四月、幕府、松陰東送の命を下す。
五月、藩より東送の命が下る。これを知った多くの

萩松陰神社の建立は明治四十年（一九〇七）

門人が、松陰を訪れる。萩を出立する。
六月、江戸に到着。
七月、伝馬町の牢に入る。
十月、「留魂録」を書き残す。二十七日、評定所で死罪申し渡しを受け、伝馬町の刑場で処刑される。二十九日、桂小五郎らが、遺骸の受取りに奔走。小塚原回向院に埋葬される。

文久三年（一八六三）
一月、朝廷の大赦令を受け、高杉晋作・久坂玄瑞ら、小塚原回向院から松陰の遺骨を掘り起こし、若林村の毛利家の飛地に改葬する。ここに明治十五年（一八八二）、松陰神社が建立された。

次々と捕縛される。安政の大獄である。十月、徳川家茂、十四代将軍となる。
安政六年五月　イギリス駐日総領事オールコックスが着任する。九月、梅田雲浜、獄死。

年譜写真撮影／島村　稔

年譜は諸資料に基づくもので、創作である『全一冊 小説 吉田松陰』とは異なる点があります。

この作品は二〇〇三年四月、学陽書房人物文庫より
刊行された『吉田松陰　上・下』に拠りました。

集英社文庫

全一冊《ぜんいっさつ》 小説《しょうせつ》 吉田松陰《よしだしょういん》

2008年12月20日 第1刷
2024年6月17日 第9刷

定価はカバーに表示してあります。

著者 童門冬二《どうもんふゆじ》

発行者 樋口尚也

発行所 株式会社 集英社
東京都千代田区一ツ橋2-5-10 〒101-8050
電話 【編集部】03-3230-6095
【読者係】03-3230-6080
【販売部】03-3230-6393(書店専用)

印刷 TOPPAN株式会社

製本 加藤製本株式会社

フォーマットデザイン アリヤマデザインストア　マークデザイン 居山浩二

ISBN978-4-08-746384-2 C0193